월야환담

월야환담 창월야 · · 3

홍정훈 장편 소설

초판 1쇄 찍은 날 2016년 02월 15일
초판 1쇄 펴낸 날 2016년 03월 15일

지은이 홍정훈
펴낸이 서경석

편집책임 박가연 | 편집 한준만, 김현미 | 디자인 신현아

펴낸곳 도서출판 청어람
등록번호 제387-1999-000006호 | 등록일자 1999. 5. 31
어람번호 제8-0049호

주소 경기도 부천시 원미구 부일로 483번길 40 서경B/D 3F (우) 14640
전화 032-656-4452 | 팩스 032-656-4453
http://www.chungeoram.com | E-mail chungeorambook@daum.net

ISBN 979-11-04 90339-7 04810
ISBN 979-11-04 90336-6 (SET)

창월야

· 3 ·

월야환담

홍정훈 장편 소설

도서출판 청어람

차례

第11夜

Howling #1

1

하아… 하아…….

숨소리가 어두운 방 안에 거칠게 울려 퍼진다. 침대 위에 드러누운 소녀는 시트를 움켜쥐며 숨소리를 죽이려 했다. 하지만 너무나 거칠어진 숨소리를 죽이기에는 역부족이었다. 그녀는 입술을 깨물었다.

귀엽고 화사하게 꾸며진 그녀의 침대는 어슴푸레한 빛에 비추어져 남색과 검은색의 투톤으로 바래 있었다. 빛 한 점 없는 어둠 속에서 그녀는 몸부림쳤다. 악몽이 그녀를 사로잡고 놓아주지 않는다.

"아!"

입이 열리고 비명이 터져 나왔다.

괴한들이 그녀를 잡아서 그 팔에 주사를 놓았다. 얼굴도, 이름도, 목소리도 기억나지 않는 그들은 그녀가 알아들을 수 없는 이국의 말로 으르렁거린다. 그들은 그야말로 맹수였다.

하지만 그때… 갑자기 머나먼 곳에서 검은색 몸통에 녹색 눈을 가진 큼지막한 개가 달려왔다. 하지만 그것은 개라고 하기에는 너무 컸다. 다리의 길이만도 사람만 해서, 그것이 달려오는 것은 그야말로 압도적이었다.

갑자기 폭풍이 일고 그녀의 주위로 거센 바람이 휘몰아쳤다. 그녀를 사로잡고 있던 괴한들이 그녀에게 달려오던 괴물을 향해 저항했다. 하지만 그들의 저항은 모조리 무력했다. 괴물은 불꽃처럼 타오르는 녹색 눈동자에 입에서는 푸른 불꽃을 뿜으며 달려들었다.

그것이 달려들 때마다 그녀를 사로잡고 있던 괴한들은 하나둘씩 사라졌다. 그리고 마침내 그녀와 괴물만이 남게 되었다.

"영은아."

괴물이 입을 벌리고 인간의 언어로 이름을 불렀다. 깜짝 놀란 그녀가 고개를 들어 괴물의 얼굴을 직시하니… 그것은 바로 그녀의 오빠, 서린의 얼굴을 하고 있었다. 거대한 들개의 몸통에 인간의 얼굴, 그 모습이 너무나 끔찍해서 그녀는 소리 없이 비명을 질렀다.

"영은아, 나야, 오빠야. 나… 괴물이지만 그래도 네 오빠란 말이야."

서린은 그렇게 말했지만 그녀는 이미 패닉에 빠져 있었다.

그녀는 뒤로 물러나며 서린에게서 달아나기 위해 필사적으로 고개를 저었다. 그러자 그런 그녀의 모습을 본 서린이 고개를 떨궜다.

"그, 그래… 그렇지. 역시 괴물인 나는 인간의 가족이 될 수 없는 것이겠지? 내가 어리석었어."

서린은 체념한 듯 그렇게 말했다. 그러자 곧 그의 얼굴이 괴물의 몸체 안으로 녹아들고 이번에는 전혀 알 수 없는 남자의 모습으로 바뀌었다. 괴물의 몸체 전체가 녹아들면서 이번에는 검은 옷으로 탄탄한 몸을 감싼 녹색 머리칼의 남자가 나타났다.

"시시하군. 뒈져라."

남자가 손을 휘두르자 영은의 목이 단숨에 잘려 나갔다.

"아!"

영은은 침대를 박차고 일어났다. 너무 급하게 일어난 탓인지 침대 매트리스가 튕기며 그녀를 앞쪽으로 내던지다시피 했다. 그녀는 균형을 잡기 위해 옆으로 손을 뻗었다가 침대에서 굴러 떨어졌다. 다행히 뭔가 폭신폭신한 것이 있어서 크게 다치진 않았다.

깜짝 놀란 그녀가 스탠드의 불을 켜고 살펴보니 그것은 바로 그녀의 배다른 오빠인 서린이 선물한 인형이었다.

"…아, 아… 하핫. 꾸, 꿈이었구나."

너무나 선명하면서 기분 나쁜 악몽이다. 이런 꿈만 계속 꾸다가는 머리가 하얗게 새어버릴 것 같다. 그녀는 식은땀을 흘리며 시계를 바라보았다. 시계는 이제 새벽 두 시를 지나고 있었다.

"다시 자기도 애매하고."

그녀는 시계를 보며 한숨을 내쉬었다. 그때 어디선가 바람이 불어와 그녀의 뺨을 스치고 지나갔다.

"아?"

깜짝 놀란 그녀가 창문을 바라보니 이게 웬일인가? 창문이 조금이나마 열려 있는 게 아닌가? 그리고 그곳으로 뭔가가 스르륵 빠져나가는 게 보였다.

"응?"

깜짝 놀란 그녀가 침대 위로 올라가 창문 밖을 살펴보았지만 밖에는 아무것도 없었다. 베란다를 헐어서 바로 바깥의 벽으로 이어지게 되어 있는 이 집에서는 창문 밖에서 뭔가가 지나간다는 건 그야말로 괴담거리가 되고 만다.

"내가 잘못 본 거겠지?"

그녀는 그렇게 생각하고 창문을 닫았다. 어찌 되었든 갑자기 꿈에 오빠가 나오다니……. 그녀는 고개를 절레절레 저었다. 집안이 가난해서 외가에 양녀로 들어오게 된 그녀는 배다른 오빠가 어떻게 되었는지 궁금했다.

며칠 연락이 없다 했더니만 어느 날 갑자기 돈을 벌기 위해 학교를 그만두고 지방으로 내려간다는 연락이 덩그러니 왔을 뿐이다. 그녀는 너무나 놀라서 외할아버지에게 사정해서 제발 서린에게 생활비라도 지원해 달라고 했지만 완고한 외할아버지는 코웃음만 칠 뿐이었다.

어찌나 노하셨는지 여자아이인 영은의 앞에서 하기 힘든 폭언까지 내뱉으셨다.

'그 양갈보의 자식을 내 돈으로 먹이고 재우고 입히란 말이냐? 그런 건 절대 못 한다!'

영은은 다시 긴 한숨을 내쉬고 스탠드의 불을 껐다. 다시 누우면 또 그 악몽을 꿀 것 같아서 무섭지만 그렇다고 안 잘 수도 없다. 내일의 학업을 위해서는 잠을 자두지 않으면 안 되니까.

"정말… 맨날 동생, 동생 하면서 하다못해 연락처라도 하나쯤은 남겨야 할 것 아냐."

영은이는 몸을 뒤척이며 나지막이 한숨을 내쉬었다.

하늘의 달은 매우 기울어 실낱처럼 가늘다. 아마도 내일 밤은 달이 뜨지 않으리라. 그 달의 아래에서, 이제는 차도 끊겨서 사람도 뜸한 상점가를 따라 한 청년이 걷고 있었다. 은은한 달빛을 받아 푸른색으로 물든 백색 머리칼이 기분 좋게 살랑거린다. 그는 주머니에 손을 꽂은 채 달빛을 바라보며 웃음 짓고 있었다.

"오늘은 정말 운이 좋아. 이거 참, 녀석들이 보면 좋아하겠군."

그는 시시덕거리며 모자를 들었다. 장난꾸러기처럼 얼굴에 붙여놓은 밴드며 항상 웃고 있는 인상은 10대 후반이나 20대 초반으로밖에 보이지 않는다.

하지만 그는 인간들이 상상할 수 없는 시간을 살아온 강력한 흡혈귀, 진마 아르곤이었다. 그는 지금 자판기에서 뽑은 즉석 복권 한 장을 펄럭이며 좋아하고 있었다.

그의 옆에는 하와이안 남방의 노란 머리 남자가 고개를 절레절레 흔들며 따라오고 있었다. 언제부터였는지 모르지만 마치 어둠 속에서 스스로 나타난 듯하다. 하지만 아르곤은 놀라지 않았다. 그가 따라오고 있다는 것은 이미 잘 알고 있었으니까.

"아르곤, 나와 손잡자니까. 그러면 모든 문제는 해결이야."

"말해두지만 나는 싫다니까."

진마 아르곤은 그렇게 말하며 복권을 상의 포켓에 쑤셔 박았다. 마치 이 남자가 그의 복권을 소매치기라도 할 것처럼 경계한다.

"한세건에게 당했다면서? 그런데도?"

이미 그와 한세건의 결전이 전 구역에 다 퍼진 모양이다. 그 사건은 분명히 아르곤의 자존심을 상하게 했지만 아르곤은 아직 자신의 진짜 실력을 드러내지 않았다. 그런 식으로 따지자면 한세건도 자신의 진짜 실력을 드러내지 않은 것 같지만 그걸 가지고 벌써 입방아에 오르다니……. 아르곤은 눈살을 찌푸렸다.

"뭐… 그런데도 싫어. 어찌 되었든 그는 와일드카드의 자격이 충분해. 그런 이를 둘이 협공해서 잡는다는 것도 싫어. 어쨌거나 우린 진마라고. 그렇게 협공하면서까지 구차하게 적을 제거하고 오래오래 살고 싶어 하는 게 마음에 안 들어. 진시황도 아니고."

"그럼 죽어주겠다는 건가?"

아그니는 기가 막혀서 투덜거렸다.

그때 그런 그들의 앞으로 검은색의 푸조 세단이 한 대 섰다. 이 새벽에 갑자기 이런 차가 그들의 앞에 멈춰 서다니. 아그니는 즉시 방어 태세를 취했다. 이렇게 길거리에서 갑자기 차를 세우고 갈겨대는 것은 그가 많이 싸워온 삼합회 등의 히트맨들이 즐겨 쓰는 수법이었기 때문이었다.

하지만 세단의 문이 열리고 나타난 것은 금발의 소녀였다. 레이스가 달린 흑색의 원피스에 고딕한 켈트 십자가 목걸이를 목에 걸고, 역시 레이스 리본으로 약간 웨이브진 금발을 감싼 이 소녀는 붉은색의 구슬들을 손에 쥔 채 부하의 인도를 받으며 차에서 내렸다.

"안녕, 아르곤. 그리고 아그니?"

"이게 누구야? 마리아로군. 안녕."

아르곤은 활짝 웃으며 인사했다. 그러나 아그니는 눈앞에 나타난 소녀를 보고 음흉하게 웃으며 입맛을 다셨다.

"이거, 이거… 어설픈 진마로군그래."

"…어설픈지 아닌지 그 몸으로 확인해 보겠다는 건가?"

"물론 좋지. 나도 한번 VT나 좀 쌓아볼까? 고작해야 법보(法寶) 몇 개 가지고 나를 상대할 수 있을 거라 생각하면……."

아그니는 진마의 피를 맛보리라 생각했는지 날카로운 이를 드러내며 웃었다. 하지만 그때 그들 사이에 차가운 얼음의 검이 나타났다.

"쓸데없는 짓 하지 마. 마리아, 아그니. 마리아는 내가 불러서 왔다고. 그러니까 지금 마리아를 치겠다는 건 내 손님에 대한 공격이고 이건 내 영역에 대한 도전이라고 봐도 되겠지? 늘 싸우려는 생각만 하지 말고 좀 생산적인 생각을 해보라고."

"이봐, 그런 식으로 해석하는 게 어딨어? 어디나 자기 영지라니."

"그래, 법대로 해. 아르곤 땅문서나 권리서 있어? 그걸 영지로 삼으라고. 여기서는 저 건방진 아그니랑 끝장을 보겠어!"

아그니와 마리아 둘 다 아르곤의 제멋대로인 해석에 반발했다. 영역에 대한 침범은 자위권을 부여한다. 물론 테트라 아낙스의 율법을 잘 따르지 않는 아르곤이니 자위권을 부여하든 말든 치고 싶으면 그냥 치는 것이지만 저런 식으로 자신을 정당화하는 것에는 동조할 수가 없었다.

"헤, 이년이 돌았군. 네 언니가 무서워서 너를 진마 취급 해줬지 이제 와서 너 같은 게 눈에 차기나 하는 줄 아냐? 어디 언니나 불러보시지 그래?"

아그니가 메시아를 언급하자 마리아도 참지 못하고 이를 드러냈다. 양자가 서로 도발하니 분위기가 험악하기 그지없다. 그러자 보다 못한 아르곤이 외쳤다.

"…다들 그러면 우리 셋이 여기서 누가 죽고 누가 사나 해볼까? 살아남는 쪽이 모든 피를 다 흡수해서 베리베리 스트롱 맨이 되어서 테트라 아낙스를 상대하기로 하고?"

아르곤이 그렇게 엄포를 놓자 아그니와 마리아가 둘 다 입을 다물었다. 그런 짓은 확실히 위험하기 짝이 없다. 단순한 피 욕심 때문에 벌일 일은 아닌 것이다.

"어쨌거나 주문한 물건 말인데. 아르곤, 일단 준비는 되었어."

마리아는 그렇게 말했다. 그러자 아르곤은 기뻐하며 웃었다.

"고마워. 지금 당장 줄 수 있어? 대금은 나도 준비했으니까."

그는 상의 포켓 위에 꽂아 넣은 복권을 두들기며 말했다. 그러자 마리아는 고개를 가로저었다.

"대금이라니, 없는 살림에 무리하지 마. 그렇게 비싼 것도 아니니까 공짜로 해줄게."

"…그런 소리까지 들어야 하나? 어쨌거나 그럼 당장 줘."

"그게, 물건은 만들어졌지만 아직 가져오진 않았어. 할 이야기도 있고 하니까 아무래도 같이 가서 직접 받는 게 어때?"

아그니는 그런 그녀의 말이 나오자마자 외쳤다.

"미친! 네 아지트로 끌어들일 셈이냐? 아르곤, 가지 마. 저 법보는 북두강옥(北斗鋼玉)으로 강력한 파사력을 가지고 있으니까. 파군(破軍)이 만들어 쓰던 건데 저 계집이 왜 가지고 있지?"

"닥쳐! 내가 당신처럼 피 욕심에 벌떡벌떡 눈이 뒤집어지는 줄 알아? 아그니! 피 마시는 돼지 같으니!"

"이 조그만 계집이 겁대가리를 상실했구나! 상실의 시대냐? 겁대가리를 상실하고 다니게?"

아르곤과 마리아는 다시 으르렁댔다. 그러자 마리아를 경호하던 흡혈귀들 역시 무기를 빼 들었다.

"그만. 거기까지."

아르곤은 다시 둘 사이에 끼어들었다. 두 진마 사이에 끼어 든다는 것은 아무리 중재를 위한 일이라 해도 위험하기 짝이 없는 짓이다. 만약 둘이 동시에 그를 공격한다면 아무리 강력한 진마라도 위험에 처하고 마는 것이다. 하지만 마리아와 아그니는 으르렁대는 것을 멈췄다.

"나는 가겠어. 아그니는 안 가는 게 낫겠지?"

"응. 내 아지트를 저런 놈에게 보여주고 싶지는 않으니까."

마리아가 그렇게 말하자 아그니는 코웃음 쳤다. 뭐 설사 마리아가 함정을 팠다고 해도 그거에 걸릴 아르곤도 아니다. 아그니는 코웃음 치며 물러났다.

"좋아. 그래도 아르곤, 내 제의를 잘 생각해 봐. 나는 불, 너는 얼음! 우리는 최고의 콤비가 될 수 있어."

아그니가 그렇게 말하자 아르곤은 세단의 조수석에 올라타려다가 갑자기 고개를 숙였다.

"풋! 지금 건 좀 웃겼어."

"아니, 아주 많이 웃겼어."

마리아가 정정했다. 뜬금없이 불과 얼음이 최고의 콤비라니, 아그니도 어떻게 된 게 아닐까? 하지만 아그니는 한술 더 떴다.

"적어도 지구촌 어디를 가도 냉방비, 난방비 걱정은 없잖아!"

"대단하군, 아그니. 엄지손가락을 세우지 않을 수 없군."

아르곤은 엄지손가락을 세웠다.

"하지만 일단 이건 내 무기를 받으러 가는 거니까. 그리고 귀여운 마리아에게 죽는다면 내 인생도 그리 나쁘지 않은 거지. 마리아의 몸에 내 피가 흐르게 되는 거니까."

아르곤이 그렇게 말하자 마리아가 고개를 도리도리 저었다. 절대로 싫다는 표정이었다. 그걸 본 아그니가 한숨을 내쉬었다.

"전에는 헤카테에게 죽으면 여한이 없다더니만."

"그게 바로 내가 아그니의 제의를 거절하는 이유지."

"기다려, 태국에 다녀오지. 수술 좀 하면 나도 근사한 미녀가 되어 있을 거야. 그때 되어서 후회하지 말라고, 아르곤!"

글쎄, 설사 미녀가 된다고 하더라도 그런 미녀는 보고 싶지 않은걸? 아르곤은 창백한 표정으로 웃어 보였다.

세단은 아그니를 무시하고 천천히 길 위를 미끄러져 나갔다. 아르곤은 히죽 웃으며 시트에 몸을 기댔다. 마리아를 지키기 위한 경호원들은 진마 아르곤과 한 차를 타게 되어서 그런지 모두들 뻣뻣하게 굳어 있지만 마리아는 태연스럽게 아르곤에게 다가갔다.

"그런데 아르곤, 테트라 아낙스의 석세서 조반니에 대해서는 어떻게 생각해?"

"골치 아프겠더라, 정도? 역시 석세서들도 무슨 생각인지 모르겠어. 흡혈귀라면 모름지기… 제멋대로 사는 걸 즐겨야 하는 거 아냐? 어떻게 테트라 아낙스 밑에서 하란 대로 다 하고 사는 거지?"

그는 스쳐 지나가는 야경을 바라보며 그렇게 중얼거렸다. 그러자 마리아는 고개를 갸우뚱했다.

"흠, 그 정도밖에 감흥이 없어? 테트라 아낙스랑 사이가 안 좋은 아르곤이라면 보자마자 사생결단을 내고 싶어 할 줄 알았는데."

아르곤이 테트라 아낙스의 전복을 꾀하고 있다는 사실은 이미 흡혈귀 사회에서 모르는 이가 없었다. 그럼에도 불구하고 테트라 아낙스가 아르곤을 직접적으로 공격하지 않는 것은 제왕된 풍모로서 다양성을 용인해 주고자 함이라는 게 일반적인 세간의 인식이었다.

사실 테트라 아낙스의 강압적인 지배에 찬동하는 흡혈귀는 얼마 되지 않는다. 몇몇은 불만만 가지고 있고, 몇몇은 아예 노골적으로 반기를 들고 있다. 그럼에도 불구하고 테트라 아낙스의 보호 없이는 인간들의 이목에서 자유로울 수 없었기에 암묵적으로 테트라 아낙스의 패권을 인정한다.

그러다 보니 그러한 세간의 인식도 아주 틀린 것은 아니었다. 하지만 그래서 더더욱 아르곤은 테트라 아낙스를 용서할 수가 없었다. 그러다 보니 아르곤의 활동은 반테트라 아낙스 노선에서도 돌출되게 되었고, 마리아가 저렇게 생각하는 것도 무리는 아니다.

하지만 래트나 캐런도 그렇고 마리아도 그렇고 다들 아르곤을 생각 없는 저돌적인 인물로 여기고 있었다니……. 아르곤은 왠지 울고 싶은 심정이었다.

"녀석이 한세건이랑 싸워서 살아남았다며? 도망친 것도 아니고……. 그렇다면 굉장히 강할 거야. 아그니 녀석, 친구인 척하지만 막상 내가 그런 놈과 싸우다 다치면 먹을 거다! 하고 덤벼들걸? 원래 게걸스러운 녀석이니까."

아르곤은 달을 올려다보았다. 마리아는 고개를 끄덕였다. 그런 이유라면 충분히 납득할 수 있다.

"그 조반니 반테로가 곧 한세건과 승부를 볼 것 같던데?"

"어떻게 알았어?"

아르곤은 깜짝 놀랐다. 그런 건 굉장히 귀중한 정보다. 아르곤의 부하들은 지금도 열심히 인형 눈을 붙이고 있을 테니 이러한 정보 수집에는 아무런 도움이 되지 않았기에 그런 정보를 알려주는 마리아가 너무도 고맙다. 하지만 한때 친했던 마리아라고 해도 완전히 믿을 수는 없다.

"감시하고 있다 보니까 자연히 알게 된 거야. 뭐… 공짜로 알려주겠다는 건 아니고."

"부탁하고 싶은 게 있구나?"

아르곤은 즉시 마리아의 마음을 눈치챘다. 그러자 마리아가 주저하며 말했다.

"응. 실은… 서린을 지켜주면 안 돼? 이번의 목적은 아무래도 서린인 것 같은데."

"서린이면 그 릴리쓰의 자식이잖아? 왜? 누가 잡아먹기라도 해?"

그라면 이미 만나서 한 번 도와준 사이가 아닌가? 물론 아르곤도 약간 변덕쟁이 기질이 있어서 수틀리면 죽여 버리는 경우도 있지만… 왜 아르곤에게 이런 이야기를 하는지 모르겠다.

물론 아무리 아르곤이 변덕쟁이라도 한 번 약속한 것은 반드시 완수하기 때문이다. 그렇지만 그런 만큼 아르곤은 약속을 쉽게 하지 않았다.

"아니, 그냥. 아르곤 성격에 서린을 노리거나 덜컥 죽이지 않을까 해서. 그런 일이 좀 없었으면 하고. 적어도 서린이 자기 마음을 지키고 있는 동안은 죽이지 말아줘."

그런 마리아의 부탁을 들은 아르곤은 깜짝 놀랐다. 아무리 마리아가 메시아의 동생으로서 만들어진 일종의 조마(造魔)라고 해도 이건 너무했다. 진마씩이나 되는 흡혈귀가 이런 부탁을 하다니. 아르곤은 깜짝 놀라서 반문했다.

"우와, 엄청 신경 써주네. 설마 좋아하는 거야?"

"응."

마리아는 얼굴을 붉히며 고개를 끄덕였다. 그 모습을 본 아르곤은 박수를 쳤다.

"이야, 우리 마리아도 다 컸네. 이 오빠는 감동했다."

"아르곤!"

마리아가 정색을 하자 아르곤은 혀를 낼름 내밀었다.

"아니, 뭐, 좋아. 그런데 이유를 물어봐도 돼? 어째서 갑자기 라이칸스로프 소년을 좋아하게 된 거야?"

예부터 말하기를 사람을 좋아하는 데에는 이유가 필요 없다고 했다. 하지만 그렇다고 해도 이건 너무 뜬금없다. 만약 그런 식으로 좋다고 다 대시해 댔으면 수백 년에서 천 년 이상 사는 흡혈귀들은 염문을 뿌리느라 정신이 없을 것이다.

그러다 보면 정이 들게 되고… 결국 수명 차를 극복하기 위해 상대를 흡혈귀로 만들어 버리거나 그게 아니면 그냥 늙어 죽어가는 모습을 보며 자기혐오에 빠지게 된다.

상대를 흡혈귀로 만든다고 해도 해피엔드가 되지 못하는 게… 흡혈귀가 된 이는 성욕보다도 흡혈 욕구를 우선시하게 되기 때문에 제대로 된 사랑이 지속되지 못하는 경우가 크다. 혹은 흡혈귀가 된 자가 자신을 흡혈귀로 만든 이를 증오하거나 태양을 바라보며 자살해 버리는 경우도 있었다.

즉 인간의 라이프 사이클에 맞추게 되면 흡혈귀들은 결코 오랜 시간을 살 수 없다. 하물며 인간도 아닌 라이칸스로프를 사랑하게 되다니? 그건 정말 미친 짓이다.

그러나 아르곤에게 무슨 권리가 있어서 그녀의 마음을 막는단 말인가?

마리아는 그때의 일을 눈앞에서 다시금 그려내고 있는지 약간 상기된 얼굴로 열심히, 형언하기 힘든 무언가를 형언하기 위해 애썼다.

"그러니까 나를… 자신의 몸까지 던져 가며 구해줬어. 언니 말고 그런 경험은 정말 처음이야. 이 메마른 세상에서 나를 구하기 위해 몸을 던지다니. 그, 그런 따뜻한 마음의 소유자야말로 뭘까… 인간적이랄까?"

진마를 구하기 위해 몸을 던지는 인간이라니, 애초에 그런 상황을 만나기 힘들다. 옛날 동화라면 쥐가 그물에 걸린 사자를 구출하는 일도 있겠지만 현실에서는 그런 일이 불가능하다. 하지만 그래서 그런지 이 소녀적 감성으로 가득 찬 흡혈귀는 그런 기적적인 일을 일으켜 준 서린에게 감동한 모양이었다.

"오오, 백마 탄 왕자님이셨군그래. 그런데 구해주다니, 누구로부터 구해줬다는 거야? 설마 한세건?"

"응."

그럼 그게 뭐야? 지금의 서린은 한세건의 부하가 되다시피했으니까 이건 백마 탄 왕자님이 흑기사의 부하가 된 격이 아닌가?

"복잡다난하구나."

아르곤은 한숨을 내쉬며 마리아에게 손을 뻗었다. 그 순간 마리아를 경호하던 흡혈귀들이 모두 경악하며 움직였다. 몇몇은 총을 빼 들었지만 아르곤은 개의치 않고 마리아의 머리를 쓰다듬었다.

"…고생이 많겠구나."

그는 진심으로 마리아를 동정했다. 육체가 더 이상 자라지 않는 마리아로서는 계속 성장해 나가는 인간과의 사랑을 감당할 수가 없으리라.

요새야 로리타 콤플렉스를 가진 변태 인간이 워낙 많으니까 불가능하지 않을지도 모르지만… 하필이면 상대가 라이칸스로프라니. 인간보다야 오래 살지만 흡혈귀로 만들 수도 없는 상대라면 사별을 피할 수 없지 않은가?

"아르곤……."

마리아는 자신의 머리칼을 쓰다듬는 아르곤을 바라보았다. 그 푸른 눈동자를 보며 아르곤은 웃어주었다.

2

최혁진은 전기포트에서 물이 끓는 걸 말없이 바라보고 있었다. 한세건이 차를 끓여 오라고 해서 물을 끓이고 있는 것이다. 지금까지 아이들의 두목으로 군림해 왔던 그로서는 참 받아들이기 힘든 일이지만 지금은 어쩔 수가 없었다.

한세건의 성격을 보건대 이건 필요에 의해서 시키는 게 아니다. 그가 서린과 함께 산 것도 얼마 되지 않는다. 즉 그 전에는 이 모든 작업을 혼자서 해왔을 것이다. 필시 고독에 강하고 자주적인 성격에 귀찮음에 지지 않는 근면한 이일 것이다.

'이런 생각을 하다니, 내가 무슨 탐정이라도 된 것 같군.'

굳이 명탐정일 것도 없이 쉽게 예측이 간다. 그런 그가 이런 잔심부름을 시키는 것은 혁진의 본성을 잘 알고 있기 때문일 것이다. 그렇지만 일부러 기죽이자고 이런 짓을 하다니.

"젠장!"

이건 무슨 왕따 당하는 애 괴롭히기가 아닌가? 혁진은 이를 갈았다. 폭력으로 남을 짓밟아온 그는 왕따 당하는 녀석들은 살 가치가 없는 쓰레기쯤으로 보아왔다. 그런데 지금 자신이 그 꼴이라니 참기 힘들어진다.

'참자! 조반니가 움직일 때까지!'

혁진은 이를 악물고 참고 또 참았다.

한세건이 그를 불러들인 뒤 하는 일은 계속되는 잡일뿐이었다. 각지에 설치된 감시 카메라의 정비, 새로운 카메라의 설치, 그리고 각종 장치의 설치, 이 모든 것을 세건은 한 번 가르쳐준 뒤 해보라고 명령했다. 그리고 그런 명령을 제대로 이행하지 못하면 항상 폭력으로 응수했다.

원래 폭력이라면 사족을 못 쓰고 좋아하는 혁진이다. 한세건이 그렇게 나온다면 일방적으로 맞아줄 생각은 전혀 없었다.

그러나 한세건은… 질이 달랐다.

첫날, 한세건에게 덤벼들었을 때 그는 고압 전류가 흐르는 교전기에 던져져 3분 동안 전기에 구워져야 했다. 뒈지든 말든 전혀 구해줄 기미가 아니라서 혁진은 스스로의 힘으로 교전기에서 기어 나와야 했다.

달기가 주왕을 꼬드겨서 사람을 달군 철판 위에서 걷게 했다고 했었는데 그 처참함이 십분 이해가 갔다. 아니, 이 경우는 전기 토스트기인가?

그 상처를 완전히 재생하기 위해서 꼬박 일주일이 걸렸다. 하지만 세건은 코웃음 칠 뿐, 잘못했다거나 미안하다는 이야기가 없었다. 그런데 이건 굳이 혁진에게만 해당하는 게 아니라 서린도 잘못할 경우 이따금 두들겨 맞는다.

다만 혁진과 달리 서린은 적극적으로 저항하지 않아서 훨씬 강도가 약했고 제대로 개기는 혁진은 수차례 심장 정지를 경험해야 했다. 그 차이다.

그러면서도 세건은 마치 보란 듯이 집 주위에 설치한 방범 장치의 점검을 시킨다. 마치 네가 조반니의 하수인이라면 어디 정보를 모아봐라, 유세를 떠는 것 같았다. 물론 다들 유용한 정보니 써먹어야겠지만 그것인즉슨 자신이 조반니의 하수인이라고 자백하는 것과 마찬가지였다. 그런 바보짓을 하면 그다음에 기다리는 것은 확실한 죽음뿐이다.

"…미친 새끼."

미쳐도 곱게 미쳐야지 이건 도저히 인간이 갈 길이 아니다. 밤이 되면 흡혈귀를 잔혹하게 살해하고 낮이 되면 정보 수집을 위해 발바닥이 닳도록 돌아다닌다. 그런 짓을 계속하면서 하루에 잠은 세 시간에서 네 시간 사이, 그 이하로 자는 경우도 수두룩하다.

그것은 한세건이 가지고 있는 놀라운 능력 때문에 가능한 일이다. 녀석은 육체를 움직이는 동안은 정신을 쉬게 할 수 있고, 정신을 움직이는 동안은 육체를 쉬게 하는 게 가능하다.

몸을 부위별로 나누어서 휴식 상태에 두게 하는 그런 능력에 8배속, 아마도 16배속까지 되는 정보를 완전 분석하는 고속의 시청각 능력, 아무리 잡음이 섞여도 원하는 소리를 분리해 내서 듣는 감청 능력 등을 가지고 있어서 막대한 양의 정보를 흘려보내도 그중에 자신이 원하는 것만을 즉각 캐치하는 게 가능하다.

어디 그뿐인가? 손재주도 상당해서 어지간한 도청 장치는 스스로 만들어내고 그렇게 도청한 음성을 테이프가 아닌 디지털 코드화해서 오토 스캔시키는 프로그램도 직접 코딩했다.

이런 일이 단 혼자서 가능하다는 것은 정말 믿어지지 않는다.

그러면서도 높은 전투 능력을 유지하고 있다. 상당히 많은 일을 하루에 처리하면 응당 일이 밀려서 불규칙한 생활이 되어야 할 텐데도 불구하고 세건의 생활 패턴은 매우 규칙적이다.

운동 방식 역시 마찬가지여서 운동으로 근육에 부하를 준 다음 그 부하로부터 완전히 회복될 때까지 휴식과 영양 공급을 적절히 반복한다. 이것은 정말 이상적인 근육 성장법이다. 그러면서도 체중이 늘지 않는 것은 역시… 막대한 기초대사량과 활동대사량을 먹어 들이는 양이 따라가지 못하기 때문이다.

이 한 가지 점만 제외하면 한세건이란 놈은 거의 기계에 가깝다.

"어, 끓는군."

혁진은 포트에서 수증기가 올라오는 것을 보고 전기 코드를 뽑았다. 물을 보온병에 따르는데 그때 뒤에서 서린이 빨래 바구니를 들고 나오는 게 보였다.

"예~ 나에게 반하지 마라~ 나에게 반하지 마라~ 아이 엠 데인저러스 보이! 아이 엠 챠밍 보이~ 나이스 샷."

뭔지 알 수 없는 이상한 노래를 부르며 빨래를 운반하고 있는 그 모습은 꽤나 즐거워 보였다. 대체 저놈은 어떻게…….

그때 갑자기 한세건이 계단 아래에서 뛰어 올라오더니 서린을 향해 태클했다.

"그만하랬지!"

"우왓! 노래 부르는데 왜요!"

서린은 왜 그러냐는 듯 태연스럽게 반문했다. 그러자 세건은 서린의 멱살을 잡고 번쩍 들더니 바닥에 패대기쳤다.

"뒈지고 싶냐? 그런 노래가 어딨어!"

"형은 모르지만 분명히 실존하는……."

"웃기고 있네! 그런 유치한 가사의 노래가 있을까! 설령 실존한다 하더라도 지금 그걸 부르는 심보야 뻔하지!"

서린과 세건은 티격태격 싸우고 있었다. 왠지 저렇게 싸우는 모습을 보면 사이가 나쁘다기보다는 뭐랄까, 상당히 사이좋은 형제처럼 보일 정도다. 혁진은 그 모습을 보고 있다가 문득 자신이 차별당하고 있다는 생각이 들었다. 마치 무슨 콩쥐나 팥쥐처럼, 혹은 언니들과 달리 혹사받는 신데렐라?

"…중증이군."

혁진은 자신이 망가져 간다는 생각에 고개를 절레절레 저었다. 그는 한세건에게 보온병을 건네주었다.

"여기요."

"그래."

세건은 별 부담 없이 보온병을 받았다. 물에 약을 탈까 하는 생각도 해봤지만 일단 탈 약도 없거니와 과연 저놈에게 약이 통할지도 의문. 그리고 넣었다가 얼싸 좋구나 하고 들키게 되면 그땐 정말 죽는다는 위기감마저 들었다. 그래서 결국 아무런 짓도 하지 않고 시키는 대로 하고 만다.

이 사태를 불러온 것은 전적으로 조반니의 한심함 때문이다. 기껏 목숨 걸고 스파이 활동을 하겠다는 이를 만들어서 적진에 박아 넣은 주제에 뭐 하라는 지시도 없고, 그러니 자신이 스파이라는 자괴감만 점점 늘어서 이상한 상상을 하게 된다.

집에 불을 지를까? 음식에 독을 탈까? 아니면 비싼 물건을 들고 튈까? 이런 잡스러운 생각이 더해지면서 혁진을 괴롭혔다. 이대로 있다가는 정말 자백하고 싶어질 정도다.

"저기, 세건 형."

"이제 너까지 나를 형이라고 부르냐?"

세건은 자신이 점점 나이 들어간다는 사실을 실감하며 눈살을 찌푸렸다. 그때 갑자기 그의 품에서 뭔가가 떨어졌다.

"…이런."

깜짝 놀란 세건은 바닥에 웅크려 그걸 집어 들었지만 그 순간 혁진과 서린은 동시에 보고 말았다. 바닥에 떨어진 것은 코팅된 한 장의 가족사진이었다.

평범한 피서지에서 긴 여행에 지친 가족들 간의 어색한 가족사진……. 거기에 나와 있는 소년은 분명히 검은 머리칼에 어딘지 불만스러운 표정을 짓고 있었지만, 한세건과 닮아 있었다. 물어볼 것도 없이 그것이 한세건의 가족사진이라는 것을 잘 알 수 있었다.

"이건?"

"가족사진이지. 보시다시피."

이미 보인 이상 숨겨봤자 소용없다.

세건은 솔직히 말했다. 그러자 서린의 얼굴이 어두워졌다. 흡혈귀에 의해서 가족이 살해당한 한세건의 사연을 생각해 볼 때 그가 가족사진을 품고 다니는 의미는 아마도 복수의 맹세일 것이다. 그걸 생각하니 방금 전까지 세건을 놀리던 장난기가 싹 가셨다. 하지만 그런 사실을 알지 못하는 혁진은 놀란 표정이었다.

"헤에?"

혁진은 깜짝 놀랐다. 잃을 게 아무것도 없는 것처럼 굴고, 인간 같지 않게 굴던 세건이 가족사진을 품고 다닌다? 그건 참 믿기 어려운 일이었다.

"젠장, 뜯어졌군."

세건은 품 안의 포켓이 찢어진 걸 확인하고 혀를 찼다. 포켓이 뜯어지면서 사진이 튀어나오다니……. 그만큼 세건이 격하게 몸을 움직였다는 증거였다. 아마도 실밥에 코팅된 사진의 모서리가 걸려 있었는데 격하게 움직이면서 코팅 면이 실밥을 뚫어버린 것이리라.

"…당신도 사람 자식이군요."

혁진은 무의식중에 그렇게 말했다. 그러자 세건이 피식 웃으며 일어났다.

"그러는 너는 쥐 새끼고, 미키마우스? 대체 무슨 의미로 하는 말이지?"

"아니, 그런 나쁜 의미가 아니라."

최혁진은 그렇게 말하다가 자신의 태도가 얼마나 비굴한지 깨닫고 혀를 찼다. 지금까지 이렇게 남에게 비굴해 본 적이 없었다. 그것은 물론 자신이 힘에서 상대를 압도하고 있었기 때문이지만, 그렇다고 힘이 안 된다고 이렇게 기가 죽다니. 이쯤 되면 자신의 한심함이 저주스러울 정도다.

"좋아. 괜찮아, 그런 건……. 나도 사람의 자식이니까. 사실이지. 자자, 좋은 구경 했으면 일하자고."

"……."

서린은 세건의 말대로 물러났다. 하지만 혁진은 그동안 쌓인 게 있는지 한마디 했다.

"비정한 흡혈귀 사냥꾼인 줄 알았더니 나름대로 가족을 사랑하시나 보군요. 감동했어요."

내용상으로는 전혀 문제 될 게 없지만 하나하나 성질을 거스르는 비아냥거림이다. 서린은 깜짝 놀라서 혁진을 바라보았다. 물론 혁진이야 사정을 모르고 세건의 무도한 공격에 두들겨 맞았으니 저 정도 성질내는 것은 이해할 수 있었다.

그러나…….

서린도 바보는 아니다. 세건이 저렇게 가혹하게 구는 것은 혁진을 의심하고 있기 때문이라는 것과 혁진이 연루된 그 사건에서의 피해자 진술이 어느 정도는 사실이란 것, 이 두 가지 이유 때문이리라.

혁진에게는 분명히 지금까지 서린에게 보이지 않았던 잔혹한 뒷모습이 존재했고 그걸 아는 세건은 억지로 혁진을 괴롭힌 것이다. 그런데 거기서 반항을 하다니. 세건의 성격을 생각해 보면 어쩌면 진짜 혁진을 죽여 버릴지도 모른다. 서린과 달리 혁진은 죽이지 못할 이유가 없으니까.

세건은 긴 한숨을 내쉬었다.

"…후우, 다른 거라면 발끈해서 네놈을 쳐 죽였겠다만 이런 일에는 오히려 침착해지는 게 슬프군."

세건이 혁진에게 다가갔다. 깜짝 놀란 혁진은 방어 자세를 취했지만 세건은 공격을 하는 대신 그의 어깨를 털어주었다.

"이 사진은 나의 죄다. 때로는 죄가 사람을 살게 해주지. 그렇게 생각하지 않나?"

"…그럴지도."

혁진은 처음으로 세건에게 공감을 느꼈다. 왜 가족사진이 죄라는지 모르겠지만 적어도 죄가 사람을 살게 해준다는 것엔 심히 공감했다. 왜냐면 그야말로 자신이 바로 죄로서 살아온 인간이니까!

혁진은 갑자기 마음이 너그러워지는 것을 느끼며 세건에게 물어보았다.

"…어떤 일이 있었는지 물어봐도 돼요? 일로 돌아가라고 했어도 뭐 그리 시간을 다투는 일은 없으니까."

"그야 뭐, 흔한 이야기지. 가족이 흡혈귀에게 살해당하고, 나는 그 복수를 위해서 흡혈귀 사냥꾼이 되었다. 이 정도까지만 말해도 혐오감이 솟구치는군. 삼류 영화 같아서."

"그렇지만 그 행간에는 많은 이야기가 더 있을 것 같은데요?"

혁진이 재차 물어보았지만 세건은 고개를 가로저었다.

"이야기하고 싶지 않아. 아니, 이제는 이야기할 수 없다는 게 정확하겠군."

세건은 그리 말하고 눈을 감았다. 마치 그 시절의 자신과 지금의 자신이 완전 별개의 인간인 것처럼 기억이 멀게만 느껴진다.

자신의 기억이라기보단 영화관에서 본 남의 인생 다큐멘터리를 본 것 같다. 워낙 아드레날린 넘치는 박진감 있는 인생을 살아온 탓에 이제 평범한 일상은 자신의 삶이라고 여겨지지 않게 된 것일까? 아니면 사이키델릭 문과 각종 약물 투여에 의한 부작용? 어느 쪽이든 간에 세건이 망가져 있다는 증거들뿐이라서 암울하다.

그런데 그때였다. 갑자기 비프음이 울렸다.

"경고음?! 대낮부터?"

세건은 깜짝 놀라서 1층에 위치한 터미널로 달려갔다. 각지에 배치한 센서, 도청 장치, 감시 카메라 등에 이상이 생길 경우 울리게 되어 있는 경고음이 울린 것이다.

세건이 놀라서 살펴보니 바로 서린의 배다른 여동생, 윤영은의 집 근처에 설치한 카메라가 파손되고 있었다.

조반니 반테로는 검은색 베레모를 눌러쓰고 군복 바지에 나이프를 꽂아 넣었다. 평상시에는 골드 호크, 골드 루거 같은 악당들이나 씀직한 무기를 즐겨 썼지만 지금 그가 선택한 무기는 소콤과 스틸레토, 그리고 반자동 석궁이었다.

흡혈귀든 흡혈귀 사냥꾼이든 간에 사출형 무기에 대한 방어는 방탄복에 의지할 수밖에 없다. 아무리 뛰어난 흡혈귀라고 하더라도 총알을 피한다는 것은 물리적으로 불가능하기 때문이다.

그나마 그런 걸 가능하게 해주는 것은 예지 능력의 힘이지만 그것도 의식화 선택 작업에 의해서 무력화시킬 수 있었다. 강력한 사념으로 각종 상황에 대해 공격자가 의식하게 되면 그 모든 것이 하나의 가능성으로 미래의 파편이 되기 때문에 예지 능력에 혼선이 빚어지게 된다.

결국 사출 무기에 가장 중요한 미덕은 휴대성과 명중률이 아닌 파괴력이다. 그래서 월야의 세계에서 좀 싸운다 하는 놈들은 다들 크고 강력한 무기를 선호했다.

그렇기 때문에 그는 아예 석궁을 택했다. 이 석궁은 방탄복을 쉽게 뚫어버리는 데다가 맞게 될 경우 몸에 박힌다. 게다가 이 석궁용 볼트의 팁은 셀룰러로 되어 있었다.

셀룰러는 대량의 수분을 흡수해 젤로 변하는 특수 고분자 물질이다. 한때 총탄에 셀룰러를 주입하는 방법이 유행했지만 그것은 아무리 운동에너지가 뛰어난 총에 넣어 쓰더라도 방탄복을 뚫지 못하는 데다가 절대 질량도 얼마 되지 않는다.

하지만 석궁에 넣어 쓸 경우 치명적인 위력을 보일 것이다. 다만 문제가 있다면 석궁은 총탄에 비하면 매우 느리기 때문에 맞추는 데 요령이 필요하다. 그렇다고는 해도 석궁의 사출 속도 정도면 무기로서 충분하다.

"좋았어."

조반니 반테로는 부하들을 돌아보았다. 베르나르도 형제는 보디 벙커와 산화알루미늄 세라믹스로 만든 프레체트탄을 SPAS―12에 장전했다.

산화알루미늄 세라믹의 다트가 탄심에 심어져 있는 이 탄은 발사될 경우 어떤 방탄복도 뚫는다. 세건이 즐겨 쓰는 수법인 방탄복을 입은 상대를 방패막이로 삼는 보디 벙커 전법도 이 무식한 무기 앞에서는 무용지물이다.

다만 문제가 있다면 극강의 관통력 때문에 재생이 쉽다는 것. 더구나 이 관통성 탄자는 세라믹스로 만들어져 있다. 은이 아니면 상처 재생 시 손실이 거의 없는 월야의 주민들에게는 그리 강력한 무기라고 할 수 없다. 관통성만 생각하고 저지력은 포기한 무기라고 할 수 있으리라.

하지만 격전의 순간에는 그게 은 탄환이 아니라 하더라도 의미가 있다. 잠시라도 상대에게 부상을 입힐 수 있다면 그걸로 신체 기능을 빼앗고 그때 목숨을 앗아도 된다.

이런저런 의미에서 그들이 택한 무기는 다들 치명적인 것뿐이었다. 게다가 그들은 보디 벙커까지 준비했다. 인간들의 보디 벙커와 달리 완력이 뛰어난 흡혈귀들은 중량의 제약 없이 오로지 피탄성과 방탄성을 높이기 위한 보디 벙커를 만들었다.

"그러면 어디 제대로 해볼까? 당신들은 준비가 되었나?"

조반니 반테로는 마법사들을 돌아보았다. 그들은 안전한 위치에서 저격을 하겠다는 것인지 다들 저격용 총을 골랐다. 하긴 마법사들에게는 그게 더 어울릴지도 모른다. 뭐, 이 정도 구성에 이 정도 전략이면 일단 충분하다.

"그러면 우선 인질부터 잡아둘까!"

그들은 주차장에 세워둔 밴을 향해 걸어갔다.

진마 아르곤은 탄띠를 매고 총을 비스듬히 멨다. 약 1미터 20센티미터 정도의 길이에 수(手) 제작한 투박함이 돋보이는 이 총은 그가 마리아의 건스미스에게 부탁해서 만든 볼트액션 라이플이다. 다만 일반적인 라이플과 다른 것은 30㎜ 오리콘 탄을 사용한다는 정도?

지금까지 월야에서 총을 쓰던 이들이 50구경 정도에 그친 것에 비하면 정말 터무니없는 무기이다. 해리어의 아덴 기관포도, 탱크킬러의 어벤저 포도 다들 30㎜ 탄이라는 걸 감안해 볼 때 이건 엽기적인 무기다. 실제로 오리콘 포는 선박에 장착해서 배를 지키는 방어용 무기다.

"아니, 그런데 투시력 같은 좋은 재주가 있으면 진작 썼으면 됐잖아요. 즉석 복권의 면 뒤를 읽어낼 수 있다면!"

래트 거닙은 베레타와 방탄조끼를 입고 걸어 나왔다. 손에는 은색의 너클 가드가 붙어 있는 장갑을 끼고 있고 신발 굽에도 징이 박혀 있는 걸로 보아 나름대로 무장한다고 한 게 이거인 모양이다.

그나마 전투원인 래트야 아르곤을 따라왔지만 전투원이 아닌 캐런은 집을 지키고 있었다. 에스프리의 멤버가 딸랑 두 명, 그것도 한 명은 바로 자신이라니. 아르곤은 쓴웃음을 지었다.

"진마 체면에 계속 그렇게 살 수도 없잖아?"

"그래도 그렇지 당장 돈이 마르는데 능력이 없으면 모르되 있는데 안 벌다니. 그렇게까지 할 필요는 없어요."

래트가 정색하자 아르곤이 고개를 끄덕였다.

"경계받지 않을 만큼은 타 쓰고 있었어."

"그럼 설마 에스프리의 운영자금이라는 게? 오우 마이 갓. 아르곤, 우리는 지금 하루하루 힘겹게 벌면서 살아가는 청소부 같은 사람이, 자식의 학비를 마련하기 위해 혹시나 하는 마음으로 담배 줄여가면서 사는 복권의 행운을 앗아 간 거라고요."

방금 전까지는 왜 복권 안 타 왔냐고 질책하던 래트는 이상한 방향으로 비약했다. 감정의 비약이 극심한 래트답달까? 하지만 래트의 심정이 이해가 되지 않는 것도 아니다. 대체 무슨 흡혈 귀 클랜이 운영자금을 복권 당첨 비용으로 충당한단 말인가?

아르곤은 고개를 도리도리 저었다.

"그 정도는 아냐. 날 뭐로 보는 거야? 에스프리의 운영자금 은 그런 돈과 전혀 상관없어! 다만……."

"다만?"

"나 자신의 경우는 완전히 복권 생활자지!"

진마씩이나 되어서 즉석 복권으로 산다니. 래트는 기가 막혔 다. 방금 전에는 자기 입으로 진마 체면 어쩌고 운운하더니 결국 그랬단 말인가? 하긴 무슨 기업체를 가지고 있는 것도 아니고 건실한 직장이 있는 것도 아니면서 여기저기 전 세계를 여행 다니고 있으니 그 돈이 다 어디서 났겠는가?

아르곤은 그 래트의 표정을 보고 사족을 덧붙였다.

"완전히는 아니고 생각해 보면 도박도 좀. 카드야 투시하면 백전백승이니까. 룰렛도 원하는 곳에 볼이 얼어붙게 만들어서 살짝 붙이면 만사 오케이고. 다만 계속 짧은 시간에 대박을 터뜨리면 역시 눈에 띄니까 뭐든지 적당히, 적당히. 그렇게 살아 왔지."

"이런 불건전한 클랜, 탈퇴해야 할지도."

래트는 그렇게 투덜거렸다. 그사이에 아르곤은 기타 케이스 안에 총을 분해해 넣고 자신의 장도도 챙겨 넣었다.

"그러면 갈까?"

아르곤은 그리 말하며 힘차게 걸어갔다. 완전무장한 뒤 최고급 밴으로 이동하는 조반니 일당과 너무나도 대조되는 모습이었다.

3

영은은 항상 자동차로 통학했다. 최근 들어 부녀자를 대상으로 한 흉악 범죄가 늘어나면서 집에서는 아예 자동차 통학을 시켰고 워낙 유복한 집안이다 보니까 학교에서도 그런 그녀의 자동차 통학을 문제 삼지 않았다.

아닌 게 아니라 학생 몇몇이 실종되거나 사체로 발견되는 일이 생기면서 학교에서는 오히려 자동차 통학이나 단체 통학을

권장하게 되었다.

21세기의 서울은 흉흉하기 짝이 없다.

그녀는 아파트로 돌아왔다. 밖에서 보면 그야말로 성채와 같은 아파트다. 건물 내부에는 내원(內園)이 설치되어 있고 근처의 야산과 도로 등을 아파트 사유지로 만들어 젊고 강건한 경비원들을 둔다.

각종 도난 경보기가 달려 있는 것은 물론이고 경찰도 정기적으로 순찰을 돌곤 한다. 하긴 영은이도 친구들과 이야기하면서 안 것이지만 일반적인 아파트 안에는 분수니, 미니 폭포니, 홈 아쿠아리움이니 하는 것들로 내원을 꾸밀 수 없다고 한다.

내원에 커다란 산호초 속에 각종 열대어가 살고 있는 홈 아쿠아리움까지 완비된 그녀의 집을 보면 확실히 잘살기는 잘사는 모양이었다.

"하지만 너무 넓어."

그리고 사람은 거의 없다시피 했다. 그녀는 전자 록으로 문을 열고 아파트 안에 들어왔다. 안에는 앉아서 일일 연속극 녹화분을 보던 가정부가 있었는데, 그녀는 영은이 돌아오자 깜짝 놀라서 리모컨으로 TV를 껐다.

방에 있는 작은 TV면 모르되 거실에 있던 PDP를 이용해서 연속극을 보다니. 저런 겁대가리를 콩나물 대가리처럼 따버린 짓을 거리낌 없이 하는 걸로 보아 오늘도 집에는 가정부밖에 없는 것 같다.

"아, 괜찮아요."

그녀는 가정부를 방임한 채 자신의 방으로 걸어 들어갔다. 대가족이 사는 집이지만 집 안에 있는 사람이 이리도 없다니 왠지 허전하다.

레슨과 과외로 정신이 없는 그녀로서는 그런 감정을 갖기가 쉽지 않았다. 그럼에도 불구하고 갑자기 쓸쓸함을 느끼게 되었다면 그것은 바로 어젯밤의 꿈 때문이리라.

그때 갑자기 쿠르릉 하고 건물이 흔들리는 듯한 느낌이 났다. 깜짝 놀란 그녀가 아쿠아리움을 바라보니 분명히 아쿠아리움도 흔들린다. 유리창도 파르르 떨린다.

대체 이게 무슨 일일까? 설마 지진일까?

"꺄아아악!"

지진이 갑자기 극심해졌다. 결국 감당하지 못하고 유리창이 금 가고 깨진다. 아쿠아리움이 박살 나면서 물이 내원으로 쏟아지고 지면이 흔들린다.

맙소사! 이게 갑자기 무슨 일이란 말인가? 그녀는 어떻게 해야 될지 몰라서 바닥에 엎드렸다. 책장이 쓰러지고 TV가 장식장에서 떨어지며 박살 났다. 전기가 합선되며 바로 불이 붙었다.

"아! 안 돼!"

문득 여기에 있다간 큰일 나겠다는 생각이 들었다. 그녀는 즉시 자리에서 일어나 현관으로 달렸다. 문을 열고 밖으로 나가보니 다행히 그녀가 타고 온 엘리베이터가 그대로 머물러 있었다.

그녀는 아무런 생각 없이 엘리베이터의 문을 열고 들어갔다.

다행히 지진이 일어났음에도 불구하고 엘리베이터는 정상 작동되었다. 진동으로 유리창이 깨질 만큼 무서운 지진인데 엘리베이터가 정상 작동되다니. 이상하다는 생각이 들었지만 움직이니 다행이 아닌가.

그녀는 불안한 마음을 애써 지우며 엘리베이터로 내려갔다. 그리고 1층을 지나 즉시 밖으로 뛰쳐나왔다.

"…아?"

집에 들어올 때는 황혼이었지만 밖으로 나오고 나니 벌써 어둠이 깔리고 수은등이 전기장치 특유의 소음을 내며 머리를 깜빡이고 있었다. 모든 게 평화로운 저녁의 모습… 지진의 흔적 따위는 어디에도 없다.

깜짝 놀란 그녀가 아파트를 돌아보니 역시 유리창이 깨지고 불이 난 곳은 어디에도 없다.

"무슨 일이지?"

그녀는 놀라서 그 자리에 멈춰 섰다. 아무래도 무슨 백일몽이라도 꾼 모양이다. 그렇지 않고서야… 갑자기 이런?

그녀는 원위치로 돌아가기 위해 몸을 뒤로 돌렸다. 하지만 그런 그녀의 앞에는 언제 나타났는지도 모를 거구의 외국인 남자가 서 있었다.

"Hi!"

"…꺄아아악!"

갑자기 나타난 외국인 남자에게 놀란 그녀는 뒤로 엉덩방아를 찧었다. 마치 유령처럼 나타난 이 남자는 히죽 웃었는데 그때마다 이에 박아 넣은 금니가 번쩍인다. 그렇지만 입고 있는 옷은 무슨 공수부대 같다. 머리에는 베레모에 몸에는 방탄조끼, 그리고 손에는 석궁이 들려 있다. 도저히 장난감으로 볼 수 없었다.

거구의 남자는 싱글벙글 웃으며 영은에게 물어왔다.

"윤영은 양 맞지?"

"예? 어… 자, 잘못 보신 것 같은데요?"

영은은 반사적으로 시치미를 뗐다. 그러나 그 거구의 남자는 씨익 웃었다.

"이런, 이런. 거짓말하는 어린이는 나쁜 어린이예요. 인구도 많은데 나쁜 어린이 따위는 필요 없죠. 육십억 인류에서 나쁜 어린이를 축출해 볼까요?"

그는 그리 말하며 석궁을 겨누었다. 깜짝 놀란 영은은 겁에 질려서 주저앉았다. 갑자기 사람에게 무기를 겨누다니! 너무나 놀라서 다리가 풀어졌다.

"다시 한 번 묻지. 영은 양이 맞지?"

"예!"

윤영은은 사시나무 떨듯이 오들오들 떨면서 그렇게 대답했다. 그러자 그는 히죽 웃었다.

"진작 그렇게 솔직하게 나왔으면 됐잖아. 자, 그러면 일어나."

그는 윤영은에게 손을 뻗었다. 영은이 그의 솥뚜껑 같은 손을 잡자 그는 벌떡 일으켜 세워주었다.

윤영은은 겁에 질려서 그가 잡아끄는 대로 따라갔다. 하지만 이곳은 법치국가이고 더구나 여기는 경비원들이 즐비한 고급 아파트이다. 이런 곳에 갑자기 괴한이 난입했는데 경비들은 대체 뭘 하고 있단 말인가?

"…아!"

그녀는 곧 경비실에 앉아서 백치처럼 실실 웃고 있는 경비원들을 발견했다. 그녀가 꾼 백일몽처럼 저들의 정신도 조종당하고 있다면 충분히 가능한 일이다. 즉 방금 전의 지진처럼, 이들은 인간의 마음을 너무도 쉽게 조종할 수 있다는 것이다.

"당신은 대체!"

"자자, 얼른 가자고. 무서운 범죄자 녀석이 오니까. 나는 어디까지나 영은 양을 지켜주기 위해서 이러는 것뿐이라고."

"무, 무서운 범죄자라니!"

당신보다 더 무서운 범죄자가 또 있을까? 윤영은은 그렇게 말하고 싶었지만 차마 말을 마저 할 용기가 나지 않았다. 그러는 사이 그는 외부인 주차장에 서 있는 큼지막한 검은 밴으로 그녀를 끌고 갔다.

이대로라면 마치 무슨 인신매매단 차량에 납치되는 것 같은 기분이다. 인신매매범 차량치고는 위에 위성방송 수신용 원반까지 붙어 있는 게 특이하긴 하다.

"자, 그러면 얼른 안으로 들어가. 아무리 한세건이라고 해도 이런 곳에서 싸우고 싶어 하진 않을 테니까."

"예?"

"빨리 들어가 줘요, 영은 양. 다치고 싶지 않으면."

그때 무전이 들어왔다. 거구의 남자가 무전기를 잡자마자 다급한 목소리가 들려왔다. 영은으로서는 알아듣기 힘든 외국어였다. 영어도 아니고, 포르투갈이나 에스파냐어? 영은은 그렇게 생각하며 겁에 질렸다.

─발견했소. 지금 오는 중이야! 무서운 속도인데!

"이거 빠르군."

그는 윤영은을 차에 짐짝처럼 싣고 자신도 안에 올라탔다. 그러자 대기하고 있던 운전수와 조수석의 남자가 히죽 웃더니 시동을 걸었다.

"그럼 가볼까?"

큼직한 밴이 요란한 엔진음과 함께 타이어를 바닥에 비벼대면서 로켓스타트로 출발했다. 안에 짐짝처럼 던져졌던 영은의 몸이 휘릭 뒤로 젖혀졌다.

"꺅!

그녀는 어처구니없게도 거구의 외국인의 품으로 넘어졌다. 그는 히죽 웃으며 영은을 받쳐 주었다.

끼이이익!

묵직한 밴이 코너링을 하자 부하가 걸린 타이어가 타면서 요란한 소리를 낸다. 차는 아파트 앞의 삼거리를 지나 대로변으로 달려 나왔다. 그때 맞은편의 대로를 달려오던 오토바이 한대가 눈에 들어왔다. 이 더운 여름에도 레이싱 재킷을 걸치고 있는 그는 다른 차량들을 휙휙 젖히면서 무서운 속도로 달려오고 있었다.

"아!"

영은은 그 모습을 보고 왠지 눈에 익다는 생각이 들었다. 저 바이크 라이더는 묘하게 눈에 익다. 하지만 대체 어디서 보았을까?

한세건은 최대한 서둘러 윤영은의 집으로 달려갔다. 서린의 혈육인 윤영은은 이미 한 번 마법사들에 의해서 납치된 적이 있었다. 그때는 세건이 돌입해 무사히 풀려날 수 있었다. 물론 여고생에게 자백제 주사를 놓았는데 그걸 무사하다고 할 수는 없다.

그러나 이번에는 더더욱 상황이 안 좋았다. 조반니는 흡혈귀, 만약 정보를 알아내고자 하면 자백제 같은 걸 쓸 것도 없이 물어서 트랜스 상태로 만들지도 모른다. 여자의 경우는 체중도 얼마 안 되고 혈액량도 얼마 안 되어서 자칫 사망할 가능성도 있다.

"젠장! 왜 약속은 해가지고."

이제 이 대로를 지나면 바로 그녀가 살고 있는 고급 아파트가 나온다. 하지만 그때 맞은편에서 큼지막한 밴 하나가 빠르게 아파트 길에서 대로로 뛰쳐나오는 게 보였다.

어찌나 빨리 커브를 틀던지 차가 덩실덩실 춤이라도 추듯 출렁거리고 뒤 범퍼가 바닥에 닿아 불꽃을 튀긴다. 차를 아끼는 일반적인 차주라면 욕이라도 씨부렁거리며 차의 속도를 줄이겠지만 그들은 별 감속 없이 바로 직선 주행을 해 세건을 지나쳤다.

"…윽!"

지나치는 순간, 세건의 눈동자에 선글라스를 쓴 두 남자가 들어왔다. 창백한 피부와 깍두기들처럼 짧게 깎은 머리, 거기에 어울리지 않는 양복을 입은 이 두 외국인은 낯이 익었다. 바로 조반니의 두 부하 베르나르도 형제였다.

세건은 브레이크를 잡아 감속하면서 정신을 집중했다. 즉시 그의 감각이 증폭되며 주위의 소음이 그의 귓가에서 지워졌다. 가속, 또 가속, 육신의 안에 존재하는 흡혈인자를 전부 사이키델릭 문으로 바꾸어 자신의 신경을 가속시킨다. 마치 컴퓨터의 기판에 과부하가 흐르는 것처럼 신경을 따라 강력한 힘과 마력이 질주한다.

그렇게 자신의 능력을 증폭시킨 뒤 방금 전에 지나친 차 안으로 감각을 집중하니 이내 알 수 있다. 숨소리와 심장 소리로 미루어 보아 차의 탑승자는 운전사를 포함해 네 명, 그중에 한 명은 여자로 겁에 질렸거나 흥분 상태였다. 아마도 윤영은으로 여겨진다.

즉 녀석들은 벌써 윤영은을 납치하고 도주한 것이다. 세건을 유인하기 위한 미끼일 가능성도 없지는 않지만 시간상으로 안 맞고 인원을 분산시켜 봤자 각개격파당할 뿐, 다른 수는 없으리라.

세건은 백미러를 힐끗 본 뒤 속도를 줄이며 오토바이를 옆으로 눕히다시피 해서 중앙선을 넘었다.

촤아아악!

주위의 차량들은 갑자기 중앙선을 침범하는 이 용맹무쌍한 바이크에 모두들 놀라고 말았다. 하지만… 이 U턴은 너무나 빠르고 깨끗하다.

"야!"

지나가는 운전자들은 욕을 했지만 그들은 핸들을 꺾어서 이 바이크를 피할 필요도 없었다. 깨끗한 파워슬라이드로 단숨에 U턴에 성공한 그는 액셀러레이터를 다시 당겼다.

RPM메터가 치솟아 오르며 오토바이가 쏘아져 나갔다. 세건은 오토바이를 달리게 하며 왼팔을 비스듬히 꺾어 도폭선을 끄집어냈다. 그 기세 그대로 밴의 뒷문을 부숴 버리고 안으로 난입할 기세였다. 하지만 그때였다.

푹!

갑자기 뭔가가 세건의 어깨를 꿰뚫었다. 방탄 재킷도 소용없이 총탄이 그의 어깨를 관통한 것이다.

"젠장!"

은 탄환이 어깨를 관통하며 뼈를 부숴 버렸다. 역시나… 저격수가 곳곳에 배치되어 있음이 틀림없다.

왼팔이 부러지며 추욱 늘어지자 세건은 한 팔만으로 오토바이를 몰면서 최대한 밴을 향해 다가갔다. 밴의 문을 부숴서 안으로 난입하고자 하는 게 아니라 밴을 방패막이로 삼고 뒤에 달라붙어서 저격을 피하고자 함이다.

아무리 터프한 월야의 주민이라 하더라도 주행 중의 저격은 위험천만하다. 자칫 잘못해서 머리라도 맞으면 그대로 떨어져 달리는 차들의 밑에 깔린다. 그렇게 되면… 세건이라고 해도 죽는다.

세건은 밴을 향해 바짝 붙으며 꺼냈던 도폭선을 소매 속으로 다시 감아 들였다.

"카하하하하! 걸렸군!"

밴을 운전하던 로이스 베르나르도는 백미러를 바라보고 신이 났다. 어깨에 총을 맞은 한세건이 부러진 한 팔 대신 오른팔만으로 핸들을 잡고 따라오는 게 보였기 때문이다. 그는 신이 나서 브레이크를 밟았다. 세건이 밴에 들이박고 날아가기를 바란 것이었는데 그 순간 콱 하고 밴의 뒷문이 찌그러졌다.

텅!

세건은 한 손으로 오토바이의 앞바퀴를 들어 밴의 뒷문을 받고 속도를 감속시켰다. 받는 순간 좌나 우로 튕겨 나가거나 앞으로 날아가는 일 없이 적절한 타격만을 가하고 원위치로 돌아온 것이다.

좌우로 흐르는 힘 없이 충돌의 모든 타격을 고스란히 밴의 뒷문에 실어버린 것이다. 그 반동으로 튕겨 나갈 법도 한데 세건은 반동을 오토바이의 서스펜션 포크로 흡수해 버렸다.

오토바이는 앞이나 옆, 뒤에서의 충격에는 약하지만 밑에서의 충격에는 강하다. 그래서 세건은 앞바퀴를 들어 밴과의 충돌도 밑에서의 힘으로 바꿔 버린 것이다. 그 결과 충돌의 반작용으로 오토바이가 튕겨 나가긴 했지만 균형을 잃을 정도는 아니었다.

"쳇!"

"뭐 하는 거야! 달려!"

조반니는 로이스에게 화를 냈다. 받아서 날려 보낼 수 있는 녀석이라면 받아서 날려 보내는 게 좋다. 그러나 한세건은 그리 만만한 상대가 아니다. 오히려 지금 뒤에서 받아버린 덕에 뒷 유리창에 금이 가서 백미러로도 뒤가 보이지 않는다.

대개 대형 차량에는 뒤에 또 하나의 반사경이 있어서 차 밑에 깔리는 아이나 고양이, 개 등이 없는지 확인할 수 있게 되어 있는데, 그 반사경도 세건의 충돌로 인해서 날아갔다.

"이런!"

로이스는 이를 악물고 차를 앞쪽으로 몰았다. 그 상황에서도 유리창을 찌그러뜨려서 시야를 가리다니, 역시 한세건은 제법이다. 하지만 저격수들을 요소요소 배치한 점이나, 이쪽에 인질이 있는 점, 그리고 한세건이 입은 부상 등, 모든 면에서 이쪽이 리드하고 있음은 틀림없다. 정해진 루트로 도망치면서 저격으로 한세건을 떨궈내면 이쪽이 승리하는 것이다!

"자아, 어디 따라와 봐!"

로이스는 히죽거리며 기어를 바꿨다. 본격적으로 속도를 낼 심산이었다. 속도가 높아지면 높아질수록 오토바이 핸들로 전해지는 반동도 클 터. 그렇게 되면 팔이 부러진 세건은 제대로 움직이기도 힘들게 되리라.

부아아앙!

거대한 밴이 다시금 속도를 낸다.

"큭!"

세건은 어깨에 총을 맞아 부러져 버린 팔을 어렵사리 핸들 위로 끌어 올렸다. 팔이 부러지긴 했어도 신경이 끊어진 게 아니라서 손가락은 움직인다. 그는 악력만으로 왼팔을 핸들에 붙이고 추격했다.

부아아앙!

이제 길은 대폭 넓어졌다. 세건은 몸을 바짝 숙인 채 밴에 달라붙어서 간격을 조절했다. 로이스는 세건을 놀리기라도 하듯 속력을 계속 바꿔가며 주행했는데 그 속도에 맞추기 위해서는 세건도 곤욕을 치러야 했다.

그렇게 얼마나 따라갔을까? 세건은 문득 고개를 들었다. 저격을 피하기 위해 오토바이에 몸을 바짝 붙이고 있어서 앞이 잘 보이지 않는다. 하지만 이미 서울 시내의 도로는 다 몸으로 익혀두고 있는 상황이라 보지 않아도 알 수 있다. 이 앞은 십자로가 기다리고 있었다.

"젠장!"

세건은 이를 악물었다. 교차로라니, 저격하기 딱 좋은 곳이다. 직선으로 그냥 지나쳐도 옆에서 총을 쏘면 맞는다. 그리고 만약 여기서 밴이 커브를 틀 경우 밴에 바짝 달라붙어서 저격수의 사각으로 피해 있던 세건이 다시 노출된다. 그렇다면 대체 어떻게 해야 하나?

세건은 주위 건물들의 높이를 살펴보았다. 다들 고만고만한 높이지만 인도 쪽에 접하고 있는 건물들은 3층 이상이다. 이 정도라면 인도 쪽에 붙을 경우 적어도 오른쪽의 저격수에 대해서는 건물이 어느 정도 방벽이 될 것이다.

하지만 길의 종축(縱軸)에 대해서는 무방비 상태이니 저격을 피하면서 추격을 감행하기 위해서는 계속해서 밴을 방벽 삼아서 따라가지 않으면 안 된다.

그렇다 하더라도 그건 주행 방향의 전방에 저격수가 있을 때에나 해당하는 방어법이다. 한참 밴을 따라가고 있는데 뒤에서 저격할 수도 있다. 그런 걸 생각하면 지금 이 상황은 심히 곤란하다. 완벽하게 함정에 빠진 것이다.

"뭘 그리 생각하시나!"

로이스의 웃음소리와 함께 밴이 오른쪽으로 드리프트했다. 그와 동시에 정면에서 다시금 총알이 날아들었다.

팍!

헬멧 옆으로 총알이 빗맞았다. 빗맞았다고 해도 저격용 라이플로 쏜 총탄이라 그런지 헬멧의 외피가 찢어졌다. 이것도 그나마 세건이 밴의 커브를 따라서 돈 덕에 저격이 빗나간 것이다.

훈련받은 저격수는 사람이 뛰든, 달리든, 차를 타고 가든, 기차를 타고 가든 쉽게 표적을 맞출 수 있다. 어차피 멀리 떨어진 곳에서 저격한다면 아무리 빨리 움직인다 하더라도 시야 내일 뿐이다.

세건은 즉시 파워슬라이드로 미끄러져 밴의 커브 곡선에 따라붙었다.

"이 자식들!"

빗맞았다고 해도 머리에 총탄이 맞은 셈이다. 헬멧에 맞은 순간의 충격으로 머리가 지끈거리고 몸이 흔들린다. 일반인이라면 목에 가해진 충격으로 균형을 잃고 쓰러졌을 것이다. 세건은 입술을 깨물고 속도를 올렸다.

그의 장기인 도로전에서 이렇게 농락당하다니, 자존심이 상하지 않을 수 없었다. 물론 기본적인 라이딩 실력이나 운전 실력은 세건이 훨씬 위다. 로이스도 대단한 운전사긴 하지만 저 정도는 흡혈귀 중에선 흔한 편이다.

진짜 세건을 괴롭히고 있는 것은 바로 어디서 날아올지 모르는 저격, 그리고 이 모든 함정을 깔아두고 세건을 불러들인 조반니의 계략이었다.

"오오! 화났군그래!"

로이스는 웃으면서 사이드미러로 세건의 위치를 확인하고 차를 옆으로 붙였다. 막 옆으로 치고 나오던 세건이 밴을 피해서 인도 쪽으로 몰렸다. 로이스는 히죽 웃으면서 아예 인도 옆 차선까지 밴을 밀어붙이려 했다.

"뒈져 봐라!"

보도블록과 밴 사이에 오토바이가 걸리게 되면 그걸로 끝장이다! 하지만 한세건은 앞바퀴를 들면서 리어 쇽의 탄력만으로 오토바이를 점프시켜 옆의 인도로 올라섰다.

"꺄아아아악!"

보행자들이 비명을 질렀지만 그는 보도블록을 마감하는 인도용 접경석 위, 한 라인만을 타고 달리며 밴을 앞질러 그 앞으로 뛰어내렸다.

"뒈지고 싶어서 작정했군!"

오토바이는 뒤에서 치는 공격에 약하다! 로이스는 이번에야말로 한세건을 날려 보내기 위해 차로 뒤에서 들이받으려 했다. 그러나 한세건은 바로 뒷바퀴를 띄웠다.

콰직!

보닛이 뒤로 밀리면서 밴의 앞 유리창에 거미줄 같은 균열이 달렸다. 추돌하기 위해 앞으로 달려든 밴의 앞 보닛을 세건의 오토바이 뒷바퀴가 찍은 것이다. 세건은 뒷바퀴를 들어서 추돌하려 덤비는 녀석의 보닛을 찍은 뒤 뒷바퀴의 브레이크를 풀어주어 로켓스타트처럼 급회전시켰다.

순발력이 뛰어난 V2 레이서 엔진이 폭음을 토하자 바퀴가 고속 회전, 마치 앞쪽 보닛을 갈아내듯이 깎으며 폭발적인 속력을 얻어 단숨에 밴을 앞질렀다.

텅!

충격으로 보닛이 구부러지며 유리창에 균열이 더더욱 심해져 앞이 보이지 않았다. 뒤에도 균열이 가서 보이지 않지, 앞도 균열이 생겨서 보이지 않으니 도저히 차를 몰지 못할 지경이었다. 조수석에 앉아 있던 랜스는 즉시 주먹을 들어 자동차 앞 유리를 깨서 시야를 확보했다.

"카하! 이 자식! 대단한데!"

그때 다시 저격이 시작되었다. 세건이 앞으로 나서자마자 또 다시 저격, 이번에는 세건의 오른쪽 다리에 총탄이 맞았다.

끼이긱!

세건의 몸과 바이크가 함께 흔들렸다.

"큭!"

역시 저격수가 대기하고 있는데 멍청하게 뛰쳐나온 게 잘못이다. 지금이라도 당장 골목으로 유인해서 총격전을 벌이고 싶지만 녀석들이 골목으로 따라올 리가 없다. 인질이 저들의 손에 있으니 우선권은 죄다 저쪽이 쥐고 있다. 세건은 그저 아쉬워서 따라다닐 뿐!

세건은 이를 악물고 다시금 뒷바퀴를 들었다. 정확하게 밴이 스쳐 지나가면서 사이드미러가 바이크의 뒷바퀴에 걸렸다.

콰직!

사이드미러가 날아갔다. 얼마 달리지도 않았는데 벌써 밴은 폐차장에 가야 할 몰골로 변해가고 있었다.

"젠장!"

하지만 이번엔 뒤에서 세건을 향한 총탄이 날아왔다. 이번에는 상대가 어수룩했는지, 그게 아니면 세건의 곡예를 예측하지 못했는지 총알이 빗나갔다. 하지만 두 번째 총탄은 여지없이 세건의 등을 명중시켰다.

"크악!"

이대로 대로에서 싸우다가는 도저히 안 되겠다.

"제기랄!"

세건은 자석형 발신기를 꺼내 밴을 향해 던졌다. 하지만 처음의 자석은 제대로 붙지 않고 떨어져 지나가는 차들에게 박살 났다. 역시 총탄을 맞은 타격이 심각하다.

타탕!

다시금 아스팔트 위로 총탄이 튄다. 또 저격이 빗나간 것인가? 세건은 다시 발신기를 들어 정확하게 밴의 배기구를 향해 던졌다. 이번에는 발신기가 배기구 속으로 쏙 들어가 찰싹 달라붙었다. 그것을 확인한 세건은 저격을 피해 옆으로 틀어 대로에서 벗어났다.

"…아!"

밴 안에 있던 영은은 그 모습을 보고 깜짝 놀랐다. 왠지 모르지만 저 사람이 자신을 구해줄 것 같았다. 하지만 자리를 피하다니, 설마 영은을 구출하는 것을 포기한 것일까?

4

"하악, 하악! 제기랄!"

세건은 건물의 계단을 걸어 오르고 있었다. 은제 탄환이 꿰뚫고 지나간 몸은 재생되었지만 흡혈귀도 아닌 몸으로 흡혈귀의 능력을 사용하게 되면 막대한 부작용이 일어난다.

혈중 사이키델릭 문의 농도가 감소하면서 눈앞에 검은 안개 같은 것이 나타났다.

"크……."

세건은 좁은 계단 통로에 기대서 주사기를 꺼냈다. 글루 건 같은 특이한 주사기였는데 그는 그 뒤에 흡혈귀의 혈액 팩을 장착하고 자신의 몸에 꽂았다.

흡혈귀의 피는 혈관 투입 시 상처를 재생시키는 힘이 있고 구강 투입 시 인간을 흡혈귀로 바꾼다. 그래서 흡혈귀의 피는 상처를 치료하기 위한 약으로, 그것을 변이시켜 만든 사이키델릭 문은 마약으로 팔려 나간다. 뱀파이어는 인간을 잡아먹어 그 힘과 젊음을 유지하고 뱀파이어 헌터는 뱀파이어의 피를 짜내서 돈을 버는 것이다.

세건은 자신의 몸에 흡혈귀의 혈액을 주사하는 즉시 비스트를 꺼냈다.

원래 이 비스트라고 하는 것은 뱀파이어 영주 중 한 명인 사법사 팬텀이 만들어낸 마총이다. 망령들과 라이칸스로프를 제압하기 위해 사법사 팬텀은 성 요한의 뼈와 성수 쟁반을 도굴, 주술을 걸어 마법의 해머를 가진 화승총을 만들었다.

그걸 한 번 개조해 리볼버로 만든 게 19세기 말, 그리고 세건은 그것을 다시 건스미스에게 넘겨서 요체인 해머를 둘로 나누어 더블 바렐형 레버액션 건으로 만들어내는 데 성공했다.

탄자량이 많고 탄이 무거운 비스트는 리볼버형일 경우 실린더가 너무 커져서 부피가 커지고 무거워지는 단점이 있었기에 새롭게 개조한 것이다.

마법의 해머가 탄을 때리는 순간 탄환에 마법이 걸려서 상대방에게 정해진 마법적 피해를 준다. 이 요체는 유지한 채 총의 모습을 변하게 하는 데는 많은 노력이 들었다. 하지만 이제, 그 노력의 보상을 받을 때가 왔다.

"좋았어. 해볼까?"

세건은 비스트의 총신을 분리하고 등에 짊어지고 있던 검보에서 새로운 총신을 꺼냈다. 평상시의 비스트는 짧은 레버액션 샷건 정도의 길이지만 이건 총신만 해도 1미터에 달했다. 그걸 노리쇠뭉치와 결합하니 순식간에 훌륭한 라이플로 탈바꿈했다. 세건도 괜히 애쓰고 돈 써가며 어렵게 얻은 마법의 총을 개조한 게 아니다. 이렇게 개조한 비스트라면 저격도 가능하다.

사실 저격에는 저격으로 응수할 수밖에 없다. 서린의 여동생인 영은이 잡혀 있는 이상 저격수들을 찾아내서 먼저 제압하는 것이 불가능하니 이렇게 할 수밖에 없다.

세건은 발신기의 신호를 확인하고 창문을 열려고 했다. 하지만 방연창이라 그런지 일정 이상 열리지 않았다.

"건물주에게 미안하군."

세건은 창문을 통째로 뜯어내 안으로 거둔 뒤 계단 옆의 난간을 밟고 올라서서 창문 쪽으로 몸을 기댔다. 발로 계단 난간을 밟고 올라서서 그 위에서 저격하려는 것이다.

대개의 저격수가 건물 옥상 등을 주로 선택하지만 그건 발견당하기도 용이한 곳이다. 적이 움직이는 루트를 발신기로 체크할 수 있다면 그렇게 높은 장소, 탁 트인 곳은 필요 없다.

"스으으으읍."

세건이 조용히 숨을 들이쉬자 그의 몸 주위로 망령들이 떠오른다. 흡혈귀의 저주를 그대로 간직하고 있는 이 망령들은 세건이 인간이던 시절부터 사이키델릭 문의 부작용으로 인해 나타나던 것들이다. 하지만 세건이 유다의 계통 능력, 즉 암흑의 힘을 터득하게 되었을 때 그는 이 망령들에 대한 지배권을 얻게 되었다.

"자아, 그러면… 어디 볼까."

세건은 숨을 내쉬며 탄에 망령들을 불어넣었다. 그는 그렇게 저주가 걸린 탄을 비스트에 장전하고 창문을 통해 도로를 노려보았다.

혁진은 벽에 비스듬히 세워져 있는 일본도를 바라보고 침을 꿀꺽 삼켰다. 이 집 안은 무기가 아무런 생각 없이 널브러져 있다. 물론 세건은 혁진을 신뢰하지 않았기 때문에 혁진의 손에 총이나 도검이 들어가지 못하게 했다. 그러나 서린은 혁진에 대한 경계를 하지 않았다. 저 도검은 서린이 쓰는 연습용 칼인 것이다.

그렇지만 설마 조반니가 이렇게 나올 줄이야.

조반니가 아무런 계획 없이 그를 서린에게 보낸 것은 바로 이날을 위해서였다. 쓸데없는 계획을 세우고 그것을 혁진에게 통보해 봤자 혹시 세건이 고문이라도 할 경우 모든 계획이 수포로 돌아간다.

그래서 조반니는 그저 혁진을 서린에게 보냈을 뿐이다. 오직 하나 확인한 게 있다면 그것은 바로 서린에 대한 대항 의식, 그것만 있으면 족했다.

이 모든 걸 생각한 게 그 거대한 몸 안에 들어 있는 뇌라니, 아마도 뇌까지 근육으로 이뤄져 있지는 않은 것 같다.

혁진은 일본도에 손을 가져가서 조심스럽게 그것을 뽑아보았다. 420 스테인리스로 만들어진 칼날이 형광등의 불빛을 반사하며 수줍게 모습을 드러냈다.

이런 것은 카타나의 형상을 하고 있지만 엄밀히 말해 일본도라고 할 수 없었다. 그저 싸구려 모조품이랄까? 하지만 420 스테인리스는 도검을 만들기 위한 스테인리스다.

정육점의 고기 자르는 칼이나 식칼이라고 해도 일단 쑤시기만 하면 사람은 죽는다. 전쟁터에서 장기적으로 휘두를 게 아니라 단 한 명만 죽이고자 한다면 명도니 명검이니 그런 건 필요 없다. 오직 커터 칼로도 충분하다.

하지만 생각해 보면 우스운 일이다. 그와 서린은 친구였고 주먹을 나누곤 했었다. 그런데 갑자기 일본도를 들고 그를 내려친다?

혁진은 칼을 다시 칼집에 꽂고 자리에서 일어났다. 서린은 여동생이 납치될지도 모른다는 생각 때문인지 뒤뜰에서 안절부절못하며 돌아다니고 있었다. 뒤뜰에 밝혀진 벌레 퇴치용 유인등이 창백한 빛을 뿌리고 있어서 그 빛 아래를 걸어 다니고 있는 서린을 더더욱 창백하게 보이게 했다.

"여동생이라."

서린 때문에 습격당하는 거겠지. 서린과 서린의 여동생이 배

다른 남매라는 것은 이미 오래전부터 알고 있었다. 일반적으로 배다른 남매가 있고 집안은 망했고 하면 그런 사정이 있는 아이들은 어둡고 음습해지게 마련이다. 그리고 그런 이야기가 나오면 마치 살인죄라도 범한 것처럼 자신이 상처받고 그 상처를 빌미로 남에게 상처 주는 것을 서슴지 않는다.

드라마라든가, 영화라든가, 만화라든가, 소설이라든가, 그런 모든 곳에서 공통적으로 보이는 패턴이었다. 마치 상처가 무슨 훈장인 것처럼, 모든 일에서 역린으로 작용한다.

그러나 서린은 달랐다. 그는 언제나 자신의 집안일이나 출생에 대해서 솔직히 말했고 그걸 가지고 놀리는 어리석은 놈은 때려잡았다. 자신에게 당당했고 가족에게 당당했다.

라이칸스로프였다는 점만 빼고, 서린은 대단히 솔직했고 당당했다.

세상의 어둠을 모르는 것도 아닐 텐데 밝고 선량하게 살아서, 혁진은 서린을 좋아하면서도 격렬하게 증오해 왔다.

왜냐면 그는 다른 아이들처럼 어두워지거나 비뚤어질 이유가 없었다. 부모님께 학대를 받은 것도 아니고 편모 편부 슬하도 아니다. 형제도 있고 외로움도 타지 않고 병이 있는 것도 아니다.

집안에 돈이 많지는 않지만 가난한 것도 아니었고… 유복하면 유복하다고 할 수 있다. 그렇기 때문에 자신과 정반대인 서린에게 끌리고, 또 서린을 증오했다.

"그래… 나는 뭘 두려워하고 있지? 지금이 아니면 안 돼. 조반니도 나에게 그걸 원하고 있을 거야."

혁진은 이를 악물었다. 생각하고 자시고도 없다. 조반니는 이 상황을 만들어주기 위해 그를 여기까지 박아 넣은 것이다. 그렇다면 할 일은 단 하나!

지금 당장 서린을 박살 내고 조반니에게 끌고 가는 것이다!

그렇지만 혁진은 그런 마음을 먹고 나서 퍼뜩 놀라고 두려워했다. 처음에는 한세건이 언제 돌아올까 모르기 때문에, 혹은 자신이 서린을 반드시 이긴다는 승산이 없기 때문에 그런 줄로 알았다.

하지만 조금 침착하게 생각해 보니 자신이 진짜로 두려워하는 것은 그게 아니라는 걸 알았다.

바로 서린에게 미움받는 걸 두려워하고 있는 것이다.

친구였으니까, 그런 짓을 하고 나면 더 이상 친구가 아니게 되는 게 두렵다. 아무리 서린이 착하다 해도 성깔은 있는 놈. 배반한 자신을 억지로 감싸가며 친구 관계를 유지할 리 없다.

아니, '그런 짓'을 하고 나면 용서니 그런 것도 불가능해질 것이다. 왜냐면 서린은 죽을 테니까!

"하하하하."

그는 창밖을 통해 여전히 안절부절못하고 왔다 갔다 하는 서린을 바라보았다. 저 녀석을 잃는 게 두렵고 아쉽다고? 이 얼마나 웃기고 한심한 일이냐. 혁진은 기가 막혀서 자신의 뺨을 때렸다.

친구라고?

혁진은 지금까지 단 한 번도 친구를 필요로 해본 적이 없었다. 사람은 홀로 완전하지 않으면 안 된다. 프라이드가 강하고 극기 정신이 강한 혁진으로서는 당연한 인식이었다. 그런데 지금 그는 서린을 잃을까 봐 두려워하고 있는 것 아닌가?

그 두려움 때문에 그는 되레 마음을 굳혔다. 그는 칼날을 두려워하면 칼날로 자신을 그었다. 불을 두려워하면 일부러 불에 손을 넣었다. 그런 식으로 자신의 약점을 잘라오면서 단련했기 때문에, 이 일을 결정하는 것은 너무나도 쉬웠다.

혁진은 자리를 박차고 일어나 문을 열었다. 그는 안절부절못하고 있는 서린에게 다가갔다.

어디선가 풀벌레 소리가 들려왔다. 그리고 풀들을 헤치고 걸어오는 발소리도. 서린은 계속 뒤뜰에서 오락가락하다가 혁진이 다가오는 것을 보고 고개를 들었다.

"혁진? 왜?"

"아니, 그냥. 이런저런 생각 하느니 어때? 나랑 스파링하지 않을래?"

혁진은 웃으면서 그에게 다가왔다. 그렇지만 어딘가 표정이 굳어 있다.

"스파링? 헤에, 미안. 그런 거 할 기분이 아니야. 그리고 지금은 몸 상하게 하지 말자고. 언제 세건 형이 우리를 필요로 할지 모르고."

서린도 지금 일이 이상하게 돌아간다는 것을 알아차렸다. 녀석들은 카메라를 부수는 짓을 했다. 왜 그랬을까? 단지 상황을 보이고 싶지 않아서? 아니, 그렇진 않을 것이다.

세건이 설치한 카메라는 사생활을 탐지하기보다는 접근하는 이들, 그 근처를 지나는 이들을 판별하기 위한 것이었다. 하긴 사생활을 관찰하는 것이었다면 몰래카메라지. 그렇게 되면 그건 변태 행위가 아닌가? 여고생의 사생활을 침해하는 몰래카메라라니.

그런 것이었다면 서린이 용납했을 리가 없다.

세건이 서린의 동의를 구할 리도 없지만.

그는 정말 필요하다면 무슨 소리를 듣든 간에 저지르고 본다. 어찌 되었든 그래서 세건이 설치한 카메라는 영은이의 집 근처에 붙어 있는 것도 있지만 그 근처로 진입하는 대로변의 교통 상황을 내려다보고 있는 것도 있었다.

그걸 부수려면 각 건물을 뛰어다니면서 찾아야 하는 번거로움이 있다. 그 시간에 차라리 집을 습격해서 강제로 윤영은을 들고 나르는 게 훨씬 빠르다. 만약 그들이 정말 윤영은을 납치하고 싶어 했다면.

그렇다면 적들은 대체 왜 카메라를 부쉈을까? 그건 세건을 끌어들이기 위해서이다. 그리고 그 카메라는 세건이 선정한 저격 포인트에 위치한 것들. 아마도 세건의 관찰 없이 저격수를 배치하기 위해서 미리 다 부숴놓았을지도 모른다.

세건이 서린에게 늘 상기시킨 말이 있었는데 그것은 총탄을 피한다는 것은 불가능에 가깝다는 이야기였다. 아무리 뛰어난 신체 능력을 가지고 있어도 총탄을 피한다거나 하는 것은 절대 불가능하다. 매트릭스란 영화에서 키아누 리브스가 총탄을 피하는 연기를 했지만 그건 어디까지나 영화일 뿐이다.

영화나 만화에서 나올 법한 흡혈귀들이 실제로 있는데, 무슨일을 단지 '영화일 뿐이다'라고 잘라 말하는 것은 웃기는 일이지만 물리적으로 불가능한 것은 불가능한 것이다.

인간이나 흡혈귀나 총탄은 피할 수 없고 그 타격은 치명적이다. 흡혈귀가 근처의 사람들의 적의, 살의를 감지하는 거리는약 10미터, 라이칸스로프의 경우는 약 15미터 정도다.

그 밖에서 공격하면 살의를 읽고 피한다거나 기척을 느끼고피한다는 것은 불가능. 초탄은 멋모르고 맞아야 한다. 즉 저격은 가장 위험한 공격법이고 저격수야말로 사신인 것이다. 그걸 감안할 때 어쩌면 한세건은 위험한 처지에 놓여 있을지도모른다.

혁진은 골똘히 생각에 잠기는 서린을 보고 물어보았다.

"응? 그가 너의 도움을 필요로 한 적이 있었어?"

"물론이지."

서린은 자신 있게 대답했다. 저렇게까지 자신 있어 하는 걸보니 실제로 있긴 있었던 모양이다. 의외인걸, 한세건이 서린의 도움을 필요로 하다니? 혁진은 왠지 물어보고 싶어져서 서린을 바라보았다.

"어떤?"

"그러니까 이를테면 벽에 못을 박는데 액자를 들고 있으라든가."

"아, 잘 알 것 같군. 거기까지."

더 들을 것도 없다는 듯 혁진이 손을 내저었다. 그러자 서린은 볼멘소리로 투덜거렸다.

"상처받겠군. 이야기는 끝까지 좀 들어봐."

"싫어, 인마."

혁진은 그렇게 중얼거리며 서린에게 다가갔다. 좀 더, 좀 더 다가가야 한다.

"그럼 그 세건 형을 믿고 있어봐. 네 여동생도 짠! 구출해 올 테니까."

"그러면 좋겠다. 어쨌거나 다른 사람도 아닌 세건 형이니까 그리 쉽게 당하진 않겠지."

"그럼, 너도 아닌데 말야."

최혁진은 다시 한 걸음 더 다가왔다. 이제 간격은 팔꿈치를 쳐도 맞을 만한 거리. 이 정도면 충분하다. 서린은 아무것도 모르고 혁진을 바라보았다.

"응? 왜 갑자기 내가 나와? 물론 나야 세건 형에게 미치지는 못하지만……."

"그러니까 너는 쉽게 당한다는 소리지."

"응?"

그 순간 혁진은 팔꿈치를 휘둘러 서린의 안면을 강타했다.

쿠당탕!

2미터 정도 날아간 서린이 바닥의 파이프에 걸려서 앞으로 고꾸라졌다. 세탁기의 전원을 연결하는 전선을 보호하기 위한 동관이었다. 평상시에는 발이 걸리기는커녕 걸려 넘어지고 싶어도 넘어지지 않았지만 방금 전의 공격은 굉장히 강했다.

그는 깜짝 놀라서 몸을 일으키려고 했다. 하지만 이게 웬일인가? 다리가 저리고 몸이 후들후들 떨린다. 입을 벌리니까 어금니가 여섯 대나 빠져나오고 입안이 피로 물든다. 볼이 찢어져서 안팎으로 피가 나오는데 그 양이 상당하다.

"아, 아니?!"

이 팔꿈치는… 장난 삼아 날린 것인가? 하지만 장난 삼아 날렸다고 하기에는 너무나 위험하다. 인간이었다면 머리가 터져서 죽었을 것이다.

서린은 입에 손을 가져가서 이빨을 뺄어내고 놀란 눈으로 혁진을 바라보았다. 하지만 혁진은 서린의 상태를 보고도 걱정하거나 사과하는 일 없이 차가운 눈초리로 그를 내려다보고 있었다.

마치 집 앞에 죽치고 앉아 있는 거지라도 내려다보는 듯한 눈초리다. 귀찮고 경멸스런 벌레를 보는 듯한 눈초리가 너무나 차가워서 가슴속까지 얼어붙는 듯하다.

"일어나, 서린. 그 정도에 고꾸라지면 재미없지."

혁진은 팔짱을 끼며 그렇게 말했다. 서린은 즉시 지면을 박차고 일어났다.

"무, 무슨 짓이야?"

"…글쎄? 친구에 대한 약간의 시험이랄까? 궁금해졌어, 서린. 과연… 라이칸스로프가 된 지금, 지금도 나는 너에게 이길 수 있을지 없을지."

이 녀석이 지금 무슨 소리를 하고 있는 거야? 서린은 갑자기 불길한 생각이 떠올랐다. 하지만 그는 필사적으로 그 생각을 지웠다. 단순한 장난 이상의 의미로 말하는 거라면… 아니, 그건 생각조차 하기 싫다.

친구 간에 합리적인 의심을 가지고 기분 나빠 한다면 그건 제대로 된 우정이 아니다. 서린은 그렇게 생각하고 있었지만 지금 이것을 합리적으로 의심한다면, 그리고 그 의심이 적중한 다면 그때 치러야 할 대가가 너무나도 컸기 때문이었다.

"아, 안 돼! 스파링 때문에 그러는 거야? 그런 거라면 영은이가 구출되고 나면 얼마든지 해준다니까?"

"웃기지 마. 나는 목숨을 건 싸움을 원해. 스파링? 그런 것 정도가 아니야. 알겠어? 너와 나, 누가 더 살생에 능숙한 놈인지 시험해 보자는 거다!"

혁진은 그렇게 외치고 앞으로 달려들어 앞차기를 날렸다. 깜짝 놀란 서린이 몸을 돌려서 그 앞차기를 피했지만 혁진은 발을 착지시키는 것과 동시에 뛰어들면서 서린의 안면에 다시 주먹을 날렸다. 서린은 헤드 슬립으로 그 공격을 피했다.

치익!

스친 것만으로 피부가 찢어지고 피가 튀었다. 진짜 살기를 담은 주먹임을 안 서린은 즉시 혁진의 몸통에 주먹을 날렸다.

"핫!"

그러나 혁진은 몸을 틀면서 방금 전 날린 주먹을 아래로 내려 서린의 주먹을 흘려보냈다. 그러고는 반대쪽 팔로 백스핀 너클을 날렸다. 이번에는 헤드 슬립만으로는 피할 수 없다.

"큭!"

전신의 원심력을 이용한 주먹의 강타가 서린의 이마에 명중했다.

빡!

혁진의 주먹이 금이 가며 깨졌다. 하지만 서린 역시 덜컥 하고 목을 흔들며 뒤로 몇 걸음 물러났다.

"큭!"

심각한 타격이다. 머리뼈에 금이 간 것은 물론이거니와 그 머리를 받치고 있던 목뼈까지 흔들거린다. 완벽한 공격이라고 하지는 못하겠지만 적어도 상대방이 진심이라는 것은 알려주는 공격이다.

하지만 혁진이 대체 왜?

옛날부터 지기 싫어하는 놈이라는 건 알았지만 왜 이제 와서 갑자기 이런 흉악한 공격을 가해온단 말인가? 설마 조반니에게 정말 무슨 암시라도 받았단 말인가?

아니, 아니다. 아니란 건 처음부터 알고 있었다. 역시 그 불길한 생각이 맞은 것이다. 혁진은 처음부터, 서린을 이기고 싶어 했다!

"혁진, 너! 이 한심한 녀석!"

대체 이기고 지는 게 얼마나 중요해서 그것에 집착한단 말인가! 서린은 어처구니가 없었다. 그러나 그것에 집착하지 않는 서린을 보면 혁진은 더더욱 증오할 것이다.

"닥쳐!"

그 순간 바람을 가르며 발차기가 날아든다. 서린은 반사적으로 커버를 올려서 방어했지만 예리한 발차기가 서린의 방어 위에 터졌다. 서린의 몸이 위로 붕 뜨더니 소나무에 충돌했다.

투드드득!

잔가지들이 부러지며 서린의 몸이 관목림 위로 떨어졌다. 서린은 빙글 몸을 돌려서 일어났다. 하지만 덜컥 팔이 아래로 떨어진다. 방어한 쪽의 팔이 완전히 부러져 버린 것이다.

"이런!"

"약하군! 서린, 너 이 정도였냐? 옛날에 나를 한 방에 날릴 때는 넘지 못할 벽 같더니… 이제 보니까 순전히 라이칸스로프의 힘이었잖아?"

혁진은 어처구니가 없다는 듯 서린을 비웃었다. 지금까지 이런 녀석에게 콤플렉스를 느끼고 있었다니 자신이 봐도 우스울 정도다.

"뭐!"

"네놈은 약해. 구역질 날 정도로."

"야! 이 자식! 네놈이야말로 약해 빠졌다! 어린애냐? 언제 적 일들을 가슴에 담아두고 결국 이따위 식으로 터뜨리는 거야!"

서린도 참지 못했다. 그는 벌떡 일어나서 단숨에 팔을 재생시키고 혁진에게 뛰어들었다. 그리고 침착하게 스트레이트를 날렸다.

혁진은 뒤로 물러나며 공격을 피하고 카운터로 발차기를 날렸다. 하지만 서린은 앞으로 숙이며 혁진의 발차기를 머리 위로 넘겼다. 그리고 남아 있는 혁진의 버팀발을 향해 로우킥을 날렸다. 하지만 혁진은 다리 하나만으로 훌쩍 점프해 서린을 뛰어넘었다.

"꽤 괜찮군. 예전보다 많이 나아졌어. 이게 다 그 세건 덕분인가?"

혁진은 서린의 동작이 많이 좋아진 것을 보고 내심 감탄했다. 그러나 서린은 대꾸 대신 앞으로 뛰어들며 앞차기를 날렸다.

하지만 혁진은 수월하게 뒤로 물러나 서린의 발차기를 피했다. 태권도 선수처럼 경쾌한 스윗칭 스텝으로 피한 그는 발끝으로 지면을 박차고 낮은 태클로 들어왔다. 서린은 깜짝 놀라서 그의 허리띠를 잡았다.

"아?"

그 순간 이번에는 혁진이 내동댕이쳐졌다. 인간끼리의 싸움이라면야 낮은 태클이 들어가서 완전히 걸릴 경우, 그걸 힘으로 풀어낸다는 것은 불가능하다. 하지만 라이칸스로프끼리는 다르다. 체중에 비해 다들 지나치게 힘이 세기 때문에 조금만 수직으로 힘을 주면 들려 버리는 것이다.

"젠장!"

어두운 송림 속으로 던져진 혁진은 공중에서 소나무 가지를 잡고 몸의 균형을 회복했다. 그는 지상으로 착지하는 것과 동시에 바닥에서 돌을 찾아서 서린을 향해 던졌다.

콰직!

서린이 멋도 모르고 손을 들어서 막았지만 그 순간 손가락이 부러졌다. 깜짝 놀란 서린이 휘청거리는 사이 혁진은 다시 뛰어들어 서린의 아래턱을 향해 주먹을 날렸다.

빠악!

정확한 적중! 서린의 몸이 충격을 이기지 못하고 크게 흔들렸다. 하지만 그 순간 혁진도 왼쪽이 시계에서 사라졌다는 것을 느꼈다. 서린은 돌을 받아서 부서진 손으로 그 돌을 다시 혁진에게 던진 것이다.

손가락이 그립을 쥐지 못했기 때문에 컨트롤도 엉망이고 힘도 들어가지 않았지만 그게 왼쪽 눈두덩이 위에 적중해서 얼굴이 터지다시피 했다.

"카악!"

서린은 어퍼컷을 날렸다. 갑자기 어퍼컷이라니! 혁진은 뒤로 몸을 젖히며 방어 자세를 취했지만 이번엔 어퍼컷이 옆으로 누워서 혁진의 코를 맞췄다. 기본적으로 뒤집은 평권 찌르기 비슷한 어퍼컷이라 사정거리가 짧은 일반 어퍼컷과 달리 공격이 꽤 길게 들어온다. 뒤로 물러서는 것은 그리 좋은 피하기가 아니다. 다만 서린의 숙련도가 너무나 미숙해서 피할 수 있었던 것이다.

"크!"

혁진은 뒤로 젖히다시피 한 몸을 옆으로 빙글 회전시키며 앞으로 숙인 채 서린의 몸통에 훅을 날렸다. 보통 사람이라면 전혀 파괴력이 실리지 않을 위태로운 자세였겠지만, 춤을 추는 듯 리듬을 탄 혁진의 주먹이 서린의 옆구리에 꽂혔다.

"헉!"

서린의 몸이 굳었다. 혁진은 그 찬스를 놓치지 않고 이번엔 어퍼컷을 날렸다. 정확하게 아래턱에 주먹이 작렬하자 서린의 몸이 휘청거리며 뒤로 물러났다.

하지만 여기서 끝나지 않는다. 혁진은 아주 죽여 버릴 심산인지 서린에게 로우킥을 날려서 자세를 무너뜨린 뒤 떨어지는 머리를 향해 팔꿈치로 강타를 날렸다.

빠각!

서린의 머리가 혁진의 팔꿈치에 걸린 순간 그의 몸이 홱 돌아가 지면에 널브러졌다. 이미 이 공격으로 서린의 몸은 완전히 피투성이가 되었다. 보통 인간이라면 지금 당장 수술대 위에 있고 유능한 외과 의사 5명이 달라붙어 집중 수술을 한다 해도 살아남지 못할 중상이다.

"하아, 하아!"

그러나 서린은 게슴츠레하게 눈을 뜨고 손으로 바닥을 짚었다. 이 정도 공격으로도 죽지 않는다. 혁진은 그 모습을 보고 숨을 골랐다.

"…하! 터프하군."

"대, 대체 왜 이러는 거야? 정말 죽일 셈이야?"

"몰라서 묻는 거냐? 그럼 모른 채로 죽어라."

혁진은 다시 달려들었다. 서린은 공격을 방어하기 위해 방어 자세를 취했지만 혁진은 더블 잽으로 서린의 가드를 연 뒤 스트레이트를 찔러 넣었다.

서린이 피투성이가 되자 이번에는 발로 지면을 찍듯이 밟으며 반대쪽 발을 튕겨 올리는 동시에 무릎차기를 넣었다. 늑골이 부서지는 요란한 소리와 함께 서린이 소나무에 처박혔다.

우드득!

소나무 뿌리가 흙을 잡아 뜯으며 뒤로 넘어간다. 나무가 뒤로 쓰러지는 것과는 반대로 서린의 몸은 앞으로 엎어졌다. 방금 전의 공격으로 완전히 횡격막이 파괴되었는지, 아니면 무릎차기의 충격이 고스란히 심장으로 간 탓인지 서린은 숨을 쉬지 못하고 바닥을 긁었다.

"허억… 허어어어어억!"

혁진은 그런 서린의 모습을 내려다보면서 웃어댔다.

"하, 하하하하하하! 아하하하핫! 그래, 고작 이 정도였냐! 고작… 별거 아니잖아, 응? 그래! 난 너를 죽일 수 있어. 죽일 수 있다고 했었지?"

방금 전까지 서린을 친구로서 잃게 될까 봐 두려워했다. 하지만… 혁진은 그런 자신의 생각이 어리석었음을 깨달았다. 지금 피투성이가 되어서 죽어가는 서린을 바라보는 게 너무 즐겁다.

자신이 직접 때려서 죽이는 것이 너무나 유쾌하다. 이렇게 재미있고 즐거울 줄이야. 이건… 그래, '행복'이라고 할 수 있겠다. 태어나서 한 번도 행복하다고 느낀 적이 없었는데, 오늘 친구를 직접 죽이면서 처음으로 행복하다는 느낌을 받았다.

아아… 살아 있기를 잘했어.

혁진은 뿌듯한 기분에 눈을 감았다. 생판 모르는 남을 괴롭히는 것보다, 진짜 소중했던 친구를 파괴하는 것이 이렇게 즐거울 줄이야! 아아, 이럴 줄 알았으면 친구를 좀 많이 만들어두는 거였는데.

혁진은 못내 아쉬웠다. 친구가 많으면 많을수록 이 기쁨을 계속 느낄 수 있을 텐데, 그에게는 이 정도 기쁨을 줄 만한 이가 오로지 서린밖에 없었다.

혁진은 미소를 지으며 서린에게 다가갔다. 그러고는 발을 들어서 쓰러진 서린의 목을 짓밟았다.

까드드득!

목뼈가 돌아가며 목이 부러졌다. 고통스러워하던 숨결도 사라지고, 그 심장도 완전히 정지했다. 혁진의 공격에 의해 피투성이로 변한 서린은… 이걸로 완전히 숨을 거두었다.

"하하하하하하하하!"

혁진은 광소하며 하늘을 올려다보았다. 달도 뜨지 않은 검은 밤, 하늘에는 별이 가득하다. 며칠간의 비 때문인지 오늘은 유달리 밝고 청명한 밤하늘이었다.

第12夜

Howling #2

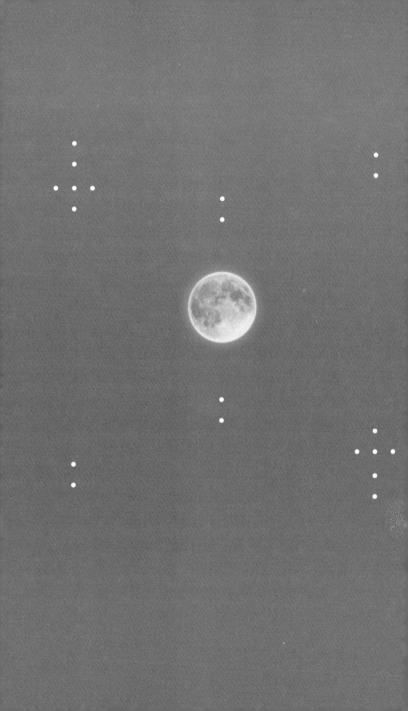

1

　무광 처리된 총열의 조준선 끝에는 거대한 밴이 너덜너덜해진 차체를 이끌고 도로 위를 질주하고 있었다. 앞 창문은 완전히 날아갔고 보닛도 우그러지고 사이드미러도 남아 있지 않다.

　차량만 험비였다면 모가디슈 공방(소말리아 내전시 미군이 큰 피해를 입었던 전투)에 투입된 차량이라고 해도 믿을 만한 파손 상태다. 하지만 그럼에도 불구하고 차는 달린다. 앞의 범퍼가 바닥에 닿아서 시끄러운 소리를 내고 있음에도 불구하고, 마치 상처 입은 황소처럼 거칠게 도로를 주행하고 있었다.

　총열 덮개를 쥐고 있는 손이 멈춰 섰다. 호흡이 잦아들고 방아쇠에 걸린 손가락에 힘이 빠졌다.

　총을 쥐고 있던 이는 천천히 방아쇠를 당겼다.

콰앙!

총성이라기보다는 폭음에 가까운 소리와 함께 총탄이 튀어 나갔다. 밴의 앞 운전석에 총탄이 격중하는 순간, 커다란 밴이 과속방지턱에라도 걸린 것처럼 덜컹 튀어 올랐다.

끼이이익!

타이어가 노면에 마찰되는 소리가 귀를 찢는다. 달리던 속도를 못 이기고 밴이 출렁거리며 차축이 지면에 닿아 불꽃이 튄다. 밴은 기어코 인도를 들이받고 영화 속의 한 장면처럼 뒤집 어졌다.

"맙소사!"

가로등 아래 나뒹군 밴의 문이 뜯어지며 한 남자가 튀어나 왔다.

"으으윽! 로이스!"

그는 옆으로 쓰러진 밴의 위에 서서 운전대를 잡고 있던 자신의 형제를 바라보며 경악했다. 단지 한 번의 총격뿐이었는데도 로이스는 가슴 아래가 완전히 없어져 버렸다. 재생력으로 재생하고 말고가 없는 '소멸'이었다.

어디 그뿐인가? 입과 귀, 코 등에서 검은 연기 같은 게 치솟 아 오르고 있는데 그 연기는 희미한 비명을 내지르며 데스마스 크로 변해갔다.

"하!"

그는 다리가 부러진 선글라스를 벗어 던지고 새 선글라스를 썼다. 이 정도 상처면 아무리 구울이라고 하더라도 살아날 수 없다.

철들던 시절부터 슬럼가에서 서로를 의지하며 살아온 형제였다. 살기 위해서 남들을 죽여왔고 죽을 위험도 많이 겪었다. 히트맨이라는 건 원래 언제 죽을지 모르는 하루살이 같은 목숨. 그 수라장을 헤쳐 나온 베르나르도 형제였다. 죽음은 이미 각오한 삶, 그럼에도 불구하고 형제의 죽음 앞에서는 참을 수 없는 격정이 치밀어 올랐다.

"큭!"

하지만 지금은 슬퍼하고 있을 겨를이 없다. 쓰러진 차에서 뛰쳐나오는 순간은 저격당하기 가장 쉽다. 그 사실에 생각이 미친 랜스는 즉시 옆의 골목으로 피했다.

끼이이익!

쓰러진 밴을 피해서 차량들이 노면에 멈춰 서는 소리가 요란하다. 그뿐 아니라 주위의 사람들도 놀란 눈으로 그를 바라본다. 이런 곳에서는 흡족하게 싸울 수가 없다. 하지만 그것은 적도 마찬가지……

달리던 차가 총격을 받아 쓰러지는 모습은 사람들의 이목을 피할 수 있겠지만, 랜스의 머리통이 총격에 날아가는 모습은 아무리 인간의 인식을 벗어나게 하는 주문을 쓴다 하더라도 어물쩍 넘어갈 문제가 아니다. 형제의 죽음에 망연자실해 있는 동안 총격이 없었던 것은 아마도 그 때문일 터!

"나보고 네놈에게 오라는 건가!"

랜스는 이를 으드득 갈았다. 죽여 버릴 테다! 그 피를 내어

한 방울도 남김없이 짜버릴 테다! 그리고 그 육신을 남김없이 먹어치워서 로이스의 죽음을 애도하겠다.

그는 코트 안에 숨겨진 샷건을 확인하며 앞으로 걸어갔다.

"헤, 헬로? 아, 아 유 오케이?"

사고를 구경하고 있던 이들 중 한 남자가 당황해하면서 랜스에게 다가왔다. 하긴 차량이 뒤집어졌는데 그 안에서 뛰쳐나온 사람이 뚜벅뚜벅 어딘가로 걸어간다면 놀랄 만도 하다.

게다가 몇몇 사람은 사고 차량으로 몰려오더니 문을 열기 위해 언제 폭발할지도 모르는 차에 기어올랐다. 뒤에 달려 있는 문짝은 쓰러질 때의 충격으로 찌그러져 사람의 손으로 열 수 있는 게 아니니 옆문을 열 수밖에 없는데, 차가 옆으로 쓰러지는 바람에 문이 위로 향해 버린 것이다.

가뜩이나 큰 차라서 기어오르지 않고서는 문을 열 수가 없었다. 하지만 그렇다고 해서 기름이 새어 나오는 차 위로 선뜻 올라서다니. 자기 목숨이야 어찌 되든 말든 사람을 구해내겠다는 건가?

랜스는 질려서 그들을 바라보았다. 그 모습은 그의 어린 시절 코카콜라 배달 차가 엎어졌을 때 카스테레오를 훔치기 위해 달려들던 아이들의 모습을 연상케 했다. 그도 그 무리에 있었고 로이스도 그곳에 있었다. 물론 저들은 차를 약탈하기 위해 몰려든 게 아니라 도우러 온 것이지만.

하지만 이제는 누구도 그들을 도와줄 수 없다.

"Fuck!"

랜스는 그 말을 남기고 사람들을 밀치고 빠져나갔다.

"어찌 된 일이지?"

한세건은 차량을 바라보다가 의아해했다. 운전석에 앉아 있던 놈은 일격에 즉사, 그리고 그 옆의 놈은 뛰쳐나왔다. 하지만 정작 가장 중요한 그들의 보스, 조반니 반테로가 보이지 않는다.

생각해 보면 그에게는 공간 이동이란 특수 능력이 있다. 그러니 사람들의 이목을 한 몸에 끌면서 뛰쳐나올 필요 없이 텔레포트를 할 수 있겠지.

하지만 차 문을 열고 나온 구울의 행동이 마음에 걸린다. 어딘지 모르게 어색한 그 움직임은 조반니가 차 안에 없었다는 느낌을 들게 한다.

"그보다 안의 여자애는 괜찮으려나 모르겠네."

저격을 당해서 너무 흥분한 탓일까? 한세건은 안에 잡혀 있을 여고생은 생각지도 않고 총을 갈겨 버렸다. 사람 목숨이라는 게 어떻게 보면 질기지만 어떻게 보면 또 덧없는 것이라서, 방금 전 충격으로 죽어버렸을 수도 있다.

"……"

세건은 말없이 총열을 교체했다. 계단 안으로 누군가가 들어오는 소리가 들렸기 때문이다.

쉬이이익!

곧 그것은 인간은 흉내조차 내지 못할 엄청난 속도로 계단을 달려 올라왔다. 롱코트를 걸친 백인 남자가 샷건을 들고 계단으로 뛰어오르더니 다짜고짜 총질을 했다. SPAS—12를 개조한 연발형 샷건이 불을 뿜었다.

"흠!"

하지만 세건은 계단을 오르는 것만으로 총격을 간단하게 피했다. 계단이 꺾이는 통로에서 옆으로 돌면 순식간에 사각으로 돌아설 수 있다.

물론 그런 사실은 마피아의 히트맨 출신인 랜스 베르나르도도 잘 알고 있었다. 그는 코트에서 스턴 그레네이드를 꺼내 벽을 향해 던졌다. 수류탄은 정확하게 벽에 맞고 튕겨 들어가 세건이 올라간 상부 플로어로 올라갔다.

팍!

그러나 올라갔다 싶은 순간 바로 그레네이드가 돌아온다. 세건도 랜스의 행동을 예측하고 있었는지 복도로 굴러 들어온 스턴 그레네이드를 발로 걷어차 버린 것이다.

"이런!"

콰콰앙!

스턴 그레네이드가 폭발하며 빛이 눈앞을 가렸다. 랜스는 즉시 몸을 뒤로 날리며 팔로 눈과 귀를 막았다. 다행히 항상 선글라스를 쓰고 있는 데다가 반응이 재빨라서 감각은 잃지 않았다. 그러나 그때 한세건이 벽을 박차며 달려왔다.

"제길!"

벽을 박차고 달리며 코너를 돌아 급선회한다. 흡사 날 듯이 달려오는 그의 손에는 이미 거대한 검은색의 칼이 들려 있었다.

팍!

SPAS—12로 다급하게나마 공격을 막아냈다. 그러나 그 순간 주위의 사물이 격렬히 멀어지고 등으로부터 엄청난 충격이 느껴졌다.

"컥!"

몸이 뒤로 튕겨 나가 벽에 부딪친 것이다. 그리고 충격에서 미처 회복되기도 전에 도폭선이 살아 있는 뱀처럼 날아들었다.

쉬리리릭!

도폭선이 꿈틀거리며 정말 뱀 같은 소리를 낸다. 한세건의 염동력으로 제어되는 도폭선이 랜스의 몸을 휘감아 버렸다.

"빌어먹을."

저절로 욕이 튀어나온다. 어지간한 총탄이라면 아무리 맞아도 끄떡없는 몸이지만 도폭선은 다르다. 하지만 형제의 원수인 인간에게 변변한 반항도 못하고 살해당하는 꼴이 되다니. 마피아의 히트맨이 되었을 때부터… 아니, 슬럼가를 전전하던 때부터 각오는 하고 있던 것이지만 설마 이렇게 한심한 죽음을 맞이하게 될 줄이야…….

한세건은 무표정한 얼굴로 랜스를 바라보았다. 안에서부터 푸른색의 귀화가 피어오르는 그 눈동자는 감정이라는 게 느껴지지 않는다. 그는 마치 음식점에서 받은 이쑤시개를 별생각 없이 부러뜨리는 것처럼 흡혈귀나 괴물들을 죽일 수 있을 것이다.

물론 그런 놈이다 보니 적을 죽이기 전에 심경을 물어본다거나, 하수인에 불과한 구울에게 그 주인이 어디 있는지 물어보는 등의 멍청한 짓들은 하지 않았다. 그는 말없이 전기 플러그의 스위치를 눌렀고 그 순간 도폭선이 발화했다.

파팍!

피와 살점이 계단 통로를 가득히 메웠다. 인간의 육신 하나가 산산조각 나며 통로 안에 널브러졌다. 발을 옮길 때마다 핏물과 살점이 신발에 들러붙어 찌걱거린다.

세건은 랜스 베르나르도의 시체에서 물러나 창밖을 바라보았다. 밴은 여전히 쓰러져 있고, 사람들은 모두들 달라붙어서 기절한 여고생을 조심스럽게 끄집어내고 있었다. 멀리서 봐서는 죽었는지 살았는지 잘 모르겠지만, 한 가지 확실한 것은 조반니 반테로가 없다는 것이다.

"이런! 제 부하가 당하고 있는데 이 자식은 어디 간 거지?"

문득 불길한 생각이 들었다.

서린의 여동생 영은은 서린을 끌어내기 위한 인질이어야 그 가치가 있다. 하지만 그것을 저렇게 쉽게 포기하다니. 게다가 조반니 반테로는 어디로 간 것일까? 보통의 구울들이라면 쓰다 버리는 소모품이나 다를 바 없지만 베르나르도 형제는 다르다.

총알에 대해 강력한 내성을 가지고 있고 육체적인 격투 능력은 흡혈귀 이상이다. 이런 놈들을 만들기 위해서는 많은 VT 손실이 있었을 텐데 그런 녀석들을 이렇게 헌신짝 버리듯 버리다니?

"Yo, 소울 브라더! 붐치기붐치기 착착 차가자가……."

익숙한 비트박스 소리와 함께 레게 머리의 흑인이 창문을 통해 들어온다. 마치 거미처럼 벽을 타고 손쉽게 들어온 이 흑인은 흡혈귀 중 자유주의 노선을 걷고 있는 에스프리의 멤버 래트 거닙이란 놈이었다.

한세건과는 예전에 한 번 본 사이이지만 소울 브라더니 뭐니 하는 정감 있는 칭호로 부를 사이는 아니었다.

"네놈!"

한세건은 볼 것도 없이 래트를 향해 칼을 찔렀다. 하지만 래트는 몸을 뒤로 젖히더니 한 손으로 땅을 짚고 토마스, 윈드밀, 에어플레인, 에어트랙으로 이어지는 강력한 퍼포먼스를 선보였다. 가뜩이나 좁은 계단 통로에서 그 거구가 춤까지 춰대니 바람이 요란하다.

세건은 래트의 공격을 피하기 위해 콘크리트 천장에 손가락을 박아 넣고 매달렸다.

"개 같은 노래는 닥치고, 네놈이 무슨 일이지?"

"오오~ 역시 그런가? 아르곤의 말을 듣고 열심히 연습 중인데 이래서야 빌보드 차트 일 위는 무리겠군. 마이 프렌드! 너의 충고 고맙게 받아들이지! 그나저나 이번엔 당했군, 한세건 군?"

래트는 노골적으로 혀를 굴리며 말했다.

'빌보드 차트 일 위라니, 이건 또 무슨 개소리야?'

세건은 그가 짜증 났지만 말하는 내용이 신경 쓰여서 물어보지 않을 수 없었다.

"당하다니?"

"조반니는 이미 서린을 잡으러 떠났지."

"…역시."

윤영은을 납치한 것은 세건과 서린을 떼어놓기 위한 술수였다는 것이다. 하긴 어째 일부러 카메라와 마이크 등을 부수는 걸 보여주더니 행동은 좀 늦었다 했다.

게다가 집에는 이미 조반니 반테로에게 납치되었던 적이 있는 혁진이 있다. 만약 조반니가 그런 수작을 부렸다면 혁진 역시 한패거리일 가능성이 크다.

"크윽."

세건은 아쉽다는 듯 래트를 노려보았다. 아무리 바쁘다고 해도 눈앞에 보이는 흡혈귀를 살려서 보내는 것은 그의 원칙에 어긋나는 일이다. 그러나 래트 거닙은 절대로 만만치 않은 상대이고 지금은 일각을 다투는 때이다.

서린의 실력이 그 후로 늘었다고는 하지만, 최혁진이 적이라면 위험하다. 서린의 실력으로는 아직 혁진의 적수가 되지 못할 터! 세건은 래트를 노려보며 창문으로 향했다.

"그 외에 할 말은? 그런데 왜 네놈이 그런 걸 씨부렁거리는 거지?"

"오우, 마이 프렌드! 흑인 이퀄 힙합. 언더스탠?"

"……."

중국인은 다들 쿵푸의 달인이고 한국인은 다들 태권도 유단

자고 일본인은 닌자, 사무라이, 게이샤로 이뤄져 있다는 소리와 비견될 만한 편견을 흑인 자신의 입으로 말하다니.

세건은 어처구니가 없어서 그를 바라보았다. 하지만 더 이상 잔소리할 때는 아니다. 이대로라면 서린을 조반니 반테로에게 빼앗기고 만다. 다른 놈이면 모를까 테트라 아낙스계의 흡혈귀들에게 그 녀석을 넘겨서는 안 된다!

"간다!"

세건은 창문 아래로 뛰어내렸다.

서린은 의식이 멀어져 가는 것을 느끼며 자신의 친구를 바라보았다.

친구의 손에 죽는다라……. 서부영화 등에서는 많이 있을 법한 일이지만 설마 그게 자신에게 일어날 줄은 몰랐다. 그것도 아무런 영문도 모른 채…….

처음에는 혁진이 조반니에게 조종당하거나 암시라도 걸려 있는 게 아닌가 했지만, 그것은 터무니없는 낙관이었다. 혁진은 어디까지나 스스로의 의지로 서린을 공격한 것이다.

최혁진은 애초에 양들 무리에 끼어 있는 늑대였다. 양의 껍질을 뒤집어쓰고 있다가 어두운 곳에서는 자신의 흉포한 이빨을 드러낸다.

아니… 늑대는 나인가?

서린은 스스로에게 반문하며 쓴웃음을 지었다. 그 순간 갑자기 눈앞이 붉게 물들었다.

우우우우우!

어디선가 늑대의 울음소리가 들려온다. 아니… 이건 나의 울음이다! 이성에 억눌려 있던 야성이 깨어나고 감각이 곤두선다. 마치 달게 잠을 자고 깨어난 것처럼 상쾌한 활력이 전신에 가득 찼다.

그래, 이래야지. 이렇게 되지 않으면 안 되지. 서린은 키득거리며 눈을 떴다. 두 개의 붉은 눈이 밤의 어둠 속에서 빛을 발했다.

"이런 제길?!"

방금 전, 서린을 쓰러뜨렸던 혁진은 놀라서 그를 바라보았다. 분명히 심장이 멎었을 그 몸으로부터 기괴한 울림이 들리기 시작한 것이다.

"그래! 이래야지! 너무 쉽게 죽지 마!"

혁진은 미소를 지었다. 그는 조반니의 손에 잡혔을 때부터 자신이 현실과 비현실의 경계에 몸을 내던졌다는 것을 각오하고 있었다. 그렇다면 서린이 그 상처에서 되살아난다고 해도 이상할 게 없다.

아니, 오히려 바라고 있었다!

서린을 죽여 버릴 때의 그 기쁨, 그게 한 번으로 끝나지 않으리라 생각하니 가슴이 두근거리는 것을 참을 수 없다.

하지만 그때였다.

서린이 미소를 지은 채 천천히 일어나더니 부러진 목을 손으로 받쳤다. 뚜둑 하는 뼈마디 부딪히는 소리와 함께 목뼈가 원상 복귀되고 상처가 순식간에 아물어간다.

혁진도 나름대로 간이 부을 대로 부은 몸이지만 서린이 상처를 말끔히 재생해 내고 일어나는 그 모습엔 기가 질렸다. 자신의 손으로 목뼈를 바로 맞추는 괴물이라니! 게다가 지금의 서린에게는 묘하게 인간미가 없다. 늘 싱글벙글 웃으며 장난스러운 동작으로 주위 사람들을 대하던 그였지만 지금의 미소는 이상하다. 방금 전, 친구의 손에 의해 살해당한 녀석의 표정이 아니다.

평상시라면 상대방의 도발이라 여기고 분노했겠지만… 지금은 공기가 다르다. 그래, '공기'조차 다르다! 언제 이렇게 추워진 거지? 혁진은 놀라서 주춤주춤 뒤로 물러났다. 한기가 전신을 집어삼켜 오싹하기 이를 데 없다.

사박.

소나무 가지가 발에 밟히며 소리를 낸다. 평상시라면 별로 대단할 것도 없는 소리지만, 지금 이 순간에는 마치 공포 영화 속에서의 비명 소리와 같이 간담을 서늘하게 만드는 힘이 있었다. 가뜩이나 오싹해서 움츠러든 몸이 찔끔 흔들린다.

"크크크크!"

서린은 붉은 눈동자로 혁진을 쏘아보고 있었다. 원래는 양쪽 눈동자의 색이 다르던 서린이었지만, 지금은 두 눈동자가 모두 핏빛으로 붉게 달아올라 있었다. 그 눈동자 밑바닥으로부터는 위험한 빛이 뿜어져 나오고 있었는데 아무리 보아도 평상시의 서린이 아니다.

물론 혁진도 이 정도는 각오하고 있었다. 다른 놈도 아니고 혁진을 손쉽게 제압한 흡혈귀, 조반니가 관심을 보이는 대상이다. 그가 몸을 사리는 게 서린을 보호하고 있는 세건 때문이라 치더라도, 인간을 라이칸스로프로 만들 수 있는 흡혈귀가 서린에게 유달리 집착하는 것은 그가 뭔가 특별한 존재이기 때문이리라.

"어이, 서린! 잠깐!"

서린은 혁진의 말이 들리지도 않는지 무방비 상태로 혁진에게 걸어왔다. 깜짝 놀란 혁진은 반사적으로 로우킥을 날렸다. 그러나 그 다음 순간, 놀라운 일이 벌어졌다.

콰직!

"아니!"

그 순간 갑자기 혁진의 무릎이 찢어지며 다리가 허공으로 튀어 올랐다. 달빛과 수은등의 빛을 받아 시커멓게 보이는 핏방울이 허공으로 떠올랐다. 서린이 자세를 낮춘 채로 손을 가볍게 뻗어서 혁진의 무릎을 쪼개 버린 것이다.

손가락을 응조(鷹爪)의 형태로 만들어서 좌우에서 교차해 휘두른 것만으로 근육과 피부가 동시에 찢겨 나가고 말았다.

"하?!"

놀라고 어처구니가 없어서 비명 대신 헛숨이 나온다. 위력도 위력이지만 이런 잔인한 공격을 거리낌 없이 실행하는 서린에게 더더욱 놀랐다.

지금까지의 서린은 설사 할 수 있다고 하더라도 이렇게까지 잔인한 짓은 하지 않는 놈이었다. 마음이 약하고 잔정이 많아서 집 잃은 고양이나 개를 괴롭히는 아이들을 보면 바빠서 죽을 지경이 되어서도 못 본 체하지 않고 뛰어들던 녀석이다.

그런데 그런 놈이 사람의 다리를 잘라 버리다니?

'뭐, 내가 한 짓을 감안해 보면 이렇게 나오는 것도 당연하겠지만.'

혁진은 마음속으로 투덜거리며 잘린 다리를 감싸 쥐고 닭싸움을 하듯 깽깽이걸음으로 물러났다.

"크르르르!"

서린은 혁진이 물러서자 그것에 자극받았는지 지면에 엎드린 채 짐승처럼 으르렁거렸다. 아마도 혁진이 가한 공격에 의해서 강제 수화하는 것이리라. 혁진도 라이칸스로프라 그런지 이런 사실은 본능적으로 알 수 있었다.

"이런 제기랄! 일이 아주 꼬이는군."

혁진은 뒤로 물러나다가 나무뿌리에 다리가 걸려 넘어졌다. 그사이에 서린의 육신이 변이하기 시작했다.

처음에는 무슨 오븐 속에 들어간 빵 반죽처럼 몸이 부풀어 오르며 의복이 찢어지더니, 이내 눈에 띄는 속도로 털이 자랐다. 합성피혁으로 만든 신발도 서린의 수화에 버티지 못하고 찢어지더니 상아로 만든 페이퍼 나이프를 연상케 하는 발톱들이 모습을 드러냈다. 저런 흉악한 걸 발톱이라고 달고 다니다니…….

"네일 아트 하기엔 좋겠군. 젠장."

혁진은 손으로 땅을 짚고 탄력만으로 다시금 일어났다. 그사이에 서린은 변신을 완전히 끝마쳤다.

2미터 20센티미터쯤 되어 보이는 거대한 그림자 속에서 핏빛 눈동자 두 개가 자신을 바라보며 으르렁거리는 모습이라니……. 노약자와 임산부는 그대로 놀라 죽을 만한 광경이다.

"내가 이런 말 하는 것도 웃기지만, 정말 부조리하군."

혁진은 투덜거리며 다시금 손으로 등 뒤의 땅을 짚고 몸을 뒤집어 양손으로 지면을 박찼다. 간단한 백핸드 텀블링이지만 그가 지면을 양손으로 밀어내자 순식간에 7미터 정도 뒤로 날아가 빨래 건조대가 있는 뒤뜰에 내려섰다. 육상 선수들이 보았다면 좌절할 만한 신체 능력이다.

하지만 서린은 혁진을 도망치게 놔둘 생각이 없는지 맹렬한 기세로 달려들었다. 마치 기관총이라도 긁어대는 듯한 요란한 소리와 함께 나뭇가지가 부러지며 붉은 눈의 늑대 인간이 뛰쳐나왔다.

"카아아아아아!"

포효를 듣는 것만으로도 머리가 아프다. 아닌 게 아니라 서린을 중심으로 나뭇가지가 흔들리며 바람이 일어났다. 이 정도면 그야말로 폭풍의 눈이다. 도망치라고 본능이 비명을 질러댄다.

지금 눈앞에 있는 놈은 더 이상 서린도 뭣도 아니다. 그저 피에 굶주린 흉포한 야수일 뿐! 다리 하나를 잃은 상태에서 맞서 싸웠다가는 승산이 없다. 하지만…….

'다리를 잃은 이상 아무래도 달아나긴 불가능하겠지?'

그렇다면 차라리 끝까지 싸우는 쪽이 살 가능성이 더 높다.

혁진은 미련 없이 빨래 건조대 옆에 무릎을 꿇고 주저앉으며 양손을 앞으로 내밀어 방어 자세를 취했다. 마치 사격의 앉아 쏴 같은 자세로 선 사람을 대하는 것은 굉장히 위험한 일로 보이지만, 어린 시절부터 무술을 익혀온 혁진은 이 자세에서 싸우는 데 익숙해져 있었다.

'초짜가 몸을 낮춘 상대에게 공격해 올 만한 건 역시 사커 킥(Soccer kick)이겠지? 아니면 설마 늑대 인간답게 몸으로 덮칠까? 이빨이나 손톱으로?'

어느 쪽이라 해도 그는 공격을 받으며 관절기를 걸 생각이었다. 비록 라이칸스로프의 혈통이라는 면에서는 혁진이 많이 떨어지지만 완력 면에서는 큰 차이가 없다. 수화한 게 마음에 걸리긴 해도 서린은 권법이나 무술을 익힌 적도 없는 데다가, 아마도 자신과 대등할 정도의 힘을 가진 상대와 싸워본 일도 드물 것이다. 그래, 승산은 여기에 있다!

하지만 서린은 혁진에게 달려들더니 허공을 향해 손톱을 휘둘렀다.

쉬이이이익!

바람 소리가 들리나 싶더니 양쪽 고막이 터지고 귀 안이 뜨뜻해진다. 맞지도 않았는데 이 모양인가? 깜짝 놀란 혁진은 다시 몸을 뒤로 굴리며 간격을 벌렸다.

"어엇?!"

갑자기 아찔한 현기증과 함께 눈앞이 검게 물들었다. 마치 전투기 조종사들이 급선회할 때처럼 블랙아웃(Blackout) 현상이 일어난 것이다. 방금 전 서린이 발톱을 휘두르며 뭔가 눈에 보이지 않는 것으로 혁진을 공격한 것임에 틀림없다.

퍽!

서린은 용서 없이 발차기를 날렸다. 혁진이 예상한 대로 축구공을 차듯 크게 발을 휘두르는 서클 사커 킥(Sircle soccer kick)이지만 혁진은 눈이 멀어서 대항할 수가 없었다. 그저 몸을 지키기 위해 엉거주춤 팔을 내밀고 있을 뿐!

콰직!

서린의 발톱에 걸린 혁진의 팔이 찢겨 나갔다. 오른쪽 팔은 완전히 잘려 하늘로 튀어 올라 비닐하우스로 되어 있는 빨래건조대 지붕 위에 떨어졌고, 왼팔은 뼈가 잘려 피부만으로 너덜너덜하게 매달려 있었다. 발차기를 방어했을 뿐인데도 이 정도의 상처다.

이건 더 이상 싸움이라고 할 수 없는 일방적인 학살이다. 하지만 서린은 멈추지 않았다.

"그르르르르르!"

야수성에 진 서린은 손톱을 치켜들었다. 그러나 그때였다.

짝짝짝짝…….

박수 소리가 들려왔다. 금발의 거한이 박수를 치며 천천히 다가오고 있었다. 그제야 시력을 회복한 혁진이 그를 알아보고 기겁했다.

"다, 당신은? 어떻게 여기에?"

혁진은 기겁하고 그를 바라보았다. 이 거한은 그를 라이칸스로프로 만들고 서린에게 보낸 장본인, 조반니 반테로였다. 분명히 무슨 거대 흡혈귀 조직의 높은 간부라고 했던 것 같은데 지금은 머리가 멍해져서 잘 기억나지 않는다.

"그야, 내 전공이 텔레포테이션이기 때문이지. 아무리 미스터 한이 이 방면에서 알아주는 놈이라 해도 공간 이동으로 빠져나와서 이쪽으로 오리라고는 생각도 못 했겠지. 하지만 이거 예상 이상으로 잘해줬군. 잘했어."

"크르르르르!"

서린은 새로이 나타난 적을 바라보며 으르렁거렸다. 위급한 상황을 피하기 위해 긴급 수화한 탓에 지금 그는 완전히 야성에 묻혀 있었다. 순수한 혈통에 가까운 라이칸스로프일수록 수화했을 때 자신의 이성을 유지할 가능성이 크다. 그리고 시원의 마녀 릴리쓰의 자식, 서린이라면 분명히 라이칸스로프로서 정점에 달해 있을 터!

그럼에도 불구하고 서린은 지금 자아를 잃고 폭주하고 있었다. 그래서야 지성 없는 단순한 짐승에 지나지 않는다. 조반니는 적잖게 실망했다.

"자아… 그러면 곱게 말로 해서 들을 것 같지는 않고, 이 경우는 역시 사지를 적당히 잘라내고 패킹해서 가져가 볼까?"

조반니는 몸을 풀며 천천히 서린에게 다가갔다.

2

한적한 시골 교회를 개조해 만든 슬레이트형 건물. 그 뒤뜰에는 지금 영화 촬영이라고 해도 믿을, 아니, 그렇게 말하지 않으면 도저히 믿을 수 없는 광경이 펼쳐지고 있었다.

늘대의 머리를 한 거대한 괴물과 금발 거구의 외국인 남자가 서로 마주 보고 있는 것이다.

"젠장."

그 광경을 바라보던 혁진은 잘린 팔을 찾아 대충 상처에 대었다. 살짝 대었을 뿐인데 순식간에 상처가 아물어 팔이 달라붙었다. 아직 움직이지는 않지만 곧 신경이 완전히 회복되면 움직일 것이다. 문제는 다리인데, 잘린 다리는 소나무 숲에 있어서 이 자리를 떠나야 한다.

"크아아아아!"

서린은 광포한 포효와 함께 조반니에게 달려들어 발톱을 휘둘렀다. 조반니가 아무리 거구라지만 서린의 손톱과 발톱, 그리고 맹수 특유의 질긴 근육질 육신은 얕잡아 볼 게 아니다. 혁진은 뭣도 모르고 방어했다가 양팔을 한꺼번에 잃기까지 했었다. 과연 조반니는 저 괴력의 괴물에 맞서 어떻게 싸울까? 혁진은 왠지 모를 기대감까지 느끼며 그를 바라보았다.

"후."

조반니는 자신에게 달려드는 서린이 한심하다는 듯 쉽게 공간 이동해 그의 뒤에 나타났다. 그 모습을 본 혁진으로서는 기절초풍할 노릇이었다. 아니, 흡혈귀는 저런 것도 가능하단 말인가?!

"사라졌어?!"

콰직!

그 순간 조반니는 은색의 긴 단검을 들고 서린의 등허리를 찔렀다. 척추 옆에 단검이 꽂히자 서린은 고통스러워하며 손을 휘둘렀다. 이성의 흔적이라고는 전혀 없이, 그저 몸 가는 대로 손발을 휘두르는 야수의 움직임이다. 그렇다고는 해도 빠르고 강하다!

"이런, 이런!"

그러나 조반니는 서린의 팔에 손을 댔다. 그리고 부분 공간 전이를 시도했다. 서린의 팔 일부를 공간 전이시켜서 절단시킨다. 그것만으로 서린의 팔이 잘려 내동댕이쳐졌다!

"아니?!"

조반니는 팔이 잘려 균형을 잃은 서린의 아래턱에 주먹을 멋지게 날렸다. 이것이 또 작렬, 서린은 순식간에 피투성이가 되며 뒤로 물러났다.

그걸 바라보고 있던 혁진으로서는 그저 놀랄 따름이다. 방금 전까지 더할 나위 없는 흉포한 맹수로 보이던 서린이 너무나 무력하게 당한다. 저 정도나 차이가 나는 건가? 이 미친 달의 세계라는 것의 주민들은 다들 저만한 괴물이라는 건가?

"미쳤군."

이미 인간이라면 백번 죽고도 남을 중상이다. 그러나 조반니는 그 정도에 그치지 않고 뒤로 물러서면서 석궁을 잡고 당겼다.

핑!

바람을 가르는 소리와 함께 볼트가 날아가 서린의 어깨에 박혔다. 서린은 그 충격을 견디지 못하고 뒤로 넘어져 그대로 쓰러졌다. 자신의 팔이 잘렸다는 사실도 아직 인식하지 못하는지, 손으로 땅을 짚고 일어나려고 버둥거린다. 그 모습이 너무나 비참해서 혁진은 다시금 놀랐다.

"저, 바보가! 아차."

이럴 때가 아니다. 여기에 더 있다가는 위험하다. 얼른 떨어진 다리를 주워서 이 자리를 벗어나지 않으면 혁진 자신의 목숨도 위험하다! 혁진은 움직이기 시작한 손으로 나뭇가지를 잡고 앞으로 몸을 날려 잘린 다리가 떨어진 수풀에 내려섰다. 다행히 피 냄새가 워낙 강해서 쉽게 찾을 수 있었다.

"제발 빨리 좀 붙어라!"

혁진은 다리를 잡고 상처에 붙였다. 얼른 다리가 붙어야 도망이라도 치지. 이대로라면 서린이 조반니 손에 잡힐 게 분명하고, 조반니는 후환을 남기지 않기 위해 혁진을 죽일 것이다.

그러니까 도망을 쳐야…….

"젠장!"

혁진은 아직 덜 붙은 다리의 단면을 손톱으로 후벼 팠다. 막 딱지가 지던 상처가 뜯어지며 까무러치게 아팠지만 덕택에 정신이 좀 들었다. 재생 속도도 더더욱 올라간 것 같았다.

"이런 개 같은! 내가 지금 뭐 하는 거야?!"

어렸을 때부터 그는 폭력에 관해서는 자부심을 가지고 있었다. 그 자부심에 상처를 입힌 것은 서린이었다. 그래서 녀석은 반드시 자신의 손으로 넘고 싶었다.

그런 녀석을 남의 손에 죽게 놔둘 수는 없다!

웃기는 노릇이지만 그는 서린을 진정으로 친구라고 생각하고 있었다. 또래의 다른 아이들 위에 폭군으로 군림해 왔을 뿐인 그에게 있어서 거의 유일하다고 해도 과언이 아닌 친구다. 온통 회색으로 물든 이 세상에서 유일하게 그 원색을 유지하고 있는 존재, 유일하게 자신이 관심을 가질 수 있는 인격체로서 서린은 존재하고 있었다. 그런 '둘도 없이 소중한 친구'를 남의 손에 죽게 놔둘까 보냐?!

"미쳤군."

스스로 생각해도 어처구니가 없다. 미치지 않고서야 이런 생각을 할 수가 없다. 하지만… 미치지 않고서야, 라?

혁진은 자신이 과연 제정신인지 확신할 수가 없었다. 대체 그 자신이 제정신이라는 건 누가 보장해 주는 거지? 어렸을 때부터 세상의 모든 게 시시하게 보였고 싸움질이라면 사족을 못 썼다. 인생을 따분하게 여기면서 정작 조반니 반테로 같은 강적 앞에서는 너무나 쉽게 굴복해 버렸다. 이런 모순투성이의 녀석이 제정신일 리가 없다!

그러나 그럼 이제 어떻게 한다?

수화한 서린에게도 손을 대지 못한 그가 서린을 장난감처럼 갖고 노는 조반니를 상대할 수 있을 리가 없다. 뭔가 제대로 된 무기라도 있지 않고서야…….

"아!"

혁진은 문득 일본도들에 생각이 미쳤다. 세건의 집 안쪽에는 연습용이나 장식용 싸구려 일본도가 즐비하다. 일본도라고 하기엔 민망한 것이 대부분이지만 그런 것이라도 사람을 죽이는 데는 충분하다.

'어중간한 총보다는 역시 훈련을 쌓아온 도검 쪽이 낫겠지? 품질은 의심스럽지만 세건 형도 다 쓸모가 있으니까 집에 가져다 놓은 거겠지. 에라, 모르겠다.'

거기에 생각이 미친 그는 숲으로 달렸다. 일단 도망치는 것처럼 보이게 한 뒤 얼른 국도를 따라 빙 돌아서 집으로 들어가 무기를 꺼내 온다. 과연 서린이 그때까지 버틸까 의문이긴 하지만 버텨주지 않으면 안 된다! '소중한 친구'를 남의 손에 죽게 내버려 둘 수야 없지!

혁진이 소나무 숲으로 달려가자 그 모습을 바라보던 조반니는 싱긋 웃었다. 어차피 그래 봐야 공간 이동을 자유자재로 하는 그에게서 달아날 수는 없다. 게다가 최혁진의 몸에는 바로 조반니의 피가 투여되어 있어서 적어도 한 달간은 어디에 있든 찾아낼 수 있다.

물에 섞여도 회수가 가능한 진마급 흡혈귀의 피를 투여함으로써 상대를 추적한다. 이것은 일반 마법사나 술자들로서는 도저히 막을 수 없는 방법이었다.

조반니가 혁진을 서린과 세건에게 보낸 것은 바로 그를 표식으로 삼기 위해서였다. 뭐, 혁진이야 그 사정을 모르니까 도망치겠다는 얄팍한 생각을 하는 것도 무리는 아니다.

"달아나 봐야 죽을 뿐이지."

조반니는 싱긋 웃으며 다시금 서린에게 볼트를 발사했다. 이미 서린의 몸에는 예닐곱 개의 볼트가 박혀 있어서 그의 움직임을 둔하게 했다. 볼트의 팁 안에는 특수 셀룰로이드 흡수제가 들어 있어서 어지간한 총탄보다 더더욱 질이 안 좋다.

"하악, 하악……."

혈액의 수분을 빨아들여 겔화(Gel化)하면서 혈관이 막힌다. 이 상태에서 살아 있는 것만도 대단하다. 인간 크기의 흡혈귀는 두 방이면 인사불성이 되는 이 볼트를 일곱 발이나 맞고도 용케 살아 있다. 하지만 그렇다고는 해도 목숨을 유지하는 게 고작이다.

"크르르르르."

이성을 잃은 채 상처 입은 맹수처럼 으르렁거리고 있지만 육체 내에 겔화된 혈액들은 착실하게 신체 기능을 빼앗았다. 역시 예상은 했지만 너무나 쉽다. 이렇게 쉽게 잡을 수 있는 녀석을, 단지 한세건과 떼어놓기 위해 그 고생을 했다니.

"이런 하잘것없는 짐승을 잡기 위해서 그 녀석들을 죽였어야 했나……."

베르나르도 형제는 그에게 있어 단순한 구울이 아니었다. 그들은 마약왕인 그에게 있어서 사업의 동반자였고 흡혈귀로서도 역시 든든한 조언자였다. 그런 이들을 희생시켜 가면서 얻는 게 고작 이런 한심한 짐승 사냥이라니.

사실 그도 그들을 희생시킬 생각은 없었다. 다만 그들에게 한세건을 잡아두도록, 계속해서 서울 시내를 달리도록 명령했을 뿐이었다. 그렇지만 설마 맞서 싸우지도 않고 시간만 끄는데도 둘 다 살해당해 버리다니. 한세건은 역시 대단한 놈이다.

하지만 협력 관계에 있는 마법사들이 몸을 사리지 않았다면 베르나르도 형제도 그렇게 맥 빠지게 죽지는 않았을 것이다. 여럿이 협력해서 한세건에 대항했다면 이리 쉽게 베르나르도 형제를 잃지 않았을 텐데. 역시 마법사들과 손을 잡아서는 안 되었다.

"그나저나 이 녀석은 뭐 하는 거지?"

서린이야 다 잡은 거나 마찬가지이다. 그렇지만 문제는 혁진이다. 처음에는 달아나나 싶더니 이놈이 먼 거리를 우회하더니 다시금 이곳으로 돌아왔다.

서린을 상대하느라 모르는 척하고 있었지만 도저히 알 수 없는 놈이다. 무기라도 꺼내려고 하나? 설사 폭탄이나 다른 어떤 것이라고 해도 텔레포트 능력을 가지고 있는 조반니를 잡을 수 없다는 것을 알 텐데?

그때 유리창이 깨지며 혁진이 튀어나왔다. 나름대로는 기습을 위해 뛰쳐나온 것 같지만 그의 피부 아래에는 이미 조반니가 주입한 피가 있어서 그의 접근을 쉽게 알 수 있었다. 조반니는 스틸레토를 뽑아서 자신에게 뛰어든 혁진의 일본도를 받아 냈다.

"으으윽! 뭐 하는 거야, 서린! 도망쳐! 얼른! 서울 쪽으로 오토바이를 타고 튀어! 세건 형에게 가는 거야!"

혁진은 힘으로 조반니를 밀어붙이며 쓰러져 있는 혁진을 재촉했다. 그러나 서린은 마치 죽은 듯 바닥에 쓰러져 있었다.

"이런 별⋯⋯."

조반니는 짜증을 내며 한 팔로 혁진의 칼을 막아내면서 석궁을 겨누고 방아쇠를 당겼다. 볼트는 정확하게 혁진의 가슴 위에 명중했지만 그사이에 방탄방검복까지 챙겨 입었는지 화살이 박히지 않았다.

"아?"

조반니가 어리둥절해하는 사이에 혁진은 검을 밀치고는 뒤로 빠지며 그의 손목을 향해 칼을 후려쳤다. 그러나 조반니는 팔을 움직이는 것만으로 가볍게 손목치기를 피해 버렸다.

"이야아아압!"

혁진은 기합과 함께 찌르기를 넣었다. 이번에야말로 목을 뚫는다! 그러나 조반니는 텔레포트를 써 뒤로 물러났다.

혁진은 공격이 무위로 돌아가는 것도 개의치 않고 달려들며 이번에는 몸통을 후려쳤다. 그도 자신이 조반니를 이길 수 있을 거라고는 생각지 않았다. 하지만 적어도 서린이 달아날 시간이라도 벌 수 있다면 그걸로 족하다.

"일어나, 이 등신아!"

콰직!

그 순간 일본도가 부러져 허공으로 떠올랐다. 조반니는 역시 부분 공간 전이로 일본도를 쉽게 부러뜨렸다.

"정말 이해할 수가 없는 놈이군. 어째서 자신의 손으로 죽인 놈을 이제 자신의 목숨까지 버리며 살리려는 거지?"

"닥쳐! 어찌 되었든 저 녀석은 내 친구다! 당신 같은 놈의 손에 영문도 모른 채 죽게 하지는 않겠어!"

혁진은 여분으로 준비한 다른 일본도의 칼자루에 손을 가져갔다.

"승산이 전혀 없는데도?"

"물론! 그런 게 바로 우정이란 거다!"

치익!

혁진은 발도와 동시에 무서운 기세로 칼을 휘둘렀다. 조반니는 그 공격을 피하기 위해 약 8미터 정도 뒤로 텔레포트해서 방충등 밑에 섰다. 그렇지만 그의 볼은 어느 틈에 베였는지 피가 흐르고 있었다.

"그런 게… 우정? 정말 미친놈이군."

그사이에 혁진은 서린에게 달려가 그를 일으켜 세웠다.

"일어나! 얼른 일어나! 여기 이대로 있다간 죽어! 죽는다고, 서린!"

혁진은 서린의 따귀를 쳐올렸다. 하지만 서린은 도저히 깨어나지 않는다. 왜 이러지? 분명히 서린도 재생력이 있을 텐데?

그때 그는 문득 서린의 몸에 박혀 있는 볼트에 시선을 고정시켰다. 로켓포도 마음껏 써대는 흡혈귀가 왜 갑자기 이런 구식 무기를 쓴 것일까?

"이것 때문인가?"

혁진은 볼트를 잡아보았다. 볼트 끝에는 이미 특수 셀룰로이드로 인해 겔화된 피가 뭉쳐 있었다. 이걸 뽑아내지 않으면 정말 큰일이 날 것 같다. 그리 생각한 혁진은 이를 악물고 서린의 몸에서 볼트를 뽑아냈다.

철컥!

조반니가 다시 석궁을 장전하는 소리가 들려왔다. 그는 공간전이를 한 그 거리에서 혁진을 노리고 석궁을 겨눴다. 아까 전에 방탄방검복으로 화살을 막아내는 모습을 보았을 테니까 이번에 노릴 곳은 머리나 방탄방검복의 방어력이 없는 손, 팔과 다리 등일 것이다. 서린의 상처에서 뭉쳐진 피가 쏟아지는 걸로 보아 저걸 맞게 되면 정말 위험해진다. 하지만 그렇다고 기절한 서린을 버릴 수도 없다.

"젠장!"

혁진은 계속해서 서린의 몸에서 볼트를 뽑아냈다. 그리고 이제 마지막 하나를 남겨두고 있었는데…….

푸욱!

갑자기 뭔가가 혁진의 가슴을 꿰뚫었다.

"아?!"

혁진은 놀라서 자신의 손에 잡힌 볼트를 바라보았다. 눈앞이 급격히 침침해지며 볼트가 시야에서 사라졌다. 그래도 다행히 서린의 몸에 박힌 볼트는 전부 다 뽑았다. 하지만 볼트를 뽑아내는 데 몰두해서 무방비 상태가 된 혁진을 뭔가가 찌른 것이다.

"저 흡혈귀의 서, 석궁인가? 하, 하하하하하. 그럴 거야. 그렇지?"

"……."

"무의식중이냐고… 젠장, 멍청한 자식……. 물러 터진 녀석이 나중에 깨어나서 뒷감당을 어쩌려고……."

혁진은 이를 악물었다. 갑자기 입술에서 피가 흘러나온다. 그리고 격렬하게 숨이 막힌다. 위험하다. 아무리 재생력이 있다고 하더라도 방금 전의 일격은 그의 심장을 꿰뚫었다. 그뿐인가? 마치 살아 있는 것처럼 안에서 헤집으며 순식간에 심장과 폐를 갈기갈기 찢었다.

이건 정말 위험하다. 이대로는 주, 죽고 만다.

"트, 틀렸다. 이 자식… 달아나……. 달아나라… 바보 자식!"

혁진은 앞으로 쓰러지며 맨바닥에 머리를 들이박았다. 의식이 점차 멀어져 간다. 아… 이게 죽는다는 건가? 그리 나쁜 기분은 아니라고 생각되었다.

게다가 어찌 되었든 그로서는 도저히 상상도 하지 못한 죽음 아닌가? 설마 다른 사람도 아닌 그가 친구를 감싸다가 죽게 될 줄은 몰랐다. 그것도 자신의 손으로 한 번은 죽여 버렸던 이를…….

"그래, 이, 이것도 나쁘지는 않군. 적어도 따분하지 않은 주, 죽음이었……."

혁진의 몸은 그 자신이 흘린 피에 의해서 천천히 붉게 물들었다.

쑤욱!

그제야 그의 가슴을 후벼 파던 손이 빠져나왔다. 페이퍼 나이프를 연상시키는 예리한 발톱이 달린 그 손은 혁진의 가슴을 꿰뚫었을 때의 피로 붉게 물들어 있었다.

"우오오오오오오오오오오오!"

그는 문득, 고개를 치켜들고 밤하늘을 향해 포효했다. 너무나도 구슬픈 늑대의 울음소리가 밤하늘 너머로 끝도 없이 퍼져 나갔다.

3

작은 트럭 한 대가 국도를 달리고 있었다. 그 뒤에는 LPG 가스통이 잔뜩 실려 있었는데 분명히 기준 적재량 이상의 엄청난 양이었다. 하지만 차를 얻어 타는 주제에 그런 걸 지적할 생각은 없었다.

"하지만 정말 한국어를 잘하시네요. 어느 나라 사람이에요?"

운전수는 신이 나서 옆을 돌아보았다. 그러자 그의 옆, 조수석에 앉아 있던 이는 야구 모자를 손가락에 걸고 빙빙 돌리며 대답했다.

"아이슬란드예요. 덴마크계고요."

"아, 그래요. 북구인이네요. 학생이에요?"

"예? 뭐… 그렇죠."

백발, 포니테일의 젊은 청년은 외국인이라면 무조건 친절하게 구는 운전사의 말에 건성으로 대답했다. 그런데 그때 문득 그의 귀에 기이한 늑대의 울음소리가 들려왔다.

"하울링?"

"예?"

"아, 아니… 아무것도 아니에요."

그는 즉시 얼버무리며 자신의 기타 케이스를 잡았다. 아무래도 그가 길을 찾지 못하고 헤매는 사이에 일이 벌어진 것 같았다.

'이런, 내가 너무 늦었나…….'

그는 입술을 깨물었다. 원래 그는 훨씬 전부터 조반니의 술수를 꿰뚫어 보고 있었다. 정보 수집에 광적인 집착을 보이는 한세건의 마이크나 카메라를 일부러 부쉈을 때부터 그들의 노림수는 뻔했다.

그렇지만 아르곤은 자신의 지도 보기를 믿어 의심치 않았다. 그래서 전국 지도책을 펼치고 대담무쌍하게 도보로 올 생각을 했던 것이다. 어차피 자가용 같은 것도 없었으니까 당연한 일이다.

하지만 그 결과 그는 길을 잃고 말았다. 애초에 한 번도 안

가본 외국의 특정 지역을 지도 한 장 달랑 들고 찾는다는 게 말도 안 되는 일이었다.

그래서 일단 히치하이크를 하긴 했는데… 벌써 일이 벌어지고 있다니. 다행히 인간들에게는 들리지 않는 영적인 소리 같았지만, 이런 소리가 나온 걸로 보아 서린은 이미 수화했다고 봐야 한다.

"아, 거의 다 왔어요. 저쪽 길을 따라가면 소나무 숲이 우거진 언덕이 있는데 그 사이에 낡은 교회가 하나 있거든요? 거기에 웬 젊은이가 벤처 사업 한다 어쩐다 하면서 살고 있는 모양인데……."

"저기요? 알겠어요."

백발의 외국인 청년은 그리 말하고 즉시 문에서 뛰어내렸다. 그러고는 문득 생각났는지 주머니에서 풍선껌을 꺼내서 운전사에게 건네주었다.

"고마웠어요."

"뭘, 별말씀을. 웰컴 투 코리아!"

갑자기 웰컴 투 코리아라니… 그것도 이렇게 한국어를 잘하는 외국인 앞에서. 인심이 좋은 건지 민망한 걸 모르는 건지 모르겠다. 백발의 흡혈귀, 진마 아르곤은 야구 모자를 고쳐 쓰고 즉시 한세건의 집으로 향했다.

소나무 숲 사이로 난 길에는 사유지라 접근을 금한다는 경고판과 함께 큼직한 문이 설치되어 있었다. 아르곤은 볼 것 없다고 여기고 단숨에 그 문을 뛰어넘어 안으로 들어섰다.

안에는 평평하게 깎인 건물의 토대가 있고 그 앞에는 보수가 전혀 안 된 낡은 교회 하나, 그리고 그 뒤에는 슬레이트로 만든 창고 같은 건물이 있다. 피 냄새는 그 슬레이트 건물의 뒤쪽에서 풍겨 나오고 있었다.

"이런, 제길. 래트에게 호언장담했었는데 이런 한심한 이유로 내가 실패하면……."

아르곤은 그리 중얼거리며 뒤뜰로 향했다. 송진 냄새와 피 냄새가 뒤섞여 코를 찌르고 소나무 그림자가 스산하게 흔들린다.

"여기냐?!"

뒤뜰에 도착한 아르곤은 대뜸 주위를 둘러보았다.

거기에는… 이미 인간과 늑대의 중간 형태—하이브리드 폼—로 변한 서린과 그런 서린에 의해 죽었음이 분명한 인간의 청년, 그리고 그런 참극을 보고 박장대소하고 있는 조반니 반테로가 있었다.

아르곤은 한눈에 상황을 파악하고 풍선껌을 불었다. 가뜩이나 차가운 색의 눈동자가 싸늘한 안광을 발했다.

"아, 오늘은 정말 일진이 안 좋군. 어렵사리 집을 비워났더니 빈집털이가 들어오다니……."

조반니는 기가 막혀서 그를 바라보았다. 설마 에스프리의 당주, 진마 아르곤이 직접 여기에 올 줄이야? 자가용도 없는 아르곤이 오토바이를 선수급으로 타고 다니는 한세건보다 더 빨리

도착했다는 것은 이 일이 시작되기 전부터 조반니의 계획을 간파했다는 뜻이다.

"나를 댁 같은 수준으로 보다니… 정말 기분 나쁘군."

아르곤은 풍선껌을 터뜨리며 등 뒤에 메고 있던 기타 케이스에서 장도를 꺼내 들었다. 그 모습을 보아하니 아무래도 싸우러 온 것이라 조반니는 쓰러진 혁진의 등에서 일본도를 차 올려 입에 물었다. 그러고는 오른손의 총을 거두고 칼날을 바로 잡았다.

원래대로라면 부하도 없이 진마와 격돌하는 일은 피해야 하겠지만 이대로 서린을 저자에게 넘겨주는 것은 죽 쒀서 개 주는 꼴이라 그것만은 피하고 싶었다. 다 잡은 보물을 남에게 넘겨준다는 게 어디 있을 법한 일인가?

"어쨌거나 테트라 아낙스의 개인 당신에게 그 젊은 친구를 넘겨주진 못하겠는데? 당신에겐 선택 사항 두 가지가 있어. 하나는 저항하다가 쓴맛을 보고 게임 오버, 또 하나는 여기서 신사적으로 물러나고 다음을 기약하는 거지."

아르곤은 너무나도 천연덕스럽게 말했다. 참으로 뻔뻔하기 짝이 없는 소리다. 아무리 그가 진마 중 한 명이라고는 하지만 석세서인 조반니 반테로가 그런 초상집 개 취급당할 이유는 없다.

테트라 아낙스의 보호, 그 필요성은 인정하면서 테트라 아낙스의 지배는 인정하지 않는 에스프리의 수령답다고 할까?

"세 번째는 어때? 내가 당신의 피를 다 뽑아 마시는 건. 자랑

할 거라곤 나이랑 VT밖에 없는 고리타분한 진마의 피, 내가 마셔주지."

조반니가 그리 제안하자 아르곤은 냉기가 풀풀 피어오르는 싸늘한 표정으로 그를 노려보았다.

"미녀도 아니면서 내 목에 이빨을 들이대겠다니, 욕심이 과하군. 체제에 순응하는 개 주제에⋯⋯."

아르곤은 말을 끝내고 풍선껌을 불면서 느릿느릿한 걸음걸이로 걸었다. 마치 먹이를 노리는 늑대처럼 조반니를 가운데에 두고 빙글빙글 도는데, 느릿느릿한 걸음걸이임에도 불구하고 보통 사람이 달리는 것 이상으로 빠르다!

마치 지면 위를 미끄러지는 듯한 움직임인데 어떻게 움직이는 건지 짐작하기도 힘들었다. 게다가 그의 몸에서는 천천히 안개가 뿜어져 나왔는데 이게 또 무시무시한 한기를 발산한다.

"⋯⋯."

조반니는 조용히 아르곤을 바라보았다. 이놈은 곁눈질로 조반니를 노려보면서 빙글빙글 돌고 있을 뿐, 특별한 행동을 취하지는 않았다. 먼저 쳐보라는 건가?

철컥!

그렇다면 사양할 것 없지.

조반니는 석궁을 장전하고 아르곤에게 겨누었다. 아르곤은 조반니가 자신에게 석궁을 겨누는 것을 곁눈질로 바라보면서도 별다른 감흥이 일지 않는지, 무표정하게 풍선껌을 불며 걸을 뿐이다.

쉭!

조반니는 아르곤을 향해 석궁을 발사했다. 관자놀이를 노린 일격. 이걸 맞게 되면 아무리 진마라고 해도 뒈질 것이다!

그러나 그 순간 아르곤의 모습이 마치 허깨비처럼 사라졌다.

파파파팍!

조반니는 반사적으로 일본도를 휘둘러 자신의 옆에서 달려 드는 아르곤에 맞섰다. 아르곤은 기계적으로 장도를 휘둘러 공 격했는데, 무표정한 상태로 풍선껌을 질겅질겅 씹으면서 공격 하는 그 모습이 배알이 꼴릴 정도로 여유로웠다.

분노한 조반니는 텔레포트로 아르곤의 공격을 피하고 그의 뒤를 점한 뒤 일본도를 수평으로 휘둘렀다.

팍!

그야말로 허의 허를 찌르는 전광석화 같은 공방! 하지만 아 르곤은 뒤도 돌아보지 않고 장도를 등 뒤로 돌려 일본도를 받 아냈다. 칼과 칼이 서로 맞딪치며 불꽃이 튀었다.

목이 떨어져 나갈 공격을 이렇게 불성실한 자세로 막아내다 니! 이놈은 대체 무슨 근거로 이렇게 여유를 부리는 건가? 조 반니는 분개했지만 그로서는 도저히 이놈을 압도할 수가 없었 다. 그는 일단 칼의 간격을 벗어나기 위해 조심스럽게 뒤로 물 러났다.

아르곤은 무슨 일이 있었냐는 듯 다시 곁눈질로 조반니를 바 라보며 천천히 지면 위를 미끄러지며 걸었다.

이 세 번의 접전이 일어나는 데 걸린 시간은 그야말로 찰나였다. 만약 누군가가 이 장면을 보았다면, 뭔가가 번쩍이더니 다시 둘 다 원상태로 돌아갔다고밖에 여기지 않으리라.

'이런……'

별다른 변화가 없어 보이는 공방이었지만 조반니의 이마에서는 식은땀이 흘렀다. 그가 쥐고 있던 420 스테인리스제 싸구려 일본도는 단숨에 너덜너덜해졌다.

완력이나 체중 면에 있어서는 덩치가 큰 조반니가 아르곤보다 훨씬 앞서지만, 칼을 들고 싸우게 된다면 이야기가 달라진다. 맨손 격투술이라면 체격 차는 무시할 수 없는 장벽이 되지만, 검술, 무기술의 격전이라면 체격 차는 그리 큰 영향을 미치지 않는다.

그리고 아르곤의 검술은 정말 뛰어나다. 방금 전에 방어한 것만으로도 십 년은 감수한 느낌이다. 물론 흡혈귀니까 감수(減壽)라는 현상은 있을 수 없지만, 아르곤과의 접근전은 절대적으로 불리함을 알 수 있다. 그렇다고 총이나 석궁을 쏴서 잡기에는 이놈의 이상한 걸음이 묘하게 신경 쓰인다.

푸우…….

풍선껌을 부는 저 소리가 귀에 거슬린다. 죽 쒀서 남 주는 꼴이지만 여기서는 일단 물러날 수밖에 없다. 베르나르도 형제가 목숨을 버리면서까지 만들어준 기회인데 이렇게 허망하게 놓치다니!

조반니는 자신이 한심했지만 진마 아르곤을 대적할 거라면 좀 더 준비를 철저히 했어야 했다.

"…그럼 두 번째를 택하도록 하지."

조반니는 이를 뿌드득 갈았다. 생각지도 않은 방해자 때문에 다 된 밥에 재를 뿌리다니. 이렇게 되니 정말 원망스럽다. 진마 씩이나 되면 이런 일엔 좀 직접 나서지 말지, 왜 직접 나서서 이런 꼴을 만드는 건가?

어찌 되었든 아르곤은 의외라는 듯 고개를 갸웃거렸다.

"응? 두 번째라니… 아, 이제 선택하는 건가? 상당히 느리군, 결단이."

"신중하다고 해주지 않겠나?"

조반니는 아르곤을 쏘아본 뒤 텔레포트로 송림을 벗어났다. 서린을 완전히 무장해제까지 해놓은 상태에서 아르곤에게 빼앗기다니, 자신이 생각해도 한심하기 그지없는 일이다.

하지만 어차피 에스프리는 아르곤을 제외하고는 주의할 상대가 없다. 설사 서린이 그들의 손에 떨어진다 하더라도 그들로서는 릴리쓰나 리림의 비밀을 연구할 시설도 없다.

그렇게 생각한 조반니는 굴욕적이지만 여기서 일단 물러나기로 했다. 괜히 베르나르도 형제만 잃은 게 마음에 걸리지만, 여기서 그가 아르곤과 싸우다 죽거나 혹은 테트라 아낙스가 금지한 술법이라도 써서 이긴다면 그것은 더 말할 나위도 없는 바보짓이다.

아르곤은 조반니가 사라지자 걸음을 멈추고 안개를 거두었다.

"꽤 괜찮은데, 석세서? 무시하고 있었는데……. 그나저나 이 친구는 어쩐다?"

아르곤은 멍청히 서 있는 서린에게 다가갔다. 수화가 풀려서 인간의 모습으로 돌아간 서린은 눈을 뜬 채로 기절해 있는 듯 했다.

"신기한 재주군. 어이, 서서 자면 감기 걸려요. 안에 들어가서 자는 게 어때?"

물론 라이칸스로프가 감기에 걸릴 리가 없다. 하지만 이 상황을 보고 그냥 간다? 그러면 그건 왠지 몰인정해 보인다. 그렇다고 여기에서 비비적거리고 있다가 한세건이라도 만나게 되면 또 서로 박 터지게 치고받을 뿐이다.

"인간의 마음을 지키고 있다면, 이라……."

아르곤은 서린의 발아래 쓰러져 있는 피투성이의 시체를 바라보았다. 누군지 모르지만 아마도 서린이 죽였음이 분명하다. 첫 살인을 저지른 녀석이 망가지는 경우는 기나긴 생애를 살아오면서 많이 봐왔다. 과연 서린은 어떻게 될까?

"이거 참."

아르곤도 리림에 대해서는 깊은 관심을 가지고 있었다. 그는 테트라 아낙스의 필요성은 인정한다. 인간의 욕망으로부터 흡혈귀들과 인간을 지키고, 흡혈귀들을 통제하여 인간들을 지키는 보호 장치로서의 테트라 아낙스는 훌륭하다. 하지만 그렇다고 그가 흡혈귀와 인간들 위에 군림하는 것은 인정할 수가 없다.

저 석세서만 하더라도 만들어진 이유는 뻔하다. 테트라 아낙스의 지배를 꺼리는 진마들을 제거하고 그들의 자리를 대신하기 위해 만들어진 신세대 진마. 그런 불쾌한 발상을 아무렇지도 않게 실행에 옮기는 테트라 아낙스가 마음에 들지 않는다.

그렇다면 대체 어떻게 해야 하는 것일까? 테트라 아낙스가 가진 통제 능력은 필요하지만 테트라 아낙스가 군림하는 게 싫다면… 다른 흡혈귀들에게도 그 통제 능력이 주어져야 한다.

하지만 계통 능력은 마법이나 술법과 달리 오로지 그 혈맥의 피에 의해서만 각성하는 것이고 테트라 아낙스의 계통 능력이 바로 그 통제 능력이다.

그렇다면 그들이 릴리쓰에 대해서 관심을 갖는 것도 당연하다. 테트라 아낙스를 낳았다고 하는 시원(始原)의 마녀. 그녀라면 통제 능력을 지닌 다른 존재를 만들어내는 것도 가능할 것이다. 어쩌면 그 통제 능력을 남에게 부여할 수 있을지도 모른다.

그런 이유에서 서린은 그에게도 매우 중요한 존재다. 릴리쓰를 찾을 수 있는 열쇠가 될 녀석이 선 채로 기절해 있다니……. 이대로 들고 튈까 하는 충동마저 일어났다.

"하지만… 안 되겠군."

아르곤은 한숨을 내쉬고 서린에게서 물러났다. 그가 서린을 도구로서 사용하겠다고 바로 납치라도 하면, 모든 흡혈귀를 수족으로밖에 여기지 않는 테트라 아낙스랑 다를 게 없다.

어차피 지긋지긋하게 오래 사는 흡혈귀로서, 굳이 서두를 필요가 있겠는가? 천 년을 기다렸는데 이제 와서 며칠 정도야…….

일단은 이 친구가 첫 살인을 어떻게 받아들이는지, 그것을 지켜보고 난 뒤에 다시 정식으로 말해야 할 것이다. 첫 살인의 충격을 이기지 못하고 망가지는 녀석들이라면 지긋지긋하게 봐왔고, 그렇게 망가진 녀석은 리림이 아니라 릴리쓰의 남편이래도 동지로 맞이할 필요가 없으니까.

"그럼……."

아르곤은 조용히 어둠 속으로 자취를 감췄다.

지직!

풀벌레와 나방들이 빛에 유인되어 날아들다 스스로의 육신을 철망에 태운다. 그 방충등 아래 서린은 여전히, 피에 젖은 손을 쥔 채 서 있었다.

第13夜

상처

1

"…흠."

긴 은발을 끈으로 묶은 신부복의 남자가 컴퓨터 앞에 앉아서 깍지를 꼈다. 그의 뒤에는 이민자들의 아이들이 뛰어놀고 있었다.

대부분 터키나 파키스탄, 방글라데시 등에서 돈벌이를 위해 온 이들의 자녀. 그들의 부모는 이곳 파리에서 청소부, 웨이트리스, 노점상 등등을 하며 맞벌이를 하고 있기 때문에 아이들은 방치된다.

그러한 일을 막기 위해서 교구에서는 특별히 영세 이민자들을 위한 무료 보육원을 세웠다. 처음에는 가톨릭 교단이 운영하는 보육원에 이슬람교도의 아이들을 맡긴다는 게 불가능한 일로 여겨졌었다.

하지만 이 보육원을 맡게 된 젊은 신부, 실베스테르는 파격적인 조치를 취했다. 보육원 내에서의 포교를 금지하고 히잡의 착용을 허가한 것이다.

보육원에서 하는 일은 그저 아이들이 자유롭게 뛰어놀게 하는 것뿐, 기독교적인 교육이나 행사 같은 것도 일절 없었다. 그리고 보육원 내에 매달린 십자가를 몽땅 떼어내기까지 했다.

그런 그의 움직임에 감명받은 이들은 자신의 자식을 기꺼이 이 보육원에 맡겼다. 기실 과격한 국수주의자들이나 인종차별자, 네오나치 당원 등이 제삼세계의 사람을 납치, 린치하고 강간하는 일이 비일비재해서, 믿을 수 있는 곳에 아이들을 맡기지 않으면 마음 놓고 일터로 나갈 수도 없었다.

그러다 보니 이 보육원은 언제나 아이들로 미어터졌다.

"제법인걸, 한세건. 이제는… 나를 능가할지도 모르겠군. 아니, 능가했다고 해도 과언이 아니군."

실베스테르 신부는 익스플로러를 닫으며 한숨을 내쉬었다. 아이들이야 뒤에서 떠들든 말든 자기 할 일만 하고, 실질적인 업무는 보모들에게 전부 떠맡긴 이 젊은 신부는 무뚝뚝하고 차가웠다. 하지만 그럼에도 불구하고 아이들 사이에 인기가 굉장해서 알에서 갓 깨어난 오리 새끼처럼 그를 졸졸 따라다니는 아이들도 있었다. 지금도 몇몇 아이가 뒤에서 그를 바라보고 있었다.

"……."

실베스테르 신부는 말없이 아이들을 바라보았다.

인류의 문명이 발전하면서 정보의 전달 속도는 가속 일로를 걸어왔다. 그러한 문명의 혜택은 문명의 그림자, 흡혈귀들에게도 예외는 아니라서 그들은 동양의 작은 나라에서 벌어지고 있는 사건을 이미 옆집에서 일어난 일처럼 상세하게 알고 있었다.

시원의 마녀, 릴리쓰에게 닿는 열쇠로 여겨지고 있는 라이칸스로프 서린과 그를 둘러싼 흡혈귀들과 비스트의 항쟁. 그 소문은 이제 월야의 주민들 모두의 관심사가 되어가고 있었다.

"나도 한국에 가고는 싶군. 릴리쓰의 자손을 놓고 항쟁이 벌어지고 있다니……. 하지만 여기 일이 있어 바쁘군. 뭐, 세건 혼자서도 잘하는 것 같으니 한동안 내버려 둬도 되겠지?"

실베스테르 신부는 전화기를 붙잡고 그리 말했다.

릴리쓰의 뒤를 쫓는 일도 중요하지만 숨어 있는 진마와 흡혈귀들을 잡아내고 이 세계의 치안을 유지하는 것도 중요하다. 이곳 파리는 그런 의미에서 흡혈귀들과의 싸움, 그 최전방이라고 해도 과언이 아니다.

파리에 가면 거지도 호강하며 살 수 있다는 말이 있듯 세계적인 관광지이자 문화 도시인 이곳은 세계 각국의 사람들이 끊임없이 들어오고 있었다.

관광객을 포함한 유동 인구도 많고 홈리스도 넘쳐 난다.

이 모든 여건은 흡혈귀나 라이칸스로프들의 영지로 최적이라 할 수 있었다. 그 속에 스며든 흡혈귀들은 계속적으로 증가할 뿐, 잡아도 잡아도 줄어들지 않는다.

솔직히 말하자면 한세건을 여기로 불러들이고 싶을 정도다. 이곳 파리야말로 흡혈귀들과의 전쟁이 벌어지는 최전선이니, 한세건이 정말 강력한 흡혈귀 사냥꾼이라면 소중한 전력이 될 것이다.

보육원의 앞뜰로 걸어 나간 그는 길게 자란 머리칼을 묶고 있는 끈을 풀었다. 검은 신부복 위로 보기 드문 실버블론드가 펼쳐졌다. 해가 건물들 사이로 미적미적 감질나게 떨어지고 있다.

—뭐, 세건이야 늘 잘하고 있기는 하지. 실비, 하지만 말야. 이번에는 좀 당해서…….

"당하다니?"

실베스테르는 의아한 생각이 들어서 전화기 너머의 김성희에게 자세한 설명을 요청했다.

—아니, 그게… 릴리쓰의 자식인 서린이란 아이가…….

서린은 향긋한 음식 냄새에 정신을 차렸다. 깜짝 놀란 그는 침대를 박차고 일어났다. 평상시와 같은 그의 방이다.

"아니… 이건?"

깜짝 놀란 그가 주방으로 향하니 세건이 마침 가스레인지 위에 얹어놓았던 냄비를 드는 게 보였다.

"이제 일어났냐? 원래 오늘 식사 당번은 너였을 텐데, 너무

늦어서 내가 했다. 대체 며칠이나 자는 거야?"

세건은 투덜거리며 식탁에 냄비를 내려놓았다. 그는 능숙한 솜씨로 계란을 깨서 프라이팬 위에 올려놓았다. 그 모습을 바라보던 서린은 문득 비어 있는 의자를 바라보았다. 이것은 혁진이의 자리인데 혁진이 녀석은 대체 무슨 소리를 들으려고 당번도 아닌 세건 형이 식사를 차리게 만들었을까? 간이 부었나?

그렇게 생각한 서린은 한세건에게 질문을 던졌다.

"혁진이는 어디 갔어요? 무슨 심부름 나갔나요?"

"…녀석은 죽었어."

한세건은 담담한 어조로 말했다. 그 말을 들은 서린은 깜짝 놀라서 세건을 바라보았다. 죽었다는 소리를 저리도 태연히 말하다니. 농담이겠지……. 아니, 농담일 거야. 서린은 그리 생각하며 반문했다.

"저, 정말요?"

"……."

세건은 계란 프라이를 뒤집고 접시에 담아서 식탁 위에 놓은 뒤 자신도 자리에 앉았다. 그러고는 묵묵히 밥을 먹었다.

쏴아아아아아.

바람이 불어와 숲의 나뭇가지가 충돌해 소리를 낸다. 그러자 곧 매미들이 시끄럽게 울어댄다. 서린은 멍청한 표정으로 세건을 바라보았다.

"기억이 안 나는가 보지? 하긴 그렇게 맛이 가 있었으니 당연하겠지만."

"아⋯⋯."

서린은 그제야 기억을 떠올렸다.

혁진은 분명히 서린을 공격했다. 그리고 기어코 서린을 한 번 죽이기까지 했다. 그래, 그것까지는 분명히 기억난다. 하지만 그 기억이 사실이라면 죽어 있어야 하는 것은 서린 자신이지 혁진이 아니다.

그렇다면 혁진은 대체 왜 죽은 걸까?

"으읍⋯⋯."

갑자기 속이 울렁거린다. 깜짝 놀란 서린은 벌떡 일어나서 화장실로 달려갔다.

"누가 보면 임신한 줄 알겠군."

한세건은 그렇게 투덜거리며 다시 밥에 숟가락을 가져갔다.

사정이야 이해는 가지만 이 일에 대해서 동정을 베풀거나 위로하는 것 따위는 있을 수 없는 일이다. 분명히 서린은 혁진을 자신의 손으로 죽였고 그것은 앞으로 미친 달의 가호를 받으며 돌아다니기 위한⋯ 세례나 다름없는 일이다.

이 세계에서는 누군가를 죽이지 않으면 살 수 없다. 빠르든 늦든 언젠가는 저질렀어야 하는 일. 다만 상대가 친구였다는 게 운 나쁘긴 하지만⋯ 이미 벌어진 일은 어쩔 수 없다.

"우에에엑!"

서린은 위액을 토해내며 소리 없이 절규했다.

빌어먹을! 모르긴 해도 혁진이 죽은 것은 바로 서린 그 자신의 손에 의해서이리라. 아니, 자신이 죽였음이 틀림없다. 경황 중에도 뭔가를 꿰뚫은 손의 감촉은 선명하게 남아 있다. 지금도 손을 움직이는 순간 깜짝 놀랐다. 마치 손끝에 혁진의 시신이 걸려 있는 것 같아서 참을 수가 없다.

"크웩!"

서린은 다시 구토를 했다.

"허억, 허억…… 이 바보 자식! 왜, 왜 그런!"

녀석이 덤벼서 죽었다. 그렇게 생각하면 간단한 일이다. 자신의 몸을 지키기 위해서는 어쩔 수 없는 일이었다. 그렇게 생각하면 또한 간단한 일이다. 그래, 이건 정당방위다. 혁진은 이미 미쳐 있었고 자신은 그저 미친개에게 물리지 않기 위해 최선을 다한 것뿐…….

하지만 그게 과연 그럴까? 서린은 입가에 묻은 위액을 씻어내기 위해 세면대의 물을 틀고 세수를 하다가 문득 거울을 바라보았다. 왼쪽의 붉은 눈동자가 묘하게 눈에 거슬린다.

"아……."

갑자기 거울 속의 서린의 모습이 붉게 물들었다. 귓가에 문득 혁진의 목소리가 떠오른다. 달아나라고, 도망치라고 절규하는 그 목소리가 들려온다.

하지만 서린은 인정사정없이 그의 가슴에 손톱을 쑤셔 박고 헤집어놓았다. 서린과 달리 하급한 라이칸스로프인 혁진은 심장이 터진 순간 이미 죽었다. 도저히 소생할 수 없는 깊은 상처를 입고 앞으로 쓰러지는 혁진의 모습, 그것을 바라보며 서린은 매우 기뻤다.

적을 살해했을 때의 그 기쁨…… 녀석은 적이다. 적이었다! 살기 위해서 죽여야 할 당연한 적! 그런 녀석을 죽였다고 해서 대체 누가 그를 비난할 수 있다는 거지? 설령 비난한다고 해도 살기 위해서는 어쩔 수 없잖아!

하지만 또한 둘도 없이 소중한 친구이기도 했다.

"왜……."

서린은 자신의 손을 바라보았다. 왜 이렇게 된 것일까? 평범한 학생이었을 그가 왜 살인을 하게 된 것일까? 그것도 가장 친한 친구를…….

"목숨의 위기를 맞이하게 되면 강제 수화한다. 피아 식별이 없는 상처 입은 야수가 되지. 그렇게 되면 어설프게 접근한 이상, 친구든 적이든 간에 죽인다고 봐야지. 그래… 혁진은 네 손에 찔려서 죽어 있더군."

세건은 냉정한 어조로 말했다. 서린은 갑자기 울화가 치밀어 올라서 언성을 높였다.

"이럴 수가! 대체 왜?! 왜 내가 그 녀석을 죽인 거죠?! 녀석은 친구였어요! 내게 있어서 가장 소중한 친구! 그런데 왜 그 녀석이 나를 죽이려 하고, 내가 그 녀석을 죽이지 않으면 안 되는 거죠?"

서린은 절규했다. 갑자기 분노가 치밀어 올랐다. 그가 대체 무슨 잘못을 했다고 이런 상황에 처하게 되는가? 대체 무슨 죄를 지었기에?

그가 라이칸스로프라서?

그것도 아니면 릴리쓰의 자손이라서?

하지만 그라고 좋아서 릴리쓰의 자손으로 태어난 것은 아니다. 그렇게 생각하니 갑자기 한세건에게도 화가 치밀어 올랐다. 이런 개 같은 꼴을 당할 거라면 미친 달의 세계니 뭐니 그런 곳에 오는 게 아니었다. 차라리 영문도 모르는 채 누군가에게 살해되는 쪽이 낫다. 친구를 자신의 손으로 죽여 버리기보다는…….

하지만 세건은 냉정히 말했다.

"수화했다고 바로 정신을 잃어버리는 나약함이 문제고, 너무 두들겨 맞아서 강제로 수화하지 않으면 죽을 위기에 처하게 된 것도 문제다. 네놈은 릴리쓰의 자식으로서 갖가지 놈들이 노리고 있는데도 너무 나약해. 일반인이면 모르되 릴리쓰의 자식인 이상 나약함은 곧 죄다. 강해져라. 네가 강해지지 않으면 이런 일은 계속해서 일어날 테니까."

한세건은 그리 말하며 식탁을 치웠다.

세건으로서도 이번의 일은 의외였다. 조반니는 윤영은을 납치하는 척하면서 자신은 이탈, 세건과 서린을 떼어놓는 데 성공했다. 그리고 미리 손을 써둔 혁진을 이용해 서린을 공격하도록 했다. 여기까지는 완전히 세건의 허를 찌른 것이었다.

다행히 세건은 즉각 베르나르도 형제를 물리치고 돌아올 수 있었다. 물론 그럼에도 불구하고 이미 포기하고 있었다.

베르나르도 형제와 싸우는 동안 너무나 오랜 시간을 지체한 것이다.

하나 돌아와 보니 서린은 혁진을 죽인 채 망연자실해 있었고 주위에 다른 흡혈귀들은 보이지 않았다. 조반니나 다른 흡혈귀들이 서린을 잡아갈 셈이 아니었단 말인가?

깜짝 놀란 그는 집 안에 녹화된 영상을 뒤져 보았고 그 결과 무슨 일이 일어났는지 잘 알게 되었다.

처음에는 혁진과 서린이 서로 다투었고 이내 혁진은 서린을 죽였다. 하지만 곧 서린이 강제 수화해 반격을 가했다. 그로써 혁진을 위험에 처하게 만들었고 그때 조반니가 등장. 여기까지는 그가 예상한 수순을 그대로 밟아갔다.

조반니는 쉽게 서린을 제압했고 혁진은 그 모습을 보고 도망쳤다. 그러나 그다음에는 놀랍게도… 무기를 챙겨 든 혁진이 이번에는 서린을 구하기 위해 뛰어들었다. 자신의 손으로 죽이기까지 한 친구를 구하기 위해 무모하게 목숨을 던지다니, 이 녀석의 심리는 도저히 이해할 수가 없었다.

어쨌거나 그 공격으로 간신히 서린을 조반니에게서 떼어놓는 데 성공한다. 이건 또 대단한 일이다. 석세서, 조반니와는 한 번 싸워본 일이 있다. 그는 확실히 진마를 자처할 만한 실력을 갖추고 있었다. 그런 흡혈귀를 상대로 막 라이칸스로프가 된 녀석이 이렇게 밀어붙일 수 있다니.

"그렇지만 결과는 이건가?"

서린을 깨우기 위해 다가간 혁진은 곧 서린의 손에 의해 가슴을 꿰뚫리고 쓰러진다. 열악한 녹화 화질이지만 그 순간만은 선명하게 머릿속에서 그려진다. 이건 정말… 서린에게 보여주기라도 하면 미쳐 버릴지도 모르는 영상이다.

처음에야 그를 공격하긴 했다지만 어쨌든 그 상황에서는 서린을 구하기 위해 목숨조차 아끼지 않는 친구였다. 그런 녀석을 기습해 죽여 버리다니…… 가뜩이나 괴로워하고 있는 서린에게 이걸 보여준다면 어찌 될까?

"골치 아픈데……."

여기서 서린이 미치기라도 하면 세건으로서는 감당하기 힘들었다. 지금 저렇게 침울해져 있는 것도 다루기 힘든 판인데 아예 발광해 버리면 처치 곤란이다. 그렇지만 그렇다고 이 장면을 숨길까? 그런 짓은 또 하기 싫었다.

참 기묘한 노릇이다. 불리한 사실은 숨기고 감추면 그만인데, 서린은 불리한 사실을 그냥 덮어주기엔 너무나 안일한 녀석이다. 엄한 현실을 직시할 수 있어야만 앞으로 다가올 시련을 극복하는 게 가능할 터. 그것을 생각하면 이건 보여줘야 한다.

"하지만 지금 보여주면, 마치 내가 괴롭히는 것 같잖아?"

물론 괴롭히는 것이다. 그것도 굉장한 악취미로…… 세건은 한숨을 내쉬며 계속해서 화상을 재생시켜 보았다. 여기까지는 조반니의 승리다. 세건을 꾀어내고 그사이에 서린을 잡아간다는 목적을 달성하기 일보 직전이었다.

하지만 도중에 아르곤이 등장하면서 상황이 바뀌었다. 갑자기 등장한 아르곤은 조반니 반테로를 쫓아내고, 무슨 생각에서인지 조반니를 내쫓은 뒤 서린의 주위를 빙글 맴돌다가 그냥 떠나 버렸다.

아르곤은 테트라 아낙스의 지배를 거부하는 진마 중 한 명, 그렇다면 서린은 무시 못 할 카드이리라. 아마 한국에 입국한 것도 그런 이유 때문일 터. 그런데 그런 카드를 그냥 놓고 사라지다니, 대체 저놈은 무슨 생각일까? 설마 자신을 정정당당한 신사라고 생각하는 건 아니겠지?

물론 흡혈귀 중에는 이따금 쓸데없는 원칙에 구애되는 이가 있었다. 오랜 시간을 살아오면 아무리 향락에 젖어서 산다 하더라도 모든 게 따분해지게 마련이다. 그래서 그런 흡혈귀들일수록 자신의 삶을 다양하고 즐겁게 만들기 위한 원칙을 정한다.

그런 의미에서 아마도 아르곤은 정정당당하고 공명정대한 원칙을 세웠음에 틀림없다. 인간적으로 보자면 참, 더할 나위 없이 바람직하고 훌륭한 일이다. 인간적으로 보자면…….

그러나 녀석은 흡혈귀다. 결국 피를 마셔야 하는 흡혈귀에 지나지 않는다. 그런 놈이 자신의 원칙을 세우고 그것을 지키면서 스스로 만족을 느낀다는 것은 얼마나 더럽고 구역질 나는 일인가? 저런 놈들에게 도움을 받았다는 사실에 한세건은 치를 떨었다.

"이 자식들……."

한세건은 살의를 곱씹으며 컴퓨터 앞에서 물러났다.

어찌 되었든 지금은 이 영상을 저놈에게 보여준다. 그래서 녀석이 부서지든, 아니면 그것을 딛고 일어나 더더욱 성장하든 간에… 세건에게는 이 화상을 감춰야 할 이유도 권리도 없다.

2

서린은 눈앞에서 재생되는 영상을 바라보며 숨을 들이쉬었다. 뒤뜰에 설치된 카메라에 녹화된 이 영상은 그와 혁진, 그리고 조반니와 아르곤의 모습을 고스란히 보여주고 있었다.

"이런… 개 같은!"

그는 영상을 바라보며 다시금 혀를 찼다. 자신의 추악함, 나약함이 고스란히 드러나는 이 영상은 구역질이 치밀어 오르게 했다. 남에 대한 구역질이 아닌 자신의 나약함에 대한 혐오감. 그것은 마치 자동차 타이어에 깔려서 납작해진 쥐 새끼나 밑터진 쓰레기봉투에서 흘러나오는 국물에서 꿈틀거리는 구더기와 같아서 생리적인 혐오감을 준다.

저 추악한 모습의 자신에게 저주를…….

그래, 이것은 저주다.

설령 혁진이 처음엔 그를 죽이려 했다고 하더라도, 이후에 그가 보인 행동은 서린을 구출하기 위한 것임에 틀림없었다. 아마도 그는 조반니에게 무슨 조종 같은 것을 당했음에 틀림없으리라. 잘은 모르지만 서린으로서는 그렇게밖에 생각되지 않앗다.

그런 친구가 이제 정신을 차렸는지 서린을 구출하기 위해 뛰어든다. 압도적인 힘을 가진 흡혈귀를 향해 용감하게 칼을 휘두르고 그의 손에서 서린을 구출해 냈다!

역시 혁진이다. 저 녀석은 도장에서 자라서 어릴 때부터 무술을 익혀왔다. 릴리쓰의 자식이라고 탱자탱자 놀던 서린과 달리 맺고 끊음이 분명하다. 아무리 잘난 흡혈귀라고 하더라도 혁진의 맹공에 물러서지 않을 리 없다.

그러나 서린은 아무것도 모르고 짐승처럼 혁진의 심장을 손으로 꿰뚫었다.

소리가 녹음 되지 않은 화상일 뿐이지만 그 장면의 소리가 귓가에 들리는 듯하다. 그리고 그 심장의 감촉도⋯ 손끝에 선명하다. 자신을 믿고 구출하기 위해 다가온 친구를 그 자신의 손으로 찌르다니!

서린은 자신의 손을 바라보며 부들부들 떨었다. 혁진의 심장을 꿰뚫었을 손을 바라보니 눈시울이 붉어졌다.

"아, 이런 젠장할! 제기랄! 제기랄!"

서린은 분노해서 한세건을 바라보았다. 대체 이런 걸 자신에게 보여주는 저의를 모르겠다. 그렇게 자신을 괴롭히고 싶었나? 자신이 그렇게까지 나약하고 한심해서, 이걸 보여주지 않으면 직성이 풀리지 않는다는 건가?

하지만 한세건은 침착하게 대답했다.

"네 친구의 죽음을 잘 봐둬라. 네가 그걸 직시하지 않는다면… 네놈은 경멸받아 마땅한 쓰레기다. 잘 봐! 시선 돌리지 말고!"

"……."

세건의 말은 비수처럼 서린의 가슴을 쑤셨다. 피가 나지 않았다 뿐이지 그것은 살해. 서린의 마음은 이미 너덜너덜해져서 그 고통을 감당하기가 쉽지 않았다.

하지만 보지 않으면 안 된다. 이걸 직시하지 않으면 안 된다. 자신의 나약함, 어리석음이 빚어낸 끔찍한 과오를 눈에 새겨두고 마음에 새기지 않으면 안 된다.

"결국… 나는 구제 불능의 쓰레기로군요."

영상의 재생이 끝나자 서린은 이를 악물고 일어났다. 그러자 한세건은 차분히 말했다.

"구제 불능이 된다면 그 구제 불능의 쓰레기를 위해 죽은 친구 놈이 불쌍하지. 정말 그렇게 생각한다면 강해져라. 수화를 해도 이성을 잃어버리지 않을 만큼! 일단 그 정도는 해둬야지. 그러지 않으면 너는 정말 방해물일 뿐이니까."

한세건의 말은 정론이다. 서린은 말없이 훈련장으로 향했다.

서린은 먹고살기 빠듯해서 친구를 둘 여유가 없었다. 아무리 친구를 사귀는 데 그런 거 없다고 하지만, 같이 놀다 보면 돈이라는 게 들게 마련이다. 그리고 이야기를 따라가기 위해서는 하다못해 TV라도 볼 여유가 있어야 했는데, 서린에게는 어린 시절부터 그런 여유는 없었다.

아르바이트를 하고 집에 와서는 가사에 힘쓰고. 그런 일을 반복하다 보면 아무래도 학교에서 겉돌게 마련이다. 그래도 그는 준수하고 단정한 용모를 가지고 있고 또한 강력한 육체적 능력을 지니고 있어서 소위 말하는 왕따나 괴롭힘을 당하지는 않았다.

하지만 그런 그에게도 정말 소중한 친구라 할 녀석이 있었는데, 그놈이 바로 혁진이었다.

혁진은 서린과 마찬가지로 TV를 보는 데 시간을 거의 할애하지 않고 유행이나 그런 것에도 관심이 없었다. 처음에는 너무나 닮은 그 모습에 싸움도 많이 했지만, 나중에는 어느 틈엔가 더할 나위 없이 소중한 친구가 되어 있었다.

그래……. 사람이 사람을 만나게 되면… 부담스러운 사이는 어떻게 해서든지 이야기를 해야 한다. 재밌는 이야기로 관심을 끌어야 하고 동조할 만한 이야기로 공감을 사야 한다.

하지만 진정한 친구라는 것은 그런 말이 필요 없는 법이다. 서린에게 있어서 그런 친구가 바로 혁진이었다.

그래서 처음에 녀석이 서린을 공격해 왔을 때, 그는 적잖이 놀랐다. 서로 친한 친구다 보니까 서린 역시 혁진을 잘 알고 있어서, 그가 서린에게 매번 진 것에 대해 상당한 콤플렉스를 느끼고 있다는 것쯤은 알고 있었다. 하지만 그 콤플렉스를 제거하기 위해 서린에게 목숨을 건 싸움을 걸 줄이야. 그건 정말 상상 밖이라서 놀라지 않을 수 없었다.

하지만 녀석은 결국 혁진이었다. 상황이야 어찌 되었든 간에 그 녀석은 조반니 반테로에게 칼 몇 자루 차고 덤벼들었다. 상대는 이미 한 번 그를 납치한 적이 있던 흡혈귀. 힘의 차이는 그 자신도 잘 알고 있었을 것이다.

그럼에도 불구하고 조반니 반테로에게 뛰어들면서 서린에게 몇 번이고 외쳤다. '달아나!' 라고…….

"아……!"

추악하다! 나약한 것은 죄악이다!

인간들의 삶에서 나약함은 추함이 되지 않는다. 그저 서글픈 일일 뿐. 하지만 지금 서린은 추악하다. 자신의 위치에서 소중한 친구조차 지키지 못하는 그 나약함은 죄악이다! 이 나약함에 안주하는 자신의 추악함을 알게 되었다.

아아, 그래. 자신이 이성을 유지할 수 있었다면 조반니의 손에서 도망칠 수 있었을 것이다. 적어도 혁진을 자신의 손으로 죽이지는 않았으리라.

도망치는 것조차 제대로 하지 못했던 자신이 너무나도 한심하고 역겨워서 서린은 분노했다.

"죽여 버리겠어……."

처음으로 서린의 가슴에서 살기가 일어났다.

조반니 반테로… 그 녀석만은 용서할 수 없다! 나약한 자신도 문제였지만 어쨌든 그 상황을 만든 건 바로 그놈의 흡혈귀 자식이다. 릴리쓰의 자식이라서 서린을 탐내고 있다고? 그래서 여동생을 공격해 한세건을 유인해 내고, 친구인 혁진의 몸에 수작을 부려서 그를 공격하게 하고, 결국 직접 나서서 서린을 해치기까지 했다!

"으으윽!"

이가 절로 갈린다.

서린은 훈련장 옆에 놓인 연습용 총을 들어 과녁을 겨누었다. 흡혈귀들을 상대하려면 격투전도 격투전이지만 총을 쏠 줄 알아야 한다. '방아쇠를 당겨서 맞춘다.' 이런 기본적인 개념으로는 신출귀몰한 흡혈귀를 상대할 수가 없다.

한세건처럼 등 뒤로 쏴도, 옆으로 쏴도, 공중제비를 돌거나 보지 않으면서 쏴도 맞출 수 있는 묘기의 경지에 다다르지 않으면 흡혈귀들을 상대할 수 없다!

"개자식들!"

서린은 방아쇠에 연동해 개폐되는 레이저 사이트가 달린 연습용 총을 들고 과녁을 향해 쏘았다.

오컬트 용품들이 잔뜩 장식되어 있는 그로테스크한 가게의 카운터에서 젊은 여성이 타이를 고쳐 매고 있었다. 그런 그녀의 옆에는 앞치마를 두른 녹색 머리칼의 청년이 직접 설거지를 하고 있다.

따뜻한 물로 도자기로 된 찻잔을 부드럽게 씻어낸 그는 직접 커피포트를 들어 커피를 부었다. 향긋한 커피 향이 안에 가득 차자 그는 앞치마를 벗어서 카운터 옆에 걸어두고 카운터를 훌쩍 넘었다. 넘기 꽤 부담스러운 높이인데 그는 마치 고양이처럼 가볍게 그것을 뛰어넘었다. 동작 하나하나에 민활함이 넘친다.

"세건은 정말 악취미구나."

아르쥬나의 마스터이자 한세건에게 마법을 전수한 김성희는 세건을 바라보았다. 그러자 커피에 시럽과 밀크를 붓고 시나몬을 잔뜩 치던 녹색 머리칼의 청년, 한세건이 힐끔 고개를 들었다.

"뭐가요?"

"음, 굳이 그 영상 보여줄 필요는 없었다고 생각하는데? 만약 그렇게 되면 서린도 복수심에 불타는 귀신이 되지 않겠어? 세건처럼 말야."

"그렇게 쉽게 될까요?"

세건은 한숨을 내쉬고 커피잔을 입으로 가져갔다. 자신의 입으로 말하기는 뭐하지만 그만큼 증오에 미치기란 쉽지 않은 일이다.

게다가 서린은 본성이 착하고 착실한 편이라 아무리 증오심에 미친다 하더라도 그처럼 완전히 망가지진 않을 것이다. 가족을 위해서 돈을 번다는 게 꿈이던 소박한 녀석이 아닌가? 그런 녀석이 저처럼 된다라? 설령 그 가족이 전부 몰살을 당한다 해도 있을 수 없는 일이다.

이번의 일 역시 마찬가지다. 혁진을 자신의 손으로 죽이기는 했지만 서린에게는 조반니 반테로라는 확실히 증오해야 할 대상이 있다. 그 녀석에게 복수를 하고 나면 서린은 여전히 죄책감과 상처를 끌어안고 살 테지만 그래도 세건처럼 되지는 않으리라.

진심으로 사랑하는 것도 아닌 가족을 잃고, 복수의 대상도 없이 그저 자신을 혐오하고 증오해서 갈 곳 없는 증오를 흡혈귀들에게 쏟아온 마수, 한세건과는 다르다.

"하지만 서린도 세건같이 된다니… 멋지겠는걸. 후후훗."

김성희는 뭔가 이상한 상상을 하는지 계속 혼자 웃었다. 한세건은 왠지 불안해져서 그녀를 바라보았다. 대체 무슨 상상을 하고 있는 걸까?

"정장에 조끼, 외투는 없이 입히고 이 암 밴드를 끼는 거야. 헤테로 크로미아에 그렇게 하면 정말 어울리겠지? 아, 이럴 게 아니라 옷을 사서 입힐까? 어떻게 생각해?"

"그런 걸 저에게 물어도……."

세건은 기가 막혀서 마스터를 바라보았다. 역시 이 여자는 도대체 무슨 생각을 하는지 모르겠다. 그렇지만 악취미라? 세건은 그녀의 말을 곱씹었다.

"사실 서린 녀석이 좀 똑바로 하길 바라는 마음에서 보여준 것도 있지만… 진실을 감추는 것도 짜증 나서 보여줬을 뿐이에요. 그대로 그냥 넘어가면 혁진이란 녀석도 불쌍하잖아요?"

"부, 불쌍? 세건이 지금 그런 말을 한 거야? 자, 잠깐?"

김성희는 깜짝 놀라더니 잠시 후 디지털 녹음기를 가져왔다. 그녀는 그 녹음기의 마이크 부분을 세건에게 향하게 하고 미소를 지어 보였다.

"그 부분 다시 말해줄래? 불쌍이란 부분에 강조를 넣어서."

"저기, 마스터?"

"자자, 빨리."

김성희는 세건을 재촉했다. 대체 무슨 생각인 건지. 세건의 목소리를 녹음, 편집해서 무슨 녹취록이라도 만들 셈인가?

"됐어요. 지금 뭐 하는 겁니까?"

한세건은 그리 말하며 잔을 탁자 위에 내려놓았다. 그가 무언가를 불쌍히 여긴다는 게 그렇게 신기한 것일까?

"불쌍히 여기는 건 불쌍히 여기는 거지만… 녀석은 결국 라이칸스로프. 용도가 다하면 죽여 없애야죠. 그리고 서린에게야 자극이 될 것 같아서 그냥 덮어뒀지만 녀석이 서린을 공격한 것은 어디까지나 자의였어요. 불쌍하든 말든 간에 살아남았으면 내 손으로 죽였어야 했죠."

그렇다. 세건은 거리낌 없이 그를 죽였을 것이다. 김성희는 카운터에 기대서 그런 한세건을 흥미 있게 바라보았다.

"그래서, 서린은 좀 열심히 하고 있어?"

"예. 사실 제 옛날 때와 비교하면 훨씬 낫죠. 저는 흡혈귀 사냥꾼으로 나서기 전에 일 년 이상 훈련을 거듭해 왔고 싸워온 적은 죄다 잔챙이뿐. 그렇지만 서린은 라이칸스로프라는 걸 감안하더라도… 조반니 반테로 같은 녀석과 싸우니 질 수밖에 없죠."

냉정히 말하자면 초짜에게는 역시 벅찬 적이다. 감당하기 불가능하다고 해도 좋다. 텔레포트를 써대고, 특수한 혈인 능력과 술법을 써대는 고급 흡혈귀들을 상대로는 격투나 사격 등의 기술을 아무리 숙련한다 해도 이기기 힘들다.

오로지 초자연적인 적들과 끊임없는 전투를 통해서 경험을 쌓아야 하는 것이다. 김성희도 그런 생각을 했는지 세건의 볼을 손가락으로 꾸욱 눌렀다.

"이번 일은 세건도 잘못했어. 조반니 반테로의 속임수에 넘어간 것도 사실 아냐? 그러니까 너무 서린이를 괴롭히지 마."

"저도 잘못했다고는 생각해요. 어리석었죠. 그런데 제가 언제 서린을 괴롭혔다고 그래요?"

한세건은 그리 말하고 자리에서 일어났다.

3

세건은 그날의 순찰을 마치고 새벽이 되어서야 집으로 향했다. 순찰이라고 해도 이제 서울에서 흡혈귀들은 찾아보기 힘들게 되었다. 적요와 창운이 한국에서 쓰러진 이래 한국에 풀렸던 무수한 흡혈귀는 대부분 정리되었다. 나머지는 진마 마리아가 이끌게 된 댐드 원이나 에스프리 같은 놈들뿐이다. 그놈들은 손에 잘 걸리지도 않고, 공격한다고 해서 쉽게 잡을 수 있는 놈들도 아니다.

세건은 오토바이를 차고에 넣고 집 안으로 들어갔다. 세건이 돌아온 것을 느꼈는지 서린이 지하실에서 걸어 올라왔다.

"다녀왔어요?"

서린은 땀에 흠뻑 젖은 채로 그렇게 말했다. 아마 세건이 나간 다음부터 지금까지 쉬지 않고 훈련에 열중한 것 같았다. 머리에 피가 잔뜩 올라 있는 것 같으니 그 정도 하는 게 당연하겠지만, 훈련이라는 건 미련하게 열심히 한다고 해서 다 되는 게 아니다.

"훈련을 열심히 하는 것도 좋은데 운동 생리에 맞춰서 영양을 공급하고 쉬어주는 게 좋아. 쓸데없이 무리만 했다가는 몸이 상하니까."

"그래서 형이 먹는 그 보충제 먹었는데요? 먹을 만하더라고요."

"…그러냐?"

세건은 무뚝뚝한 표정으로 대답하는 서린을 바라보았다. 평상시와 달리 굳어 있는 표정이다. 하긴 혁진이 죽었다는 사실을 알게 된 지 며칠밖에 지나지 않았다. 아무리 속 편한 놈이라도 벌써부터 마음을 다잡을 리는 없다.

"손 좀 줘봐."

한세건이 그리 말하자 서린은 왜 그러냐는 듯 멀뚱멀뚱 쳐다보다가 세건에게 손을 내밀었다. 세건은 서린의 손을 잡고 상태를 살펴보았다. 며칠간 죽은 듯이 기절해 있던 녀석치고는 혈색도 좋고 몸 상태도 좋다. 릴리쓰의 자식인지 뭔지 잘 모르겠지만 역시 이 녀석의 신체는 대단하다.

"그런데 궁금한 게 있어요."

서린은 문득 세건에게 질문을 던졌다.

"뭔데?"

"어떻게 다른 라이칸스로프들은 흡혈귀랑 싸울 수 있죠?"

"응?"

질문의 요지가 이해되지 않는다. 왜 라이칸스로프와 흡혈귀가 적인지 물어보고 있는 건가? 서린도 자신의 질문이 명확하지 않았다고 생각되었는지 다시금 물어보았다.

"조반니 반테로는… 그런 녀석은 정말 강해서 어떻게 육탄전이나 그런 걸로는 도저히 이길 수 없겠더라고요. 그런데 라이칸스로프들은 어떻게 그런 흡혈귀들을 상대로 싸울 수 있는 거예요? 변신을 자의로 해서?"

"글쎄? 그런 건 잘 모르겠지만 조반니 반테로는 석세서다. 테트라 아낙스가 자신의 말을 듣지 않는 진마들을 제거하고 새로이 진마로 만들기 위해 만든 흡혈귀지. 흡혈귀 중에 있어서는 최고급이라 해도 과언이 아니야. 어지간한 라이칸스로프라면 녀석의 손에 죽는 게 당연하다. 어지간한 흡혈귀들이 너만한 라이칸스로프의 손에 죽는 게 당연하듯."

실제로 서린을 흡혈귀에게 붙여본 결과는 그렇지 않았지만… 서린과 대등한 고위급의 라이칸스로프가 있다면 그놈은 흡혈귀들의 머리통쯤 음료수 캔 뚜껑 따듯 쉽게 따버릴 것이다. 흡혈귀들에게 혈인 능력이 있다면 라이칸스로프들도 각자 독자적인 능력이 있다. 다만 변신도 자의로 못하는 서린이 그런 능력을 발휘할 수 있을 리 없다.

"그럼 세건 형이 만약 그와 싸운다면 어떻게 할 거예요?"

"나에게는 마법도 있고, 공간 이동을 공격에 투영하는 것도 역시 한계가 있어. 그 녀석의 공간 이동 역시 절대적인 술법은 아니라서, 침해를 견딜 수 있는 정신력을 가지고 있다면 그때처럼 손 한 번 닿은 것만으로 쑥 잘리지는 않는다."

세건은 그리 답하고 샤워를 하기 위해 샤워장으로 향했다.

"너도 너무 무리하지 말고 자두는 게 좋아. 아무리 마음이 앞선다고 해도 지금의 너는 망가져 있으니까. 그런 마음으로 돌아다니면 짐승이 될 뿐이다."

"형처럼 말이죠?"

서린은 문득 그렇게 물어보았다. 그래, 그럴지도 모르지. 친구를 자신의 손으로 죽인 시점에서 네놈은 훌륭한 괴물이다. 그 이름, 괴물의 대열에 올렸다고 해도 좋지. 피할 수 없는 사실이다. 하지만 그것만으로는 세건과 같은 자가 될 수는 없지.

"넌 내가 못 돼. 나도 네가 될 수 없지. 쓸데없는 생각은 하지 마라, 서린."

세건은 단언하고 문을 닫았다.

눈을 감으면 악몽을 꾼다. 그날의 싸움이 머릿속에서 끊임없이 반복되었다. 처음에는 혁진이 서린에게 덤벼들어 그 목을 조른다. 증오하는 서린, 이 녀석을 넘을 수 없었다는 콤플렉스와 자신에게조차 정체를 숨겼다는 원망이 섞여 있다.

라이칸스로프? 그런 게 다 뭐야? 왜 하다못해 한마디 상담도 없이 그렇게 쉽게 자취를 감췄단 말인가? 친구라면서? 진짜 소중한 친구라면서?

그런 다음에는 서린의 목이 부러진다. 전혀 사정 봐주지 않는 공격은 확실히 혁진다웠다. 하지만… 서린은 그 정도로 죽지 않는다. 일어나고 반격한다. 일단 목숨을 노린 이상 용서의 여지는 없다.

그리고 서린은 기어이 혁진을 죽인다. 이것은 더 이상 인간의 모습이 아니다. 서로의 목숨을 탐내는 괴물들의 싸움. 21세기의 문명사회, 그 속에서 벌어지는 잔혹한 학살극이다.

"헉헉… 헉……."

서린은 침대를 박차고 일어나 자신의 손을 살펴보았다. 면도날이나 페이퍼 나이프를 연상케 하는 두꺼운 손톱, 그리고 새하얗게 자라난 털이 있었다.

"헉… 제길! 제기랄!"

서린은 침대를 박차고 일어나 화장실로 달려가 거울을 바라보았다. 얼굴까지는 변형되지 않았지만 몸 안이 시큰거리고 피부 밑의 핏덩이가 격렬하게 움직인다.

변신… 변신인가? 그러나 서린은 그 힘을 제어할 수가 없었다. 차라리 변해 버리면 속이 시원할 것 같은데 그 순간 머릿속에서 혁진이 죽는 모습이 재현되어서 구역질이 치밀어 오른다.

아아, 나는 정말로… 괴물이었구나.

단순히 힘이 세거나 재생하거나 그런 게 아니라, 그는 진짜로 흉포한 괴물이었다. 그것도 모르고 그저 일하기 좋다고, 뛰어난 능력을 가지고 있다고 마냥 들떠 있기만 했다.

그는 그대로 화장실 바닥에 쓰러졌다.

세건은 화장실에 쓰러져 있는 서린을 발견하고 일으켜 세웠다. 잠 좀 자나 했는데 이 모양이다. 하긴 그도 처음 흡혈귀들에게 가족을 잃었을 때는 도저히 잠을 이룰 수가 없었다. 그래서 흡혈귀 사냥꾼의 훈련에 더 열중했는지 모른다. 몸을 거칠게 움직일 때는 잡생각이 들지 않았으니까.

그저 피곤하다, 힘들다, 괴롭다는 생각뿐. 그리고 그다음에는 그 괴로움이 자신의 잘못에 대한 벌처럼 느껴져서 외려 기쁘고 더더욱 힘이 나는 것이었다. 그건 말하자면 자해하면서 자신이 죗값을 치렀다고 느끼는, 죄책감을 회피하는 행동이다.

자신에게 엄격한 세건으로서는 또 그런 자신을 참을 수가 없어서 가혹한 자기 단죄를 반복한다. 그 엄격한 고행승적인 생활이 그에게 흡혈귀들을 잡을 힘을 부여해 주었다.

서린도 그렇게 될까? 그런 생각을 하니 왠지 기분이 불쾌해졌다. 이 녀석은 나와는 달라. 그렇게 될 놈도 아니다. 세건은 그리 다짐하며 그를 일으켜 세웠다.

"이런, 이런. 잠을 좀 자려고 했더니만 뭐 하는 거냐?"

서린을 날라서 그의 방에 다시 던져 놓았다. 침대에 던져지자 서린은 정신을 차렸다.

"나, 나는……."

"응?"

"인간이 아니라는 걸 너무 잘 알게 되었어요."

"그걸 이제 알았나? 헛소리하는 걸 보니 뒈지진 않은 모양이군."

세건은 그리 말하고 방을 나가려 했다. 그때 서린이 모로 누운 채 중얼거렸다.

"아니요. 그런 건 아니지만……. 설사 내가 더 이상 흡혈귀들에게 노려지지 않는다 해도, 영은이나 아버지에게 돌아갈 수는 없어요. 이런 괴물이 어떻게 사람들 사이에서 태연히 걸어 다닐 수 있죠?"

"그건 나와 의견을 같이하는군."

세건은 서린의 말에 고개를 끄덕였다. 그러고는 갑자기 철컥하는 쇳소리가 들리더니 세건의 마총, 비스트가 서린에게 겨눠졌다. 싸늘한 냉기가 감돈다.

"그런데 잊었냐? 너를 죽이는 건 나야. 네가 잘못했고 인간으로서 못 살겠다… 그런 마음을 먹을 필요도 없어. 때가 되면 넌 내 손에 죽는다. 너를 죽이고 내가 지옥에 간다. 그러니까 인간으로서 살 수 없다느니 그런 한심한 생각은 안 하는 게 좋아. 궁상떨 필요 없이 되는대로 살아도 돼, 너는."

서린은 그 말을 듣더니만 한숨을 내쉬었다.

"자장가치곤 정말 재수 없군요. 그런 식으로밖에 못 해요?"

"재우려고 하는 소린 아니었어. 자장가라니……."

세건은 볼을 긁적이며 총을 거두고 물러났다.

하지만 보지 않아도 그가 부끄러워하고 있다는 건 알고 있었다. 한세건이 자신을 죽이겠다고 단언하는 건 절대 농담이나 거짓말이 아니란 건 알고 있다. 그렇지만 그걸 다시금 지껄이는 건 구차하다. 그 구차함을 이기고서 말하는 것은… 자신의 잘못을 대신하겠다는 그의 의지임에 분명하다.

즉, 그는 서린이 가족에 대한, 인간으로서의 삶에 대한 희망을 버리지 않기를 바라고 있는 것이다.

참 이해하기 힘든 사람이다. 자신의 손으로 날 죽일 거면서 내게 인간에 대한 열망을 버리지 말라고 하다니. 하긴 그는 가족을 사랑하지 않았다고 말하면서도 항상 가족사진은 품고 다니는 모순투성이의 남자다.

서린은 다시 잠에 빠져들었다.

악몽이 계속되어서 자도 잔 것 같지 않지만 시간이 지나면 눈은 떠진다. 서린은 식사를 마치고 씻고 나서 훈련에 들어섰다. 오늘은 한세건도 순찰을 나가지 않고 서린과 같이 훈련에 참여했다.

"그런데 땀 냄새 나지 않아요, 여기?"

서린은 레이저 건을 잡고 자세를 바로한 뒤 과녁을 겨누며 중얼거렸다. 그러자 세건이 그 옆에서 와이어를 잡아당기며 말했다.

"어쩔 수 없지, 지하니까. 지상으로 해놓으면 밖에서 난리가 난다고. 소리도 시끄럽고, 누가 보기라도 해봐. 그래서 에어컨 틀잖아?"

서린은 세건의 말을 들으며 방아쇠를 당겼다. 한세건처럼 트릭 샷은 도저히 터득할 수 없지만 이제 정상적인 사격 자세에서의 사격은 백발백중에 가까워졌다.

신체 제어 능력에 있어서 인간을 초월하는 그다. 요령만 터득하게 되면 사격술은 그리 어려운 일이 아니다. 애초에 총이라는 것은 긴 훈련 없이 바로바로 쓸 수 있는 병사를 위한 무기이다. 일정 수준의 실력에 오르는 데는 그리 긴 훈련 기간이 필요하지 않다.

"총은 그 정도면 됐다."

한세건은 서린이 레이저 건으로 사격하는 것을 분석하며 중얼거렸다. 세건처럼 트릭 샷을 할 수준은 아니지만 그건 아무리 신체 제어 능력이 뛰어나다고 해도 단기간 안에 되는 게 아니다. 이제 막 사격 자세를 바로잡았는데 그런 짓거리를 하면 애써 잡은 자세가 도리어 망가질 뿐이다. 그런 잔재주를 터득하려면 일단 기본을 완전히 다져 놓은 다음에 해야 한다.

"그보다는 하이브리드 폼(Hybrid Form)으로 변신하는 것부터 해봐. 그게 안 되면 네놈은 쓰레기다. 이성을 유지하지 못하고 좀 맞을 때마다 바로 괴물로 변해서 적과 아군, 민간인 가리지 않고 습격하는 놈이라면 지금 당장 내 손으로 죽여주지."

쉴 틈을 주지 않고 요구하고 말투도 과격하다. 하지만 지금으로서는 저렇게 나오는 게 차라리 속 편하다. 서린 자신도 자기혐오로 가득 차 있으니까 저런 쓴소리를 듣는 게 차라리 속 시원하다.

"아, 정말 시원하게 말씀하시는군요, 각하. 시원하시겠습니다."

"언제 적 코미디야, 그건?"

세건은 비아냥거리는 서린을 바라보며 한숨을 내쉬었다. 그래도 서린도 그리 허약한 놈은 아니다. 친구를 자신의 손으로 죽이긴 했지만 그걸로 세상 다 산 것처럼 구시렁거리진 않는다.

"으음."

서린은 눈썹을 한일자로 모으고는 눈을 감은 채 낑낑거렸다. 하지만 그 몸은 전혀 변하는 게 없었다.

"뭐 하는 거야? 혹시 화장실 가고 싶나?"

"아, 아니, 그게. 저… 어떻게 변하죠?"

"네가 모르면 누가 알아?"

세건은 기가 막혀서 반문했다. 그러자 서린은 다시 눈썹을 모으고 낑낑거렸다.

"헉헉, 전혀 안 되는데요?"

"아아, 됐다. 도저히 못 봐주겠군, 그 얼굴. 다음으로 넘어가자."

세건은 고개를 절레절레 저었다.

하루 온종일 훈련하는 것에 붙어서 상태를 살펴보았다. 다른 훈련은 궤도에 올라서 이제 슬슬 껍질을 깨고 나왔다는 느낌이 드는데 변신만은 절대로 되지 않았다.

이미 몇 번 변신한 이상 변신하는 방법은 자연히 알게 될 것 같은데, 안 되는 걸 보면 어쩌면 이번 일이 트라우마가 된 걸지도 모르겠다. 사실 잠들어 있는 상태에서의 서린은 몇 번이나 변신하려다가 그때마다 잠을 깨고 일어나 간질 환자처럼 발작한다. 그것은 이번 일이 그에게 얼마나 큰 상처가 되었는지 대

변하는 것이다.

그러면서도 그는 세건의 앞에서는 가급적 평상시 모습을 유지한다. 적당히 농담도 하고 장난도 치면서 예전과 똑같은 행동을 하고 있었다.

사실 저럴 수는 없는 것이다. 아무리 릴리쓰의 자식이니 뭐니 해도 녀석은 이제 고등학생. 아직 성인도 아니다. 그리고 성인이라고 해서 마음의 상처를 견딜 수 있다는 보장도 없다.

그런 태연한 모습이 뭔가 마음에 들지 않아서 세건은 화가 났다.

"아, 정말… 안 되겠군. 서린, 내일은 시간을 줄 테니 나가."

"예?"

서린은 깜짝 놀라서 세건을 바라보았다.

"그러니까 나가서 내일 하루, 어디 가고 싶은 대로 쏘다니란 말야. 예전에 데이트한 그 여자라도 부르든가, 아니면 네 여동생 문병이나 가. 병원에 입원했을 거다."

"예… 에에에에? 그, 그런 이야기를 왜 지금 하는 거예요?"

서린은 깜짝 놀라서 눈을 크게 떴다. 여동생 생각을 끔찍하게 생각하는 녀석이다. 그런데 여동생이 입원했을 거라니? 세건은 한숨을 내쉬었다.

"집에 돌아와 보니 네가 그 모양 그 꼴인데 무슨 말을 하냐?"

"그, 그건 그렇지만, 그래도 그사이에라도 이야기할 수 있는 거 아니에요?"

"내가 어제라도 이야기했으면 넌 아마 면목이 없어서 가볼

수 없어요니 뭐니 그따위 소리를 지껄였을걸? 아니라고 자신할
수 있어?"

침울하게 가라앉아 있을 때 그런 이야기를 하면 십중팔구 그
런 반응이 나온다. 바로 어제만 하더라도 인간으로서 살아가선
안 된다느니 어쩌니 오만 가지 궁상을 떨지 않았던가?

그러나 사람이 화장실 들어갈 때랑 나올 때 심정이 다르다는
건지 서린은 태연하게 반론했다.

"에이, 설마 제가 그런 부끄러운 말을 하겠어요? 저는 형이
아니라고요."

"……."

"예~ 나에게 반하지 마라~ 나에게 반하지 마라~ I am a
charming……."

세건이 실어증 걸린 사람처럼 입을 다물어 버렸다. 그러자
서린은 부르던 노래를 그만두고 그런 세건의 표정을 보며 물어
보았다.

"그런데 왜 하필 내일이에요? 형, 혹시 여자라도 집에 부를
거예요?"

"엉?"

"아, 그렇구나. 그리고 보니까 김성희 씨랑은 무슨 관계예
요? 단순한 스승 제자 사이인 거예요? 왠지 위험한 사제 관계
라는 느낌이 풀풀……."

서린은 거기까지 말하다가 분위기가 이상해져서 세건을 돌
아보았다. 역시 너무 기어올랐던 것일까? 한세건은 나름대로

서린을 배려해 준다고 그렇게 말한 것인데… 지금은 배려하는 게 아니라 베려고 하는지 전투용 나이프 자루에 손가락을 대고 있었다.

"…오늘은 여기까지 하죠."

서린은 화들짝 놀라서 계단으로 뛰어 올라갔다.

4

이튿날 아침에 서린은 거의 쫓겨나다시피 세건에게 내몰려 밖으로 나왔다. 한창의 여름 날씨라 그런지 아침부터 유달리 더웠다.

"아, 정말……. 아무리 다 큰 남자의 사정이라지만 그렇다고 동생을 이렇게 쉽게 내쫓다니."

서린은 투덜거리며 걸어 나갔다. 오토바이를 탈까 하는 생각도 들었지만 왠지 그럴 기분이 아니라서 그는 버스 정류장으로 걸어갔다. 어찌 되었든 한세건이 자신에게 마음을 써준다는 건 꽤 기분 좋았다. 처음 만났을 때는 죽여 버리네 어쩌네 못 잡아먹어서 안달을 하더니만 역시 세건도 인간의 피가 흐르기는 흐르는 모양이었다.

이게 살면서 정이 든다는 것일까? 하지만 그렇다고 안심할 수는 없다. 정이야 들든 말든 한세건은 필요하면 방아쇠를 당길 수 있는 이다. 그런 엄격한 자기 관리는 서린으로선 흉내조차 낼 수 없는 것이었다.

버스 정류장 근처의 논밭에는 비료를 뿌리는 농부들의 모습이 보였다. 서린은 그들을 바라보며 정류장에 서서 한숨을 내쉬었다. 이렇게 혼자 있게 되니 또 그 일이 생각난다. 혁진이 이곳에 오게 되었을 때 그는 내심 매우 기뻐했다.

뭐랄까… 혁진이 처한 상황은 생각지도 않고 그저 수학여행을 간 기분이었다. 친구와 함께 한집에서 산다. 그건 참 재미있고 즐거운 경험이라고 생각했다.

"그러고 보니 수학여행이 생각나는군. 그 녀석… 늘 얌전 떨면서 뒤에서 할 짓 다 했지."

집안 사정이 어려워도 어떻게든 수학여행은 보내고 싶다고 아버지가 고집을 피워서 가게 된 중학교 3학년의 수학여행 때, 혁진과 서린은 담을 넘어서 숙소 근처의 여학교 숙소로 놀러간 적이 있었다.

친구들과 담력 시험 삼아서 한 일이긴 했지만 그때 학교 선생의 눈을 피해서 밤의 경주를 나돌 때의 기분은 진짜 최고였다. 달리 뭔가 즐거운 일, 재미있는 일이 있었던 것도 아니지만 그저 함께 어울린다는 것만으로 즐거웠고 웃음이 나왔다.

물론 녀석은 분명히 나쁜 놈이었다. 서린이 모르는 곳에서는 여전히 나쁜 짓을 하고 나쁜 친구와 어울려 다닌다는 것은 아무리 눈치가 둔한 서린이라도 알고 있었다. 최혁진의 친구라는 이유만으로 그에게 덤벼드는 놈도 많았으니까.

하지만 그래도 최혁진이 이따금 그의 앞에서 시시껄렁한 농담에도 웃던 그 모습마저 거짓이라고는 생각되지 않는다. 어찌 되었든 결국 녀석은 사람 사귀는 법이 미숙한 바보였고 서린도 그 녀석과 비슷할 정도로 바보였다.

이런저런 생각을 하며 버스에 타고 서울로 향했다. 지나가는 풍경을 바라보다가 그는 문득… 혁진의 집에 가볼까 하는 생각이 들었다.

녀석이 자신의 손에 죽었다는 건 알고 있지만, 아무래도 실감이 나지 않는다. 죽여도 죽여도 다시 살아 돌아올 것 같은 그 녀석이 그렇게 쉽게 죽다니? 혹시 녀석의 집에 가면 태연히 '혁진아, 친구 왔다' 하면서 불러주지 않을까?

물론 그것은 터무니없는 망상이다. 세건이라면 그런 망상, 용서하지 않았을 것이다. 녀석을 죽인 것은 분명히 서린, 그 자신이다. 그리고 그것을 직시하지 않으면 녀석을 두 번 죽이는 일이다. 그 녀석의 죽음을 가슴에 묻고서, 계속해서 살아가지 않으면 안 된다. 그것이 자신이 살기 위해 그를 죽인 서린에게 있어 가능한 유일한 속죄다.

'살기 위해 죽였다, 라……. 참 좋은 변명이다.'

처음에 혁진이 서린을 죽이기 위해 덤벼들 때라면 모를까, 그 이후에는 통하지 않을 변명이다. 서린이 혁진을 죽였을 때는… 서린을 구하기 위해 뛰어온 상태였으니까.

그런 생각을 하고 있을 때 버스가 정류장에 멈춰 섰다. 이제부터는 전철을 타는 게 더 빨라서 서린은 버스에서 내렸다.

아침을 거르고 와서 그런지 배가 고파서 근처의 식당에 들어가 김밥을 먹었다.

"자, 그러면 이제 어떻게 한다?"

혁진의 집을 찾아가 보긴 하겠지만… 글쎄. 아, 그러고 보니 여동생이 병원에 입원했다니 그쪽도 가봐야지. 지금부터 가도 면회가 될까?

서린은 세건이 적어준 메모를 바라보았다. 거기에는 병원의 이름과 병실 호수가 적혀 있었다. 어떻게 조사했는지 모르지만 이런 걸 잘도 알아낸다.

"확실히 수완이 좋단 말야."

서린은 투덜거리면서 병원으로 향했다.

윤영은이 입원한 곳은 대학로에 위치한 소위 말하는 S대학 병원, 그러니까 그냥 서울 대학 병원이었다.

"왜 이런 상황에서는 꼭 진짜 이름을 언급하지 않고 이니셜로 불러야 한다는 강박관념이 들지?"

어차피 S대니, 마약사건을 일으킨 연예인 K모 씨니… 이런 식으로 불러봐야 알 사람은 다 아는 것 아닌가? 서린은 대학 병원 입구에 세워진 팻말을 바라보며 주위를 둘러보았다. 화요일 오전임에도 불구하고 주위에는 사람이 득시글거린다. 이 많은 사람이 다들 학생이거나 백수인 것일까? 아니면 병원에 찾아온 환자?

"음… 가볼까?"

그는 안으로 걸어가서 곧 병원 로비에 도착했다. 안에는 수 많은 사람이 접수를 기다리느라 득시글거리고 있어서 무슨 은행처럼 접수 대기표를 뽑는 기계가 설치되어 있었다. 서린은 접수 대기표를 뽑고 기다리다가 번호가 불리자 그쪽에 다가갔다.

"아, 저기, 면회 왔는데요."

"병실 아세요?"

"예."

"그러면 접수 대기하실 필요 없이 그냥 가시면 되는데요."

"……."

그러고 보니 그렇다. 대체 왜 대기표를 뽑았던 걸까? 역시 조지 말로리가 '산이 거기에 있기 때문에'라고 했듯 기계가 거기에 있기 때문에? 서린은 매우 부끄러워하며 뒤로 빠져나왔다. 혹시나 해서 주위를 둘러보았지만 다행히 자신을 알아보는 이는 없었다.

"후우, 세건 형이 봤으면 큰일 날 뻔했군."

자신은 세건을 놀려도 되지만 세건이 자신을 놀려서는 안 된다. 역시 그쪽이 어울리지 않는가? 서린은 멋대로 고개를 끄덕거리고 엘리베이터에 들어갔다.

영은이가 입원한 병실은 역시 일반 병실이었다. 아무리 집이 좀 잘산다 해도 정치가나 그런 인간이 아닌 이상 특실이란 것은 쉽게 자리가 나는 게 아니다.

"그런데 대체 얼마나 큰 상처이기에 입원씩이나?"

서린은 그리 중얼거리며 병실 안으로 들어섰다. 들어서자마자 그는 창가에 앉아서 책을 펼치고 있는 여동생을 발견했다. 여기저기 거즈를 대고 있는 것을 제외하고는 딱히 눈에 띄는 상처가 있는 건 아니지만 여자애가 상처를 입었다니? 깜짝 놀란 서린은 그녀에게 뛰어갔다.

"영은아, 괜찮아?"

"아? 오빠?"

영은은 깜짝 놀라서 서린을 바라보았다. 서린은 냉큼 달려가서 그녀의 머리맡에 앉았다.

"어떻게 된 거야? 많이 다쳤어? 아, 이거."

서린은 들고 있던 과일 바구니를 건네주었다. 그러자 영은이가 혀를 낼름 내밀었다.

"없는 살림에 뭐 이런 거 사 와, 사 오긴. 그나저나 요즘 어떻게 지내는 거야? 공장에서 일한다며? 정말 그런 걸 아빠가 원한다고 생각해?"

"아, 아니. 어떤 벤처 회사 사장님의 어시스턴트를 하고 있지. 어차피 나야 실업계 학교였잖아. 진학해 봐야 진짜 학비 대느라 골병들 뿐이고."

흡혈귀의 피를 빨아 파는 걸 벤처 회사라고 말하다니. 서린은 양심의 가책을 받았다. 하지만 한세건이 자신을 대외적으로 알릴 때는 항상 그렇게 말해왔다. 사실 한창 나이의 잘생긴 젊은 청년이 아무리 서울에서 가깝다지만 큼직한 교회 건물을 사들여서 컴퓨터나 각종 장비를 잔뜩 들여놓고 뭔가 하고 있는데 수상하게 여기지 않을 사람이 없다.

다른 거야 다 자급자족한다고 쳐도 가스 배달, 전기세, 수도세, 통신 요금 등을 거두러 오는 사람들은 한세건에게 관심을 보이게 마련이었다. 그럼 그때마다 세건은 벤처 사업가라고 자신을 소개했다.

어쨌거나 지금은 영은이의 상태를 확인하는 게 중요하다.

"대체 어쩌다가 다쳤어? 여자애가?"

사실을 알면서도 서린은 확인 차 물어보았다. 그러자 영은이는 심드렁한 태도로 말했다.

"아니, 그냥… 영화처럼 멋지게 지면을 튀어 올라서 옆으로 자빠진 차 안에 타고 있었을 뿐이야."

"…우와."

역시 한세건은 적당히라는 것을 모른다. 예상은 하고 있었지만 서울 시내 한복판에서 차량을 굴려 버리다니. 그 안에서 무사한 영은이가 대단하다.

"그래서 부상은?"

"뇌진탕, 찰과상, 타박상이야. 볼래? 멍이 얼마나 들었는지."

그녀는 그리 말하며 가운을 벗는 시늉을 했다.

"얘가? 다 큰 처녀가 뭐 하는 거야?"

"당연히 농담이지. 내가 무슨 노출증 변태인 줄 알아?"

영은이는 그리 말하고 서린에게 혀를 낼름 내밀었다. 어쨌거나 이 시간에 문병을 오다니. 왠지 기뻤다. 얼굴 보기 힘들어진 오빠가 직접 찾아오다니…….

"그런데 용케도 알았네. 집에서 알렸을 리는 없는데."

"후후후, 다 수가 있지. 이 오빠를 무시하는구나."

"그렇게 말하는 걸 보니 잘 지내는 모양이네."

"그럼, 돈도 많이 벌고 있다고. 정말이야."

"아아, 그래."

영은이는 책을 덮었다. 서린이 흘낏 책을 살펴보니 참고서였다. 하긴 학교를 쉬고 있으니까 공부하지 않으면 안 되겠지. 그러나 병원에서도 공부를 하다니? 그래도 이런 걸 하고 있는 걸 보면 납치를 당한 후유증은 없나 보다. 표정도 밝고 구김살이 없다. 보통의 여자아이라면 그런 일을 당했을 경우 심각한 대인기피증을 보일 텐데.

이번에도 기억을 지워 버린 걸까? 서린은 문득 영은에게 물어보았다.

"그런데 어쩌다가 그런 사고를 당한 거야?"

"그게… 오빠는 말해도 안 믿을 거야. 음, 정말이야."

그렇게 말하는 걸 보니 기억이 지워진 것 같지는 않다. 하기야 세건은 자신이 속았다는 걸 안 순간 즉시 서울에서 귀환하느라 그녀의 기억을 조작할 시간적 여유가 없었다. 하지만 조반나 그들 역시 입이 꽤 무거워서 그녀에게 쓸데없는 사실을 알리지 않은 것 같다. 아니, 한국어를 할 줄 아는 게 조반니밖에 없었던가?

"참 알 수 없는 소리만 하네. 말해도 안 믿는다니 뭘?"

"아니, 됐어. 말 안 할래."

영은은 그리 말했다. 말해봐야 믿기도 힘든 내용인 데다가 설사 믿게 되더라도 걱정만 끼칠 뿐이다. 그런 이야기를 굳이 해서 쓸데없는 화를 부를 수 없었다.

"그나저나 오빠는 대체 어디에 취직한 거야? 벤처 기업이라니 무슨 벤처 기업이야?"

"아, 그러니까 무슨 보, 보안 시스템인가? 그거 관련 업체인 것 같은데 나는 그냥 서류 배달, 관청 돌아다니기, 뭐 그런 거 하고 있어."

"사환이네?"

"그렇지, 사환. 그거야."

서린이 손뼉을 쳤다. 그러자 영은이 한숨을 내쉬었다.

"오빠, 그런 일은 장래성 없어. 그거 일당 잡부랑 비슷한 거야."

"그래? 그래도 나는 많이 배운다고 생각하는데?"

"그야… 그렇긴 하지만. 월급은 얼마나 되는데?"

월급? 월급이라기보단 그냥 세건에게 정해진 만큼 돈을 받고 있는데 그걸 월급으로 쳐야 하나? 서린은 그리 생각하고 잠시 머릿속에서 계산을 해봤다.

"음, 한 달에 한 이백만 원 정도 받는데."

그리 말하자 영은이가 깜짝 놀랐다.

"자, 잠깐 이백?"

"응."

"고졸도 아니라 중퇴인 오빠에게?"

"어."

"게다가 그냥 사환 일 시키는데 이백? 이 불황에?"

"그래. 아, 대신 보너스나 그런 거 없어."

"우와… 어딘지 몰라도 거기 사장님 참 마음씨 좋은가 보다. 마음씨가 비단결이네. 혹시 유령 회사 아냐?"

세건이 마음씨가 곱고 비단결이라? 서린은 그 생각을 하며 몸을 부들부들 떨었다.

"유, 유령 회사는 무슨. 괜찮아, 괜찮아."

서린은 그리 손을 흔들었다. 어쨌거나 영은이가 무사하다니 다행이다.

"그러면 난 갈게. 몸조리 잘하고……. 입원은 언제까지 하니?"

"아, 이번 주까지만 입원할 것 같아. 그러고는 집에 가겠지. 별다른 이상 없다니까 너무 걱정하지 마."

"안 해요, 걱정 따윈."

"아, 그래? 그럼 걱정 많이 해, 오빠."

영은은 그렇게 말하고 혀를 낼름 내밀었다. 저렇게 활달하게 구는 걸 보니 납치당했던 일도 별로 가슴에 묻어두지 않는 것 같다. 자신의 여동생이지만 대단히 강한 심지를 가지고 있구나 하는 생각이 들어서 서린은 왠지 뿌듯해졌다.

"아아, 그래그래."

서린은 손을 흔들고 병원을 빠져나갔다.

"자아, 그러면 이제는 어디를 갈까?"

서린은 한숨을 내쉬고 핸드폰을 들어보았다. 시간은 아직 오전 11시. 세건은 나가서 신나게 놀다 오라고 서린을 내쫓았지만 지금 기분에서 신나게 놀 수 있으면 그건 속없는 놈이리라.

"뭐, 그래도 신경 써줬으니까. 세건 형 입장에서 그 정도면 대단한 거지. 나도 그런 세건 형의 마음에 보답하지 않으면 안 되겠지? 한번 놀아보자."

서린은 투덜거리며 지하철에 올라탔다. 늘 학교 다니고 일하느라 몰랐는데 평일 오전 중에 서울을 돌아다닌다는 것은 꽤 신선하고 즐거운 경험이었다.

"할 일 없이 빈둥빈둥 돌아다니는 것도 꽤 즐거운데."

서린은 지하철 안에 앉아 있는 사람들을 보며 짐받이 위에 올려져 있는 신문을 뽑아 보았다. 그나저나 어딜 간다? 일단 아르쥬나에 한번 가볼까나?

서린은 그리 생각하고 역에서 내려 아르쥬나를 향해 걸어갔다. 가서 딱히 할 일은 없지만 인사 정도 하고 이야기를 나눠보고 싶었다. 그리고 정말 세건 형이랑 사귀는 사이인지 아닌지도 들어보고 싶고. 아무리 사제지간이니 연상이니 하지만 나이 차도 그렇게 얼마 나는 것 같지도 않고 굉장한 미인 아닌가? 그런 데다가 세건을 바라보는 눈동자는 마치 먹이를 노려보는 고양이 같아서……

"아, 안 돼. 야한 생각이 절로 떠오른다!"

서린은 자신의 머리를 쥐어박으며 걸어갔다. 주위 사람들이 이상한 눈초리로 그를 쳐다보았지만 서린은 당당히 그들을 무시했다.

"어라?"

그런데 이게 웬일인가? 아르쥬나 앞에 닫혀 있다는 팻말이 걸려 있는 게 아닌가? 서린이 다가가서 귀를 기울여 보았지만 안에는 사람의 기척이 없었다.

"이거 농담이었는데, 정말 세건 형네 집에 가 있는 거 아냐? 으음."

그 나이 또래의 소년이 할 법한 도색적 상상이 뭉클뭉클 피어오른다. 서린은 그런 상상을 하다가 얼른 고개를 도리도리 저었다. 모르는 사람이면 모를까, 뻔히 아는 사람을 가지고 그런 야한 상상을 한다는 것은 마음에 들지 않는다.

"아, 갈 곳 진짜 없네. 마리아는 해가 떠 있을 때는 부를 수 없고……. 그래도 전화해 볼까?"

서린은 투덜거리며 핸드폰을 꺼내 마리아의 번호를 눌렀다. 통화 내역이 도청당하는 건 아닐까 의심해서 안 쓰던 핸드폰이지만 최근 세건의 행동을 보건대 그런 짓은 이제 안 할 것 같았다. 그렇게 전화를 거니 곧 마리아의 목소리가 들렸다.

—여보세요? 마리아네 집이에요.

"아직도 안 잊어버렸구나, 그건."

발신자 번호라도 표시하게 되어 있나? 아냐, 설마 표시되어 있다고 하더라도 핸드폰으로 거는 것은 이번이 처음이다. 마리아가 서린의 전화번호를 알 리가 없다.

—아, 서린? 무사했구나?

마리아는 서린의 목소리를 듣고 반색했다.

"응?"

―다행이다. 아르곤이 정신이 나갔을지도 모르겠다고 말해서 걱정했는데.

"아… 아르곤이? 어이, 마리아. 아는 사이였어? 아르곤이랑?"

―모르는 사이일 리가 없잖아. 나도 진마고 그쪽도 진마인데.

마리아는 마치 자랑스럽다는 듯 엣헴 하고 거들먹거렸다. 그래그래, 너 진마다, 그래. 서린은 그렇게 생각하면서 물어보았다.

"그래? 진마끼리는 무슨 계라도 하나 보지?"

―계가 뭔데?

"일종의 펀드라면 이해하기 쉬울라나?"

―으음. 에이, 아르곤은 가난해서 그런 거 못 해.

서린은 피식 웃었다. 하긴 아르곤은 좀 가난해 보이긴 했다. 외모로 보자면 무슨 가난한 락 가수 같은 느낌이었다. 안 팔려서 클럽을 전전하는 그런 음악 성공 드라마 주인공 같은 놈?

"그, 그래? 그나저나 오늘 시간 있어?"

―응? 아, 뭔데? 데이트야?

"으응."

서린이 말꼬리를 흐렸다. 그러나 마리아는 신이 나서 당장 응했다.

―서린이 부른다면 없던 시간이라도 내야지. 좋았어, 지금 당장 갈까?

"아니, 저기……. 해 떨어지고 보자. 낮에는 아무래도 부담스러울 거 아나?"

―으응, 알았어. 어디서 볼까?

"글쎄. 음, 어디 가보고 싶은 곳 있어?"

서린은 왠지 기뻐서 그렇게 물어보았다. 별로 잘해준 것도 없는데 이 여자아이는 전화를 건 것만으로도 매우 기뻐한다. 이렇게 반겨주다니… 흡혈귀만 아니면 정말 좋으련만.

─음, 어디 재밌는 곳이면 아무 데나.

"그러면 음… 인사동으로 하자! 인사동 거리 남쪽 입구에서 일곱 시 삼십 분… 아니, 여덟 시에 보자."

서린은 시간을 넉넉하게 잡았다. 여자아이를 밤늦게 불러내는 건 돌려보낼 일이 걱정이지만 그녀는 운전사가 딸려 있는 부자 아가씨다.

─응! 즐겁게 기다릴게.

마리아는 그렇게 말하면서도 전화를 끊지 않았다. 먼저는 끊지 않겠다는 걸까? 그렇게 생각한 서린은 그녀에게 말했다.

"아, 그럼 끊을게."

서린은 전화를 끊고 기지개를 켰다. 여덟 시에 약속을 잡기는 했지만 아직 한참 남았다.

"자, 그러면 이제는 뭘 한다?"

이제는 뭘 하지? 갈 곳이 참 난감하다. 역시 옛날에 살던 집 근처를 좀 가볼까? 강 박사가 살고 있는 신비한 병원이라든가, 혁진이네 도장이라든가.

서린은 한숨을 내쉬고 역으로 터벅터벅 걸어갔다.

5

병원 로비에 들어가서 강의찬 박사의 이름을 대자 접수계원이 내선 전화기를 들었다. 그녀는 곧 전화기를 카운터 너머의 서린에게 건네주었다.

"받아보세요."

"예."

서린은 전화기를 자신의 귀에 가져가 대었다. 그러자 전화기 너머에서 강 박사의 목소리가 들려왔다.

—바빠, 자식아!

"…아, 그래요?"

개업의도 아니라 종합병원의 의사, 그것도 진료 시간 중이니 당연한 반응이다. 서린은 한숨을 내쉬고 전화기를 놓았다. 역시 이럴 줄 알았다. 강 박사는 왠지 매정하고 몰인정한 면이 있어서 사람이 찾아오든 말든 다 제멋대로다. 뭐, 그런 무신경한 면이 있으니까 늑대 인간인 서린을 보고도 '아하, 그렇구나' 하고 마는 거겠지만.

뭐, 이런 어른이 다 있어? 서린은 투덜거렸다.

그러나 잠시 후 다시 전화기가 울렸다.

"아, 예?"

—방금 점심시간이 되었군. 올라와라.

"그런 겁니까?"

서린이 시계를 바라보니 과연 방금 막 1분 단위가 변한 참이었다. 그렇다고는 쳐도 단 몇 초 차이로 말이 바뀌다니, 정말 제멋대로로군. 나중에 나이를 먹어도 절대 이런 인간은 되지 말아야지. 그렇게 다짐한 서린은 계단으로 뛰어 올라갔다.

진찰실 입구에는 의학박사 강의찬이라는 이름의 카드가 꽂혀 있었다. 서린이 문을 열고 안으로 들어가니 안에는 강 박사가 죽도를 잡고 의자에 앉은 채로 휘두르고 있었다.

"어서 와라."

"뭐 하는 거예요? 진찰실에서?"

"운동. 나, 이래 보여도 대학부 때 한일대항전에서 대장을 했다고."

물론 알고 있는 내용이다. 몇 년을 아는 사이가 아니니까 그런 이야기는 이미 다 들은 것이다. 하지만 그래도 서린은 예의상 물어보았다.

"오, 그래서 결과는요?"

"5:0 참패."

그는 그리 말하며 죽도를 거두었다. 아, 진짜, 그런 일이라면 별로 언급하고 싶지도 않을 텐데 뭐 그리 열심히 말하는지. 서린은 애당초 이 괴짜를 이해할 수가 없었다. 물론 그건 서린이 뭘 몰라서 하는 말이다. 대학생 검도 한일대항전의 선수라는 것은 적어도 전국 대회 상위권에 안착한 이에게나 주어지는 기회고 대장은 더더욱 대단한 자리다. 의대를 다니면서 그런 자리에 오를 수 있다는 것은 이 강의찬 박사가 얼마나 뛰어난 검객인지 대변해 주는 것이다. 하긴, 치과 의사 하면서 올림픽 펜싱 금메

달 딴 사람도 있으니까 새삼스럽다고 할 건 아니지만.

"그래, 이번엔 무슨 일이냐?"

"아… 저기, 그냥 심심해서."

"심심해서? 너도 참 싱거운 놈이구나."

강 박사는 그리 투덜거리며 자리에서 일어났다.

"정말 그런 거면 나 밥 먹으러 가야 하는데?"

그는 가운을 벗어서 의자에 던져 놓고는 소매와 칼라를 바로 했다. 서린이 뭐라고 말하지 않으면 바로 식당으로 달려갈 분위기다. 깜짝 놀란 서린이 말을 이었다.

"아뇨, 저기 그게… 제가 변신을 했거든요?"

"하아?"

강 박사는 의외라는 듯 다시 자리에 앉았다. 그는 안경을 고쳐 쓰며 물어보았다.

"변신이라면? 뭐?"

"늑대 인간이요."

"음, 그냥 이 회화를 녹음하면 너를 당장 정신병원에 보낼 수 있다는 확신이 든다만."

물론 그렇기야 하다. 라이칸스로피라는 것은 원래 자신이 늑대 인간이라고 믿는 광증을 일컫는 말이기도 하니까.

하지만 서린은 사실상 늑대 인간이다. 그리고 강 박사도 서린을 정신병원에 보낼 생각은 전혀 없었다. 서린이 정말 초인적인 신체능력과 재생능력을 가지고 있다는 걸 알고 있는 처지 아닌가? 서린은 머리를 긁적이며 웃어넘겼다.

"하하, 알면서."

"아, 그래그래. 어쩌다가 그렇게 되었냐?"

"그게… 목이 부러져서 한 번 죽었구나 생각되니까 자동으로 변신해서요."

"대체 어떻게 살기에 목이 부러져? 설마 네가 아무리 푼수라지만 넘어져서 그렇게 된 건 아닐 테고, 상대는?"

"상대는 같은 라이칸스로프였어요……."

서린은 혁진을 떠올리며 말꼬리를 흐렸다. 그러자 의외라는 듯 강 박사가 어깨를 으쓱해 보였다.

"라이칸스로프가 또 있었어? 흠, 요새 그런 괴물이 많이 있나 보구나? 나는 너만 특이 케이스라고 생각했는데."

"그럴 리가 있겠어요? 게다가 그뿐 아니라 흡혈귀들도 있더라고요. 그래서 저는 학교를 그만두고……."

이제 정말 녹음당해서 정신병동에 끌려가도 할 말이 없는 소리다. 흡혈귀라는 말을 들은 강 박사는 눈썹을 움찔하더니 한숨을 푸욱 내쉬었다. 눈앞에 서린이 늑대 인간인데 이제 와서 흡혈귀 좀 있다고 놀라는 것도 웃긴 일이다.

"음, 그런 이유로 학교를 그만둔 거군? 솔직히 비과학적이라서 믿고 싶지 않다만 눈앞에 실존하니 어쩔 수 없군. 나 원참, 이건 반칙이라고."

강 박사는 볼펜을 손아귀에서 빙글빙글 돌리더니 다시 물어보았다.

"그래, 그래서 어떻게 되었냐?"

"아… 저기 그게, 제가 그를 죽였어요."

참 한심한 고백이다. 사람을 죽였다는 사실을 이렇게 허망하게 말하다니. 그러나 강 박사는 별로 놀라지도 않고 귀를 새끼손가락으로 후비적후비적 팠다. 말하는 인간의 태도도 문제지만 듣는 이의 태도는 더더욱 불량스럽다.

"그래? 흠, 뭐 어쩔 수 없잖아. 그쪽이 먼저 목을 부러뜨렸으니까, 너는 정당방위를 한 것뿐이야. 그럼 됐지? 나 밥 먹으러 간다."

"자, 잠깐만요."

"왜, 또?"

"아니, 할 말이 고작 그것뿐이에요? 뭔가 제대로 할 말이?"

서린은 강 박사의 냉대에 놀라서 반문했다. 뭐, 어제오늘 당하는 일은 아니지만 이 남자는 너무나 자기 페이스를 유지한다. 좀 놀라기라도 하란 말야!

"여기 와서 나에게 그런 소리하는 걸 보니까 별문제 없는 거 아냐? 아니면 설마 내가 위로라도 해주길 바라냐? 아, 그래. 위로의 의미로 점심 사지. 여기 직원 식당 가볼래? 맛이 아주 개판이라고. 개밥 오 분 전이야."

"…사양하죠."

"녀석, 밥을 산다는 데도 그러는군."

그는 그리 중얼거리며 진찰실 문을 열고 걸어 나갔다. 그러면서 그는 문득 생각난 듯이 고개를 돌렸다.

"혹시 그 녀석이, 실종되었다는 너희 학교 녀석 아니냐?"

무뚝뚝하고 무신경한 주제에 눈치 하나는 정말 재빠르다. 서린은 말없이 고개를 끄덕였다.

"역시. 그럴 거라 생각했지. 마음고생이 크겠구나. 하지만 뭐, 할 수 없는 것이지. 시간은 결코 역류하는 법이 없으니까. 앞으로를 살아가는가, 과거에 얽매이는가는 너 자신이 선택할 문제. 그것은 누구도 대신할 수가 없다. 나에게 상담하는 것도 마찬가지로 웃기는 일이야."

"예."

"그렇지만 잘 온 거다. 그래, 언제 시간이 되면 여기의 맛없는 식사를 꼭 먹자고. 알겠지?"

"예."

서린은 고개를 끄덕였다. 역시… 이 남자는 제멋대로지만 강하다. 인간임에도 불구하고 이 강력한 마음은 대체 뭘까? 그에 비하면 자신은 한없이 나약한 마음을 가지고 있는 약자일 뿐이다.

"그러면 가라. 난 오후 진료도 해야 해. 사람을 살리는 게 의사다. 그 일을 소홀히 할 수는 없지."

"어디서 그런 멋진 거짓말을 배웠습니까? 놀고 싶을 때는 마음 놓고 놀잖아요? 게다가 담당하는 분과도 사람 살리는 거랑은 살짝궁 거리가 먼……."

비뇨기과잖아? 그걸로 사람을 죽고 살린다는 말이 나오나?

"그것도 다 인술의 길이지. 목숨을 죽이고 살리는 건 모르지만 적어도 남성(?)은 죽이고 살리니까."

강 박사는 그 말을 남기고 정말 서린을 뒤로한 채 앞으로 걸어갔다.

서린은 천천히 걸음을 옮겼다. 그가 바라보고 있는 곳은 낡은 건물, 그 3층에는 합기도, 격투기, 차력이라는 간판이 붙어 있는 도장이 있었다. 저기가 바로 혁진의 아버지가 운영하는 도장이다. 그리고 그 위에 옥탑 건물이 바로 혁진네 집이다. 도장과 가까워서 좋고 집값이 싸서 좋다고 최혁진의 아버지 최길성은 호탕하게 웃었었다. 낡은 건물에 위치한 구리구리한 도장이라 그런지 수련생은 얼마 없는 것 같지만 지금 이 시간에도 기합 소리가 들린다.

"아아, 정말 돌겠군."

가서 뭘 어쩌란 말이지? 당신의 자식은 죽었습니다, 그렇게 말하란 말인가? 그렇게 말할 수는 없다. 하지만 그렇다고 안 가자니 그럴 수도 없다.

"에이."

서린은 건물 입구로 당당히 걸어 들어갔다.

"어… 아니, 이게 누구야. 서린이구나?"

수련생들을 지도하고 있던 혁진의 아버지는 도복 띠를 고쳐 매며 서린을 맞이했다. 안에는 합기도복을 입고 있는 초등학생들이 뛰어다니고 있는데 보아하니까 태권도 품세를 하고 있었다.

"무슨 일이냐? 우리 바보 아들 놈 소식이라도 있냐?"

"아니요. 저기 그게… 혁진이는 아직 소식이 없나요?"

"그러니까 이러지. 밥은 먹었냐? 우린 이제 먹을 참인데."

"어, 그게……."

"뭘 말꼬리를 흐리고 그래? 사내자식이. 따라와라."

이 남자는 서린의 옷 덜미를 잡아끌었다. 서린은 왠지 미안해져서 묵묵히 그를 따라 옥상으로 올라갔다.

옥상에는 대나무 평상이 준비되어 있었는데, 혁진의 어머니가 그 위에서 상을 차리고 있다가 서린을 발견했다.

"서린이니? 어머, 이게 어찌 된 일이냐. 돈 벌려고 학교 그만뒀다면서?"

"아… 예."

"그래, 우리 혁진이는? 혁진이에 대해서 아는 거 없니?"

"아, 주책 그만 떨어! 그런 인간 말종 새낀 우리 자식도 아냐. 말 잘 듣고 공부 잘하고 사람 된 철진이가 있잖아."

혁진의 아버지는 혁진의 형을 들먹거렸다. 경찰대학에 들어간 유능한 형이라고는 알고 있었는데 기숙사 생활을 해서 그런지 여기에는 보이지 않았다.

"당신도 참! 혁진이가 그런 나쁜 짓 할 애가 아니에요! 뭔가 잘못 알고 있는 거겠죠. 그럴 리가 없어요. 얼마나 착한 애인데."

최혁진이 자취를 감추자 그동안 그가 무서워 입을 다물고 있던 아이들이 속속 증언한 모양이다. 어지간한 학교의 폭력 서클과는 전혀 질이 다른 폭군, 폭력의 행사자로 군림하던 그의 악행은 그로써 만천하에 공개되었다. 하지만 그래도 부모 마음이란 게 그렇지 않은지 그녀는 눈물을 글썽이며 서린의 손을 잡았다. 마치 서린이 혁진이라도 된 듯한 표정이다.

"아… 저기 그게, 어쨌거나 혁진인 그럼 시, 실종 상태 그대로인 건가요?"

서린은 조심스럽게 그렇게 물어보았다. 물론 뻔하다. 서린의 손에 죽은 데다가 한세건이 그 시체를 처리했으니까. 아마 어디 야산에서 아세틸렌 용접기로 뼛가루로 만들어 뿌려 버렸을 것이다. 경찰 아니라 경찰 할아버지래도 그런 건 찾을 도리가 없다.

"그, 그렇단다."

"원 참, 이거 그 자식이 저지른 짓 때문에 여기저기 사과하러 다니느라 신발이 다 닳았어. 그런데 정작 자식새끼는 코빼기도 안 보이고. 하여튼 불효자식도 그런 자식이 없어. 쌍놈이야, 쌍놈."

"아휴! 혁진이가 쌍놈이면 댁은 쌍놈 애비요, 쌍놈 애비."

"아, 시끄러워. 서린이 앞에서 못 하는 말이 없어!"

두 부부는 그리 말하면서 서린에게도 수저와 젓가락을 마련해 주었다. 서린은 그 자리에 앉아서 묵묵히 그들을 바라보았다. 이미 혁진은 이 세상에 없는데도 그들은 혁진의 방을 치우지 않고 기다리고 있다. 하긴 실종된 지 얼마 되지도 않았다. 말은 저렇게 과격하게 해도 아무리 못나고 나쁜 자식이래도 죽으라고 하는 부모는 없다.

서린은 젓가락을 움직이며 밥을 입으로 가져갔다. 밥알을 씹는 게 아니라 모래를 씹는 것 같아서 도저히 목구멍으로 넘어가지 않는다. 하지만 그는 억지로라도 맛있게 먹었다. 그러자 혁진의 어머니가 주걱을 들었다.

"어이쿠, 잘 먹네. 서린아, 한 그릇 더 줄까?"

"아, 아뇨. 감사하지만 배가 불러요."

"뭔 소리야, 한창 자랄 때인데. 그런데 너 왜 학교 그만두고 취직했냐? 아무리 요새 취직이 어렵다고는 그래도 고등학교는 졸업해야지. 반에서 공부도 가장 열심히 했다면서 왜 그만뒀냐. 설마 공장 다니냐?"

역시 요즘 어른들이란 다들 이런 걸 묻나 보다. 공부를 열심히 한다라? 물론 공인중개사 시험공부는 열심히 했다. 그게 혁진이와 혁진이 부모님께는 그렇게 비쳤나 보다.

서린은 심호흡을 했다.

아까 전에 여동생에게 대답할 때는 갑작스러워서 어리벙벙했지만 이제는 좀 준비해서 그럴듯한 대답을 생각해 뒀다. 서린은 즉시 대답했다.

"아, 아뇨. 아는 형이 벤처 회사를 차렸는데 바로 실무로 뛰라고 해서 그냥……."

"음. 실무라. 좋지, 그것도. 요새는 취직이 워낙 어려워서 학교니 뭐니 그런 것보단 그저 취직이 장땡이여. 하지만 벤처라니, 요즘은 잘 안 나가잖아, 그런 거. 그래, 월급은 제대로 주니?"

최혁진의 아버지는 보리차를 밥그릇에 붓고는 휘휘 저어서 꿀꺽꿀꺽 마셨다. 그렇게 호쾌하게 먹는 건 왠지 혁진이랑 너무나 닮아서 서린은 가슴이 아팠다. 역시 혁진은 이 아저씨의 아들이었구나.

"예, 잘 받는걸요. 아, 저기… 그런데 잠시 혁진이 방을 좀 봐도 될까요?"

"으응, 그래. 그래라."

서린은 집 문을 열고 안으로 들어갔다. 혁진이네 집은 부모님과 형, 그리고 결혼해서 나간 누나와 혁진, 이렇게 다섯 명의 가족이었다. 옥탑 건물이라고 해도 여기저기 불법 증축을 해서 방은 네 칸, 마루나 거실이 없이 네 칸 방을 24평 정도에 분배해 두고 있었다. 덕분에 방 한 칸 한 칸은 꽤 넓은 편이다.

서린은 혁진의 방문을 열었다. 매일 청소를 해서 그런지 안은 깨끗하다. 침대 위 이불은 가지런히 정리되어 있고 옷장의 옷도 잘 다려져 있다. 혹시나 해서 침대 시트 밑에 손을 넣어 보니 비닐에 싸인 시디들이 손에 잡힌다.

"녀석 하곤."

서린은 어처구니가 없어서 피식 웃었다. 그는 그걸 다시 원위치에 넣어두고 책상에 앉았다. 책상에는 나무로 된 책상 표면을 지키기 위한 유리판이 놓여 있었는데 그 밑에는 사진들이 들어가 있었다. 디카로 찍은 걸 인화한 사진에는 중학교 교복을 입고 서로서로 똑같이 열중쉬어 자세를 취하고 있는 서린과 혁진이 있었다. 웃음을 참으면서 일부러 근엄한 표정을 짓고 있는 두 소년의 사진은 분명히 중학교 졸업식 때 철진 형이 찍어서 인화해 준 사진이다.

중학교 때의 졸업식이라⋯⋯. 생각해 보면 그리 오래된 일도 아닌데 이제는 더 이상 저때로 돌아갈 수 없다. 더 이상 혁진은 이 세상에 없다. 하지만 혁진의 부모님들은 그 사실을 모르고 계속 그를 기다리겠지. 이 방은 그대로 돌아올 리 없는 주인을 기다리며 창문을 통해 아침 햇살을 받아들일 것이다.

"⋯⋯."

서린은 말없이 그 모습을 바라보았다. 갑자기 유리판 위로 뭔가 물이 떨어졌다.

"아⋯⋯."

서린은 자신이 울고 있다는 걸 깨달았다. 자신도 모르게 터져 나온 눈물은 주체할 줄 모르고 줄줄 흘러내렸다.

第14夜

잠깐의 휴식

1

비가 쏟아졌다. 하늘은 급격히 어두워지고 바람이 거칠게 분다. 길을 걷던 사람들은 갑자기 쏟아지는 비에 놀라서 욕지거리를 내뱉으며 근처의 처마로 피했다. 날이 따뜻해서 그런지 비를 맞으면서 그냥 걷는 이도 더러 있었다.

하지만 그 와중에 한 명은 길가에 나 있는 벽돌을 쌓아 만든 화단에 걸터앉은 채로 비를 맞고 있었다. 178센티미터가 넘어 보이는 훤칠한 키에 약간 앞머리가 길게 자라 있지만 얼굴은 앳되어 보였다.

쏴아아아아아.

이 장대비 속에서도 그는 다리를 뻗고 멍청히 비를 맞고 있었다. 지나가던 사람들이 힐끔힐끔 그를 쳐다보았지만 누구도 그에게 다가가지는 않았다.

"이런, 아직 시간이 아닌가?"

그는 자신의 손목시계를 바라보며 중얼거렸다. 왠지 기운이 없다. 도중에 비는 쏟아지고 이러고 있으니 영 힘이 나질 않는다.

"그래도 언제까지 이러고 있을 수는……."

그는 비를 맞으며 머리를 숙였다. 그는 늑대 인간, 인간의 모습을 한 괴물이니까 비를 맞는 정도로 건강을 해치지는 않는다. 하지만 그래도 지금은 마음이 너무 아파서 견디기 힘들었다. 역시 자신이 죽인 사람의 가족을 만나러 간다는 건 미친 짓이었다. 절대로 해서는 안 될 짓이었는데… 그는 멍청하게도 직접 만나러 갔다.

자신이 저지른 과오를 몇 번이나 곱씹고 곱씹어도, 사실 해답은 분명했다. 그는 앞으로 나아가야 한다. 방황할 이유도 없었다. 그러나 알고 있는 것과 실천하는 것과는 분명히 아주 큰 차이가 있어서 서린으로서는 도저히 그렇게 할 수가 없었다.

"아아아."

그때 그의 앞에 웬 신발이 멈춰 섰다. 일부러 찢었다고 하기보다는 정말 오래 입어서 헤진 것 같은 낡은 진즈를 입고 위에는 역시 바지와 상황이 그리 다를 게 없는 낡은 재킷을 걸친 백발의 백인 청년이 우산을 든 채 그를 내려다보고 있었다. 모자챙 아래로 보이는 눈은 놀란 표정을 짓고 있었다. 코에는 장난꾸러기처럼 밴드를 붙이고 있고 낡은 야구 모자를 소중히 쓰고 다니지만 저자는 천 년도 넘게 살아온 흡혈귀의 영주 중 한 명,

진마 아르곤이다. 뭐야, 설마 정말 우연히 만나기라도 했다는 건가? 서울이 휘적휘적 걷다가 우연히 천 살 넘은 흡혈귀랑 만날 수 있는 그런 도시라는 건가?

"뭐 하고 있는 거야? 이 빗속에서."

그는 자신의 모자를 벗어서 그의 머리 위에 씌우고 우산을 받쳐 주었다. 말은 퉁명스럽지만 하는 행동에서는 친절이 배어나와서 서린은 깜짝 놀랐다.

"당신은 어떻게 여기에 온 거죠?"

서린은 그의 모자를 잡아서 벗고 아르곤을 바라보았다. 그는 머리를 고치면서 말했다.

"그냥 상태가 좀 나아졌나 보려고 왔지. 그래도 무사한 걸 보니 다행이군."

"무사요?"

지금 이걸 무사하다고 해야 하는 건가? 어찌 되었든 이자가 도와줬다는 것은 서린도 잘 알고 있었다. 기억은 잘 나지 않지만 녹화된 영상을 보면 그가 바로 조반니를 내쫓고 서린을 구한 장본인이었다. 만약 아르곤이 거기서 난입하지 않았다면 그는 조반니의 손에 잡혀서 무슨 꼴을 당했을지 알 수 없었다. 아마 지금쯤이면 미국행 화물칸에 실려서 비행기를 타고 있을지도? 그렇지만 그렇다고 마음을 열어둘 수는 없다.

"대체 내게 무슨 용무지요?"

"음… 관둘래. 지금 상황에서 내 목적을 이야기하면 반감만 살 뿐이잖아?"

본인 앞에서 이렇게 확실히 말할 수 있다는 것도 대단하다. 반감을 살 목적으로 접근했다는 걸 실토하는 셈이니까. 하지만 서린은 왠지 그가 싫지 않았다.

"어쨌거나 구해줬던 것에 대해서는 인사를 하지 않으면 안 되겠군요. 고마워요."

"뭘, 그런 걸 가지고. 네가 조반니 손에 넘어가면 나도 곤란 했으니까 자의로 도왔을 뿐이야. 그리고 고마워한다면 돈도 안 드는 입으로 하지 말고 그래, 한국의 전통차라는 걸 마시고 싶 은데?"

"전통차요?"

서린은 아르곤을 올려다보았다. 근처에 널린 게 전통찻집이 긴 하다만 전통차를 마시는 흡혈귀라니? 아르곤은 고개를 끄덕 여 대답을 대신했다. 마치 장난꾸러기 소년 같다. 도저히 천 년 이상 살아온 흡혈귀로는 보이지 않는다. 같은 흡혈귀라도 조반 니 반테로처럼 악당 티가 풀풀 나는 녀석이 있는가 하면 아르 곤이나 마리아처럼 너무나 인간적인 이들도 있는 건가? 서린은 그런 생각을 하면서 잠시 가늠해 보았다.

어차피 아르곤의 능력이 무지막지하다는 것은 알고 있다. 만 약 그가 서린을 잡으려고 한다면 다른 사람들의 이목은 신경 쓸 것도 없이 쉽게 잡을 수 있을 것이다. 손도 대지 않고 인간 들의 정신을 조종하고 환각을 걸어대는 그의 능력은 이미 몇 차례나 봐왔다. 정말 이자가 서린을 강제로 잡아갈 생각이었다 면 애초에 조반니와 싸우다가 정신을 잃어버린 서린을 잡아가면 그만이었다. 이제 와서 서린을 잡아간다는 것은 있을 수 없는 일이다. 하지만, 그러면 대체 왜 그러는 걸까?

서린은 혹시나 해서 시계를 봤다. 마리아와의 약속 시간은 아직 두 시간이나 남아 있었다. 그리고 이대로 가만히 두 시간이나 기다리고 있다가는 계속해서 떠오르는 생각 때문에 미칠 것 같다. 그렇다면 뭐, 좋아. 잠시 시간을 때우는 겸해서 이야기를 듣는 것도 괜찮겠지.

세건과 달리 서린은 아직 이 바닥의 정세를 잘 파악하지 못하고 있었다. 신사적인 흡혈귀에게 대체 왜 이런 일들이 벌어지고 있는지 들어보는 것도 나쁘지 않을 것 같다.

"그러면 좋아요. 사례로 제가 내도록 하죠."

"응, 그래. 어이, 들었지?"

아르곤이 옆의 골목을 바라보자 거기에서 레게 머리의 흑인과 비옷을 입고 있는 안경 쓴 중년 남자가 걸어 나왔다. 흑인은 히죽 웃으면서 달려와서 서린의 앞에 섰다.

"오우, 친구. 씀씀이가 아주 좋군. 근데 나는 차보다는 밥 쪽이 더 좋은데."

"…잠깐?"

서린은 아르곤을 노려보았다. 생명의 은인이다 하고 생각하면 푼돈이 뭔 문제겠느냐마는 말도 없이 갑자기 달라붙는 이 두 명은 뭔가?

"우리도 한국에 온 지 꽤 되어서 이제 슬슬 갈 때가 되었다고 생각하는데 한국에 와서 먹고사느라 한 게 아무것도 없어서,

이 기회에 이국의 문화라는 걸 느껴보자는 거지."

"그래도 인형의 눈을 붙였지 않습니까?"

안경 쓴 중년 남자가 째릿 흘겨본다.

"지긋지긋하게 붙였지, 그건. 여하튼 그런데… 내가 돈이 좀 없거든."

"좀 없는 정도입니까?"

뭔가 불만이 많이 쌓인 모양이다. 아르곤은 식은땀을 흘리며 어깨를 으쓱했다. 마치 '어쩌라고'를 몸으로 말하는 듯한 제스처였다. 안경 쓴 중년 남자는 화를 내다 말고 맥이 빠지는지 한숨을 내쉬었다.

"후우. 뭐 그러니까… 아, 저기로 갈까?"

아르곤은 기운이 빠진 서린의 손목을 잡아끌고 멋대로 근처의 전통찻집으로 갔다. 그들은 이내 창가에 자리를 잡고 메뉴판을 펼쳤다.

"오우, 아르고온~ 나 한쿡어 일클 줄 몰라요~"

레게 머리의 흑인은 갑자기 혀를 굴리며 외국인 티를 내었다. 그러자 아르곤이 피식 웃었다.

"원 한심한 소리를… 그러니까 이건."

그러나 메뉴판을 펼친 순간 아르곤도 식은땀을 흘렸다. 한국 어야 그렇다 치고 메뉴판은 한자로 되어 있었기 때문이었다.

"으음, 그러니까 이건, 이건… 사천 원이라는 거로군."

모르면 모르겠다고 말을 하지 어설픈 소리를 한다. 그걸 본 순간 서린은 피식 웃어버렸다. 정말 이자들은 유쾌한 흡혈귀다. 오랜 세월을 살아오고 어쩌고저쩌고하다 보면 한껏 허무하게 변할 것 같은데 그렇지도 않은 모양이다. 하긴 라이칸스로프인 서린도 이 일이 있기 전에는 유쾌 상쾌 통쾌한 이가 아니었던가?

"아, 음. 여기 뭐가 좋아요?"

아르곤은 결국 주문받으러 온 개량 한복의 아가씨에게 물어보았다. 그러자 그녀는 생긋 웃으면서 메뉴를 설명해 주었다.

"그나저나 다들 한국어를 잘하시네요?"

"오우~ 나 한쿡어, 쫌 해요. 한쿡 여자, 느무느무 예뻐요."

흑인은 여전히 능청을 떨어댔다.

"이봐 래트, 능청 떨려면 잘 좀 해. '쫌'이 발음하기 힘들어. 그걸 발음해 버리고 무슨 수작이야?"

"쳇, 그런가."

"국화차 네 개랑 다식 좀 인원별로 주세요."

결국 서린이 주문을 하고 메뉴판을 치웠다. 그러자 여종업원은 미소를 짓고 메뉴판을 받아 갔다.

"와, 웃었어, 웃었어. 날 보고 웃은 거야. 틀림없어."

"아냐, 래트. 나야. 여기는 일본과 달라서 흑인이 인기 없는 나라라고."

"오우, 아르곤. 절대 납니다. 나의 섹시 다이너마이트한 근육질 몸매에 남자다운 용모! 틀림없이 뭇 여성에게 어필해서 다들 녹아내릴 거예요. 아르곤은 너무 애 같아서 안 돼요."

래트와 아르곤은 서로서로 자신을 보고 여종업원이 웃었다고 다투었다. 그러자 안경을 쓴 중년 남자가 서린에게 수건을 건네며 말했다.

"자, 바보 둘은 치우고… 이야기를 하지요."

"아, 예."

"우리는 흡혈귀의 자유주의자들, 에스프리입니다. 알고 있지요?"

"약간은. 하지만 무엇으로부터의 자유지요?"

"무엇으로부터의 자유인가. 그건 자유를 얻고 나서 탐구해야 할 과제겠지요. 하지만 음, 흡혈귀들은 대부분 자유롭지 않아요. 체제에 흡수되지 못하고 갑자기 흡혈귀가 된 이들은 본능에 흔들리는 맹수가 되어서 아무나 습격하다가 사냥꾼의 손에 죽지요."

본능에 흔들린다는 말에 서린은 찔끔 놀랐다. 그도 역시 수화될 때는 본능에 휘둘리는 짐승이 아니었던가. 서린은 조마조마한 심정에 물 잔을 쥐었다.

"그렇기 때문에 우리를 통제하고 보호하는 체제는 필요합니다. 테트라 아낙스야말로 그 맹주에 합당한 이들이고, 그것은 우리도 잘 알고 있습니다. 하지만 테트라 아낙스의 통제는 때때로 지나쳐요. 그는 자유의지조차 인정하지 않고 모든 흡혈귀를 수족으로 부리려고 하고 있습니다."

글쎄? 정말 그런가? 서린은 의아해서 그들을 바라보았다. 지금 그들은 아무리 보아도 테트라 아낙스의 수족으로 보이지는 않는다. 뭐, 나름대로 사정이 있으니까 그런 말을 하는 거겠지.

그렇게 생각한 서린은 고개를 끄덕였다.

"흡혈귀들은 결국 피를 빠는 괴물이잖아요? 아니면 영생불사를 노리고 스스로 괴물이 된 탐욕스러운……."

서린이 그렇게 중얼거리자 래트와 티격태격하던 아르곤이 손을 놓고 그를 바라보았다.

"음… 아주 틀린 말은 아니지. 하지만 그렇다고 '나는 피를 빠는 괴물이 되었어. 그러니까 죽어야 해!' 라고는 생각하지 않는다고. 흡혈귀에겐 흡혈귀 나름대로 미래를 추구하려는 의지가 있어. 그건 너도 마찬가지가 아닐까, 늑대 인간?"

그는 서린이 지금 하고 있는 고민을 꿰뚫어 보고 있었다. 하긴 서린이 혁진을 죽여 버린 현장에 그도 있었다. 혁진을 죽이는 순간에는 없었지만 전후 사정을 보면 쉽게 눈치챌 수 있었으리라. 뭐, 맞는 말이다. 말로는 당연히 맞는 말이다. 강 박사도 그렇고 아르곤도 그렇고 정론을 말하고 있다. 하지만 그게 쉽게 되면 사람이 아닌 게지. 혁진의 부모님은 혁진이 죽었다는 사실을 알지 못한 채 앞으로도 계속 그 방을 비워놓을 것이다. 그리고 그 아버지는 자식을 욕하고, 어머니는 기다리면서 계속 가슴앓이를 하겠지. 대체 서린에게 그들을 상처 입힐 권리가 있었단 말인가?

"오늘 그 녀석의 부모님을 만났어요. 자식이 죽었다는 사실도 알지 못하고, 방을 항상 깨끗하게, 언제라도 돌아올 수 있도록 정리해 두었더라고요. 그런데 정작 그 녀석을 죽여 버린 나는 그분들 앞에서 한마디 말도 할 수가 없었어요. 내가 녀석을 죽였다고… 어떻게 그런 말을 할 수가 있어요?"

서린은 주먹을 꽉 쥐었다. 그것을 본 아르곤은 한숨을 내쉬었다.

"시간이 지나면 그들도 상처를 딛고 일어날 거야. 죽지 않는 한 아물지 않는 상처는 없으니까."

"그렇다고 상처를 입힌 제가 태연하게 그런 소리를 할 수는 없죠."

"그야 정말 그런 소리를 하는 녀석이라면 상종도 안 하지. 하지만 지금은 너도 상처를 받고 있잖아? 그 상처를 기억해. 그리고 매사 힘을 사역함에 있어 신중해져. 그게 네가 할 수 있는 유일한 속죄일 거야."

아르곤이 그리 말할 때 여종업원이 국화차를 가져왔다. 차를 우려낼 수 있도록 자기로 된 다기 위에 말린 국화꽃 한 송이가 놓여 있었다. 그걸 본 흡혈귀들은 모두들 놀라서 머리를 맞대고 그걸 살펴보았다.

"아, 아니?"

"정말 국화차군요."

"재스민 차의 친척인가? 덩어리째 넣는 건 참 특이한 센스인데?"

"오오, 물을 부으니까 꽃이 피어나고 있어."

그들은 호들갑을 떨며 서린을 바라보았다. 서린은 주전자에서 차를 따른 뒤 다기의 덮개를 덮고 수건으로 물기를 닦으며 그들을 바라보았다.

"그나저나 당신들은 그럼 왜 저를 만나자고 한 거죠?"

"음, 딱히 직접적으로 요구할 건 없어."

아르곤은 단도직입적으로 말했다. 그들이 릴리쓰를 찾고 싶어 하는 건 사실이지만 그렇다고 서린보고 찾아내라고 말할 것도 아니다. 서린에게 그런 능력이 있었다면 벌써 세건이 어떻게 해 냈으리라. 그렇지만 지금의 서린을 테트라 아낙스에게 넘겨줄 수도 없는 일. 소위 말하는 뜨거운 감자나 다름없는 존재다.

"부탁할 것은 그냥, 테트라 아낙스에 잡히지 말아달라는 것과, 행여 릴리쓰를 찾게 되고, 또 다른 무슨 일이 있을 때 우리 에스프리를 적대시하지 말아달라는 거지. 이쪽은 그쪽에 대하여 아무런 적대 행위도 할 생각이 없으니까."

"굉장히… 신중하면서도 별 볼 일 없는 이유네요. 설마 그걸 말하기 위해서 한국에 온 거예요?"

서린은 그들의 요구를 듣고 기막혀 했다. 그런 건 굳이 말할 것도 없는 일 아닌가?

"아니, 우리의 경우는 다른 목적도 있었지. 하지만 이제 그 목적을 달성했으니까. 음, 이거 맛있네. 의외로."

아르곤은 차를 마시며 어깨를 으쓱해 보였다. 그러나 래트 거닙은 차를 후루룩 원샷해 버리고 다시 물을 따르며 투덜거렸다.

"향만 좋지, 배는 더 고파져."

"…이런 야만인."

아르곤은 투덜거리는 래트를 돌아본 뒤 서린에게 웃어 보였다. 사심이 없는 그 웃음은 분명히 진실을 말하고 있는 것처럼 보인다. 아니, 진실이 아닐 리 없다.

"어쨌거나, 음. 말하자면 그냥 친하게 지내자는 거지. 사실 한세건과도 나는 친하게 지내고 싶어."

"지구가 백번 쪼개져도 불가능할걸요?"

서린은 기가 막혀서 그를 바라보았다. 대체 머릿속이 무슨 아동용 프로 수준인가? 사이좋게 지내고 싶다고 사이가 좋아진다면 세계는 평화롭고 분쟁 따위도 없을 것이다. 군대랑 경찰이 대체 왜 필요한 거야, 그럼?

서린의 기색을 알아챘는지 아르곤도 정색했다.

"그것 정도는 알고 있다고. 내가 그렇게 바보로 보여? 말하자면 그렇다는 거야. 나도 가능한 것과 불가능한 것은 알고 있어. 그리고 애초에 번거롭다고 해도 자존심 꺾으면서 싸움을 피해 다니는 쪽도 아니고."

"그런 건 아니지만……."

서린은 찻잔을 손아귀에서 굴렸다. 어쨌거나 이들이 이런 생각을 가지고 있다면 세건은 작전을 전면 수정해야 할 것이다. 원래 세건이 서린을 붙잡고 있는 이유는 그가 릴리쓰의 자손인 것도 있지만 그보다는 역시 릴리쓰의 자손을 노리고 덤벼드는 부나방들을 퇴치하고 흡혈귀들을 끌어내겠다는 것이리라. 하지만 흡혈귀들을 끌어내고자 하는 그 노력은 생각보다 호응을 얻지 못했다.

한세건의 존재는 이미 너무 커져서 거의 도시 전설이라고 해도 과언이 아니다. 그런 그가 서린을 지키고 있는 이상 서린을 노릴 흡혈귀도 얼마 없었다.

"여하튼, 하고 싶은 말은 다 했군. 아! 아니지. 어이, 그런데 너 마리아는 대체 왜 만나는 거야?"

아르곤은 의외의 질문을 던졌다. 서린은 깜짝 놀라서 멍청한 표정으로 반문했다.

"네?"

마리아를 대체 왜 만나냐니? 아니, 애초에 그 사실을 어떻게 알고 있는 거고 설령 만나면 그게 또 어때서? 서린은 기가 막혀서 반문했다.

"왜 당신이 그걸 물어보는 거죠?"

"마리아는 나를 오빠라고 부르면서 따르고 있다고. 여동생의 일인데 신경이 안 쓰일 수가 없지."

"정말 오빠예요?"

성격 면이라면 상당히 닮아 있는 것 같지만 용모는 판이하게 다르다. 서린은 그런 생각에서 확인 차 물어보았다. 물론 아르곤과 마리아가 혈연관계일 리가 없다. 아르곤은 손을 내저으며 어떻게 해서 자신이 마리아와 알게 되었는지 설명했다.

"그럴 리가 있나? 네덜란드가 나치에 침공받았을 때 그녀는 뭣도 모르고 타오르는 건물 안에서 안절부절못하고 있었지. 내가 그때 그 아이를 구해줌으로써… 뭐, 그 이후는 사이가 좋아졌다고 할까."

원래 댐드 원은 테트라 아낙스의 지배에 순응하는 체제 순응

파. 당연히 무정부주의자이자 불만 세력인 에스프리의 리더 아르곤과는 사이가 좋지 못했다.

"…어, 그러니까 그건."

서린은 차를 입으로 가져가며 말을 더듬었다. 그러자 아르곤이 정색을 했다.

"아, 오해하지 마. 나는 서린처럼 로리타 콤플렉스나 페도필리아를 가진 변태는 아니니까."

"풋! 누, 누가 로리타 콤플렉스입니까?"

사람을 변태 취급하다니! 서린은 어디까지나 그저 순수한 마음이지 결코 성적인 불순한 마음이나 그런 걸 품고 마리아를 만나고 있는 것이 아니다. 나이가 몇 살이 되었든 어린아이의 모습 그대로를 하고 있는 마리아에게 성욕을 느낀다니, 그런 끔찍한 변태는 상상도 하고 싶지 않았다.

"농담이야, 농담. 뭘 그리 발끈하고 그래?"

"해서 될 농담과 안 될 농담이 있어요!"

서린이 언성을 높이자 찻집 사람들이 이쪽 테이블을 돌아보았다. 그렇지 않아도 눈에 너무 띄는 인간들이 몰려 있는 곳이다. 거기서 언성을 높이니 이목이 집중되는 것도 문제가 아니다. 놀란 서린은 얼른 자리에 앉으며 차를 마셨다.

"그래도 어떻게 생각해?"

아르곤은 이죽거리면서 서린을 바라보았다. 아무래도 듣고 싶은 모양이다. 그렇게 생각하니 서린은 얼굴이 달아올랐다.

"어떻게 생각하냐뇨. 음… 일단 부자고!"

"그렇지!"

맞장구를 치는 아르곤.

"그리고 예쁘고."

"우와!"

이번에는 감탄!

"성격도 좋고."

"그건 좀 동의 못 하겠는데."

아르곤은 손을 휘휘 내저었다. 음, 그는 그렇게 생각하는 건가? 그래도 서린이 보는 마리아는 귀엽고 싹싹한 면이 있었다.

"아, 어쨌거나 여동생 삼고 싶은 정도예요."

그렇게 말하니 아르곤은 코웃음 쳤다.

"그래? 불쌍하게 되었군, 마리아도. 여동생으로 끝이냐?"

"네?"

"아니, 아무것도 아니야. 슬슬 우리도 떠나야지."

그는 다식을 한입에 털어 넣고 있는 래트의 귀를 꼬집고 끌어당겼다. 그러자 서린은 문득 그들의 이후 갈 길이 궁금해져서 물어보았다.

"그런데 당신들은 이제 한국을 떠날 건가요?"

"응. 한국에 남아 있을 날도 이제 얼마 안 남았지. 사실 서린에게 메리트가 있기는 한데, 한세건이 너무 강경해서. 그 바보는 낚싯대에 미끼를 꿰어서 강물에 던진 다음에 배터리를 틀면 어쩌자는 건지. 그런 미끼에 달려들 바보가 어디 있겠어?"

진마 아르곤처럼 강력한 흡혈귀도 이리 말한다. 역시 물이

맑으면 물고기가 없다는 것일까? 너무나 강경하고 고집불통인 한세건이 눈에 불을 켜고 있는데 어지간한 흡혈귀가 서린에게 몰려들 리 없었다.

"역시 그렇죠?"

"게다가 이제 한국에는 흡혈귀도 얼마 남지 않았어. 이 정도면 거의 박멸 상태지. 남아 있는 무리도 그다지 공격하거나 미끼를 물 생각이 없는 이가 대부분이고. 마리아가 복수심에 불타고 있기는 하지만……."

"저기, 마리아 말인데."

서린은 문득 걱정이 되었다. 그러고 보니 그런 위험한 상황에서도 한세건에게 도전할 만한 자가 있었다. 언니가 한세건에게 살해당했다고 믿고 복수심을 불태우는 마리아가 바로 그러했다.

"그걸 어떻게 설득해야 할까요? 세건 형에게 덤벼들게 되면 위험한데."

"그건 서린 당신이 알아서 할 일이야. 이 경우는 내가 말하는 것보다 서린 당신이 말하는 게 훨씬 잘 먹히지."

아르곤은 그리 말하고는 문득 서린에게 손을 내밀었다. 깜짝 놀란 서린이 뒤로 물러나려고 했지만 아르곤은 서린의 콧잔등에 손가락을 대고 살짝 누르면서 말했다.

"알겠습니까, 인기남 씨?"

"아, 그래요?"

빈말인지 아닌지 모르겠지만 마리아가 서린의 말을 잘 들어줄 거라니…… 서린은 왠지 기분이 좋아졌다. 방금 전까지 혁진의 일 때문에 정말 최악의 기분이었는데 이런 사소한 일로 기분이 풀어지다니, 자신이 너무 한심하게 느껴진다. 하지만 그래도 왠지 기분이 많이 풀린 건 사실이다. 이 흡혈귀들은 흡혈귀임에도 불구하고 너무나 유쾌하고 재미있어서 잠시 이야기를 나누고 차를 마신 것만으로도 침울한 기운이 많이 사라졌다.

"그러면 일어나지. 잘 마셨어. 다음에 무슨 일이 있더라도 길거리에서 비 맞으면서 앉아 있지 말아요."

"아, 예."

서린은 자리에서 먼저 일어나는 아르곤을 배웅했다.

2

비가 서서히 그쳐 가고 있었다. 역시 아까 전에 쏟아진 그것은 여름의 소나기였던 것 같다. 서린은 다시금 약속 장소로 돌아가 젖어 있는 화단 위에 앉았다. 그렇게 얼마 있다 보니까 고급스런 외제 승용차 한 대가 미끄러지듯 골목 입구로 들어왔다. 곧 문이 열리고 검은 주름치마를 입은 금발의 소녀가 걸어 나왔다.

"서린? 어떻게 된 거야, 그 몰골은?"

그녀는 비에 흠뻑 젖은 서린을 보며 깜짝 놀랐다. 서린은 그런 그녀에게 손을 들어 답했다.

"아, 갑자기 비가 와서."

"저런. 일기예보 안 봤어?"

마리아는 정색을 하며 손수건을 들어서 서린의 머리나 뺨을 닦았다. 이제 와서 손수건 하나로 될 일이냐마는 서린은 그녀가 하는 대로 내버려 두었다.

"아, 괜찮아. 찻집에서 좀 말렸으니까. 그리고 알잖아, 감기 같은 거 안 걸리는 거."

"아무리 그래도 숙녀와의 데이트인데 홀딱 젖은 꼴로 뭐 하는 거야?"

마리아가 입술을 삐죽 내밀자 서린은 박장대소했다.

"하하하! 그런가, 역시?"

그런가, 역시라니? 마리아는 한숨을 내쉬었다. 길을 가던 사람들은 그녀와 서린을 힐끗힐끗 쳐다보고 있었다. 하긴 비에 흠뻑 젖은 채로 아무렇지도 않게 화단에 앉아 있는 서린부터가 사람들의 눈을 끌었는데 갑자기 고급 승용차가 멈춰 서고 아무래도 사람 눈을 끄는 어린 외국인 소녀가 뛰쳐나오니 다들 가던 길을 멈춰 설 정도였다. 하지만 곧 승용차에서 검은 선글라스를 낀 거한들이 나오자 모두들 다시 발걸음을 움직였다.

"그나저나 무슨 바람이 불어서 갑자기 불러낸 거야?"

마리아는 서린의 눈을 똑바로 바라보며 물어보았다. 사실 조반니에게 습격당했을 때의 전말은 이미 아르곤에게 들었기 때문에 그녀는 사정을 대충 알고 있었다. 그래서 처음에는 서린이 폐인이 되지 않았을까 걱정도 했지만, 이제 보니 다행이다.

눈에는 여전히 어둠이 깔려 있지만 그것도 상당 부분 해소된 듯하다. 서린은 과연 그녀에게 웃어 보이며 말했다.

"뭐, 오래간만에 휴가를 받아서."

"휴가?"

흡혈귀 사냥꾼에게 휴가라는 게 있다니 오래 살아온 마리아 로서도 금시초문이다. 그러자 서린은 다시 말을 이었다.

"기분 안 좋은 일도 있고 그래서 문득 마리아가 보고 싶더 라고."

"기분이 안 좋아지면 내가 보고 싶어진다는 거야?"

"그런 건 아니라, 그냥 보고 싶어서."

"후후훗."

역시 듣기 싫은 말은 아니다. 하물며 관심 있는 사람에게서 그런 말을 들으면 기분이 좋아질 수밖에. 마리아는 으쓱으쓱하 면서 서린을 바라보다가 문득 제안했다.

"그런데 일단 그래도 옷부터 갈아입자."

"응? 어떻게?"

어디서 뭘 어떻게 갈아입으라고? 서린은 의아해하며 마리 아를 바라보았다. 그러자 마리아는 대뜸 이렇게 말하는 게 아 닌가?

"사면 되지."

"아."

아무리 돈을 벌기 시작했다지만 가난뱅이 근성이 머리에 박 혀 있는 서린으로서는 상상도 할 수 없는 파격적인 발상이었다. 갈아입기 위해 옷을 사버린다라?

"잘됐다. 서린은 옷걸이가 좋으니까 틀림없이 멋진 모습이 될 거야. 어떤 거든 잘 어울릴 거라고."

마리아는 뭐가 그렇게 신이 나는지 호들갑을 떨어대었다. 분명히 이 세상 살면서 인생 경험도 많았을 텐데 그런 일이 그렇게 즐거운 건가? 서린은 그런 그녀를 바라보며 반문했다.

"그, 그래?"

"생각했으면 당장 가야지? 이 근처에 옷가게 괜찮은 데 있어?"

"너, 넘치지."

원래 한국에 넘쳐 나는 게 옷가게다. 게다가 여기서 조금만 이동해도 바로 동대문이니까.

"잘됐다. 가자."

"으응, 그래."

서린은 마리아에 이끌려 마지못해 승용차에 탔다. 사람들이 그를 쳐다보는 게 신경 쓰이지만 차에 타고 나니 모두들 고개를 돌린다. 마리아가 그의 옆에 앉자 차는 미끄러지듯 거리를 빠져나갔다.

"실은 좀 전에 아르곤을 만났는데."

서린이 이야기를 꺼내자 마리아는 깜짝 놀랐다.

"아르곤? 음, 역시 그랬구나. 그래, 어땠어? 혹시 자신이 서린을 구해줬다고 막 잘난 체하고 그러지 않았어?"

"응? 아니. 그렇지 않던데? 사람이 좋더라? 재미도 있고."

흡혈귀에게 사람 좋다는 소리를 하다니 말하고 보니 서린 자신도 이상하게 생각되었다. 그러나 마리아는 그런 말을 듣고 서린을 이상한 눈으로 쳐다보았다.

"혹시 아르곤이 좋은 거야, 서린?"

"아, 아니, 무슨 뜻에서 하는 말이야 그건?"

"요사이 호모가 많다고 해서."

"그럴 리가. 나는 정진정명 여자가 좋아."

서린은 부끄러운 이야기지만 잘라 말했다. 물론 아르곤이 좋은 녀석이라고 말한 건 서린 자신이지만 그런 쪽으로 해석하다니 대체 무슨 생각인 걸까?

마리아는 서린의 확답을 듣고 히죽 웃었다.

"역시 그렇지? 다행이다."

"왜?"

"아니, 아르곤이 저래 봬도 남자들에게 인기가 많거든."

아르곤 본인이 들으면 흑색선전이라고 펄쩍 뛸 이야기이지만 마리아가 아는 한 엄연한 사실이었다.

"호모란 거야? 그, 그렇겐 안 보이던데."

"설마. 말이 그렇다는 거지."

마리아는 그리 말하고 무릎을 탁탁 쳤다. 서린은 그런 소리를 듣고 피식 웃었다. 이거 참, 한세건 때도 그렇지만 아르곤도 두고두고 놀려먹을 '거리'가 있었구나. 혹시 나중에 친해지거나 그렇게 되면 자주자주 써먹어야겠다. 그렇게 생각한 서린은 그 사실을 머릿속에 기록했다.

"그런데 무슨 일 있었어?"

마리아가 은근슬쩍 떠본다. 아마도 서린의 침울한 분위기를 읽은 모양이다. 하기야 서린도 심장박동과 체취, 눈동자의 혈관 상태 등으로 상대방의 기분을 생리적으로 읽어낼 수 있는데 마리아라고 그게 불가능하라는 법은 없다.

"그게 말이지……."

서린은 지금까지 있었던 일들을 이야기했다. 자신이 실수로 혁진을 죽인 일, 그걸로 방황하던 일, 오늘 세건에게 휴가를 얻어서 돌아다닌 일 등을 하나하나 차근차근 설명했다. 마리아는 그런 서린의 말을 유심히 들었다.

"첫 살인이네."

"…아아, 첫 살인. 그렇지."

"그럴 때는 흔들리는 게 당연하지. 하지만… 나도 모두와 같은 의견이야. 그렇다고 속죄를 위해 죽을 수도 없는 일이잖아. 달리 속죄할 길이 있는 것도 아니고."

마리아 역시 태도가 분명했다. 미친 달의 세계에 들어선 이상 그들에게 있어서 남을 죽인다는 것은 백번 각오한 일. 그 대상이 친구여서 고통받는 것은 이해하지만 그렇다고 고통 속에서 주저앉는 것은 용납이 되지 않는다. 서린은 마리아도 역시 이 월야의 주민이구나 하는 생각에 고개를 끄덕였다.

"역시 그렇지?"

"죄를 짓고 상처를 받아서 아프다면 서린은 아직 인간의 마음을 가지고 있다는 증거야. 정 그게 그렇게 고통스럽다면 그분들을 부양하거나 하면 어때? 그런 식으로 책임지는 건 자기기만일지도 모르지만, 그분들에게 실질적으로 도움이 될 거 아냐?"

너무나 매력적인 제안이다. 자신에게 어떤 의무를 지워서 죄를 대신하는 것. 그래, 매력적인 제안이긴 하다. 하지만 서린은 냉정히 생각해 보고 고개를 저었다.

"물질로 해결될 문제는 아니라고 보는데. 게다가 그 철진 형이 경찰대학을 다니고 있어서, 졸업하면 잘나가는 고위 공무원이 되겠지. 흡혈귀 잡아서 마약 만들어 돈 버는 내가 어떻게 부양하라고? 게다가 내가 언제 죽을지도 모르는 처지고. 그래도 음, 그분들에게 잘해야겠구나."

"그래. 그리고 시간이 좀 지나면 마법이라도 써서 그분들에게 꿈으로 알려 드리면 될 거야. 아들이 죽었다는 사실을 전하는 것은 아무래도 슬픈 일이지만, 그래도 죽음을 받아들이지 않으면 산 사람이 살아갈 수가 없으니까. 사람들이라는 것은 이십 세기, 이십일 세기가 되어서도 그런 것에 집착해. 로맨티스트들이거든 다들? 꿈에서 아들이 나타나서 부모님께 자신의 죽음을 알리고 사라진다는 것만큼 확실하고 명확한 게 어디 있겠어?"

그러고 보면 이들은 이미 기억조차 조작하는 능력을 가지고 있다. 잠들어 있는 사람에게 꿈을 보내는 것쯤은 그것에 비하면 훨씬 쉬운 일. 어떻게 보면 사람을 농락하는 기술이지만 그 의도는 분명히 선의(善意)에 닿아 있다. 부모가 자식을 기다리는 마음이야 언제까지 계속될지 모르지만 그렇게 계속 혁진의 부모님들이 가슴앓이하는 것을 내버려 두고 싶지 않으니 생각해 볼 만한 일이다.

"그런 방법이 있겠구나. 고마워, 도움이 많이 되는걸?"

"엣헴, 이 몸은 진마라고. 당연하지. 아무리 겉모습이 어려 보여도 서린보다는 이런 일에 훨씬 익숙하다고."

"…그렇구나."

서린은 긍정하며 고개를 끄덕였다. 그러자 마리아는 더더욱 기고만장해졌다. 그새 그들은 커다란 쇼핑몰의 주차장으로 들어갔다. 마리아와 서린은 차에서 내리고 수행원을 남겨둔 채 쇼핑몰 입구로 걸어 들어갔다.

안은 대낮처럼 밝혀져 있고 많은 손님으로 득시글거리고 있었다. 평일 저녁인데도 이곳은 늘 사람으로 붐빈다.

"헤에, 사람이 많네."

"없으면 여기 망하는 날이지."

서린은 그리 말하고 남성복을 팔고 있는 층으로 가기 위해 발걸음을 옮겼다. 정장이나 그런 건 아무래도 취향이 아니라서 캐주얼로 걸어가는데 마리아가 서린의 팔을 잡아끌었다.

"아! 서린! 저거 입어봐. 어울릴 것 같아."

"어?"

서린은 마리아에 이끌려 반 강제로 탈의실 안으로 들어갔다. 어차피 젖은 옷을 갈아입으려고 했으니까 서린은 일단 옷을 입어보았다. 적당한 체크무늬 남방에 무릎 부분에 알 수 없는 끈이 붙어 있는 통이 넓은 바지였다. 서린은 문득 두 개의 끈을 잡고 중얼거렸다.

"뭐야, 이건?"

서린이 중얼거리며 밖으로 걸어 나오니 마리아는 점원이 권해주는 옷들을 들고 서린에게 다가왔다. 서린의 몸에 대서 적당히 재보려고 하는 것 같은데 서린의 어깨에도 닿지 않는다.

"제가 할게요. 어때요, 이 옷은?"

점원이 옷을 서린의 몸에 대보자 마리아는 만족해했다.

"음, 역시 잘 어울리네요. 그것도 주세요."

"저, 저기 마리아, 너무 많이 사는 거 아냐? 나 옷 없이 사는 것도 아닌데."

"뭘. 괜찮아."

마리아는 그저 신이 나서 떠들어대었다. 이렇게 좋아하다니 뭐 거절하기도 그렇고, 설마 마리아가 돈이 없을 리도 없으니까. 서린은 그렇게 생각하면서 마리아에게 끌려다녔다. 잠시 후 그의 손에는 큼지막한 쇼핑백이 들려 있었다. 다 여름옷이라 망정이지 가을이나 겨울에 왔다면 들고 다닐 손이 없을 판이었다.

이대로는 안 되겠다 싶어서 서린은 불쑥 마리아에게 제안했다.

"그러면 마리아도 뭐 고르는 게 어때?"

"응?"

"나도 옷 한 벌 정도는 선물하고 싶어."

한세건에게 월급을 받고 있으니까 옷 한 벌 정도는 선물해도 되겠지. 흡혈귀의 피를 팔아서 번 돈으로 흡혈귀에게 선물을 하다니, 아무리 생각해도 이건 미친 짓이다. 게다가 친여동생에게도 옷은 선물한 적이 없었는데… 아마 영은이가 알면 화를 낼 거다.

"아······."

마리아는 얼굴을 붉히며 좋아했다. 그 모습이 너무 귀여워서 서린은 정신을 못 차렸다. 덕분에 서린의 옷을 마구 사들이는 것은 멈췄다. 역시 유효한 공격이었나. 서린은 자신의 순발력과 재치에 감탄하며 마리아를 끌고 이번엔 여성용 의복을 파는 곳으로 향했다.

역시 마리아는 평상시 자주 입는 드레스가 어울린다. 고급스럽고 신비한 분위기를 풍기는 어린 소녀에게 그 이상 어울리는 게 어디 있겠는가? 그렇게 생각한 서린은 마침 옷가게에 전시되어 있는 미니 드레스를 발견하고 멈춰 섰다.

"헉."

가격표가 상상을 초월한다. 아니, 동대문에 이런 가격이 붙어 있어도 되는 거야? 아무리 돈을 버는 처지가 되었다지만 가족을 위해서 저축을 하고 있는 마당에 갑자기 이런 거금이라니! 다른 것들도 돌아보았지만 이런 매니악한 드레스류는 다들 비슷비슷한 가격대를 형성하고 있었다.

서린은 기겁을 했지만 마리아는 그런 서린의 기색을 눈치 못 챘는지 기대되는 표정으로 서린을 따라오고 있었다. 이리된 이상 여기서는 방향 선회다. 서린은 싱긋 웃으며 돌아섰다.

"마리아? 드레스라면 많이 있지?"

"응."

"그러면 이번엔 보이쉬한 캐주얼로 가는 거야! 아무래도 그런 건 없겠지?"

"아, 그러고 보니 그러네. 서린 대단해. 어떻게 아는 거야? 혹시 우리 집에 몰래 숨어들어서 내 옷장이라도 뒤져 보는 거야?"

"설마. 그런 짓을 하면 진짜 변태게?"

서린은 좋아하는 마리아를 바라보며 왠지 양심에 찔려서 고개를 도리도리 저었다. 어쨌거나 그런 것도 좋아한다니 잘됐다. 서린은 멜빵이 붙은 바지와 굽이 낮은 구두, 그리고 몸매가 드러나는 스판과 면 혼성의 티셔츠와 베레모를 골랐다. 티셔츠나 구두, 바지는 얼마 안 하지만 베레모가 나머지 세 개를 합친 것만큼 비싸다. 평상시의 서린이라면 이런 사기 같은 가격이 붙어 있는 물건은 절대로 고르지 않겠지만 방금 전에 방향 선회한 것도 있고 왠지 양심에 찔려서 그걸 마리아에게 입어보게 했다.

"짜잔!"

마리아는 탈의실에서 나오면서 양팔을 벌리고 웃었다. 베레모를 눌러썼어도 풍성한 금발은 그대로 흘러내리고 적당히 몸매를 드러내는 티셔츠로는 약간 봉긋하게 솟아 있는 가슴이 그대로 드러나 보인다. 작은 키, 아담한 체구라서 몰랐는데 역시 여자아이는 여자아이인가 보다. 서린은 그 모습에 충격을 받아서 입을 떠억 벌렸다.

"후훗, 어때?"

그녀는 베레모에 왼손을 가져가서 슬며시 자세를 바로잡으며 서린을 바라보았다. 이것도 나름대로 멋지다! 역시 옷걸이가 좋아서 그런가? 일관된 코디를 하게 되면 어떤 스타일이라도 다 소화해 낼 수 있을 것 같다. 이게 인형 옷 갈아입히는 재미란 말이지? 서린은 그런 생각을 하며 마리아를 칭찬했다.

"와우, 잘 어울려. 정말."

"진짜? 진짜지?"

"그럼."

서린이 그리 말하자 마리아는 신이 나서 서린의 팔에 매달렸다. 이렇게 기뻐할 줄 알았다면 진작 선물하는 건데 그랬나? 서린은 그런 생각을 하고 계산을 했다. 좀 비싼 감도 없지 않지만 뭐 마리아에게 선물하는 건데 이 정도는 전혀 아깝지 않다.

"미안하다, 영은아. 못난 오라비를 용서해라."

서린은 그리 중얼거리며 지갑을 열었다. 진짜 여동생에게는 크레인으로 인형 뽑아서 싸게싸게 때우면서 마리아에게는 그동안 영은에게 선물한 것보다 훨씬 비싼 옷을 거리낌 없이 주다니. 생일도 아닌데.

마리아는 서린이 사준 옷이 마음에 드는지 거울을 보고 악동처럼 자세를 잡고 있었다.

"후훗, 흐흥, 으흠, 에헴."

표정이 참 풍부한 아이다. 서린은 그런 마리아를 보며 손을 내밀었다.

"자아, 아가씨. 그러면 이후 어디로 모실까요?"

"영화."

"아, 영화? 어떤 거로?"

"아무거나."

"이 안에 영화관이 있긴 하지. 일단 상영 시간을 보고."

서린은 극장 매표소로 달려가 표를 두 장 끊었다. 아직 시간이 남아 있어서 마침 근처 가게에 가서 마리아의 머리를 땋아 달라고 부탁했다.

"와… 정말 예쁘네요."

점원은 마리아의 머리를 땋아주면서 연신 놀랐다. 서린은 마리아가 칭찬받으니까 왠지 자신까지 기분이 좋아져서 으쓱거렸다.

최혁진의 일은 여전히 가슴에 남아 있지만 그것도 오늘 여기저기서 다양하게 위로를 받은 탓인지 마음이 한결 가벼워졌다.

그렇지만 그렇게 되니 한세건이 좀 야속했다. 하다못해 시체는 남겨둘 것이지. 라이칸스로프다 보니까 부검 과정에서 뭔가 특이한 게 드러날지도 모르니 그렇게 처리한 것이겠지만 뼈 한 조각 안 남기고 없애 버리다니.

아주 모르는 사이도 아니거니와 형이라고 부르며 한 지붕 아래에서 한솥밥을 먹은 사이가 아니던가. 그런데 그 시체에 도폭선을 감아 산산조각 내고 파편에 아세틸렌 용접기를 들이밀 생각을 하다니… 정말 흉악하기 짝이 없다.

"음……."

그걸 생각하니 역시 오한이 든다.

한세건은 그런 놈이다.

지금도 서린을 신경 써서 휴가까지 주었지만 만약 필요해지면 서린도 그런 꼴을 당할지도 모른다.

'이거 마리아의 제안이 지금도 유효할까?'

자신을 따라오라던 마리아의 제안, 심각하게 검토하지 않으면 안 되겠다. 그런 생각이 들 때 마리아가 자리에서 일어났다.

"어때?"

머리를 땋은 위에 베레모를 쓴 모습을 보니 정말 혼절할 만큼 귀엽다.

'아, 안 돼. 정신을 차려야 해.'

서린은 자신을 다스리면서 점원을 돌아보았다.

"얼마예요?"

"이천 원이요. 사이가 참 좋으시네요? 어떤 사이예요?"

점원들은 웃으면서 서린을 바라보았다. 뭐, 서린도 순수한 한국인으로는 보이지 않는다. 여기서는 역시 이복남매라고 발뺌하는 게 좋겠지. 그렇게 생각한 서린이 천 원짜리 두 장을 꺼내 지불하고 있는데 갑자기 마리아가 서린의 팔에 매달렸다.

"애인이요!"

마리아는 대뜸 그렇게 말하고 지불을 끝낸 서린을 잡아끌었다. 서린은 얼굴이 새빨개져서 점원들이 놀라는 소리를 뒤로하고 도망치듯 빠져나왔다.

흔한 액션 영화를 보고 나서 벤치에 앉아 아이스크림을 핥고 있자니 주위 사람들의 시선이 피부에 꽂힌다. 눈에 띄는 드레스는 뺐났다 싶은데 역시 지금 마리아의 복장과 용모도 충분히 눈길을 끈다.

"슬슬 돌아갈 시간이네. 오토바이도 안 가져왔는데."

서린은 시계를 보며 그리 중얼거렸다. 그러자 마리아가 대뜸 물어보았다.

"차로 바래다줄까?"

"아니. 절대 안 돼. 큰일 난다고. 그냥 택시 타고 돌아갈래."

"그래? 흐음, 역시 한세건 때문이지?"

"으응."

"서린은 한세건이 좋아?"

마리아는 뜬금없이 그렇게 물어보았다. 듣는 쪽에 따라서는 충분히 이상한 오해를 살 말이다. 서린은 기겁해서 당연한 반문을 하고 말았다.

"마리아는?"

"나는 너무 싫어. 그건 인간의 마음도 없는 살육 기계야. 게다가 내 언니를 죽여 버렸단 말야!"

마음도 없는 살육 기계라. 처음에는 그 말이 참 어울린다고 생각했었지만 한세건도 나름대로는 마음씀씀이가 좋은 편이다. 오늘 같은 경우도 혁진의 죽음으로 궁상떨고 있는 서린을 위로하기 위해 내쫓다시피 강제로 내보낸 게 아닌가? 물론 돌아가서는 과연 아르쥬나가 왜 휴업 중이었는지 캐물을 생각이지만… 아냐, 물었다가 만약 사실이면 입막음을 위해서 죽여

버릴지도 몰라. 장난 한 번 치기 위해서 목숨을 거는 것도 이제
는 그만두고 싶다.

"그야… 음, 그렇지만 세건 형도 마음이 없는 건 아냐. 오늘
도 신경 써줬고."

"하아. 하지만 서린을 언제라도 죽이겠다고 공언했다면서?
그건 너무 이상해. 미치지 않고서야 그런 말이 어떻게 나와?"

마리아는 한세건 이야기만 나오면 불만스러운 표정을 지어
보였다. 하긴 불구대천의 원수일 테니까 저렇게 나오는 게 당
연하다. 그래도 왠지 서린은 한세건을 옹호하고 싶었다. 어쨌
든 지금 서린에게 한세건은 그의 가족이나 다름없었다. 왠지
친형 같은 느낌이 들어서 나쁜 소리를 들어도 웃어넘길 수 없
는 것이다.

"그렇기야 하지만, 그래도 세건 형 알고 보면 귀여운 구석이
많다고."

"…아아, 그래?"

"어쨌거나 사이좋게 지내는 건 무리지만, 적어도 나는 내 눈
앞에서 둘이 싸우지 않았으면 해."

"그건 상당히 무리한 부탁인데."

마리아는 눈살을 찌푸렸다. 서린도 그게 얼마나 무리한 부탁
인지는 잘 알고 있었다. 하지만 알면서도 할 수밖에 없는 게 있
지 않은가?

"마리아가 위험에 처하게 될지도 모른다고."

"그런 건 각오하고 있어. 복수란 건 그런 거니까."

마리아는 벤치에서 일어났다. 서린에게 화가 난 것일까? 역시 그녀는 흡혈귀이다. 겉모습은 작은 소녀에 불과하지만 마음만 먹으면 인간 정도는 쉽게 찢어발길 수 있는 괴물! 그렇지만 서린은 말하지 않을 수 없었다.

"그러니. 하지만 결국 세건 형도 흡혈귀에게 복수하기 위해 그러는 건데, 정말 복수는 복수를 낳는구나."

"어쩔 수 없어. 살아가면서 누구나 포기 못 할 양식이라는 게 있는 거니까. 그 흐름대로 따라가지 않으면 나는 더 이상 내가 아니게 되는 것 같아서."

마리아의 태도는 단호했다. 그걸 본 서린은 나지막하게 중얼거렸다.

"아르곤 거짓말쟁이."

"응?"

"아니, 아무것도 아니야. 알았어. 뭐, 나도 들어달라고 하지는 못하겠어. 마리아의 언니라는 사람은 물론 마리아에게 있어서 더할 나위 없이 소중한 이였겠지. 그런데 세건 형을 용서한다는 건 있을 수 없는 일이고."

역시 어쩔 수 없다. 원수라는데 그걸 포기하라고 설득하는 건 애당초 무리다. 마리아는 그런 서린을 보며 말했다.

"미안해, 서린. 그리고 고마워. 그런 걸 신경 써줘서. 나도 그냥 무턱대고 한세건과 충돌하는 건 자살행위라는 걸 알고 있어. 사실 내 전투력은 진마 중에서는 바닥을 기다시피 하니까. 나도 무모한 짓은 안 할 테니까 너무 걱정하지 마."

"고마워해야 할 건 오히려 나야. 덕분에 오늘은 기분이 참 좋아졌어. 그래… 역시 살아가지 않으면 안 되겠지? 살아가다 보면… 마리아랑 다시 데이트할 날도 올 테니까."

"으응."

"그러면 난 이만 돌아갈게."

서린은 손을 흔들며 자리에서 일어났다.

시골의 교회를 개조해 만든 한세건의 아지트, 그 지하에서 한세건은 조용히 침대에 누워 있었다. 그의 옆에는 가운을 걸치고 의자에 앉은 젊은 여성이 있었는데 그녀는 유리판 위에 가루약을 놓고 거기에 스포이트로 혈액을 찍어 보고 있었다.

"정밀 검사를 해보지 않으면 모르겠지만 악화 일로를 걷고 있었는데 이만큼이나 안정화되다니 이상한 일이네?"

그녀는 의외라는 듯 한세건을 바라보았다. 한세건은 옷을 주섬주섬 챙겨 입으며 그녀를 바라보았다. 평상시 매우 무표정한 그였지만 역시 그 이야기는 신경 쓰이는 듯하다.

"그래요?"

"으응, 상당히 호전되었어. 잘됐네."

가운을 입고 있던 한세건의 스승, 김성희는 미소를 지어 보였다. 물론 안정화가 되어간다는 것은 몸의 부담이 점차로 줄어든다는 뜻이니 환영할 만한 일이지만 갑자기 안정화라니. 세건은 의아해서 고개를 갸우뚱거렸다.

"설마 무슨 비약이라도 먹은 건 아닐 테고. 갑자기 몸이 나아질 이유가……."

아르곤과 치고받기까지 했었는데 몸이 나아질 이유가 없다. 게다가 이게 일시적인 현상인지 장기적으로 안정되는 것인지도 아직 모르겠다.

"자세한 것은 모르지만 좀 지켜보면 알 수 있지 않겠어?"

"지켜볼 여유가 없어요. 아르곤 녀석이 빠져나갈 계획인 것 같으니까 이번에야말로 끝장을 봐야죠."

세건은 그리 말하며 옷매무새를 고치려 했다. 그러자 김성희가 웃으며 세건의 옷 칼라를 바로잡아 주었다.

"그렇게까지 해야겠어? 좀 쉬어서 몸이 안정화되나 본 다음에 해도 될 텐데?"

그런데 그때 문이 열리는 소리가 들려왔다. 아마도 서린이 돌아온 모양이다.

"이제 돌아왔나?"

한세건은 발소리를 듣고 눈을 감았다. 발걸음이 상당히 경쾌한 것으로 보아 기분이 좀 많이 풀린 듯하다. 다행스러운 일이다. 그때 방문이 열리고 서린이 걸어 들어왔다. 쇼핑백을 잔뜩 들고 있던 서린은 방 안의 풍경을 보더니 놀라서 손에 들고 있던 쇼핑백을 떨어뜨렸다.

"아… 죄송합니다. 저는 신경 쓰지 말고 일 마저 보세요."

서린은 그 말을 남기고 도망치듯 방 밖으로 빠져나갔다. 깜짝 놀란 세건이 자신의 몰골을 바라보니 옷은 헝클어져 있고 김성희는 의미심장한 표정으로 달라붙어 있다.

"…아니, 저게? 야?!"

한세건은 발끈해서 문을 열고 문밖에 귀 기울이고 있던 서린을 내려다보았다. 그러자 서린은 어설픈 웃음을 지으면서 손을 들었다. 나가는 척하고 엿들으려고 하다니 대체 이놈은 뭔 생각일까?

"Hi~"

"하이? 대체 뭔 생각이야?"

"아! 입술에 루즈."

"응?"

한세건은 서린의 동작에 반응해서 반사적으로 자신의 입술을 엄지손가락으로 훔쳤다. 그러자 서린이 음흉하게 씨익 웃었다. 당했다! 완전히 당했다! 한세건은 기가 막혀하면서도 자신의 엄지손가락을 재차 확인했다.

"아… 이……! 묻었을 리가 없잖아! 이 자식아!"

한세건은 인정사정없이 서린을 걷어차 버렸다.

第15夜

Hate by Hate

1

슬슬 말복도 끝나고 무더위가 한풀 꺾일 즈음, 진마 아르곤과 에스프리의 간부 두 명은 한국에서의 업무를 모조리 끝마치고 이제 한국을 떠날 것을 결의했다. 한국에는 아직도 매력적인 일이 많이 있었지만 그들은 언제까지 이곳에 얽매여 있을 수 없었다.

솔직히 아르곤과 래트 거닙은 에스프리의 전력 전부라고 해도 과언이 아닐 전투원이다. 나머지는 별 쓸모가 없어서 아르곤과 래트가 움직이지 않으면 애초에 일이 안 된다.

"그래도 역시 외국에서 사는 거, 즐겁지 않았나? 돌이켜 보면 즐거운 추억이라든가 그런 거 있을 텐데."

아르곤은 낡은 아파트에서 마지막 곰 인형의 눈을 붙이며 히죽 웃었다. 그걸 본 래트가 따라서 피식 웃었다.

"몬티는 절대 아닐걸요."

인형 눈을 꿰어서 생활비를 충당하는 외국 생활이 즐거울 리가 없다. 그런 걸로 즐거워하는 놈이라면 전생에 인간이 아니라 재봉틀이었음에 틀림없으리라.

"뭐, 어차피 아메리카에 돌아가도 몬티는 슈퍼마켓 계산대에 서야 하잖아? 인형 눈 꿰매나 그거나 매한가지지."

"아하하핫."

래트와 아르곤은 서로서로 어깨를 쳐대며 낄낄거렸다. 그러자 막 좁은 부엌에서 가계부를 정리하던 몬티의 안경 안에서 안광이 번뜩였다.

"닥쳐!"

"예…… 죄송합니다."

아르곤은 손을 들고 사과했다. 이렇게 되면 대체 누가 클랜로드인지 모를 정도다. 그들은 낡은 아파트에 있던 가재도구를 마저 정리했다. 가재도구라고 딱히 갖추고 살던 게 없어서 대부분은 대형 쓰레기란 딱지를 붙이고 공용 쓰레기장에 내놓아야 할 물건이다. 물론 회수료를 내야 하는데… 그런 회수료를 낼 필요는 없겠지. 어차피 구청에서 뭐라고 할 때 즈음이면 그들은 모두들 다 미국행 비행기에 올라탔을 테니까.

공공의 질서도 중요하지만 이런 때 세금을 안 내고 내빼면 왠지 이득 보는 것 같아서 아르곤과 래트는 서로를 바라보고 씨익 웃었다.

"이런 세금 포탈범."

"남 말 할 처지입니까?"

"돌아가면 일단 카지노에서 슬롯머신 한 번 땡겨야지. 항공권 샀더니 예산이 간당간당해."

"하여튼……. 빙고하러 가는 건 어때요?"

"그것도 좋지."

불건전한 방법으로 돈을 벌려고 하는 그들의 모습을 바라보며 몬티는 한숨을 내쉬었다. 지금 문제는 그들이 과연 무사히 돌아갈 수 있느냐 어쩌느냐 하는 게 아닌가?

"아르곤, 우리의 정보가 그 사준인가 뭔가 하는 놈에 의해서 한세건에게 흘러들어 갔답니다."

이래 보여도 몬티는 뒤쪽 세계의 정보에 익숙해서 근처 피시방에서 뱀파이어 헌터 네트워크를 해킹하기도 했다. 한때 번듯한 흡혈귀 클랜에 있을 때는 공학박사 학위와 회계사 자격증도 가지고 있었으니, 나름대로 엘리트라고 할 수 있겠다. 그런 녀석이 번듯한 직장은 가지지 못할망정 슈퍼마켓 계산원이나 하고 있어야 하다니……. 이는 다 테트라 아낙스가 그들의 신원을 확실하게 정해주지 않기 때문이었다. 그래서 위조한 사회보장 번호로 취직을 하다 보니 아무리 능력이 있어도 번듯한 일자리를 얻을 수 없었다.

이런 식으로 테트라 아낙스는 모든 흡혈귀를 그들의 손에 쥐고 좌우한다. 그런 폭권에 대항하는 것이 바로 에스프리의 이념. 하지만 또 달리 생각해 보면 테트라 아낙스에 반항하는 흡혈귀 집단인데 그런 이들의 신원을 확실히 해줄 의리는 없을 것 같다.

"아르곤! 미스터 한의 공격에 대한 대책은 세워뒀어요?"

"아아, 그렇지."

아르곤은 정신을 차리고 자신의 총을 꺼내었다. 마리아에게 부탁해서 만든 단발형 라이플이다. 라이플이라고 부르기엔 너무나 민망하게도 30㎜짜리 오리콘 포탄을 장전하게 되어 있어서 뒤쪽 부분이 특히 넓다.

"설마 그걸 쏘게요?"

쏘고 난 다음이 걱정되는 무기이다. 아무리 흡혈귀라지만 저 정도 무기가 되면 반동도 극심하고 명중률도 의심스럽다. 전함에 탑재되는 오리콘 포를 들고 쏘겠다는 발상이 정말 아르곤다웠다. 바렛만 쏴도 어지간한 흡혈귀나 라이칸스로프는 충분히 일발 제압될 텐데 그는 그런 무식한 무기를 고집했다.

"이름은 오리콘 차트라고 지었다. 오리콘 포탄을 쓰니까 오리콘 차트다."

아르곤이 뻔뻔스럽게 그렇게 말하자 몬티는 식은땀을 흘렸다.

"그거, 왠지 어디서 들어본 것 같은 단어인데."

"홋, 나의 넘치는 창작 의욕을 시기하다니. 이건 표절이나 패러디가 아니야! 순수한 나의 창작이다."

"아, 그렇다고 해두죠."

몬티는 툴툴거리며 고개를 끄덕였다. 오리콘 차트든 빌보드 차트든 간에 일단 한세건의 공격을 막아낼 수 있으면 그걸로 족하다.

"그런데 설마 그거 공항으로 들고 갈 건 아니죠?"

솔직히 어지간한 물건은 버리고 미국에서 새로 구해서 쓰는게 훨씬 싸게 먹힌다. 총기류는 애초에 공항을 통과할 수도 없고. 아르곤이 쓰는 장도야 아르곤의 결계 공간에 넣을 수 있으니 괜찮지만 갖가지 술법에 능통한 아르곤도 결계 공간 술법에는 약해서 장도 한 자루 넣으면 끝난다.

"일단 공항까지는 들고 가고 거기서 장도는 업자에게 넘기고이 총을 결계 공간에 집어넣는다. 다 생각해 뒀지, 그런 건."

"음, 그렇다면 다행이군요."

몬티는 다행이라는 듯 한숨을 내쉬었다. 한세건이 강력한 흡혈귀 사냥꾼이라는 건 인정하지만 그 혼자서 아르곤과 래트 거닙을 동시에 상대할 수 있을 거라고는 생각지 않는다. 물론 한세건이 사용하는 폭탄은 위험하다. 아무리 뛰어난 흡혈귀라고하더라도 마하 6 이상의 폭풍을 터뜨리는 폭탄을 피한다는 것은 불가능하다.

하지만… 공항버스를 타고 가는데 설마 폭탄을 날리겠는가?제아무리 막가는 놈이라고 하더라도 민간인을 마구 죽이는 짓은 하지 않으리라. 민간인의 목숨을 아껴서라기보단 흡혈귀라면 모조리 죽인다는 대의명분하에서 인간을 죽이는 것이 허용될 리가 없기 때문이었다.

"한세건은 아마 이번엔 총격전으로 나오겠지. 하지만 나에게도 총은 있지."

"그걸 총이라고 부르다니."

"아니, 뭐 그것 말고도."

아르곤은 등허리에서 두꺼운 데저트 이글을 꺼냈다. 라이칸스로프나 흡혈귀, 사이키델릭 문으로 강화된 헌터들이 넘쳐 나는 세계에서는 가장 유용하게 쓰이는 권총이었다.

"어느 쪽이든 간에 허를 찌른다는 거지. 음… 한세건과는 이런 일이 없기를 바랐는데, 그의 집념은 역시 대단하군."

아르곤은 한숨을 내쉬며 데저트 이글의 슬라이드를 당겨 약실을 살펴보았다.

아르곤은 테트라 아낙스의 보호를 받지 않아서 다른 진마들과 달리 명확한 신분이 없었다. 국적도 없는 유령과 같은 존재인 그가 출국하기 위해서는 역시 신분을 위조해 주는 브로커가 필요한 것이다.

물론 한국에도 그런 불법 입출국을 알선하는 브로커는 넘쳐 난다. 하지만 주로 불법 노동자들을 위한 그런 장사는 흡혈귀인 아르곤이 이용할 수 있는 게 아니다. 대개 동남아 계열인 불법 노동자들과 달리 아르곤은 북구인인 데다가 한국어도 뛰어나고 용모도 단정하다. 지적인 수준도 높아서 그런 녀석을 만나게 되면 일반적인 브로커는 다들 꽁무니를 빼게 마련이다. 함정수사가 의심되거나 그게 아니어도 뒤탈이 생길 일이 많기 때문이었다. 작년에는 심지어 우크라이나에서 탈출한 ICBM 궤도 제어 엔지니어가 일본에 밀입국하다가 걸린 일이 있었는데 그 사건 이후로 인터폴의 함정수사가 극심해지고 있었다.

월야의 세계는 헌터, 흡혈귀, 그리고 라이칸스로프와 마법사의 네 개의 구성 요소로 이루어져 있다. 그리고 그들 사이를 이어주는 긴밀한 유기체가 있으니 그것은 혈액 브로커와 대행 브로커들이다. 흡혈귀의 혈액을 돈으로 바꿔주는 브로커와 국경을 넘는 등의 불법적인 업무를 대행하는 브로커, 병기 등을 운송해 주는 운송자 등이 바로 그들이다.

하지만 한국에서는 그러한 일이 제대로 이뤄지지 않고 있었다. 한세건이 흡혈귀란 흡혈귀는 보는 족족 죽이는지라 한세건의 독점 현상이 일어나 다른 브로커들이 설 자리가 없었다.

이런 상황에서 아르곤이 쓸 창구는 뻔했다.

"하지만 정말 뻔뻔하군. 이런 정보를 공짜로 들려주게 하다니 말야. 아무리 내가 너에게 반했다지만."

사준은 전화기 코드를 꼬면서 전화 너머의 상대에게 말했다. 상대는 한세건. 현재로서는 한국의 모든 흡혈귀를 홀로 대적하고 있는 굴지의 헌터다. 헌터라고 하기에는 이미 어둠에 많이 물들어 있지만 그럼에도 불구하고 그는 헌터의 의무를 다하려 했다. 그러니까… 아르곤과 홀로 싸우겠다는 무식한 소리도 할 수 있는 것이다.

―칵!

전화기 너머의 남자는 능글맞은 사준의 말에 격분하고는 전화를 끊어버렸다. 그렇지만 이미 알고 있는 정보 중 핵심에 달하는 것은 죄다 그에게 말해준 셈이다. 한세건에게 그 이상은 필요 없겠지.

"정말 그렇게 잘해줘도 되는 겁니까?"

사준을 경호하던 젊은 남자가 문득 물어보았다. 그러자 사준은 평상에 앉아서 개를 키우고 있는 개장을 바라보았다. 마침 점심밥을 막 준 참이라 개들은 밥그릇에 달라붙어서 열심히 사료를 씹어대고 있었다. 그 모습을 바라보며 사준은 히죽 웃었다.

"뭘, 그래서 또 다른 이에게 정보를 팔았다는 사실은 이야기하지 않았잖아. 잘됐지. 돈도 벌고 신용은 점점 떨어지고. 이제 이 짓거리는 오래 못 해먹겠군. 슬슬 본업으로 돌아갈 때가 되었지?"

그는 자신의 '본업'에 대해서 언급했다. 그의 부하들은 내심 기다리고 있는 일이었지만 그의 대책 없음에는 정말 손발 다 들었다.

"그러다가 만약 그가 죽기라도 한다면 어쩌시려고요?"

한 명이 조심스럽게 입을 열어 물어보았다. 그러나 사준은 침착했다.

"그때 되면 그냥 차도살인지계로 형의 원수를 갚았다고 생각하면 되는 거고."

생각하는 걸로 세상만사를 편안히 다스리다니 그야말로 군자지풍(君子之風)이라고 할 수 있겠다. 물론 그와 한배를 탄 다른 이들의 입장에서는 뱃속의 창자가 곤두서는 느낌이다. 혼자 사는 거면 아무리 행동이 느긋해도 되지만 한배를 탄 입장에서 그러면 곤란하다.

"만약 안 죽으면요?"

무슨 대답이 나올지 뻔히 알면서도 혹시나 하는 마음에 다시 물어보았다. 물론 이번에도 군자의 품격에 걸맞은 대답이 들려왔다.

"역시 내가 아쉬울 건 없잖아? 죽으면 좋지만 뭐 그렇다고 열심히 자원을 투입해 가면서 했다가 못 죽이면 피해가 크잖아?"

이런 자였다. 그들의 리더는 바로 이런 자였다. 그들은 모두들 한숨을 푸욱 내쉬었다. 앞이 꼬여도 된통 꼬이는 소리가 어디선가 들려왔다.

"그나저나 아직 조용한 걸 보니까 그걸 모르나 본데?"

"예. 아마도."

그들은 사준을 바라보며 서로서로의 눈치를 살폈다. 사준은 이후에 일어날 일이 기대가 되는지 씨익 웃을 뿐이었다.

"내일 아침쯤에 보내줘야겠군."

"캭!

한세건은 전화기 너머에서 비아냥거리는 사준의 말을 듣고 바로 전화를 끊어버렸다. 어찌 되었거나 내일 바로 아르곤과 에스프리 일당이 한국을 떠나는 건 사실인 것 같았다. 한국에 남아 있는 흡혈귀를 차례차례 사냥한 지도 1년이 넘었다. 이제 남은 것은 거물급들뿐이다. 그들을 물리치고 나서도 테트라 아낙스가 움직이지 않는다면 릴리쓰를 찾고 서린의 봉인된 기억을 풀기 위해 대륙으로 향할 셈이었다. 하지만 그래도 한국에 남아 있는 흡혈귀들은 확실히 정리할 필요가 있었다.

특히 진마인 아르곤은 놓칠 수 없다. 혹자는 한국을 떠나려고 하니 그냥 내버려 두면 될 것을 가지고 왜 그러나 싶겠지만 한세건의 전투 철학은 어디까지나 섬멸전이었다.

가급적 적에게 많은 손실을 입혀두어야 전체적 전황이 유리해진다. 이것은 구소련군의 기본적인 전술이었다. 제이차세계대전 때 물량 투입으로 이천만 명의 인명 피해를 본 구소련다운 전술. 적들의 머릿수를 줄이면 전술적 승리가 곧 전략적인 승리가 된다는 그러한 발상은 홀로 월야의 모든 존재를 멸하고 미친 달의 세계를 종식시키겠다는 야심 찬 목표를 가지고 있는 세건에게 어울렸다.

그 섬멸이란 과제에 입각해 보면, 아르곤이 한국을 떠나기 전에 그를 죽여야 하는 것이다.

그런데 그때 세건은 뭔가 이상한 시선이 자신의 피부에 와 닿는 것을 느꼈다. 고개를 옆으로 돌리니 서린이 의미심장한 웃음을 짓고 있었다. 사준이 지껄인 반했느니 어쨌느니 하는 소리를 듣고 저러는 것 같았다. 안 죽을 만큼만 패면 바로 기어오르는 저놈을 보자니 세건은 질려 버렸다.

"여기서 한마디 하면 자살 삼종 세트를 삼만구천팔백 원의 저렴한 가격으로 맛볼 수 있을 거다."

자살 삼종 세트라는 건 추락(墜落), 교수(絞首), 음독(飮毒)의 세 가지를 말하는 것으로 서린은 애석하게도 그 모든 것을 겪고도 살 수 있는 생명력이 있었다. 차라리 좀 손대면 죽어버리는 체질이었다면 한세건도 그렇게 모질게 굴지는 못했으리라.

"너무해요, 형. 제가 뭘 어쨌다고."

"닥치고 준비할래? 아니면 나 혼자 갈까? 아르곤이나 래트거닙은 만만한 놈이 아니야."

"꼭 죽여야 해요? 그쪽은 우리를 도와주기까지 했잖아요."

서린은 아르곤과 모르는 사이가 아니다. 그리고 소탈한 아르곤이 마음에 들었다. 조반니에게 공격당했을 때 그를 구해준 생명의 은인이기도 하고 개인적으로 마음에 든다.

그럼에도 불구하고 한세건은 그를 한국에서 살려 보낼 생각을 하지 않았다. 사실상 조반니의 손에서 서린이 구해졌을 때는 한세건도 그의 득을 봤으면서도.

"녀석은 어찌 되었든 진마다. 지금이야 평화로운 모습을 하고 있지만 그 녀석이 그 정도까지 VT를 안정화시키기 위해서 먹어치운 사람은 엄청날 거다. 알겠냐? 그들이 누리고 있는 힘과 권력, 권위 밑에는 그동안 희생당한 이들의 인골이 이루 말할 수 없다."

그건 참 공산주의 혁명가다운 사상이다. 자본가가 가지고 있는 것은 노동자를 착취한 것임에 분명하다는 대전제를 세우고 무조건 자본가를 핍박해 산업을 뒤로 되돌려 버린 공산주의자들은 그 실수를 만회하는 데 1세기에 가까운 시간을 허비해야 했다. 하지만 한세건은 그런 건 염두에도 두지 않는 모양이다. 전략 전술도 섬멸에 기초하고 있고 사상은 프롤레타리아……

세건은 아직도 1990년 이전의 시대를 살고 있는 듯하다.

그런 과거가 있을지라도 지금은 착한데 그렇게까지 죄를 물어야 하나? 사실 죄를 묻는다면 한세건도 결코 자유롭지 못하지 않은가? 하나 한세건의 뜻은 단호했다. 그는 영국 군용 군장에 TNT 바를 달고 도폭선과 총탄을 충분히 챙겼다. 물론 비스트의 탄약을 보충하는 것도 잊지 않았다.

지난번의 아르곤과의 싸움에서 한세건은 육탄전으로는 역시 아르곤을 이기기 힘들다고 결론지었다. 지근거리와 중거리전에서는 아르곤은 거의 무적에 가까운 존재다. 그의 검은 강하고 빠른 데다가 중거리 간격에서는 동결탄을 쏘아댄다.

곱상하게 생긴 외모와는 달리 그는 바이킹의 왕자로 태어나 인간 시절에 이미 수백 명을 베어버린 영웅인 데다가 흡혈귀가 된 이후로도 자신의 수련을 게을리하지 않은 강적이다. 다른 흡혈귀가 종이 호랑이라면 그는 그야말로 날개 달린 호랑이! 총과 폭약의 힘이 없으면 녀석을 이겨도 세건 자신이 무사하지 못할 터. 모든 수단을 동원해서 이겨야 한다.

"그래도 역시 형 혼자로는 힘들겠지요?"

서린은 아르곤과 맞서 싸우고 이틀을 욕조 속에서 한기를 내쫓아야 했던 한세건의 모습을 기억한다. 그만큼 아르곤은 강력한 적. 거기에 래트 거닙이라는 그 흑인이 그렇게까지 강한 적이라면 서린이 돕지 않는 이상 한세건에게 승산은 없다. 한 명상대하기도 버거운 적에 혹이 달라붙어 있으니. 이쪽도 한세건의 혹에 불과하지만 그래도 혹에 대해서 싸울 수 있지는 않겠는가?

"…어중간한 마음이면 도울 필요 없다."

한세건은 그렇게 단언했다.

혁진의 죽음 이래 서린은 조반니 반테로를 목표로 다시금 훈련에 정진했다. 그런 덕분에 이제는 제대로 껍질을 깼다고 할 수 있었다. 분명히 서린이 래트 거닙만 좀 묶어준다면 그사이에 한세건과 아르곤은 승부를 지을 수 있을 것이다. 하지만 과연 그렇게 될까? 마음씨 좋은 서린이 과연 자신을 구출까지 했던 이들의 호의를 배신하는 것이 가능할까?

만약 그러지 못하면 서린은 거치적거리기만 한다. 서린의 가치는 체스로 치자면 킹과 같다. 서린은 릴리쓰의 자손. 한세건이 들고 있는 모든 카드 패 중 가장 값진 것이다. 그것을 어중간한 상태로 흡혈귀들의 앞에 내놓을 수는 없다.

"솔직히 저는 아르곤이나 형이나 다 죽게 하고 싶지 않아요."

"너무 솔직한데?"

한세건은 이를 악물었다. 이 바보 자식은 대체 무슨 생각을 하고 있는 건가? 도무지 이해할 수가 없는 놈이다. 아르곤을 죽게 하고 싶지 않다면? 만약 세건이 아르곤을 죽이기라도 한다면 방해라도 하겠단 말인가? 그런 어중간한 마음으로 뭘 어찌한단 말인가? 게다가 한세건의 앞에서 아르곤을 죽게 하고 싶지 않다니. 아무리 그가 서린을 구해줬다 하더라도 그런 마음을 입 밖으로 내어서는 안 된다는 걸 모르진 않을 거 아닌가?

"하지만… 돕는다면 형을 돕도록 하지요."

서린은 그럼에도 불구하고 한세건을 돕겠다고 했다. 세건은
그런 말을 내뱉은 그를 바라보며 허탈해했다.

"자식새끼 키워봤자 다 헛 거라더니."

"네?"

"아니. 그냥 해본 말이다."

한세건은 투덜거리며 일어났다. 어차피 래트 거닙의 발만
묶게 하면 되니까. 서린이 세건의 발목을 잡는 일은 없을 것이
다. 그리고 확실히, 한세건은 래트 거닙과 아르곤, 둘을 동시
에 상대할 자신이 없었다. 하지만 과연 서린을 어디까지 믿어
야 할까?

2

한세건은 식사를 끝마치고 깨끗하게 설거지를 했다. 하루하
루 정해진 일과를 오차 없이 수행하는 그의 모습에는 기계적인
정밀함까지 있었다. 오늘 저녁에 아르곤 일당이 비행기를 타고
미국으로 떠난다. 흡혈귀 사냥꾼으로서 한국에 완전히 뿌리박
았고 이미 국제경찰기구에 그 신상 명세가 공개된 세건으로서
는 올해 안에 아르곤을 죽일 수 있는 유일한 기회라고 해도 과
언이 아니다.

그렇지만 아르곤은 강적이다. 이번에 싸운다고 해도 과연 세
건이 승리할 수 있을지 없을지 장담할 수 없는 상대다. 이제 조

금만 더 있으면 목숨을 건 싸움이 시작될 텐데도 설거지를 끝마치고 행주로 싱크대를 닦는 세건의 손놀림에는 일말의 망설임이나 흔들림이 없었다.

목숨은 이미 버렸다. 그저 두려울 게 있다면 그 목숨이 다해 이 세상에서 흡혈귀의 존재를 뿌리 뽑지 못하게 되는 것뿐.

"그러면 슬슬 준비할까?"

그는 자신의 얼굴을 감추기 위해 엑토플라즘 마스크를 쓰고 장비들을 준비된 차에 실었다. 항상 오토바이를 타고 다니는 그의 이미지 때문에 적들은 오토바이라면 끔찍하게 경계할 것이다.

"응?"

그런데 그때 문득 핸드폰이 부르르 몸을 떠는 게 느껴졌다. 깜짝 놀란 세건이 그 핸드폰을 들어보니 안에는 사준이 보낸 문자가 도착해 있었다.

"메일을 확인해 보라고?"

한세건은 의아한 생각에 컴퓨터로 다가가 마우스를 잡고 빙글 돌렸다. 화면 보호기와 절전 기능으로 꺼져 있던 터미널이 켜지며 배경 화면이 나타났다. 세건은 메일함을 열어서 자신에게 날아온 메일을 확인해 보았다.

"음? 이건?"

거기에는 웬 주소가 붙어 있었다. 혹시 무슨 바이러스나 해킹용 프로그램인가 했지만 그 주소는 워낙 유명한 곳이라 그럴 것 같도 않다. 어차피 방화벽도 확실히 쳐져 있고 만약 이게 무슨 장난이나 그런 거라면 사준의 집으로 달려가 조져 버리면 된다. 자신을 확실히 알린 상황에서 해킹을 하는 바보는 없다.

"어?"

한세건은 무의식중에 그 주소를 클릭했다.

서린은 훈련에 열중하느라 늦잠을 자고 말았다. 조반니 반테로에 대한 적의를 불사른 이후 훈련량을 늘려와서 실력을 점차로 갖춰 나가는 중이지만 역시 아직 자기 관리가 서투르다. 한세건과 달리 그는 하루에 정해진 시간을 아무 때나 자는 스타일이었다. 하지만 그때 서린의 방문이 벌컥 열렸다.

쉬이이익!

뭔가 뱀 같은 것이 날아들어 서린을 단숨에 휘감았다. 불시의 기습이라 서린은 반항도 하지 못하고 침대째로 묶이고 말았다.

"아니?!"

깜짝 놀란 서린이 눈을 떠보니 이게 무슨 일인가? 한세건이 살기등등한 표정으로 그를 내려다보고 있었다. 평상시와는 전혀 다른 진짜 격렬한 분노였다.

"아… 형. 느, 늦잠 자서 그런 거예요? 이, 일어날 거예요."

"그냥 영원히 자라."

한세건은 대답 대신 권총을 꺼내 들더니 서린에게 겨누었다. 깜짝 놀란 서린이 그를 바라보았지만 그래도 설마 총을 쏘기야 하겠는가? 하지만 한세건이 화를 내고 있는 것은 정말 지금까지와는 비교할 수 없는 분노였다. 역린(逆鱗)을 대패로 긁어버린 꼴이랄까?

서린은 깜짝 놀라서 세건을 바라보았다. 갑자기 이게 무슨 일이지? 권총을 직접 겨누다니 세건이 갑자기 미치기라도 했단 말인가? 하룻밤 사이에?

"영문을 모르겠다는 듯한 표정이군. 보여주지."

세건은 서린의 방에 설치된 컴퓨터를 부팅시켰다. 그는 곧 인터넷 익스플로러에 주소를 쳐서 창을 열었다. 도폭선에 휘감겨서 목만 겨우 움직일 수 있게 된 서린이 고개를 들어서 모니터를 바라보니 이게 웬일인가?

마리아와 함께 벤치에 앉아 있는 그의 모습이 떠오르는 게 아닌가?

순간 서린은 심장이 철렁 내려앉는 듯했다. 언젠가는 이렇게 될 거라 예상도 했었지만 이건 너무 빠르다! 대체 이게 무슨 일이란 말인가?

설마 한세건이 미행이라도 했단 말인가?

아니, 그렇다고 하기에는 이제 와서 화내는 게 이해가 가질 않는다. 미행을 했으면 그날 화냈어야 했다.

"요즘 세상은 말이야, 핸드폰에 카메라가 달려 나오는 세상이야. 차라리 하려면 좀 제대로 하든가 하지. 여기가 무슨 사이트, 무슨 게시판인 줄 아냐? 네가 직접 봐라."

"맙소사."

서린은 모니터에 뜨는 모습을 보고 기절초풍했다. 인터넷 서핑을 하는 사람이라면 누구나 알고 있는 너무나 유명한 사이트잖아?! 서린은 기가 막혀서 그 사진을 바라보았다. 아니, 대체 어떤 미친놈이 사진을 몰래 찍는 건 그렇다 치고 그런 걸 저기에다 올려놓는 거야? 그것도 여자 친구 갤러리에……. 마리아가 자기 여자 친구란 말이냐?

서린은 이를 악물고 모니터를 살펴보았다. 그런데 올린 놈의 멘트가 가관이다.

'제 여자 친구랑 전데요. 여러분 모두들 보시고 공정한 평가 좀 해주세요.'

즉 서린을 사칭하고 있는 것이다.

"엉?"

순간 머릿속이 멍해진다. 푸르른 들판에 양들이 뛰어 놀고 농업용 세스나기가 날아다니는 알지 못할 평원이 머릿속에서 펼쳐진다. 서린은 정신적 공황 상태에서 벗어나기 위해 고개를 흔들고 다시 모니터를 바라보았다.

물론 피사체인 서린과 마리아는 카메라 쪽에 신경도 쓰고 있지 않으니 엄연히 그냥 지나가다 찍었다는 것이지만 그 밑에 달린 리플은 '외국 어린애랑 놀아나다니 변태 새끼'라든가 '부럽다!', '잠은 자봤냐?' 등등의 까무러칠 만한 내용이 즐비했다.

"뭐, 뭐야. 저 재수 없는 리플은! 대체 어떤 놈이 저런!"

"지금 이 상황에서 그런 소리가 나오냐?"

한세건은 기가 막힌다는 듯 총을 겨누고 방아쇠를 당겼다. 정말 발포해 버렸다! 이번엔 진짜 인정사정이 없다. 허벅지에 총탄이 꽂히자 서린은 비명을 지르며 고개를 떨어뜨렸다.

"큭."

"정말 잘하는 짓이다. 흡혈귀 꼬마랑 놀아나다니, 무슨 생각이냐, 너? 난 도대체 이해가 안 간다."

한세건은 기가 막힌다는 듯 그를 내려다보았다. 사실 흡혈귀들은 사람들을 현혹하는 힘을 가지는 데다가, 설령 그게 없다고 하더라도 뛰어난 용모를 가진 이가 많았다. 그런 이들에게 매혹되어 헌터를 배신하는 이들은 어떤 의미에서는 흡혈귀나 라이칸스로프보다 훨씬 악질인 적이었다. 그래서 헌터들은 누구를 막론하고 배신자를 용서하지 않는다.

하물며 세건은 두말할 나위도 없다.

"한심하군, 한심해. 젠장. 대체 무슨 생각이냐?"

"아니… 저기, 형."

"누가 네 형이야? 나는 흡혈귀랑 놀아나는 녀석을 동생으로 둘 생각이 없어!"

한세건은 그리 말하고 총을 다시 겨누었지만 이번에는 쏘지 않았다. 그는 총을 빼더니 탄창에 쏜 만큼의 총탄을 끼우면서 투덜거렸다.

"네놈도 네놈이지만 저것도 저거다. 도대체 무슨 생각이지? 너를 꾀서 나를 치겠다는 생각도 아닐 것 같고, 릴리쓰를 찾아서 뭘 어떻게 하겠다는 것도 아닌 것 같은데."

"마리아는 그냥 단지 호의로 저러는 것뿐이에요! 절대로 나에게 뭔가 정보를 빼내라거나 그런 건 없어요! 아, 아무리 흡혈귀래도 그 본질은 그냥 평범한 아이라고요!"

서린은 목숨을 걸고 마리아를 변호했다.

"……."

세건은 서린을 노려보았다. 물론 그가 거짓말을 하지 않는다는 것은 잘 알고 있다. 우선 그가 한세건에게 숨기고 있을 만한 특별한 정보는 없다. 이미 한세건의 정보는 그들에게 모조리 알려져 있었다. 잃어도 아쉬울 게 없는 광기의 화신, 그런 그에게 파고들 틈이란 없다. 설사 서린을 어떻게 한다고 해도 마찬가지! 이제 와서 서린을 죽여봐야 분풀이로 일만 그르칠 뿐이다. 아마 사준 놈은 그것을 노리고 일부러 결전을 앞둔 이때에 그런 걸 보냈으리라.

하지만 그렇다고는 해도 이 녀석을 그냥 용서할 수는 없었다.

결국 이 녀석은 헌터가 될 놈이 아니다. 착한 흡혈귀, 나쁜 흡혈귀 구별해서 처리하고 행복한 삶을 산다? 허울이야 좋지. 하지만 그렇게 하면 그때는 또 세계 자체의 균형이 깨어진다. 왜? 그럴 거면 아예 착한 인간 나쁜 인간의 선을 긋고 나쁜 인간을 다 없애보시지? 한세건도 플렉스 메디칼 본사만 터뜨리지 말고 회기 중에 국회의사당에 올라가서 폭탄 테러를 했으면 지금보다 팬이 두세 배는 늘었을 것이다.

선과 악의 어느 한 축을 거세한다고 해서 흡혈귀란 존재가 가지는 위험성이 사라지는 게 아니다.

그들에게는 손쉽게 전염시킬 수 있는 영생불사의 힘이 있다. 그것은 인간의 문명 자체를 파괴할 만한 막강한 힘이다. 솔직히 어떤 인간이 영생불사를 원하지 않겠는가?

하지만 흡혈귀라는 존재는 적정한 인구 수 위에 존재할 수 있는 것, 그것을 무시하게 되면 그때는 파멸뿐이다. 그렇기 때문에 착한 흡혈귀는 오직 죽은 흡혈귀뿐인 것이다.

이것을 이해하지 못하고 선과 악으로 그 존재를 판단하는 것이야말로 외려 크나큰 잘못이다. 선과 악의 잣대는 인간에게 대어도 위험한 것. 그 잣대로는 도저히 남의 목숨을 빼앗을 수 없다. 악이라 하여 절차 없이 목숨을 빼앗는다면 잣대를 들고 있는 그조차 악에 물들기 때문에.

"그래, 할 말이 그것뿐이냐? 이 한심한 녀석. 그런 마음가짐으로 아르곤을 죽이려는 나를 돕겠다는 거냐, 너는?!"

한세건은 분노하면서 도폭선을 당겼다. 폭파시킬 셈인가? 서린은 깜짝 놀라서 눈을 질끈 감았지만 그 순간 그의 몸을 구속하던 도폭선이 풀리더니 세건의 손으로 돌아갔다. 한세건은 서린의 멱살을 잡고 그를 벽으로 밀쳤다.

"혁진을 자신의 손으로 죽이고도 네놈의 결의는 그것밖에 안 되는 거냐? 참 개죽음을 당했군, 그놈도!"

"…크윽!"

서린은 그 말을 듣더니 세건의 손을 움켜잡고 풀어내었다. 전체적으로 부족한 체중, 넘치는 힘에서 자신을 제어하는 것은 세건이 위지만 단순한 악력에서는 역시 라이칸스로프인 서린이 위다. 서린은 손쉽게 세건의 손을 떼어내고 외쳤다.

"혁진의 죽음은 이거랑 관계없어요! 왜 이제 와서 그런 말을 하는 거예요?! 비겁하게!"

서린은 분노했다. 흡혈귀에 대한 증오를 불러일으키기 위해 혁진의 죽음을 들먹거리다니, 이런 비겁한 말투가 또 어디 있을까? 상처를 안고 있을 때는 얼른 나으라고 성화더니 이제 좀 넘어갔다 싶을 때, 필요할 때 그 상처를 후벼 판다! 이런 건 한세건답지 않다!

그러나 한세건은 피를 토하듯 외쳤다.

"비겁? 웃기는군! 네가 조반니 반테로를 증오한다고 하지만 그 녀석은 누군가에게는 또 더할 나위 없이 좋은 사람이다! 알겠냐? 좋은 면모라는 것을 보일지도 모른다고! 그런데도 너는 그 녀석을 죽일 수 있을 것 같냐? 마리아의 좋은 면모를 보고! 아르곤의 좋은 면모를 보고! 그들을 좋아한다면, 조반니 반테로는 왜 증오하지? 싫은 면모를 봐서? 녀석은 콜롬비아나 칠레, 페루 등지에선 영웅이야! 그 녀석의 사진, 스탬프를 관광지에서 팔고 있을 정도다! 마약을 팔아서 학교를 세우고, 병원을 세우고, 강대국의 내정간섭을 물리치고 뜻있는 정치가를 지원한다! 네가 만약 조반니 반테로를 죽인다면 이십 달러 지폐 한 장에 몸을 파는 남미의 소녀들이나 그 형제들의 동경의 대상을, 그들의 희망을 죽이는 거란 말이다!"

"그, 그건……"

서린은 말문이 막혔다. 한눈에 보아도 악당으로밖에 보이지 않는 조반니 반테로가 그런 녀석이라고는 지금까지 상상도 해본 적이 없었다. 하지만 한세건의 말은 결코 허언이 아니다. 조반니 반테로는 분명히 영웅! 그들에게 있어서는 구국의 영웅이라고 해도 과언이 아니다. 그가 알고 있는 조반니 반테로는 목적을 위해 수단을 가리지 않는 모습이지만 그것 역시 간웅의 전형적인 모습이 아니던가?

"나라고 선과 악을 모르는 것은 아니야! 나도 잘 알고 있다! 흡혈귀 사냥꾼 중에는 흡혈귀만도 못한 개자식이 득시글거리고, 차라리 인간적이고 선량한 흡혈귀가 얼마든지 있다는 것을! 그럼에도 불구하고 나는 흡혈귀를 죽일 것이다! 수라와 나찰이 아니고서야 뜻을 이루지 못한다면 나는 기꺼이 수라와 나찰이 되겠다! 내가 선량한 흡혈귀들을 죽여 지옥에 떨어지게 된다면?! 그래, 그 대가로 너희들 흡혈귀가 천국에 가라! 나는 웃으면서 지옥에 떨어져 줄 테니까! 알겠냐? 선하고 너에게 호의를 보이기 때문에 흡혈귀에게 매료된다면 네놈의 도움 따위 필요 없어! 그래서야 결국 너는 너의 색, 너의 잣대, 너의 변덕으로 누군가에게 죽음을 선사하게 될 테니까. 그런 게 너의 정의냐?!"

"그, 그런!"

"네놈에겐 실망했다. 아니, 애초에 큰 기대도 걸지 않았다만… 그래, 그 정도의 녀석이겠지, 네놈도! 뭐, 좋아. 어차피 너는 살아 있어야 그 가치가 유지된다. 그러니까 죽이지 않겠어. 애초에 너의 목숨은 너의 것이었고 네 삶도 너의 것이었다. 흡혈귀들에게서 지키기 편하다는 이유로 내 집에 들어오게 했지만 가고 싶다면 언제든지 꺼져 버려! 다만 테트라 아낙스나 다른 흡혈귀에게만은 넘기지 않겠다! 죽여서 없애 버리더라도!"

한세건은 그 말을 남기고 걸어 나갔다.

서린이야 어떻게 되든 말든 이제는 그가 알 바가 아니다. 다만 테트라 아낙스에게 넘겨주느니 죽여 버리고 만다. 이러한 원칙을 세우고 그는 군장을 멘 채 차고로 향했다.

"크윽!"

서린은 한세건이 떠나가는 모습을 바라보며 입술을 깨물었다. 그는 컴퓨터 모니터를 들어 벽에다 집어 던져 버렸다. 픽! 하는 소리와 함께 CRT가 터지며 폭음이 울려 퍼졌다. 유리 파편이 사방으로 튀며 깨끗하게 정리되어 있던 방이 어지럽혀졌다.

"젠장! 제기랄! 어쩌란 말야, 그러면! 나보고 뭘 어쩌라고?! 마리아나 아르곤의 목을 따 오기라도 하란 말이야?! 어떻게 그럴 수가 있어! 이해타산 없이 호의를 가지고 다가오는 이들을 어떻게?! 단지 흡혈귀라서?! 천만에! 이 지구상에서 사람을 가장 많이 해치는 생물은 바로 사람이야! 흡혈귀나 라이칸스로프 같은 건 사람에 비하면 댈 것도 아니잖아!"

서린은 이를 악물었다. 혁진의 가슴을 꿰뚫은 손의 감각이 다시 돌아온다. 처음에, 혁진은 분명한 악의로 서린에게 다가왔다. 하지만 그다음에는 다시금 친구의 호의로서 다가왔다.

서린은 그렇게 호의로 다가온 녀석의 무방비한 가슴을 관수로 꿰뚫고 심장을 터뜨렸다. 터지는 선혈! 꺼져 가는 생명! 그럼에도 불구하고 그 녀석은 서린에게 연거푸 도망치라고 외치고 있었다.

갑자기 서린의 머릿속에서 중학교 졸업식의 장면이 오버랩되었다. 졸업식이 끝난 뒤, 일 때문에 못 온 아버지를 대신해 혁진이네 부모님이 혁진에게 사준 꽃다발을 넘겨받고 같이 기념 촬영을 하던 그때의 모습. 그 친구를 자신의 손으로 죽였다. 명백한 호의를 가진 이를 배신하고 자신의 손으로 그를 죽였다. 아아! 배신하는 것은 배신당하는 것보다 더더욱 고통스러워서 이제 그런 짓은 두 번 다시 하고 싶지 않다!

"이제 두 번 다시 그렇게 할 수는 없어!"

자신에게 호의를 보이는 마리아와 아르곤! 설사 흡혈귀라 하더라도 그들의 호의를 배신할 수는 없다! 그에 비하면 그들이 피를 마시고 안 마시고 하는 것은 차라리 사소한 문제다.

"크아! 이런 씁!"

머리가 맑아진다. 진짜 소중한 게 무엇인지 깨닫고 나니 복잡하던 머릿속이 한결 개운하다. 이리된 이상 시간을 끌 필요가 없지! 서린은 서둘러 방탄복을 챙겨 입었다. 그래, 좋아. 늦기 전에 가야 한다!

서린은 무언가를 결의하고 방탄복을 입으며 밖으로 달려 나갔다.

3

래트 거닙과 아르곤, 그리고 캐런 몬티는 공항 리무진버스의
제일 뒷좌석에 앉아서 각자의 여권을 확인했다.

"뒷좌석이 저격당하기 좋지 않아요?"

"신경 끊어. 쏘면 맞으면 되지. 그리고 한세건이 쓰는 총은
대부분 자동차를 뚫으면 그 옆에 있는 사람도 같이 죽는 거야.
차 안에 있는 이상은 절대로 먼저 쏘아대지 않을 거야."

아르곤은 침착하게 말하며 팔짱을 꼈다. 이제 곧 있으면 한
국을 떠나게 된다. 마지막으로 마리아나 그런 친구들을 만나고
싶었지만 그건 어쩔 수 없는 일이다. 일정이라는 게 있으니까.

"드디어 떠나는군요. 이제 이 지긋지긋한 곰 인형과도 작별
입니다."

캐런은 그리 말하면서 곰 인형 하나를 들었다. 일하던 걸 삥
땅치다니? 래트는 심각한 표정으로 그를 바라보았다.

그때 그의 옆에 앉아 있던 중년 여자가 뭐라고 말을 걸어왔다.

"네? 아, 저기, 그러니까 이건."

"이 아주머니는 중국분이시네?"

아르곤은 중국어를 알아듣고 그 아주머니에게 캐런에 대해
서 이야기해 주었다. 그러자 아주머니가 캐런을 불쌍한 듯 쳐
다보는 게 아닌가? 왠지 이상한 생각이 든 캐런이 아르곤에게
고개를 돌렸다.

"무슨 말입니까?"

"응? 아니, 그냥. 왜 다 큰 사람이 곰 인형을 가지고 있냐고 해서 사실 조로증에 걸려서 그렇지, 원래 나이는 열두 살이라고 말해줬지."

"……."

이런 터무니없는 소리를 믿다니……. 캐런은 기가 막혔지만 화를 내지는 않았다. 공공장소에서 성질 부려봐야 진만 빠질 뿐이다.

"조로증이라니."

"조루증보단 낫잖아? 너무 침울해하지 말라고."

아르곤이 그리 말하니 래트가 박장대소했다. 그러는 사이 차는 영종도 국제공항으로 가고 있었다.

"배 타고 돌아가는 게 아니라서 천만다행이군요."

미국까지 배를 타고 돌아가려면 태평양을 가로질러야 하는데 그건 정말 미친 짓이다. 진마급이 아닌 흡혈귀들은 일광을 견딜 수 없기 때문에 계속되는 제한된 선실 생활 속에서 햇빛을 피하기 위해 갇혀 있다 보면 그건 거의 교도소 독방 수준이된다.

"뭐… 가격 면에서 보자면 비행기가 더 싸게 먹혀서 말이지."

아르곤은 심드렁하게 말했다. 태평양을 가로질러서 미국으로 향하는 배들은 대개 페리나 크루저로 안에 손님들을 위한 시설들을 잔뜩 갖춘 유람선이 대부분이다. 그런 것들은 대개 비행기보다 비싸다. 객실의 등급이 올라가면 올라갈수록 까무러치게 비싸진다.

"그러나저러나 웬일로 무사히 보내주는군. 소울 브라더, 그의 성질상 분명히 공격해 올 거라고 믿었는데."

"아파트에 있을 때가 공격하기 쉽지 않았나요?"

"팔 평짜리 영세민 아파트 안에서 총격전 해봐, 어떤 일이 일어나는지. 총성이야 마법으로 감춰도 부실한 콘크리트 벽을 총알이 뚫고 옆집 사람을 죽일 수도 있어. 알지? 강도인 줄 알고 오인해서 쏜 권총이 벽을 뚫고 지 딸내미 맞춘 적이 있는 Mag safe 사건."

"즉사했지요."

Mag safe라는 것은 매그넘 탄 안에 얇은 디스크를 층층이 겹친 특수 탄의 상표명이었다. 환상적인 펀치력과 적당한 관통력을 다 같이 충족시키기 위해 만든 특수 탄인데 그 탄을 장전한 남자가 오발, 벽을 뚫고 옆방에 있던 자기 딸을 즉사시킨 사건 이후로 판매 금지가 되었다.

그러나 그 아파트 벽은 확실히 부실해서 총탄이 꿰뚫고 들어갈 가능성도 있을 정도였다.

"아무리 그래도 콘크리트 벽인데 설마."

"가능하지, 뭐."

아르곤은 그렇게 투덜거리며 창밖을 바라보았다. 해는 벌써 예전에 떨어져서 가로등이 불을 이고 늘어서 있었다. 그 모습을 바라보며 아르곤은 생각에 잠겼다.

"아음, 좀 잘까?"

"무슨 흡혈귀가 병든 닭처럼 자요?"

"훈련을 좀 과하게 했더니."

아르곤은 그렇게 말하며 자신의 목을 매만졌다. 그런데 그때였다.

"응?"

앞의 문이 열리고 누군가가 올라탄다. 그 순간 아르곤은 익숙한 냄새가 코끝을 찌르는 것을 느꼈다. 총과 화약 냄새! 저놈이다!

"아니? 이런!"

이렇게 대담할 수가! 설마 버스 안으로 직접 들어오다니! 하긴 비행기 시간을 감안하면 그들이 버스를 탈 시간은 쉽게 산출할 수 있었을 것이다. 공항 리무진버스는 배차 간격을 비교적 정확하게 지키고 있는지라 그것만 주의하면 정확한 때를 알 수 있으니까.

그는 과연 뒷좌석에 앉아 있는 그들을 향해 다가오더니 빈 좌석이 다른 곳에 많이 있음에도 불구하고 앞에 섰다. 캐런과 래트도 그가 바로 한세건이라는 것을 깨닫고 굳었다.

"어떻게 할까?"

한세건은 그들에게 조심스레 물어보았다. 모습은 다르지만 그 얼굴의 안에는 한세건이 있다. 아르곤은 그런 그를 바라보며 혀를 찼다.

"무슨 생각인지 도저히 모르겠군."

"나도 내가 무슨 생각인지 모르겠어. 어때, 인간들을 방패막이로 이대로 공항까지 갈래? 아니면 여기서 잠깐 내려서 승부를 보고 갈래?"

한세건은 터무니없는 정면 승부를 걸어왔다. 이 미친놈, 이제 와서 대체 무슨 생각이란 말인가? 얼마 지나지 않으면 비행기에 탑승해야 하는데 그런 무모한 승부를 걸어오다니. 하긴 그들이 이대로 버스를 타고 공항으로 들어가게 되면 아무리 한세건이라 해도 더 이상 손쓸 방법이 없다.

그리고 정상적인 이라면 이런 무모한 놈에게 응할 이유가 없다. 진마로서의 자존심이라는 게 있지만 그것은 오랜 세월을 쌓아온 일종의 문화유산 같은 것이다. 오랜 세월을 살아온 진마라는 것은 오랜 미술품이나 건축물보다 오래된 것. 암흑세계의 예술품이자 증거라 해도 손색이 없었다. 그런 이가 고작해야 태어난 지 이십 년 조금 넘은 인간 따위랑 목숨을 걸고 싸울 이유가 없는 것이다.

하지만 그건 어디까지나 몬티같이 정상적인 사고를 가진 이의 경우지, 아르곤은 달랐다.

"좋아, 다음 정류장에서 잠깐 내리지."

"아르곤!"

몬티는 기절초풍했다. 이런 바보 같은 승부에 응하다니!

아니, 이건 바보 같은 게 아니다. 한세건은 이미 아르곤의 성격까지 다 파악하고 이런 승부를 걸어온 게 분명하다. 하기야, 외모로는 짐작하기 힘들지만 아르곤은 바이킹 왕족으로서 화끈하고 호쾌한 면이 있었다. 걸어오는 싸움, 명백한 도전을 피하고 도망칠 이가 아니다.

그렇다고 아, 남자다우시군요, 하고 말 것도 못 된다. 여기서 아르곤이 죽으면 에스프리는 그날로 끝난다. 워낙에 응집력도 없고, 제멋대로인 놈들의 모임이라 구심점인 아르곤이 없으면 와해되어서 클랜이라고 하기에도 민망한 조직이 될 것이다. 게다가 아르곤은 다른 진마들처럼 자신이 죽을 경우 자신을 계승할 에스콰이어를 준비해 두지도 않았다. 래트 거닙이 일단 에스콰이어 같은 축에 들지만 래트는 사람은 좋아도 좌중을 압도할 카리스마는 없다. 게다가 웃기는 일이지만 흡혈귀 중에도 아직 인종차별주의자들이 있어서 흑인인 래트를 달갑지 않게 여기는 이도 많았다.

물론 아르곤이 당할 거라고는 생각되지 않는다. 흡혈귀 중 최강이라 할 팬텀조차 아르곤에게는 적이 되지 않는다. 아르곤의 능력은 팬텀에게 있어서 천적이라고 할 만한 것, 그리고 아르곤에게는 달리 약점이 없다. 하지만 만에 하나라는 게 있지 않은가?! 일단 여기서는 말려야 한다. 하지만 어떻게? 아르곤의 고집이 일단 고개를 치켜들면 황소고집 저리 가라였다.

"헤이, 소울 브라더."

그때 래트가 세건을 불렀다. 몬티로서는 도저히, 래트가 왜 한세건에게 살갑게 구는지 모르겠다만 여기서 끼어든 것은 잘한 짓이다.

"누가 소울 브라더지?"

한세건은 짜증을 내며 래트를 돌아보았다. 엑토플라즘 마스크 때문에 표정은 잘 살아나지 않았지만 눈에서 귀화가 들끓는 것으로 보아 이만저만 분노한 게 아니다. 하지만 래트는 전혀 기죽지 않았다.

"옛부터 일대일의 싸움에는 끼어들지 않는 것이 사나이의 원칙, 하나 이 경우에는 사정이 조금 다르지."

래트가 그리 말하자 몬티의 표정이 살아났다! 아르곤도 래트가 무슨 말을 하려는지 궁금히 여기고 있는 것으로 보아 좋은 분위기가 형성되었다.

"우리는 가난해서 만약 브라더와 다투다가 비행기를 놓치게 되면 정말 큰일 나. 그러니까 여기서는 사람들을 방패막이로 삼아서 빠져나가는 게 현명하지. 아니면 우리를 위해 다음 시간의 항공권을 미리 준비해 두기라도 했나? 우리의 가던 발을 멈출 만큼의 성의가 있는가 하는 거다."

"그건……."

한세건도 말문이 막히고 말았다. 돈 없어서 배 째겠다는 데는 흡혈귀의 자존심이고 뭐고 없다. 사실 자존심이 가장 희박한 클랜이 바로 이들, 에스프리가 아니던가?

미국행 편도 항공권, 할인 없는 일반인으로 세 장이면 240만원이 넘는다. 인형 눈 붙여서 먹고살던 에스프리 멤버들로서는 감당하기 힘든 금액이다. 아르곤이 복권을 맞추는 데 탁월한 능력이 있다고 해도 위조된 신분을 가지고 있는 주제에 은행이 지불하는 복권 상금을 타 쓰겠다는 건 어불성설이다. 이번의 한국 탈출도 어렵게 성사시킨 일 아닌가?

게다가 위조 여권은 시간이 지나면 지날수록 들통나기 쉽다. 그들로서는 어떻게 해서든 오늘 한국을 빠져나가고 싶을 것이다. 그런 제반 사항을 볼 때 여기서 진마의 자존심이니, 사나이다운 승부니 운운하면서 한세건의 도전에 응하는 것이야말로 바보짓이다.

물론 한세건도 아르곤이 이 제안을 수락하지 않을 가능성을 염두에 뒀다. 인간들 사이에 묻혀서 그냥 공항까지 가기란 그들에게 있어서 수월한 일이다. 설령 차 밖에서 저격을 한다 치더라도 한두 발로 진마 아르곤과 래트를 죽일 수 있을 거라고는 생각되지 않는다. 비스트를 쓰게 되면 가능할지도 모르지만 그런 걸 쏘게 되면 민간인 피해자가 나올 것은 자명한 일…….

그러나 최악의 경우 민간인들을 희생시킬 각오도 되어 있었다. 그는 자신의 과업을 위해 기꺼이 악이 되기로 결의했다. 말하자면 그는 확신형 테러범이다. 테러리스트라는 것은 자신들의 정의를 실천하기 위해서 수단을 가리지 않고 무고한 희생자도 감수한다. 한세건이 지금까지 민간인 피해자를 내지 않았다고 해서 앞으로도 그럴 거라고 생각하는 건 어디까지나 오판이다. 당장 세건이 도폭선으로 차 뚜껑을 따고 탈출하면서 TNT라도 버스에 붙여 버리면 아르곤이야 몰라도 래트나 몬티, 두 명은 살아남지 못할 것이다. 아르곤도 중상을 입을 테고……. 그렇게 되면 또 쉽게 진마 한 명을 잡을 수 있게 되는 것이다. 버스 한 대 분량의 민간인을 희생시키게 되는 것이지만 강력한 진마, 아르곤을 잡을 수 있다면 그건 상당히 매력적인 일 아닌가?

"크……."

하지만 역시 세건은 선뜻 움직이지 않았다. 민간인도 필요하다면 죽일 수 있다는 결의와 편리하니까 민간인도 대놓고 희생시키겠다는 마음가짐은 엄연히 다르다. 한세건은 선량한 흡혈귀마저 죽여 버리기 위해 스스로 선이길 포기했지만 그렇다고 악을 자랑스러워할 만큼 타락하지도 않았다.

"어쩔 수 없군… 어쩔 수 없어."

잠시 동안 민간인도 죽여 버릴까 하는 흉악한 마음을 먹었던 한세건은 고개를 저었다. 역시 서린의 일 때문에 신경이 너무 곤두섰던 것 같다. 민간인을 모조리 폭사시킬 생각을 하다니. 효율 면에서 따지면 그게 최고긴 하지만 아무리 그라고 해도 그렇게까지 할 수는 없었다.

그러나!

철컥!

한세건은 순식간에 비스트를 뽑아 들어 아르곤에게 겨누었다. 그야말로 지근거리! 그러나 때를 같이해서 아르곤도 역시 데저트 이글을 뽑아 들어 세건의 머리를 겨누었다.

차 내의 사람이 모두들 깜짝 놀랐다.

"네놈들의 어리석음은 어쩔 수 없어. 선량한 흡혈귀들, 선량한 괴물들아. 아무리 그러해도 선이 너희의 본질을 더럽히지 않는 것을!"

한세건은 그리 말하며 엑토플라즘 마스크를 벗었다. 아르곤은 그런 한세건을 보며 피식 웃었다.

"미친 새끼."

콰아앙!

그 순간 총성이 울려 퍼졌다.

공항 리무진버스의 후미가 완전히 산산조각 났다. 파열형 산탄을 장착한 비스트 더블 바렐이 동시에 불을 뿜자 순식간에 뒤가 뻥 뚫렸다. 이런 걸 맞게 되면 진마고 뭐고 남아나지 않을 것이다.

하지만 아르곤은 그 순간 옆에 있던 몬티를 밀어내고 한세건의 뒤로 돌아갔다. 공격의 루트, 총탄의 궤도, 그 모든 것은 이미 읽었다. 피해내는 것은 도박이지만 그는 원래 도박으로 먹고살던 승부사! 이 정도는 쉬운 일이었다.

철컥!

이번엔 그의 차례다. 아르곤은 주저 없이 세건의 뒤통수를 향해 방아쇠를 당겼다. 45구경 데저트 이글이 불을 뿜었다. 비스트가 워낙 강력한 위력을 자랑하는 것이라 빛이 바래긴 했지만 데저트 이글도 엄연히 대구경 자동권총의 선두 주자! 사람 머리에 맞게 되면 수박이 터지듯 터져 버리고 만다. 흡혈귀도 인간도, 그런 중상을 입으면 살 수 없다.

그러나 이번엔 한세건이 그 공격을 피했다. 흡혈귀와 흡혈귀 사냥꾼, 두 괴물 간의 싸움에서, 지근거리의 총격은 거의 먹혀 들지 않는다. 한세건은 공항 리무진의 뒤쪽을 파괴하고 뛰쳐나갔다.

비스트 더블 바렐의 동시 격발로 버스는 졸지에 오픈카가 되어버렸다. 사람들은 비명을 지르고 있지만 다행히 사상자는 없다. 하지만 그걸로 끝날 문제가 아니다.

"이리된 이상 그냥 곱게 가기는 틀렸군. 이제 항공권도 휴지 조각이다."

이런 일이 생겼는데 경찰이 조사하지 않을 수 없다. 게다가 한세건은 자신의 모습을 공개적으로 드러냈다. 비록 플렉스 메디칼이 그에게 건 상금은 이제 유효하지 않지만 국제경찰기구 ICPO는 여전히 그를 원하고 있다. 아무런 정치적 금전적 이해 득실 없이, 일반 기업 건물을 폭파한 자를 이렇게까지 쫓고 있는 이유는 그가 살해한 민간인(?)이 수백 명 단위인 데다가 단독범이고, 전국에 예고를 한 뒤 경찰들이 다 보고 있는 앞에서 테러를 시행하는 무모함으로 한국 경찰의 위신을 흙탕물에 처박았기 때문이다. 치안 유지율이 높지만 그에 비하면 그다지 높은 지지를 받지 못하고 있는 대한민국 경찰 기구로서는 정말 억울하기 짝이 없는 일이다.

그런 상황이다 보니 만약 한세건으로 의심되는 자가 영종도 국제공항으로 가는 리무진버스에서 출몰했다면 비행기는 즉시 전부 정지, 이 버스의 승객은 죄다 조사받을 게 틀림없다. 그리 되면 위조된 신분과 여권으로 그 험한 조사를 통과할 수 있을 리 없다. 아르곤에게는 사람들의 심령을 제압하는 능력이 있으니 그걸로 누르면 통과가 불가능한 것은 아니지만 한세건이 과연 그들을 그렇게 곱게 보내줄까?

이래저래 지금 이 상황은 한세건이 유도한 대로 흐르고 있었다.

아르곤은 걸어 나갔다.

오래간만에 피가 끓는다. 검을 섞어 승부가 나지 않는 적도 오래간만이거니와 이렇게 악의가 충만한 계책으로 그를 함정에 빠뜨리는 이도 오래간만이다. 그의 입이 벌어지고 예리한 송곳니가 드러났다. 노골적으로 흡혈귀의 흉성을 드러내는 그의 몸에서 새하얀 안개가 뿜어져 나왔다.

"오냐! 놀아주마!"

아르곤은 몸을 날려서 도로 옆으로 빠져나갔다.

4

세건은 예상한 지점으로 아르곤을 유도하기 위해 숲을 달렸다. 영종도 공항로 옆에는 변변한 산이랄 것이 없이 죄다 야산뿐이고 근처에 민가도 많다. 도심 한복판보다는 나은 수준이랄까? 그래도 세건은 미리 포인트를 잡아두고 거기에 부비트랩을 매설해 놓았다. 아무리 흡혈귀가 대단한 감각을 가지고 있다고 하더라도 부비트랩이라는 건 이동속도에 비례해서 효율이 올라가게 된다. 흡혈귀의 빠른 이동속도로 이런 곳을 달리게 되면 그만큼 주의력이 흐트러져 부비트랩에 쉽게 당하게 된다.

철컥!

한세건은 익숙한 동작으로 비스트의 탄피를 제거하고 새로이 총탄을 박아 넣었다. 마물을 사냥하기 위해 만들어진 이 마총은 진마급의 흡혈귀들에게도 압도적인 위력을 발휘한다. 하지만 아르곤은 비스트를 앞에 두고도 자신의 동료들을 회피시킨 뒤 여유롭게 한세건의 뒤를 점했다. 그 몸놀림은 민활하고 빠르기는 섬전과 같았다. 하지만 그것 역시 예상한 대로다.

"응?"

그때 갑자기 뒤통수가 간지러워진다. 깜짝 놀란 세건이 앞으로 몸을 날리는 것과 동시에 뭔가가 지나갔다!

콰지지직!

굵은 나무에 뭔가가 박히며 나무가 휘청거린다. 나무옹이에 니트로글리세린이라도 부어 넣은 것처럼 폭사하며 수액이 튄다. 무시무시한 총탄, 아니, 포탄이라고 할 만한 것이 세건의 등을 노리고 발사된 것이다!

"이, 이건?!"

한세건의 스승이라 할 수 있는 실베스테르 신부는 M82A1 바렛을 흡혈귀 사냥에 쓰기 위해 가지고 다녔다. 그 역시 비인외도의 존재라 그 큼지막하고 반동도 무서운 총을 한 팔로 들고 권총처럼 쓸 수 있었다. 하지만 지금 이 총탄의 위력은 바렛 이상이다. 단순 파괴력 면에서는 비스트조차 능가한다! 깜짝 놀란 세건이 뒤를 돌아보니 아르곤이 저 멀리서 냉기를 풀풀 뿌리며 달려오고 있었다. 그 역시 앞으로 달려오면서 총을 재장전하는데 후장식 단발형 라이플인 것 같았다. 그런데 뒤에서 나오는 탄피는… 탄피라기보단 포탄에 가까운 형태를 하고 있었다.

"삼십 밀리로군."

세건은 그 총의 제원을 파악하고 기가 막혔다. 30㎜ 기관포탄을 라이플로 발사할 생각을 하다니. 그러니까 방금 전의 일격이 빗나간 것이다. 아무리 진마급 흡혈귀라고 해도 그런 걸 제대로 쓸 수 있을 리 없다. 전투기에 탑재되어서 속력을 받은 채 발사되는 30㎜ 기관포는 차세대 주력 전차들조차 걸레로 만들 수 있다. 제자리에서 고정 발사하는 무기니 아음속으로 나는 제트기에서 발사하는 탄환에 비할 바가 아니라고 하더라도 30㎜면 이미 인간에게 쓰라고 있는 무기가 아니다.

한세건은 비스트를 열고 탄도 특성이 좋은 종심 분리형 프레체트 탄을 장전했다. 총열을 떠나는 순간 탄심과 외피가 분리되는 이 프레체트 탄에는 미사일 날개와 같은 깃이 붙어 있어 비거리와 탄도 특성을 향상시켰다. 게다가 탄심 소재는 텅스텐과 몰리브덴이다. 이는 뛰어난 관통력을 가지고 있어서 흡혈귀 상대로는 외려 좋지 않다. 하지만 탄도 특성을 무시하고 근거리 폭동 진압형으로 설계된 비스트에서 총열 교체 없이 장거리 사격을 하기 위해서는 그게 최선이다.

한세건과 아르곤의 거리는 약 1.2킬로미터. 총으로 서로를 쏘기에는 터무니없는 거리지만 둘 다 비인외도의 존재. 이 정도는 외려 중거리라고 할 수 있었다.

콰쾅!

양쪽 다 동시에 방아쇠를 당겼다. 한세건은 뒤로 몸을 던지며 그 특유의 트릭 샷으로 아르곤을 겨눴고 아르곤 역시 옆의 도랑으로 뛰어내리며 트릭 샷으로 한세건을 쏘았다. 아르곤은 총기에 대하여 문외한일 거라고 선입견을 품었던 세건에게는 뼈아픈 실수였다.

콰드드득!

한세건 뒤에 서 있던 나무가 부러진다. 몸을 날리며 트릭 샷을 벌이지 않았더라면, 정확하게 머리통이 날아갔을 판이다.

"대단하군!"

아까 전에 비해 정확도가 비약적으로 올라갔다. 처음에는 정조준이었고, 두 번째는 트릭 샷이었던 걸 감안하면 아르곤이 저 총을 발포한 것은 오늘이 처음이라는 소리였다. 첫 발로 탄도 특성과 영점을 잡고 둘째 발부터 제대로 공격하다니! 한세건은 기가 막혔다. 게다가 총이 길면 길수록, 반동이 크면 클수록 트릭 샷의 정밀도는 떨어진다. 한세건의 경우는 뒤로 몸을 날리는 회피형 동작이라 조준선이 회전하는 일은 없이 종으로 흔들리지만 아르곤의 경우는 몸을 옆으로 굴렸다. 조준선이 완전 1회전하는 데다가 들고 있는 총은 사상 최악의 엽기적인 물건이다.

원래 트릭 샷이라는 것은 퍼포먼스에 불과한 것이다. 인간의 능력으로는 아무래도 저것을 근거리 이상의 실전에 응용할 수가 없다. 흡혈귀나 라이칸스로프, 그리고 그들에 대한 광적인 집착을 보이는 헌터만이 체득할 수 있는 실전형 트릭 샷이다.

흡혈귀, 그것도 진마, 절대적인 강자인 아르곤이 저것을 연마했다면 미친 달의 세계에서의 전투에 대한 철학이 한세건과 대등한, 아니, 더 높은 경지에 이르렀다는 뜻이리라.

이건 정말 놀라운 놈이다. 위험하기 짝이 없는 놈이다.

총을 투입해서 중거리, 장거리 전투가 되면 이길 수 있을 거라고 낙관한 자신이 그렇게 멍청하다고 여겨질 수가 없었다. 아르곤이 도시에서 총을 안 가지고 다닌 것은 그는 도시 내 조우 간격인 근거리 내에서 총을 필요로 하지 않기 때문이지 결코 총을 쓰기 싫어서, 쓸 줄 몰라서 안 쓴 게 아니었다. 객관적인 전력으로 보자면 아르곤의 압승! 이 녀석과 재전을 벌이게 되면 그때는 한세건이 진다!

하지만 어쨌든 오늘은 한세건이 이긴다! 타고난 강자인 데다가 사람도 좋은 아르곤과 달리 한세건은 별 필요도 없으면서 서울 시내 곳곳에 감시 카메라, 도청 장치 등을 설치하고 정보를 수집, 최악의 상황에 대비해 왔다. 말하자면 타고난 강자와 그를 넘어서기 위해 극단적인 집념을 보이는 도전자의 싸움! 역량의 차이가 명백해서 다음에는 질지 몰라도 준비가 확실한 이번에는 이긴다!

그리고 세건이 이길 때는… 아르곤의 목숨은 없을 것이다.

"역시 이 무기는 익숙지 않군."

공중회전 중에 30㎜ 오리콘 포탄을 발사한 주제에 아르곤은 투덜거리고 있었다. 공중에서의 반동은 제아무리 흡혈귀인 그라고 해도 줄일 수가 없어서 그대로 뒤로 날아가고 말았다. 그는 오리콘 차트의 뒤에서 탄피를 빼고 다음 탄을 장전하기 위해 잡았다.

"역시 멍청했어."

포탄이 너무 커서 휴대하기에 나쁘다. 이제 남은 건 세 발뿐. 물론 한 발만 맞아도 한세건의 생명은 끝난다. 대(對)흡혈귀용은 탄환도 뭣도 아니지만 탄자에 줄로 십자가를 새겨두었기 때문에 맞게 되면 한세건은 죽는다. 서린이라면 살 수 있을지도 모르지만 무지막지한 손실 때문에 급히 육체 가동 능력을 잃게 되리라.

"후우."

아르곤은 한세건의 움직임에서 그가 자신의 전장을 만들어놓고 그곳으로 유인하고 있다는 것을 알아차렸다. 아마도 부비트랩을 이용하고 지형의 이득을 볼 수 있는 곳, 그리고 아르곤의 압도적인 능력을 제압할 폭약을 마음껏 쓸 수 있는 곳이리라.

그냥 멍청하게 따라가면 함정이 기다리고 있다. 하지만 함정이란 걸 알고 있다면?

아르곤은 안개 같은 냉기를 흩뿌리며 앞으로 달려갔다.

쉬이이익!

바람이 갈라지는 소리와 함께 그가 미끄러지듯 산을 따라 움직인다. 새하얀 안개가 야산 주위에 짙게 깔리며 빛을 차단한다.

타앙!

한세건은 그 속을 뚫고 저격했다. 안개로 시야를 가리려고 했는데, 적외선 레이저 사이트를 장착하고 있는 모양이다. 아르곤은 얼음 장벽으로 총탄을 막아냈다. 이번에는 비스트가 아니라서 막을 수 있었다.

"총을 바꿨군."

무모한 도박이었는데 먹혔다. 방금 전에 세건이 사용한 총탄이 지나가면서 내는 소리는 철갑탄이나 프레체트 탄 같은 고속 관통 탄임을 알려주었다. 월야의 주민을 상대하는 데 가장 중요한 요소는 총의 저지력이지 관통력이 아니다. 고로 흡혈귀를 상대할 때 그런 총탄은 그리 많이 가지고 나오지 않을 것이다. 아르곤이 얼음 방패를 만들어 총알을 막아낸다는 것은 한세건도 알고 있지만 비스트는 일반 탄, 심지어 산탄으로도 아르곤의 얼음 방패를 박살 낼 수 있었다. 그것은 한세건도 익히 알고 있을 터. 아까와 같은 고 관통성 탄은 그리 많이 가지고 다니지 않을 것이다.

"살 떨리는데 이거?"

아르곤은 나무를 엄폐물로 삼으며 빠르게 이동했다. 슬슬 부비트랩이 나올 때인 것 같다. 지면에 묻는 감압식 지뢰는 많이 깔지 않으면 의미가 없다. 그렇다면 인계선을 이용한 부비트랩일 터! 아르곤은 나뭇가지를 꺾어서 인계선이 있을 법한 공간을 향해 던졌다.

뻑!

역시 대인형 부비트랩이 폭발했다. 아르곤 자신도 돈벌이를 위해 용병 생활을 해봤기 때문에 자신이라면 부비트랩을 어디다 설치할까, 그걸 생각하니 쉽게 위치를 파악할 수 있었다.

"저 녀석 진마 맞아?"

한세건은 부비트랩을 착착 해체하는 아르곤을 보며 기막혀했다. 이건 흡혈귀와 싸우는 게 아니라 자신과 같은 흡혈귀 사냥꾼을 상대하는 것 같은 기분이다.

마리아나 다른 진마들을 보면 알겠지만 탁월한 육체 능력을 타고난 그들은 실전 경험이 미비하다. 그들에게 있어서 인간이라는 것은 그냥 먹이일 뿐이지 대등하게 싸울 적들이 아니었다. 그러다 보니 인간들을 습격하는 행위는 싸움이 아니라 단순한 사냥이 되어버렸고 그런 걸로는 실전 경험이 축적되지 않았다.

그나마 흡혈귀 중에서 테트라 아낙스를 제외하고 최강으로 인정받고 있는 팬텀은 스스로의 마법을 연구하고 갈고 닦는 과정에서 실전 경험을 축적했지만, 그렇지 못한 흡혈귀들은 오랜 시간 어둠의 영지를 경영하는 데 집중해 왔다.

그러나 저 아르곤은 팬텀과는 다른 의미에서 강적이다. 부비트랩을 찾아내는 능력은 오로지 경험에서 나오는 것이다. 부와 권력을 손에 쥐고 있는 흡혈귀들이라면 그런 걸 경험할 리가 없다. 요는 저 녀석은 흡혈귀면서도 밑바닥부터 기어 올라온 존재였다. 체제를 성립한 테트라 아낙스에 저항하기 위해 그는 흡혈귀라기보단 흡혈귀 사냥꾼에 더 가까운 방식으로 살아왔다.

솔직히 대단하다.

한세건에게 있어서는 천적이라고 해도 과언이 아닌 존재다. 그래서일까? 간격을 애써서 벌려놔도, 거리는 점차 가까워지고 있었다.

아르곤이 들고 있는 무장은 아마도 오리콘 포탄을 발사하는 단발형 라이플과 데저트 이글, 그리고 그가 쓰던 장도가 고작일 것이다. 공항으로 한국을 나가려고 하는데 그 정도나 무장을 하고 온 것은 역시 저쪽도 한세건의 습격을 예상하고 있었다는 뜻.

'하지만 이번엔 끝이다.'

저 인계철선 부비트랩은 어디까지나 눈속임일 뿐, 한세건도 진마 아르곤을 저걸로 잡을 수 있으리라고는 생각지 않았다. 진짜 트랩은 단순한 기계식 함정이 아니라 전자식 폭뢰. 일단 스위치를 누르면 폭뢰 중심 20미터 내에는 마하 2~3의 강철 베어링 비가 내린다. 이건 아무리 흡혈귀라 하더라도, 아무리 경험이 많은 자라고 하더라도 어떻게 할 수가 없다. 살기도 없고 마음도 없는 폭뢰에서 뿜어져 나오는 베어링 비를 피할 수 있는 존재는 이 지상에 존재하지 않으니까.

세건은 아르곤이 범위 안에 들어오는 걸 확인하고 어깨에 매단 리모컨을 개방했다.

"잘 가라."

하지만 그때였다.

쉬이익!

갑자기 뭔가 기이한 소리가 들렸다. 그리고 곧, 폭뢰가 스스로 타오르기 시작했다.

"아니?!"

깜짝 놀란 세건이 리모컨을 눌렀지만 작동하지 않는다! 세건이 발밑을 바라보니 이게 웬일인가? 메마른 낙엽과 나뭇가지들부터 자연스럽게 불이 붙는 게 아닌가!

"아그니?!"

이런 게 가능한 녀석이라면 놈밖에 없다! 마법으로 일으키기에는 터무니없이 많은 심력을 소모해 술자를 죽게 만들 만큼의 광범위 발화 현상! 이것이 가능한 놈은 발화 현상을 혈인 능력으로 가지고 있는 또 다른 진마, 아그니뿐이다.

"하하하하하하!"

과연 어디선가 광소가 들려왔다. 머리를 노란색으로 물들인 동남아계 남자가 불이 붙은 언덕을 향해 달려오는 게 보였다. 시건방진 표정에 살며시 깃드는 흉포함, 전형적인 공격형 흡혈귀! 그 녀석이 바로 이 방화의 장본인, 진마 아그니였다.

"이 자식!"

한세건은 엄폐물에 숨어서 아그니에게 총을 겨누었다. 하지만 아그니는 한세건을 발견하고서도 히죽 웃을 뿐이다. 어디 쏠 테면 쏴보라는 것일까?

"아?!"

한세건은 그제야 자신의 몸에 지고 있는 폭약과 탄약들을 떠올렸다.

아그니의 발화 능력은 조사된 바에 의하면 두 종류로 쓰인다고 한다. 첫째는 강제 발화이고 둘째는 산화 발화다. 강제 발화의 경우는 그의 시야 내, 그가 염을 집중하는 물체에 대해 일어나며 그것은 순식간에 산소와 결합해 폭염에 가까운 반응을 보인다. 이것은 금속조차 태워 버릴 수 있기 때문에 강철의 검은 물론, 전차나 중장갑 헬기 같은 경우도 격렬한 청백색의 불꽃과 함께 재가 되어버린다.

하지만 직접 전투에서는 그리 위험한 기술은 아니다. 염을 집중하는 데 시간이 걸리고 그보다는 총탄이 더 빠르니까.

문제는 두 번째, 산화 발화다. 아그니의 VT가 지속적으로 증가하면서 터득하게 된 것으로 보이는 이 능력은 광범위한 발화 능력으로 그 범위 안에 있는 물건 중 평상시 발화하기 쉬운 물건들부터 우선적으로 산화해 발열한다. 그리고 그 열이 발화점을 넘어서게 되면 불이 붙는다.

낙엽과 폭약이 먼저 타기 시작한 것도 바로 그런 이유에서였다.

"…젠장!"

최악의 콤비다! 한세건은 억울하지만 도폭선과 폭탄들을 해체해 몸 밖으로 던져 버렸다. 과연 도폭선은 얼마 지나지 않아 천천히 타들어갔다. 플러그에 의한 기폭이 아니라 그런지 폭발적인 화염을 일으키지 않고 천천히 타 들어간다. TNT 역시 천천히 장작처럼 타기 시작했다.

화르르르르륵!

산에 불이 붙는다. 한세건은 총탄들을 잡아서 비스트의 탄은 탄피를 찢어버리고 나머지 탄들은 그냥 불에 던져 버렸다. 총탄 안의 폭약들에는 산화제가 들어 있기 때문에 역시 산화 발화의 대상이 된다. 그리고 탄피 안에서 불이 붙는다면? 총 없이 총알이 발사되는 진풍경을 볼 수 있을 것이다. 물론 탄창을 몸에 지고 있는 이는 탄이 폭발하면서 죽거나 중상을 입을 테고. 그런 꼴을 피하기 위해서는 스스로 무기를 다 버려야 했다.

산화 발화가 무서운 것은 바로 그렇게 상대를 강제적으로 무장해제시킨다는 점이다. 발화 능력 하나라고 해서 단순하게 생각할지 몰라도 현대전 병기를 홀로 상대할 수 있는 점에서는 아그니야말로 최강의 진마다. 그의 발화 능력은 전차의 장갑판도 불태울 수 있고 무수한 현대 화기를 무용지물로 만든다!

퍽! 퍽퍽퍽!

탄이 터지며 폭죽과 같은 폭음을 내었다. 아르곤도 오리콘 포탄을 찢어서 불구덩이 속으로 던지고 있었다. 하지만 아르곤은 담담했다. 근접전은 그의 특기니까 이런 상황은 그에게 외려 환영할 만한 일이리라.

"이 새끼."

한세건은 숲의 옆, 길가에 서 있는 차를 보고 이를 갈았다. 사준의 차다. 아마도 사준이 아그니에게 한세건의 계획을 알린 모양이었다.

덕분에 이제 한세건이나, 아르곤이나, 아그니나, 이 산화 발화 영역에 들어선 이들은 모두 육탄전을 벌일 수밖에 없게 되었다.

그리고 사준은 뒤에서 웃고 있겠지.

처음부터 마음에 안 든 놈이지만 하는 짓거리는 더더욱 마음에 안 든다. 애초에 저 녀석이 메일로 서린에 대한 정보를 알려 준 것도 다 한세건을 흥분시키기 위해서 짠 것이었다. 녀석은 오늘 여기서 한세건을 정리할 셈이었다. 하긴, 한세건을 넘어서지 않으면 이곳에서 흡혈귀나 마법 관련 장사를 한다는 건 불가능하다.

치이익!

한세건은 칠흑의 검을 소환해 손에 쥐었다. 아르곤 하나도 벅찬데 아그니까지 가세한다면? 정말 여기서 뼈를 묻을 수밖에 없으리라. 하지만 그럼에도 불구하고 후회하진 않는다. 어차피 목숨이 아쉽지 않았으니까.

화르르르.

산이라 그런지 불은 삽시간에 옮겨붙는다. 아그니는 그 불길 속으로 겁 없이 뛰어들어 세건의 앞에 섰다. 태국 고전 검술 크라비 크라봉에서 쓰는 철 채찍을 들고 있는 그는 히죽 웃으며 아르곤을 돌아보았다. 활짝 열어젖힌 가슴에는 금색의 목걸이가 걸려 있는데 이것 역시 태국제 같았다. 이놈이 태국계였던가? 아니, 아그니는 인도의 신. 그렇지는 않으리라. 여하튼 이놈은 히죽 웃으면서 아르곤에게 자신의 위업을 자랑했다.

"어때? 큰 도움이 되었지?"

"……."

아르곤은 나무 위에 설치된 무선형 폭뢰가 타오르는 모습을 보고 한세건의 어깨에 붙은 리모컨을 번갈아 바라보았다. 자칫 잘못했으면 마하 2의 베어링 비를 우산도 없이 맞을 뻔했다. 아니, 그런 비가 내리면 어떤 우산도 무용지물이리라.

"고맙군, 아그니."

아르곤은 솔직히 고개를 끄덕였다. 하마터면 여기서 뼈를 묻을 뻔했다. 그렇게 생각하니 안도의 한숨이 절로 나온다. 그리고 또한 새삼스럽게 한세건에게 감탄했다. 유선식 부비트랩에 무선식 함정을 섞는다는 것은 발상 자체는 단순하다. 하지만 보통 무선식 함정이라는 것은 건물 폭파 등, 고정형 물체를 파괴하기 위해 하는 짓이지 아르곤처럼 움직이는 대상을 목표로 하기 힘들다.

클레이모어를 진지에 꽂아두고 적들이 몰려들면 작동시킨다는 참호전술과 일맥상통하지만 이 경우는 자신이 그 클레이모어의 앞에 서서 자폭할지도 모른다는 위험부담을 감수해야 한다. 한세건은 그것을 감수하면서 아르곤을 유인한 것이다. 이 무슨 대담함이란 말인가?

"하지만……."

아르곤은 장도를 빼 들고 한세건에게 그 칼끝을 겨누었다.

"여기서 물러나시지."

"뭐?"

한세건은 깜짝 놀라서 아르곤을 바라보았다. 이 녀석들은 지금 절대적으로 우세한 상황이다. 더구나 한세건은 방금 전에 아그니가 끼어들지 않았다면 분명히 아르곤을 죽였을 것이다. 그런데 물러나라고? 살려주겠다는 건가?

"나는 누군가의 수작에 놀아나는 걸 제일 싫어해!"

아르곤은 그리 말하며 국도 옆에 세워진 승용차를 가리켰다. 그는 이게 사준의 농간이라는 것을 대번에 간파한 것이다. 그러자 아그니가 깜짝 놀라 아르곤을 바라보았다. 물론 아그니도 바보는 아니니까 이게 사준의 농간이라는 것은 쉽게 알 수 있었다. 그렇다고는 해도 지금의 경우는 농간을 당하는 게 아니라 거는 입장, 그동안 흡혈귀들을 귀찮게 하던 한세건을 제거할 절호의 찬스가 아닌가?

"큭… 크크큭."

한세건은 어처구니가 없어서 웃었다. 좋아, 좋은 기회다. 아르곤만 빠지면 살 확률이 더더욱 는다. 그렇지만 대체 이 녀석은 또 왜 이렇게 사람이 좋단 말인가? 아르곤은 인간일 때 이미 세 자릿수의 사람을 죽인 전사라고 하지 않았었나? 설마 이렇게 무른 정신을 가지고?

"아, 아무리 그래도 이 기회에 이 녀석 제거해 두자고! 이 녀석은 상종 못 할 뱀프 포비아라고."

"됐어, 사양할래. 난 그냥 출국하겠어. 아직 시간이 있군."

아르곤은 시계를 살펴보았다. 아직도 시간은 1시간 20분 이상 남아 있었다. 탑승 수속 마칠 것을 생각하면, 그리고 공항 리무진버스에 타고 있는 사람들이 신고할 것을 생각하면 오늘 못 나가게 될 것도 같지만 아르곤에게는 순간 최면을 걸 수 있는 능력이 있다. 경찰들이 더 몰려오기 전에 빨리 탑승 수속을 끝마치고 나가는 게 최우선이다. 마침 여기에 산불이 났으니 주의가 쉽게 분산될 터! 아직은 가망이 있다. 그가 한세건을 처리하지 않는 건 한세건이 테트라 아낙스에 명백하게 반기를 든 자라서 죽이기 아깝다고 생각하는 것도 있지만 아직은 출국할 수 있는 희망이 남아 있기 때문이었다. 이런 곳에서 시간을 지체할 수가 없다.

"큭!"

그러나 그때 아그니가 무슨 생각에서인지 한세건에게 철 채찍을 휘둘렀다. 충분히 갑작스러운 일격이었지만 신경을 곤두세우고 있던 한세건에게는 기습이 되지 못했다. 그는 즉시 뒤로 물러나 채찍의 간격을 피하면서 칠흑의 검을 내려쳤다.

5

불타오르는 숲에서 두 그림자가 움직였다. 한 명은 불을 지른 장본인, 아그니이고 그에 맞서는 이는 한세건이다. 한세건은 일부러 뒤로 물러나 간격을 벌렸다. 그가 쓰는 검보다는 아무래도 철 채찍의 간격이 더 긴데, 더더욱 물러나서 아예 채찍의 간격 밖까지 나가 버렸다.

아그니는 그런 한세건을 쫓기 위해 채찍을 휘둘렀다. 그러나 그 순간, 한세건의 눈동자가 빛을 발했다.

스각!

검을 휘두르니 흑영이 일어나 철 채찍을 강타했다. 거대한 칠흑의 검이 내려치는데 그 궤도는 완전한 직선이다. 철 채찍을 끊기라도 할 셈인가? 하지만 아무리 흡혈귀와 대등한 신체 능력이라고 해도 단단한 검이면 모르되 부드러운 채찍을 끊을 수는 없다! 하지만 한세건은 깔끔한 일격으로 채찍을 아래로 떨어뜨린 이후 그 채찍을 밟으면서 맹렬한 타돌(打突)로 아그니에게 쇄도했다. 철 채찍으로는 도저히 막을 수 없다!

"흡!"

아그니는 발화 능력을 펼쳐 한세건의 목을 노렸다. 몸의 중심을 확실히 잡고 검의 신속한 공방에 중점을 두고 있는 일본 검도는 이런 발사 무기 비슷한 공격에 위험하다. 아니, 어떤 무술이라도 그것은 마찬가지이리라. 하지만 한세건은 몸의 균형을 크게 무너뜨리며 그것을 피했다. 그 순간 아그니는 한세건이 밟고 있던 철 채찍을 잡아챘다.

'넘어져라!'

하나 아그니의 기원과 달리 한세건은 앞으로 뛰어들었다. 그리고 공중회전과 동시에 다시금 검을 풍차처럼 크게 휘둘렀다. 일본 검도에서 볼 수 있는 재빠른 타돌에서 갑자기 전신을 던지는 아크로바트로 이어진다. 이것은 한세건의 검술과 격투술에 대한 조예가 단지 한 계열에 치우쳐 있지 않다는 것을 말한다. 아그니는 몸을 크게 틀며 한세건의 공격을 피했지만 그건 목숨을 조금 연장했을 뿐이었다. 아그니도 상당한 무투파 흡혈귀지만 역시 한세건에게 비하면 손색이 있었다.

"윽!"

한세건으로부터 흑영박(黑影縛)의 술법이 시전되었다. 그는 어둠을 불러들이고 그 어둠은 이윽고 사슬과 같이 변해 아그니를 덮쳤다. 게다가 덮쳐드는 건 사슬뿐이 아니다. 한세건은 술법이 끝나는 것과 거의 동시에 검을 가슴 쪽으로 거둔 뒤 찌르기로 달려들었다. 기술 시전 후의 공백, 소위 말하는 쿨타임(Cool time)이 없는 완전 연속 공격이다.

"나 참!"

보다 못한 아르곤이 뛰어들어 한세건의 흑영박 술법을 파훼하고 자신의 장도로 칠흑의 검을 옆에서 내려쳤다. 한세건은 그 순간 즉시 검을 뒤집으며 표적을 아르곤으로 바꾼 뒤 베기로 전환했다.

아그니가 뛰어든 것은 방금 아르곤의 목숨을 구한 자신이 한세건에게 밀려 위기에 처하게 되면 어쩔 수 없이 아르곤도 싸움에 뛰어들리라는 생각 때문이었다. 생명의 은인을 무시하고 지나갈 만큼 아르곤은 박정하지 못했으니까. 아그니는 그 모습을 보며 씨익 웃었다.

'사준도 그렇고 이 녀석도 그렇고.'

아르곤은 어처구니가 없어서 장도의 무게중심을 뒤로 옮기면서 손아귀에서 빙글 돌린 뒤 세웠다. 한세건과 검이 정면충돌하니 그 순간 냉기가 폭풍처럼 일어나 주위의 불씨가 말려 올라갔다.

"아아!"

체내의 효소 활동을 억제할 만큼 강력한 냉기다. 신체 능력이 저하되지 않을 수 없게 만드는 이 냉기를 통해 상대방의 움직임을 묶고 그 순간 검으로 베어버린다. 이것이 아르곤의 기본 전술이다. 그러나 지금 주위는 온통 불바다! 기온이 올라가서 아르곤의 능력이 발동되어도 큰 영향을 미치지 않는다. 한세건은 코웃음 치며 물러났다.

카직!

아르곤의 장도 표면이 깨어지며 내부에 감춰져 있던 다마스커스 문양이 드러났다.

"결국 이렇게 되는군."

아르곤은 장탄식하며 달렸다. 한세건이 그의 옆에 따라붙으며 검을 휘둘러 왔다.

쉬이이이익!

두 사람 사이로 공기가 말려든다. 열풍과 냉기가 맞부딪치며 무시무시한 돌풍이 일어난다. 그 돌풍을 가르며 아르곤과 한세건은 연거푸 검을 격돌했다.

파파파파팍!

불꽃이 튀고 재가 말려 올라간다. 홍염이 휘청거리며 거목이 단칼에 쓰러진다. 그렇게 격돌하며 둘은 달려 나갔다. 주위를 사르는 화염조차 그들의 격렬한 격검의 열풍에 휘말리니 그 육신을 상하게 하지 못했다.

하지만 한세건은 땀조차 말라가고 있었고 그에 비해 아르곤은 냉기로 자신의 몸을 보호하고 있었다. 이 승부, 길게 끌어봤자 한세건의 패배고 지금도 한세건은 패색이 역력했다. 아르곤의 공격을 막으며 손아귀가 계속 찢어져 피투성이가 되어가는 것이다. 아르곤은 한세건보다 키가 큰 데다가 자신의 체중을 적절히 살리며 탄력적으로 공격을 가하고 있었다. 한세건 역시 상당한 검술의 소유자이지만 체중의 차이는 아직 어쩔 수 없었다.

스스슥!

아르곤은 천천히 한세건을 중심으로 돌았다. 한세건은 불이 붙은 나무를 발로 차올려 아르곤에게 날린 뒤 그에게 뛰어들었지만 그 순간 전후좌우, 사방에서 아르곤의 장도가 현란하게 퍼부어졌다.

파파파파파팍!

한세건 역시 칠흑의 검을 휘둘러 그 공격을 죄다 받아쳤다.

"끝이군!"

그때 불꽃 속에서 기회를 엿보던 아그니가 발화를 가했다. 깜짝 놀란 한세건은 다급한 대로 팔을 들어서 자신의 목을 감쌌다.

파학!

팔이 발화하며 단숨에 손목이 끊어져 나갔다! 그리고 그 틈을 놓치지 않고 아르곤의 발차기가 옆구리에 꽂혔다.

"커억!"

한세건의 입에서 피가 역류했다. 그는 두세 걸음 물러나며 자세를 바로잡았지만 이미 늦었다. 아르곤은 앞으로 뛰어들면서 휘청거리는 세건의 손목을 향해 장도를 휘둘렀다.

칵!

한세건이 검을 막아내는 것과 동시에 장도가 반전하여 아래에서 위로 쳐올려졌다. 한세건의 손아귀에서 칠흑의 검이 뛰쳐나가 하늘로 치솟아 올랐다. 화염이 좌우에서 넘실거리며 그들을 향해 파도처럼 밀려들었지만 아르곤은 칼끝은 한세건을 겨 눈 채 반대쪽 손을 휘둘렀다.

슈아아악!

냉기가 그에게서 뿜어져 나와 나선으로 감돌더니 마치 먹이 를 덮치는 뱀처럼 지면을 강타했다. 그리고 지면을 따라 빠르 게 흘러 나가 그들에게 다가오는 불꽃을 단숨에 제압했다. 한 세건과 아르곤을 중심으로 불꽃이 확 물러났다.

한세건은 숨을 헐떡이며 그런 아르곤을 노려보았다. 아르곤 은 여전히 한세건을 죽이고 싶어 하지 않는다. 그 기색은 역력 하다.

휘리리릭!

하늘에서 회전하던 칠흑의 검이 한세건의 등 뒤에 떨어져 지 면에 꽂혔다. 잡아서 휘두를까? 하지만 그 전에 아르곤의 장도 가 먼저 움직일 게 분명하다. 한세건은 숨을 헐떡이며 그들을 바라보았다. 틈도 없다. 아르곤 하나 상대하는 것도 벅찰 판인 데 거기에 아그니가 사이사이 공격을 걸어와서야 견딜 수가 없 었다. 도폭선이라도 쓸 수 있다면 엄청난 위력으로 간격을 벌 릴 수 있을 텐데 아그니가 있는 이상 그럴 수도 없다.

"진마씩이나 되는 것들이 이 대 일이라니."

한세건은 사실 다수의 적을 상대로 한다고 해서 그런 소리를 하는 이가 아니었다. 그냥 다수면 다수인가 보다 하고 말지. 아 니, 외려 많은 수의 흡혈귀를 한꺼번에 정리할 기회라고 좋아 했다. 그러나 그가 이런 소리를 하는 이유는 단순했다. 진마 아르곤의 얼굴에 수치심이 떠오르고 있었기 때문이었다.

하지만 아그니는 당당했다.

"아직도 입이 살아 있군. 그 입부터 태워줄까?"

아그니는 정말로 한세건의 얼굴을 향해 발화를 걸 심산이었다. 그렇게 되면 즉사다. 아그니의 저 발화 능력은 금속조차 태워 버린다. 그런 것에 급소를 맞게 되면 볼 것 없이 즉사… 뭐 어차피 흡혈귀를 잡기 위해 인간을 버린 몸이니 흡혈귀 손에 죽는 게 정당한 최후일지도. 다만 그런 상황이 예상보다 일찍 왔다는 게 애석하달까? 한세건은 코웃음 치며 중지를 세웠다.

"아르곤이면 모를까 네놈이 설치다니 웃기지도 않는군, 아그니!"

부아아아아앙!

그때 갑자기 하이 사이클의 격렬한 엔진음이 들렸다. 깜짝 놀란 아그니가 뒤를 돌아보니 뭔가가 불꽃을 뚫고 튀쳐 들었다.

"으랏차!"

서린이 오토바이를 타고 폭염을 뚫고 달려오고 있었다. 아르곤은 깜짝 놀라는가 싶더니 검날을 수평으로 유지한 채로 미끄러지듯 뒤로 물러났다.

"큭!"

한세건은 그 즉시 칠흑의 검을 집어 들었다. 아르곤은 폭염을 뚫고 달리며 아그니의 어깨를 툭 쳤다.

"탑승 시간까지 한 시간 십육 분! 아직 갈 수 있다고! 먼저 간다!"

"어이!"

3장에 240만 원 하는 항공권 때문에 이런 절호의 찬스를 버리고 가다니! 이게 말이나 되는가? 아그니는 기가 막혔지만 아르곤은 즉시 몸을 날려 사준에게 뛰어내렸다.

"아니?!"

"와라! 래트!"

아르곤은 래트와 몬티를 부르면서 차 안에 칼을 들이 밀었다. 그러자 사준은 뻘쭘해 손을 들었다.

"아……."

"차 좀 빌리겠어. 공항에 주차시켜 놓을 테니까 나중에 찾아가세요. 아이 참, 친절도 하셔라."

자기 혼자 말하고 자기 혼자 수긍한다. 하지만 목에 서슬 퍼런 칼날이 와 닿아 있는데 달리 뭐라고 하랴? 사준은 차의 키를 꺼내서 아르곤에게 건네주었다.

"예예."

그사이에 래트와 몬티가 달려와 차에 올라탔다. 아르곤은 즉시 차에 시동을 걸고 급발진으로 빠져나갔다.

한편 한세건은 옆의 나무를 박차고 몸을 날려 빙글 돌아 멋지게 서린의 뒤에 내려앉았다.

"괜찮아요? 형?"

아까 전의 일도 있어서 왠지 서먹서먹하지만 지금은 그런 걸 따질 때가 아니다. 서린이 상태를 물어보니 한세건은 즉시 고함을 질렀다.

"빨리 달려! 산화 발화로 연료가 타기 시작하면 대책 없다!"

"예!"

서린은 즉시 오토바이를 타고 앞으로 달렸다. 깜짝 놀란 아그니가 발화를 걸려고 했지만 그 순간 한세건이 암흑으로 그들을 둘러 시야를 차단했다.

"큭!"

발화의 염이 엉뚱하게 스쳐 지나가 불이 붙지 않았다. 그사이에 오토바이는 멋지게 도로에 착지하더니 다른 차들이 오든 말든 중앙에서 크게 턴을 해 무시무시한 가속력으로 튀어 나갔다.

아그니는 초조해져서 그들이 멀어지는 것을 바라보았다. 지금 해치우지 못하면 한세건은 회복해서 보복해 올 게 틀림없다. 산화 발화로 그의 무기를 전부 못 쓰게 만들 수 있기는 하지만 역시 검투에서는 그가 한세건에게 밀렸다. 방금 전에 아르곤이 난입하지 않았다면 거기서 2, 3합을 가기 전에 목이 잘렸을 판이다.

"지금이라도 끝장을 내야!"

하지만 막 달려가려고 할 참에 멀리서 사이렌 소리가 들려왔다. 산불을 끄기 위해 인근 소방서와 경찰서에서 출동한 모양이다. 그 사이렌 소리를 듣자 아그니는 철 채찍을 거두고는 사준을 바라보며 피식 웃었다.

"뭐, 나보다는 댁이 걱정이군."

아그니야 거처가 명확한 것도 아니니 한세건이 복수하겠다고 해봤자 못 찾아오겠지만, 사준은 끝장이었다. 과연 사준의 안색이 어두워졌다. 진마가 둘이나 덤벼들어서 반드시 오늘 안에 한세건이 끝장나리라 믿었는데, 일이 이렇게 되어버렸다. 에스프리의 리더 아르곤을 너무 얕잡아 본 것이다. 설마 240만 원짜리 항공권 때문에 진마의 체면도 던져 버리고 그리 혈안이 되어서 빠져나갈 줄이야! 특히 한세건과 대치하고 있다가 오토바이가 뛰어들자마자 스르륵 미끄러지듯 빠져나가는 그 자세는 '이런 기회만을 기다리고 있었다'고 온몸으로 말하는 듯했다.

"당신은… 벌써 이 레이스에서 내릴 겁니까? 한세건의 집은 알고 있어요."

"알고야 있겠지만 난 여기서 내리지. 나 혼자 무모하게 그 녀석의 아지트로 쳐들어갔다가 당하는 것보단 오늘 본 것처럼 다른 흡혈귀와 연합하는 게 훨씬 낫거든. 내 능력은 저놈에겐 천적이나 다름없으니까."

"으음."

사준은 떠나가는 아그니를 파리한 안색으로 바라보았다. 저 자가 있으면 산화 발화로 총탄과 폭약의 사용을 막을 수 있다. 산화 발화 능력은 아그니의 힘을 많이 갉아먹지만 한세건의 장기를 막는 데는 더할 나위 없이 좋은 능력이다. 하지만 사용하게 되면 주위는 불바다가 되고, 한세건의 육탄전 능력은 뛰어나다.

"안 되겠군. 오늘 안에 끝장내지 않으면 위험하다."

그는 핸드폰을 꺼내서 전화를 걸었다.

부아아아앙!

서린은 풀 스로틀로 질주했다. 그런 그의 뒤에 매달려 있는 세건은 잘린 팔의 통증이 올라오는지 고통스러운 숨을 토해내고 있었다.

"어디로 가죠?"

서린 역시 어렴풋이 지금 이대로 아지트로 돌아가는 건 위험하다는 생각이 들었다. 아지트에는 방어선이 갖춰져 있지만 지금은 적에게 점거되어 있을 가능성이 크다.

"아르쥬나로."

"거긴 괜찮을까요?"

"괜찮지 않아도 가야 한다."

한세건은 그리 말하고 한숨을 내쉬었다. 서린은 내심 무슨 다른 말을 해주길 바랐지만 한세건은 아무런 말도 하지 않았다.

"그럼 갑니다."

서린은 아르쥬나로 향했다.

"오늘 밤은 유달리도 바람이 시끄러운데?"

김성희는 하늘을 올려다보며 눈을 감았다. 영업시간은 아직 조금 남아 있지만 손님들은 다들 빠졌다. 주류를 팔지 않기 때문에 늦은 시간이 되면 남는 사람이 별로 없다. 그것은 좋은 일이지만, 역시 혼자 이 넓은 곳을 지키고 있자면 좀 쓸쓸하다고 할까?

"후훗. 이게 다 세건이 때문이라니."

원래 그녀는 헌터와 마법사들에게 필요한 물품을 공급하던 상인을 겸하고 있었다. 하지만 한세건이 흡혈귀들을 무차별 살육함에 따라 다른 헌터들은 남지 않았다. 정확히는 그 전에, 한국에 고위 흡혈귀들이 몰려들고 일반 헌터들이 고위 흡혈귀들을 감당 못 하게 되면서부터였지만……. 헌터가 없어지게 됨으로써 더 이상 그런 장사는 쓸모가 없게 되었다.

"어머."

그녀는 TV를 켜다가 문득 뭔가를 느꼈다. 집 근처에 쳐둔 결계가 깨졌다. 그리고 천천히, 사슬과도 같은 힘이 그녀를 옭아매고 있다. 아마도 적이리라. 하지만 왜 이제 와서? 한세건에 대한 불만이라면 훨씬 전에 움직였어야 했을 텐데.

"…나도 만만히 보인다는 건가? 후훗. 아아, 이 모양이어서야."

그녀는 TV에서 보이는 산불을 바라보며 한숨을 내쉬었다. 언젠가는 이런 일이 올 줄 알았지만 설마 오늘일 줄이야. 아마도 한세건이 치명상을 입었기 때문에 후환을 두려워하지 않고 공격해 오는 것이겠지? 그렇게 생각한 그녀는 문득 걱정이 되었다.

"세건이 죽었다면 이제 와서 굳이 나를 죽이려고 하지는 않을 테니까, 살아 있겠지?"

그녀는 그리 중얼거리고 카운터의 스위치를 눌렀다. 전자식 셔터가 작동해 문을 자동으로 폐쇄했다.

"역시 눈치가 빠르군."

결계를 이루고 있는 부적을 거둬들인 리위샹은 셔터가 닫히는 것을 확인하고 입술을 깨물었다. 상대는 마법사로서 사준 이상의 존재다. 계파가 다르긴 하지만 김성희가 고위 마법사라는 것은 그들도 알고 있는 사실이다.

"아르쥬나를 거점으로 삼는 게 낫지 않을까요? 이 기회에 그녀를 제압하면……."

사준의 도제 중 한 명인 로라 카펜터는 셔터가 내려진 아르쥬나를 바라보며 눈살을 찌푸렸다. 한세건이란 괴물을 키워낸 주제에 정작 자신은 미친 달의 세계 외곽에서 평화를 구가하고 있는 저 여자는 정말 마음에 들지 않았다. 뭐 그런 식으로 치자면 그들이 따르고 있는 사준도 역시 마찬가지이지만 팔은 안으로 굽는다고나 할까?

"그러고 싶은 마음은 굴뚝같지만 아직은 두고 보자고. 한세건이 이쪽으로 오기 전에 괜히 싸움질하느라 힘을 낭비할 필요가 없지."

만약 그들이 김성희와 싸우고 있다는 걸 알면 여기로 오던 한세건이 다시 도망칠 수도 있다. 그렇기 때문에 그들은 조용히 상태를 지켜보고 있었다.

저격용 라이플을 들고 인근 빌딩 위에 올라가 있던 캄차이는 무선통신용 마이크를 두 번 툭툭 치면서 한세건이 다가오고 있다는 사실을 알렸다.

"역시 오는군."

한세건이 서울을 장악하다시피 한 1년 전, 그는 다양한 거점을 두고 이동했었지만 점차로 자신의 실력을 늘려가면서 이후는 오로지 한 가지 거점만을 사용했다. 절대적인 힘에 대한 자신감이 생겼기 때문이다. 실제로 그는 서울이란 영지의 패자였다. 그 땅 위를 걷고 있는 흡혈귀들은 언제 그에게 사냥당할지 모르는 먹잇감이었을 뿐 누구도 그와 맞서 싸우지 못했다.

하지만 이제 산중지왕 호랑이는 상처를 입었다. 이때 숨통을 끊지 못하면 그는 상처를 회복하고 격렬한 분노의 화살을 그들에게 돌릴 것이다. 그리고 그가 돌아온다면, 아마 거점인 집과 아르쥬나, 이 두 곳밖에 없지. 그리고 그들의 예상대로 한세건은 아르쥬나로 돌아오고 있었다.

"한쪽 팔이 없어지고 무장도 태반을 잃어서 남은 건 고작해야 칼 한 자루. 이 기회를 놓치면 안 된다."

리위상은 사준에게 들은 명령을 그대로 하달했다.

하지만 한세건을 데리러 왔다는 그 소년, 릴리쓰의 아들 서린이 신경 쓰인다. 그의 전투 능력은 별 볼 일 없는 듯하지만 그렇다고 해도 라이칸스로프이다. 게다가 그가 만약 총화기를 가지고 있다면 한세건에게 칼 한 자루밖에 없다는 정보도 달라질 것이다.

"역시."

서린은 한세건에게 들은 대로 빌딩에 바짝 붙어서 이동했다.

상대방 저격수의 총이 언제 불을 뿜을지 모르니 빌딩을 엄폐물로 삼아서 이동한다. 높은 빌딩이 좌우에 연달아 있고 길이 좁을수록 저격을 피할 확률은 높아진다.

"…적들이 있군."

한세건은 공기의 냄새를 맡으며 그리 중얼거렸다. 이 근처에는 원래 감지용 결계가 둘러져 있었는데 지금은 그 결계가 사라져 있었다. 그 결계는 다른 마법사들의 마법을 방해하기 위한 것으로 이것을 일부러 없앴다면 상대 역시 마법사들이리라.

"마법사들이라면 전에 본 그 남미계 인간들일까요?"

"그럴 가능성도 있지. 하지만 아닐 수도. 조심해라. 그 녀석들, 저격 솜씨는 일품이었으니까."

한세건은 이전, 조반니 반테로의 꼬임에 넘어가 저격당했던 때를 떠올리며 이를 갈았다. 그놈들도 역시 그때 해치웠어야 했다.

그사이 서린은 천천히 아르쥬나가 있는 공원 앞 골목까지 왔다. 이 앞쪽은 공원이라 탁 트여 있어서 여기서는 도저히 저격을 피할 방도가 없다.

"어쩌죠?"

"일단 거울로 코너에서 확인해 봐. 아르쥬나가 어떻게 되어 있나."

"예."

서린은 거울을 들고 가서 조심스럽게 코너 밖으로 그것을 내밀어보았다. 아르쥬나는 셔터가 닫혀 있었는데 창문에서는 불빛이 새어 나왔다.

"셔터가 닫혀 있어요."

"유리창은?"

"안 깨졌는데요?"

"다행이군. 뭐, 아직 아르쥬나는 무사한 것 같아. 하지만 문제는 적들이다."

마스터가 셔터를 내렸다면 적들은 이 근처라는 소리다. 몸이 성할 때야 아무것도 아닌 놈들이지만 지금은 무리다. 아르곤과 맞서 싸울 때 발에 차인 복부가 얼어붙고 있어서 몸이 회복되지 않는다. 지난번에 맞았을 때도 이틀은 온수 속에서 정양했어야 했으니…… 이번에는 사태가 극심하다.

'믿을 건 서린뿐인가?'

서린의 실력이 늘긴 했지만 과연 이 상황을 타개할 수 있을까? 그리고 과연 서린이 인간인 마법사들을 죽일 수 있을까?

"위험하니까 넌 빠져도 좋아."

한세건은 아예 기대를 하지 않는다는 듯 그렇게 말했다. 그러자 서린이 발끈했다. 고마워해도 시원찮을 판에 곧 죽어도 자존심은! 한세건이 현재 운신 불가능의 상태라는 것은 서린이 더 잘 알고 있었다. 오토바이에 매달고 올 때 무슨 얼음 덩어리를 지고 있는 것 같은 기분이었으니까!

하지만 저 기세등등한 한세건을 저 모양으로 만들다니, 아르곤이 역시 대단하긴 대단한가 보다. 뭐 애초에 진마가 둘이나 달라붙었으니 한세건이 저렇게 되는 것도 당연하다.

"형이랑 형의 마스터가 여기서 죽게 되면 전 그다음에 더 큰 위험에 처하게 됩니다만? 자존심 상해할 필요 없어요."

"아, 안 상했어."

한세건은 깜짝 놀라서 그리 대답했다. 그러자 서린이 눈을 가늘게 떴다.

"정말요?"

"그래."

한세건은 그리 말하며 벽에 기대어 주저앉았다. 아르곤에게 한 번 채인 것뿐인데 전신이 얼어붙는 듯해서 상처가 재생되지 않는다. 아니, 재생되면 재생되는 대로 몸에 부담이 간다고 했던가? 서린은 한세건의 상태가 심각하다는 것을 깨닫고 무장을 꺼냈다.

"어쨌거나 그러면 제가 열심히! 적들을 상대해 보도록 하죠. 그런데……."

"그런데 뭐?"

"보상이라고 하긴 뭐하지만 마리아랑 만나도 되겠죠?"

자신이 생각해도 터무니없는 소리다. 그것도 이 타이밍에 이런 소리라니, 말이 되나? 하지만 입에서 나와 버린 말을 주워 담을 수도 없는 노릇이다. 한세건은 서린을 멍청히 바라보더니 갑자기 웃어댔다.

"풋, 푸하하하하하핫!"

"왜, 왜요? 화낼 겁니다."

자신도 엉뚱한 소리를 했다고 생각하고 있었는데 저렇게 노골적으로 웃어대니 기분이 좀 상했다. 그러나 한세건이 웃는 걸 보는 것도 꽤 오래간만이다. 한세건은 한참을 낄낄 웃더니 손을 내저었다.

"아, 아니, 웃겨서 그런다."

"그야 슬퍼서 그러지 않는다는 건 알겠어요. 웃기니까 웃은 거겠지."

서린은 통명스럽게 말했다. 그러자 세건이 문득 진지한 눈으로 물어보았다.

"대체 왜? 좋냐?"

"조, 좋냐뇨?"

"좋아하냐는 거지, 달리 뭐겠어?"

마리아를 좋아한다라? 물론 당연히 매우 좋아한다. 하지만 아마도 한세건은 그런 의미로 물어본 게 아닐 것 같다. 음, 약간 애매한데, 그런 건 또……

"아니, 뭐랄까. 그냥 여동생 같은 느낌이 들어서."

"네 여동생은?"

"아하하핫. 영은이는 또 영은이고."

서린이 머리를 긁적이자 세건은 한숨을 내쉬었다.

"한심한 놈이군. 그런 어린애를 또 어쩌게. 변태냐, 너는?"

역시 이게 핵심이다. 마리아의 실제 나이야 어떻든 간에 겉모습은 미성년자다. 그런 소녀를 이미 몸은 다 자란 고등학생인 서린이 좋아한다니. 하지만 서린은 당당했다.

"실제 나이는 많다면서요?"

잠시 정적이 흘렀다. 뭐 분명히 실제 나이야 많기는 하다만 동생처럼 생각된다고 자기 입으로 말한 주제에 이건 또 뭔 헛소리냐?

"편할 대로 생각하는군. 그런데 대체 그런 걸 왜 나에게 묻냐?"

마치 쓸데없는 소리로 귀찮게 군다는 듯 태연스럽게 말하는 세건을 본 서린은 기가 막혔다. 왜 묻긴 왜 묻겠는가? 잠들어 있던 서린을 도폭선으로 칭칭 감고 총알도 퍼부은 주제에 이제 와서 '그걸 왜 나에게 묻지?' 라니? 뻔뻔스럽기 그지없다.

"우와, 아까 낮에 입에서 불을 뿜으며 화냈던 거 기억 안 나요?"

"불을 뿜다니 내가 아그니냐?"

아그니도 입에서 불을 뿜지는 않습니다만? 서린은 그렇게 말하고 싶지만 뭐 입 밖으로 꺼내지 않았다. 한세건은 골목에 앉아서 숨을 몰아쉬며 말했다.

"여자 흡혈귀를 만나든 좀비를 만나든 그건 네가 네놈 마음대로 만나는 거지. 그래서 수틀리면 내가 나 하고 싶은 대로 네놈 머리통에 총알을 심고… 마리아도 쫓아가서 끝장내고 뭐, 그런 게 바로 리스크라는 것 아니냐?"

"그야 그렇긴 하지만."

"장애를 넘어서야 진정한 사랑이지."

한세건은 제멋대로 결론을 내렸다. 그러자 서린은 깜짝 놀랐다. 사랑? 사랑이라니? 대중가요에 늘 지겹게 나오는 그런 것? 그럼 서린 자신이 마리아를 사랑이라도 하고 있단 말인가? 음, 역시 그런 어린아이를 사랑한다면 아무래도 좀 문제가 있는 것 같다. 소위 말하는 변태가 그런 것이겠지. 하지만 지금은 그게 중요한 게 아니다. 서린은 고개를 도리도리 저었다.

"잠깐만요. 너무 편할 대로 해석하는 거 아니에요, 그건? 요컨대 너는 너 할대로 해라, 나는 내 멋대로 방해할란다, 라는 소리잖아요."

"내 고집 잘 알면서 그러네?"

아, 그렇지. 이 인간은 그런 인간이었지. 서린은 기가 막혀서 세건을 바라보았다.

"……."

계속 바라본다.

"으음."

한세건이 신음하면서 일부러 고개를 돌린다. 서린은 그쪽으로 걸어가서 다시 계속 바라봤다.

"풋."

"큭."

한세건과 서린은 동시에 피식 웃었다. 대체 지금 그들은 뭘 하고 있는 거지? 뭔지는 잘 모르겠지만 어쨌거나 무지하게 웃긴다는 것만은 틀림없었다. 한세건과 서린은 한참을 소리 죽여서 웃은 다음에 겨우겨우 정신을 차렸다.

"그럼 전… 처리하러 가지요."

서린은 그리 말하고 벽을 기어올랐다.

벽을 기어올라 옥상에 오르니 주위의 건물에 숨어 있는 인간들을 발견할 수 있었다. 수는 다 해서 세 명. 나름대로 잘 숨어 있기는 하다만 냄새는 숨기지 못한다. 흡혈귀들에 비해서 오감이 더더욱 민감한 서린은 쉽게 그들을 발견했다.

'남미계가 아니군.'

그쪽 마법사들일 줄 알았더니 그것은 아니다. 아마도 사준이 끌고 다닌다는 사설 부대인 것 같았다. 하긴, 세건의 집과 아르쥬나, 둘 중 위험한 곳은 세건의 집이다. 그곳에는 엄청난 함정이 설치되어 있고 무장도 잔뜩 있다. 만약 한세건이 그곳을 거점으로 농성을 하기 시작한다면 정말 위험하기 짝이 없는 일이 된다. 설령 먼저 집을 차지하고 있더라도 그 공간은 이미 자면서도 걸어 다닐 수 있을 정도로 익숙해져 있다. 지근거리 전투가 될 때 익숙한 공간과 그렇지 않은 공간의 차이는 확연하다.

사준의 성격을 미루어 짐작해 보면 그런 위험한 곳은 남들에게 맡기고 비교적 안전한 곳에 자신의 부하를 보냈으리라. 지금 그가 한세건을 함정에 빠뜨린 것은 딱히 원한이 있어서라기보다는 언젠가 없애야 할 놈, 기회가 왔으니 없애보자는 식의 충동이 더 강했다.

서린은 조심스럽게 그들에게 접근했다. 역시 저들은 인간이다. 흡혈귀라고 해도 마찬가지겠지만 인간이라니 더더욱 죽일 생각이 안 든다. 그렇지만 저쪽이 이쪽을 죽이려 드는데 여유를 봐줄 수는 없다. 서린의 실력이 압도적으로 우위라면 모를까 그렇지 않다면 어설픈 동정이 곧 죽음으로 이어지니까.

하지만 저들 중에 여자도 있는 게 마음에 걸린다.

그래도 할 수밖에 없다. 서린은 마음을 굳게 먹고 돌을 들어서 던졌다. 돌멩이가 옥상 철문에 맞아서 삐걱거리는 소리가 나자 모두들 깜짝 놀라 뒤를 돌아보았다.

"아니?"

그 순간 서린은 일어나서 뛰었다. 건물과 건물 간의 간격은 상당하다. 그러나 서린은 소리도 없이 건물 사이를 단숨에 뛰어넘었다.

"젠장!"

그들은 아직 서린을 발견하지 못하고 현관 문 쪽으로 다가갔다. 한 명은 계단 아래쪽을 향하기 위해 걸어 내려가고 다른 한 명은 위에 남아서 주위를 둘러본다.

지직!

그때 그들의 무전기에서 소리가 들렸다.

—조심해! 위에 그림자 하나가 건물을 날았다!

"뭐?"

그 순간 그들의 눈앞에 그림자가 나타났다.

퍽!

서린은 일단 죽이지 않고 그들을 기절시키기 위해 복부에 주먹을 꽂았다. 남자는 깜짝 놀라서 방어하려고 했지만 그 전에 이미 서린의 주먹이 그의 복부를 꿰뚫듯이 치고 나온 다음이었다.

"크악!"

남자는 단숨에 쓰러졌다. 서린은 그가 쥐고 있던 사냥용 총을 잡아서 반으로 접어버렸다. 그때 또 예의 현기증이 몰려왔다. 환술이다. 이전에는 무력하게 당할 수밖에 없었던 마법사들의 특기, 하지만 이번엔 달랐다.

"흡!"

서린은 몸을 틀어서 자신에게 날아드는 철퇴를 피했다. 작은 철퇴를 쥔 붉은 머리칼의 여자가 당황해서 서린을 바라보았다. 환술에 걸리나 싶더니만 바로 빠져나오다니! 차라리 아예 안 걸리는 것보다 더더욱 질이 나쁘다. 이미 그녀의 공격이 한 번, 무위로 돌아갔으니까!

"윽!"

그녀는 소매에서 22구경 권총을 꺼내더니 서린에게 겨누었다. 하지만 서린은 단숨에 그녀의 손을 잡고 위로 번쩍 치켜들었다. 사람의 몸 정도는 서린에게는 매우 가벼운 것이라 그녀는 대롱대롱 들렸다.

서린은 그녀를 바닥으로 내동댕이쳤다. 그녀의 손에 들려 있던 철퇴가 콘크리트로 된 옥상 위를 미끄러지고 그녀도 이내 굳어버렸다. 죽었나 싶어서 깜짝 놀랐지만 다행히 숨은 쉬고 있었다.

"안 죽게 제압하는 것도 힘들군."

서린은 그녀의 손에서 22구경 권총을 빼앗아 들었다. 단 두 발밖에 장전되지 않는 22구경 호신용 총 델린저다. 흡혈귀나 라이칸스로프나 이런 걸 맞아서 맛이 갈 놈은 별로 없다. 3점사가 되는 총으로 정확하게 갈겨대도 죽을까 말까인데 22구경 두

발로 괴물들을 상대하겠다니 어불성설 아닌가? 그래도 작고 디자인이 꽤 예쁘다.

서린은 그걸 챙기고 자신의 총을 꺼냈다. 마리아가 선물한 기관단총 테크나인이다. 이걸 사람에게 쏠 수 있을까? 흡혈귀에게도 쏘지 못했는데?

"그만두자."

쏘지도 못할 거 들고 다니다가 괜히 손만 막힌다. 서린은 기관단총에 안전장치를 다시 걸고 등 뒤로 비끄러맸다.

세건은 냉기를 몸 구석구석으로 나누어 돌리면서 천천히 몸을 일으켜 세웠다. 운신이 힘들긴 하지만 아주 못할 것은 아니다. 그리고 서린이 옥상의 둘을 정리한 것을 알아차렸다.

"남은 건 지상의 하나. 그 정도는 내가 해야겠지?"

손이 하나 없어지고, 아르곤의 공격에 의해 깊은 상처를 입긴 했지만 그 정도는 하지 않으면 안 된다. 그렇게 생각한 세건은 몸을 일으켜 세웠다. 그런데 그때 그가 서 있는 골목으로 한 사람이 걸어 들어왔다.

"어머, 세건이니?"

그녀는 싱긋 웃으며 질질 끌고 오던 남자를 쓰레기통 옆으로 집어 던졌다. 아마도 사준의 수하로 보이는 남자는 입에서 거품을 뿜어내며 꿈틀거리고 있었다. 옷을 갈아입지도 않고 하얀 블라우스 위에 앞치마만 두르고 있는 그녀가 완전무장한 남자를 저렇게 쉽게 제압하다니. 세건이 남 말 할 처지가 아니긴 하지만 정말 부조리해 보인다.

세건은 그런 그녀를 보며 한숨을 내쉬었다.

"다 정리된 것 같군요."

"서린도 제법이 되었네? 뭐, 덕분에 손을 좀 덜 쓰긴 했지만. 그래, 일단은 몸을 좀 치료해야겠구나. 그래서야 원."

그녀는 세건의 상처를 보더니 문득 그를 끌어안았다. 체온이 전체적으로 내려가 있어서 차갑기 그지없다. 아무리 인간이 아닌 몸이라지만 이 상태로 살아 있는 게 용하다.

"아르곤에게 당했구나?"

그녀는 그리 말하고 아르쥬나의 셔터를 다시 올렸다. 어둠이 내려앉은 공원을 향해 아르쥬나의 실내조명이 밝은 빛을 뿌렸다.

第16夜

Escalate

1

오컬트 찻집 아르쥬나는 원래 이 일대에 잘 알려진 매우 특이한 가게다. 굉장한 미녀가 혼자서 운영하는 것에서부터 이미 이 근처 사람들의 관심을 사기에 충분한 데다가 그녀는 대체 뭘 먹고사는지 모르겠지만 심심하면 가게 문을 닫았다. 정기 휴일이랄 것은 없지만 원할 때는 늘 휴업을 해대니 건물 임대료 대기 빠듯할 것이다.

그렇다고는 해도 가게가 열릴 때에는 손님이 제법 많이 찾아왔다. 그중에는 물론 주인에게 흑심을 품고 있는 이도 많았기에 몇몇 이는 과감한 어프로치로 그녀에게 다가가기도 했다. 그러나 그때마다 그녀는 신비한 웃음을 지으며 사람들을 거절했다. 계속 그러다 보니 이 동네 청년들은 그녀를 '담배 가게

아가씨'라고 부르기도 했다. 대중가요에 나오는 아가씨처럼 새침스럽게 다들 딱지를 놓는다는 뜻이다.

그 아르쥬나는 오늘도 닫혀 있었다.

"으음. 이런, 이런."

아르쥬나의 오너 김성희는 고개를 절레절레 저었다. 그녀의 앞에는 한세건이 상반신을 벗은 채 앉아 있었는데 옆구리와 복부 부분이 동상으로 퍼렇게 변색되어 있었다. 이 한여름에, 그것도 손가락이나 귀, 발가락 등 쉽게 체온이 떨어지는 부위도 아닌 몸통에 동상이라니 정말 신기한 일이다.

물론 이것은 진마 아르곤의 특수 능력에 의해서 당한 것이다. 동결의 저주를 듬뿍 실은 발차기 단 일격에 이 모양이다. 그래도 진마에게 맞고서 죽지 않은 게 다행이다. 보통 사람이었다면 옆구리가 함몰되어 몸이 두 토막 나도 할 말 없는 위력이었으니까.

"어때, 기분은?"

"뜨거워요."

한세건은 숨을 몰아쉬며 그렇게 대답했다. 동결의 저주로 체온 자체는 낮아지는데 상처 부위는 화상을 입어서 화끈거리니 그것참 짜증 나는 일인 것이다. 동결 저주를 혈인 능력으로 가지고 있는 진마 아르곤의 공격을 단 한 대 제대로 맞은 것만으로 이런 꼴이다.

김성희는 조심스럽게 동결의 저주를 파훼하기 시작했다. 우선 마법을 위해 겨우살이와 맨드레이크, 장년초 등을 섞어서 만든 연고로 환부에 조심스럽게 룬 문자를 그렸다.

"심령 치료나 그런 건 안 믿는데."

한세건이 농담 삼아 투덜거리자 김성희는 웃으면서 답했다.

"도에 관심 있니, 세건아? 영혼이 유달리 맑아 보이는데?"

한술 더 뜬다고 해야 할까? 갑자기 길거리에서 신흥종교 포교하는 사람처럼 말을 걸어오니 할 말이 없다. 한세건은 한숨을 내쉬었지만 김성희는 저주를 파훼하는 데 집중했다. 점차로 상처로부터 한기가 가셨다. 말은 저렇게 해도 실력은 역시 확실하다.

"아르곤의 동결 저주는 일반적인 해주(解呪)로 해제 가능하니까, 세건 너도 잘 배워둬. 멍청하게 파김치가 될 때까지 뜨거운 물 안에 앉아 있지 말고."

"예."

한세건은 건성으로 대답했다. 하지만 아르곤의 동결 저주를 마법으로 파훼할 수 있다는 것은 매력적인 일이다. 다만 전투 중에는 쓸 수 없다는 게 애석하다. 그의 스승조차 이것을 해주하는 데는 상당한 시간이 걸리고 있으니까 역시 아르곤과 직접 전투 중이라면 맞지 말아야 한다. 전체적으로 우세를 보이고 있는 아르곤을 상대로 한 대도 맞지 않아야 하다니 그건 정말 힘든 일이다.

그때 서린이 앞치마를 두르고 다가왔다.

"다 됐어요. 식사하세요."

서린은 그렇게 말하면서 접시를 식탁 위에 놓았다. 위에는 잘 구운 안심 스테이크가 놓여 있다. 세건의 상처를 재생하기 위해서는 다량의 단백질이 필요하다고 해서 이런 메뉴를 한 것이다. 하지만 가뜩이나 입이 짧은 한세건은 부담스러운 표정을 지어 보였다.

"이 이상의 단백질 과다 섭취는 간에 안 좋은데. 내가 무슨 북극곰도 아니고."

"손모가지가 잘렸는데 간 타령 할 거야?"

"그건 아니지만. 아아, 먹죠."

세건은 투덜거리며 식탁에 앉았다. 그러자 김성희는 흐흥 코웃음 치면서 창문으로 다가갔다. 창문 밖에는 여전히 적들의 기척이 감지되었다.

"어제는 고작 세 명이었는데, 오늘은 한 이십 명 정도로 늘었네? 사준, 몸이 상당히 달아오른 모양인데?"

그녀는 히죽 웃었다. 저격수들이 있는 마당에 창문으로 다가가는 것은 위험한 짓이지만 이 건물의 유리창은 죄다 특수 방탄유리다. 라이플 탄이라 해도 이 유리창을 뚫지 못한다.

"그 녀석은, 죽었다고 봐야죠."

한세건은 투덜거리며 스테이크를 잽싸게 먹어치웠다. 그러고는 천천히 재생력을 해방시켜 보았다. 심장박동이 급격히 빨라지며 혈관을 따라 이질적인 힘이 흐른다. 흡혈귀화하다시피 한 육신에 활력이 감돌면서 다 아문 상처 부위에서 피가 흘렀다.

"으음."

"괜찮아요?"

서린은 한세건이 식은땀을 흘리는 것을 보고 앞치마를 벗어 던졌다. 서린 자신에게야 손모가지 하나 날아간 정도야 댈 것도 아니지만 한세건에게는 그 정도 재생하는 것도 꽤 부담인 모양이었다.

"됐어. 괜찮으니까."

한세건은 재생을 도중에 멈추고 숨을 몰아쉬었다. 상처로부터 흘러내리던 피가 다시 멈추었다.

"그나저나 아그니 이놈, 어떻게 하지 않으면 곤란한데."

아그니가 산화 발화 능력으로 한세건의 무기를 태워 버린 바람에 아르곤을 저승으로 보낼 찬스를 놓쳐 버리고 되레 역습을 당했다. 일단 그렇게 한 번 당한 이상 아르곤과 다시 붙게 될 경우 더더욱 신중해진 아르곤을 상대해야 한다. 뭐, 그거야 먼 훗날의 일이 될 테니 신경 끊는다 해도 아그니가 문제다.

그놈의 산화 발화 능력은 발화 능력을 약하게, 대신 넓고 무지향성으로 만든 것이지만 그렇기 때문에 피한다는 건 거의 불가능에 가깝다. 게다가 산화제가 들어 있는 탄약류는 바로 못 쓰게 되고 폭탄의 경우는 자폭할 위험도 있다.

강제로 무장해제당하게 되는 것이다. 이건 심각하다!

물론 그렇게 강력한 능력이니만큼 아그니의 소모도 만만치 않을 테고 사람의 몸은 발화의 염에 저항력을 가지고 있기 때문에 몸에 지니고 있는 물건들은 그렇게 빨리 타지 않는다. 산화제까지 들어 있는 총탄이 먼저 터지지 않은 것도 그 때문이다. 게다가 사용에도 제한이 따른다. 어디든 그 능력을 발휘하게 되면 불바다가 되어버릴 테니 아무리 아그니가 막가는 성격이라 해도 함부로 쓰지 못할 것이다. 하지만 아그니는 한세건을 죽이기 위해서라면 그런 부담쯤은 기꺼이 감수할지도……. 이거 조반니가 쓰듯이 석궁이라도 준비해야 하나?

"후후훗. 사준의 도발에 발끈해서 대책 없이 뛰쳐나가니까 그렇죠."

서린도 제법 컸다고 비아냥거렸다. 틀린 말은 아니다. 사준이 한세건에게 서린의 '데이트'에 대한 사진을 보내온 것은 그를 도발하고 서린과 떼어놓기 위해서 선택한 수법이었으니까. 한세건은 거기에 제대로 말려들었다.

"원래 아그니가 난입하지만 않았어도 될 일이야. 도발에 발끈한 건 사실이지만 네놈이 잘났다고 삐약거릴 일은 아니라고 보는데?"

한세건이 노려보자 서린은 딴청을 피웠다. 그러자 김성희가 놀라서 물어보았다.

"대체 어쨌기에? 둘이 싸우기라도 한 거야?"

"어쨌냐고요? 컴퓨터 좀 쓰죠."

한세건은 그리 말하고 김성희의 컴퓨터를 켰다. 그는 곧 서린의 사진이 올라가 있는 장면을 찾아서 김성희에게 보여주었다. 서린도 그 컴퓨터에 찍힌 사진을 유심히 바라보았다.

"우와, 귀엽네."

김성희는 사진에 찍힌 마리아를 보고 솔직 담백하게 말했다.

상대가 흡혈귀, 그것도 진마라는 것은 알고 있었지만 이 여자에게 그런 것은 어찌 되었든 상관없는 일인 것 같았다. 하기야 원래 마법사는 중립적인 존재, 흡혈귀든 헌터든 그들이 상관할 바는 아니다. 서린은 그 사진을 보고 다시금 리플들을 하나하나 보았다. 역시 남들 시선이 신경 쓰이나 보다. 이 상황에 그런 걸 보고 있는 여유가 부럽고 한심해서 세건은 으르렁거렸다.

"어쨌거나 그래서? 서린이랑 그것 때문에 다투고 혼자 나섰다가 당한 거라 이거지? 후후훗, 질투라도 하는 것 같은데?"

김성희가 의미심장한 웃음을 짓자 세건은 기막혀했다.

"질투라뇨? 제가 그런 흡혈귀 계집애를 좋아한다는 말입니까? 진마 마리아와 저는 철천지원수인데! 아무리 마스터라도 그런 불쾌한 소리는 참아주기 힘들군요."

"아니… 그쪽이 아니라. 아니, 됐어. 못 알아들으면 할 수 없지."

김성희는 두 손을 번쩍 들어서 항복을 표명했다. 농담으로 대처하긴 했지만 그녀는 세건의 마음을 잘 알고 있었다. 흡혈귀와 사이좋은 헌터라는 건 지금까지 어디에도 없었다. 바꿔 말하면 흡혈귀라면 이를 가는 이들만이 인간의 길을 버리고 헌터가 된다.

"하지만 세건은 사혁의 동업 제안을 거절했었잖아? 사실 사혁의 마음가짐은 뱀파이어 헌터로서는 충분히 프로페셔널했다고 보는데?"

김성희는 지금 그들을 포위하고 있는 사준의 형, 사혁을 언급했다. 욕망에 충실한 그는 흡혈귀를 잡아 죽이는 것에 지나지 않고 흡혈귀를 사육, 인간들을 잡아서 흡혈귀들에게 먹이고 피를 짜내는 등 극악무도하게 흡혈귀들을 괴롭혀 왔다. 그런 그가 한세건에게 동업을 제의해 왔으나 한세건은 그의 제안을 일언지하에 거절했다.

김성희는 그런 상황과 지금이 뭐가 다르냐고 묻고 있는 것이었다. 한세건이 서린에게 화를 내고 있는 것은 뱀파이어 헌터로서의 공감대가 형성되어 있지 않고, 자신의 원칙을 앞세우는 점이 아닌가? 그렇다면 그건 이전, 사혁의 제안을 거절한 한세건 자신과 다를 게 없는 일이다.

"하여튼 참 쓸데없이 심각하기는. 형도 참 독종이우."

서린은 어깨를 으쓱하면서 한세건에게 말했다. 김성희가 붙어 있으니까 한세건이 바로 폭력을 행사할 리는 없다.

"이게?"

"와!"

서린은 한세건이 노려보자 김성희의 뒤로 돌아가 숨었다. 그러자 김성희는 피식 웃었다.

"그만. 그나저나 어쩔 거야, 이제?"

"사준 놈에게 장난이 지나치면 큰 벌을 받는다는 걸 알려줘야죠. 좋은 경험이 될 겁니다, 놈에게는."

한세건은 다시금 상처 재생을 시도했다. 완전히 절단된 상처도 순식간에 재생하는 서린의 입장에서는 정말 감질나는 재생이었다. 이 상처가 다 나으면 사준을 공격한다. 세건은 담담하게 그렇게 말하고 있었다.

"뭐, 그래서 저쪽도 네가 완전히 회복하기 전에 해치우고 싶어 하는 거겠지?"

"그렇겠죠. 생각이 있으면."

한세건이 그렇게 중얼거릴 때 문득 그의 품 안에서 뭔가가 윙윙거렸다. 세건은 품속에서 핸드폰을 꺼냈다.

"이 녀석이?"

핸드폰 위에 찍힌 번호는 사준의 그것이었다. 정말 뻔뻔한 놈이다. 설마 무슨 할 말이 있어서 직접 전화를 했단 말인가? 한세건은 기가 막혀서 핸드폰을 바라보았지만 궁금증이 앞섰다. 대체 무슨 생각으로 이러는지 알고 싶어서 그는 전화를 받았다.

"무슨 생각이지?"

─야한 생각.

사준은 이 상황이 되어도 여전히 장난스럽게 말했다. 그러자 한세건의 인상이 팍 구겨졌다.

"이런 개새……. 아, 젠장. 뭐하러 상대했지, 이런 놈을? 그냥 끊는다."

그러자 사준이 급히 목소리를 바꿨다.

─어이! 잠깐! 농담이야, 농담. 본론으로 들어가지.

"본론?"

세건의 손이 멈칫했다. 그는 창문 쪽을 바라보았다. 혹시 말을 걸고 있는 사이에 공격한다든가 그런 수를 쓰지 않을까 해서였다. 하지만 창밖의 움직임은 없었다.

　—우리 사이좋게 지내는 게 어때? 한 번 실수는 병가지상사라잖아. 어제의 일은 그냥 단순한 해프닝 정도로…….

　"말 같지도 않은 소리 하고 있네. 네놈의 입은 모르스 전신기냐? 알아들을 수 없는 소리만 지껄이고 있군."

　—아그니를 잡고 싶지 않아?

　사준은 아그니를 미끼로 세건을 유혹했다. 진마 아그니. 그의 발화 능력은 분명히 한세건에게 있어서 천적이라고 할 만하다. 그런 놈은 가급적 빨리 제거해 버리는 게 좋다. 그렇지 않으면 다른 흡혈귀와 연합해서 계속 공격을 가해올 테니까. 하지만 사준 이놈… 이제 바로 아그니를 배신할 셈인가? 이런 녀석과는 상종해 봤자 남을 게 없다. 게다가 어제 바로 함정에 빠뜨린 주제에 이런 걸 미끼로 살살 꾄다고 넙죽 물면 그건 사람이 아니라 붕어다.

　한세건은 불쾌감에 치를 떨었다.

　"아그니도 아그니지만 그보다는 우선 네놈 목을 따고 싶은데? 게다가 흡혈귀들도 생각이 있을 테니 이제 네놈의 꼬임에 현혹되지 않을 거다."

　—내가 사이좋게 지내자고 하는 건 그쪽에도 충분히 메리트가 있다고 생각하기 때문인데, 뭐 그렇게 나오면 할 수 없지.

　사준은 이 마당에도 여유를 부리고 있었다. 하긴 그 녀석의 부하는 지금 발견된 것만으로도 서른 명이 넘고 사준 자체의 능력도 어느 정도인지 도저히 짐작 가지 않는다. 그렇지만, 한세건은 아무리 강한 흡혈귀라도 적으로 두기를 주저한 적이 없다. 사준이 아무리 강해도 역시 마찬가지다. 적에게 쓴맛을 보여줘 악명을 유지하지 않으면 그가 지키고 있는 모든 것을 빼앗기 위해 별 시답잖은 것들까지 설치게 되리라. 사준은 그런 놈들에게 훌륭한 본보기로서 죽어줘야겠다.

—그럼 잘 가라고.

"응?"

한세건은 깜짝 놀랐다. 지금 사준 이놈이 뭐라고 한 거지?

"마스터! 서린!"

한세건은 즉시 테이블을 걷어차서 창문 쪽으로 세웠다. 그 순간 뭔가가 날아들었다.

콰아아앙!

RPG—7이 유리창으로 날아들어 폭발했다. 서린은 즉시 김성희를 끌어안고 계단 쪽으로 몸을 날려 충격파와 폭풍으로부터 피했고 한세건은 혈인 능력을 발휘, 어둠의 장벽을 만들어 충격을 최소화시켰다.

"도시 한복판에서, 이놈들이!"

도시 한복판에서 빌딩 하나를 날려 버린 한세건이 할 말은 아니지만 사준 일당의 공격이 과격한 것도 사실이다. 그만큼 그들도 필사적이란 것일까?

투확!

이번엔 위에서 폭발한다. 박격포다! 적들은 빌딩 옥상 위에 박격포를 설치하고 그걸로 아르쥬나를 포격하고 있었다. 도심

한복판에서 포격전이라니!

그리고 보병들이 신속하게 움직인다. 그들은 주문에 대한 저항의 결계를 짜서 김성희가 눈속임의 술법으로 그들의 눈을 속이고 도망치는 것을 막는 한편 유탄 발사기로 아르쥬나 외벽을 공격했다. 가옥 파괴 탄이 콘크리트 벽을 무너뜨리고 무너지는 쪽으로 가스와 섬광탄이 쏟아진다. 그리고 파편 수류탄도 투척! 순식간에 도시 한복판이 전쟁터로 변해 버렸다.

"그러면 진입!"

그들은 안으로 돌입했다. 이미 가스 마스크를 쓰고 열 영상 장비를 장착한 그들은 가스탄에 의해 연기로 자욱한 아르쥬나 안으로 거침없이 돌입했다.

위이이이잉!

하지만 그때 아르쥬나 1층에서 뭔가 모터가 돌아가는 소리가 들렸다. 선두에 진입한 이들은 카운터 위로 모습을 드러낸 개틀링 포의 모터가 돌아가는 것을 발견했다.

"이런 미친!"

도시 한복판에서 포격을 가하는 놈들이 할 말은 아니지만 아르쥬나에는 전동형 개틀링 포가 출입구를 향해 설치되어 있었다. 곧 개틀링 포는 인정사정없이 불꽃을 뿜어댔다.

드드드드드득!

선두에 진입한 포인트 맨이 총탄에 의해 걸레가 되어버렸다. 하지만 운 좋게 총알 세례를 피한 이가 개틀링 포로 달려가 회전 중인 총열에 군용 대검을 박고 멈춰 세웠다.

또 한 명은 그사이에 급탄용 탄띠를 익숙한 솜씨로 **빼냈다**. 하지만 그때였다.

퍽!

탄띠통이 폭발하며 급탄용 탄띠를 제거하던 남자의 팔이 날아갔다. 부비트랩이 발동한 것이다.

"크악!"

"미친 것들!"

어처구니없는 일이다. 도시 한복판에 있는 찻집 카운터에 자동 포대형 개틀링 포가 수납되어 있고 거기에 부비트랩으로 발목 지뢰가 설치되어 있다니. 한세건이 그렇게 설치고 다녀도 흡혈귀들이 아르쥬나를 공격하지 않은 건 단순히 뱀파이어와 마법사들 간의 협정 때문만은 아닌 것 같았다.

"설마 자폭장치가 있는 건 아니겠지?"

안으로 돌입한 모두가 멈칫했다. 이 가게는 입구에 위쪽과 아래쪽으로 계단이 두 개 있다. 돌입 전에 감청으로 적들이 2층에 있다는 것을 알 수 있었지만 폭격 이후에도 여전히 위에 있는지는 모르겠다. 하지만 지하실에 있다면 독 안에 든 쥐다. 무슨 옛날 건물들처럼 비상 탈출구가 있을 리도 없으니까 안쪽에 들어가면 더 이상 밖으로 나오진 못할 터. 그들은 2층으로 향했다.

"이런."

2층은 역시 텅텅 비어 있었다. 방금 전의 포격과 수류탄 투척으로 인해서 안은 완전히 엉망이었다.

"상황이 이렇습니다만? 곧 경찰이 올 것 같습니다."

선두에 선 남자는 마이크를 입가에 대고 말했다. 그러자 이 어폰에서 사준의 명령이 들려왔다.

—거기는 파출소가 가까워서 경찰이 빨리 출동하기는 하겠지. 하지만 지서하고는 멀어. 지원이 오려면 한참 걸릴 테니까 경찰들도 어쩌지 못할걸. 확실히 밟아버려!

"예."

그때 마침 경찰차가 출동했다. 엎어지면 코 닿을 곳이 파출소라 일단 경찰들이 출동하기는 했지만, 경찰들 입장에서는 난감한 노릇이다. 상대는 완전 중무장한 무장 세력으로 박격포와 로켓포, 유탄 발사기 등으로 무장했는데 그들은 기껏해야 38구경 리볼버가 전부다. 그것도 세 발은 공포탄으로 들어 있으니, 적들의 머릿수나 무장을 생각해 볼 때 아무런 저지력이 되지 못한다.

"이런 미친 새끼들."

건물 하나를 초토화시킨 적들의 과격함을 볼 때 이건 정말 미친 짓이다. 경찰차 한 대가 앞에 서서 초라하게 경광등을 반짝이는데 적들은 무슨 상관이냐는 듯 자신들의 일에만 열중하고 있었다.

드드드드!

반쯤 무너진 건물 안에서 돌격소총의 총성이 들려온다.

"아… 이런, 모두 무기를 버리고 투항하시오!"

경찰차 마이크에서 망설이는 목소리가 나오자 대답 대신 총알 세례가 경찰차 위로 퍼부어졌다. 경찰들은 비명을 지르며 차 아래로 고개를 숙였다.

대한민국 건국 이래 국가 공권력에 대한 이런 대담한 도전이 있었던가?

경찰들은 깜짝 놀라서 차를 뒤로 뺐다.

"정말 일 저질렀군. 젠장."

사준은 모니터로 그 장면을 바라보면서 실소했다. 역시 한세건을 충동적으로 건드린 게 잘못이었다. 한세건이 그의 형 사혁을 죽인 장본인이라 소위 세간에서 말하는 원수지간이긴 하지만 그는 한세건에 대해서 딱히 악감정을 품고 있지 않았다. 그럼에도 불구하고 그를 함정에 빠뜨린 것은 어디까지나 충동적인 것으로, 굳이 말하자면 함정에 빠뜨릴 절호의 기회가 되어서, 예의상 함정을 판 것에 불과하다. 하지만 역시 한 번 함정에 떨어진 상대는 그렇게 생각하지 않는 법이라, 절대로 용서할 기미가 보이지 않았다.

일단 한세건이 회복해서 그를 공격하게 되면 그때는 정말 대책이 없어진다. 사준 자신도 약하다고는 생각되지 않지만 한세건이 진심으로 덤벼들게 되면 막을 방법이 없다. 상처 입은 맹수의 분노는 그야말로 불꽃과 같을 터, 그 불꽃을 뒤집어쓰고 싶지 않으면 상처 입었을 때 아예 숨통을 끊어놔야 한다.

그렇지만 역시 너무 과격했나? 이래서야 경찰들이 혈안이 될 뿐이다. 하지만 저 정도 물량을 투입하지 않으면 되레 당할 우려가 있다. 역시 물량을 투입할 때는 한꺼번에 투입해야지 나

뉘서 조심조심 투입했다가는 각개격파당할 뿐이다.

"애초에 치지 않았으면 이런 문제는 없었을 거라고 생각됩니다만?"

그의 곁에 선 상위청이 고개를 절레절레 저었다. 이건 정말 미친 짓이다. 아무런 대책 없이 함정을 쳐서 한세건을 밀어 넣었다가 이제는 그것 때문에 막대한 피해를 보게 생겼다. 설령 여기서 한세건을 죽이는 데 성공하더라도 분노한 경찰들은 또 어떻게 할 것인가? 대대적인 단속을 피하기 위해서는 장시간 잠적해야 하는데 그렇게 되면 애써 잡아둔 기반을 송두리째 흔들게 되는 것이다. 그동안 들인 시간과 돈, 인력이 전부 다 허공에 붕 떠버리게 될 텐데도 사준은 담담했다.

"이거 미안하군. 하지만 뭐… 이렇게 될 줄 알았나?"

아르곤과 아그니가 동시에 공격한다면 아무리 한세건이라 해도 죽었을 것이다. 그러나 아르곤은 사준에게 이용당하는 걸 거부하고 도중에 이탈했고 그 결과 세건은 살아남았다. 마수에게 어중간한 상처만 입혔을 뿐이다.

"이 층에는 아무도 없고 지하실에는 강력한 방화 셔터가 설치되어 있습니다!"

"폭탄으로 해봐!"

어차피 이제 다 틀린 일이다. 이제 와서 몸을 사릴 게 무언가. 사준은 과감한 명령을 내리고 일어났다.

"나도 슬슬 준비해야겠군."

"정말 가실 겁니까?"

부하들은 사준을 보고 기겁했다. 그가 직접 나서다니, 위험하기 짝이 없는 일이다. 여기서 사준이 죽게 되면 오직 그만이 다룰 수 있는 스위스 은행 계좌라든가 각종 인맥, 유통망 등이 정지되어 애써 한국에 잠입하게 된 조직은 철수할 수밖에 없다. 그런 일은 조직의 총보스도 바라고 있지 않을 텐데, 사준은 단호했다.

"어쩔 수 없잖아? 내가 저지른 일이니 내가 수습을 해야지. 어차피 이런 사고를 쳤다. 위쪽에서 나를 그냥 내버려 둘 리도 없고, 미리미리 굴러서 동정표라도 사둬야지. 게다가 행여 세건에게 죽기라도 한다면 문책받을 일도 없고 좋잖아?"

"죽으면 다 끝인데."

하지만 사준은 흥 코웃음 친 뒤 문을 열고 나갔다.

2

세건과 서린, 김성희는 지하실에 숨어 있었다. 아르쥬나의 지하실 안에는 병기가 잔뜩 있고, 입구의 셔터는 두께 10센티미터의 합금 문이다. 어지간한 폭약으로도 그냥은 파괴하는 게 불가능하다.

"물론 박격포나 폭탄 등으로 아예 천장에 구멍을 뚫는다면 이야기가 다르긴 하겠지만."

한세건은 그리 투덜거리며 도폭선들을 따고 비스트에 탄을 장전했다. 손 하나가 없어도 그에게는 염동력이 있기 때문에 그러한 일을 처리하는 데는 별 어려움이 없었다. 서린도 돌입해 올 적들에 대비하여 총을 쥐기는 했지만 문득 걱정이 되어서 물어보았다.

"환풍구를 통해서 가스를 넣거나 하지 않을까요?"

"여기에는 환풍구 없어. 아르쥬나에서 엎어지면 코 닿을 곳이 파출소라 산소 결핍이 될 때까지 버틸 필요도 없거든?"

김성희는 그리 말하며 애석한 표정을 지어 보였다. 이런 일이 터진 이상 아르쥬나도 조사를 받게 되리라. 그렇게 되면 아르쥬나의 각종 방어 장치와 비축된 탄약 등으로 인해 그녀 역시 한세건과 마찬가지로 수배자 신세가 될 것이다.

"아아, 아르쥬나도 이제 끝이구나."

"그동안 무사한 게 용했죠. 뭘 새삼스럽게."

한세건은 퉁명스럽게 쏘아붙이고 문을 살펴보았다. 밖에서는 사람들이 부산을 떠는 소리가 들려왔다. 드릴로 문을 따보려고 했던 이들은 도저히 구멍이 뚫리지 않자 폭약을 설치했다.

콰앙!

곧 문 너머로 폭음이 터졌다. 천장이 흔들리면서 돌가루가 우수수 쏟아지고 전등이 깜빡거렸지만 문 자체는 멀쩡했다.

"으와, 아주 본격적인데?"

서린도 기가 막혀서 그 모습을 바라보았다. 폭탄으로 뚫을 생각이라니, 이놈들은 미쳤나? 대한민국 서울 한복판에서 그런 미친 짓을 태연히 감행하는 놈들이 있다니?

"소용없어. 백 밀리미터 합금 강판이야. 그냥 폭탄을 붙이고 터뜨려서는 안 부서져."

그때 갑자기 문으로부터 왠지 이상한 한기가 느껴졌다. 방금 전에 폭탄이 터졌는데 왜 갑자기 이런 한기가 느껴지는 것일까? 깜짝 놀란 세건은 총을 꺼내 들고 보디 벙커를 세웠다.

"세건, 너라면 이 문을 어떻게 부수겠니?"

김성희는 세건의 옆에 붙어서 물어보았다. 그러자 세건은 고개를 갸웃하더니 답했다.

"일단 용접기로 녹여서 폭발에 지향성을 줄 수 있는 홈을 만들고 난 뒤 거기에 플라스틱폭탄을 채우고 폭발시키죠. 그렇게 되면 지향 폭발로 위력은 몇 배나 늘 테니까 한 번에 부서지지야 않겠지만 그땐 그 홈에 다시 똑같은 작업을 하고 그걸 반복하면 결국 부서지겠죠."

"그렇지?"

김성희는 불안한 표정을 지었다. 아마도 적들이 그렇게 부술 거라 예상한 모양이다. 그러나 세건의 생각은 달랐다. 적은 폭발물로 두꺼운 콘크리트 등을 부술 때는 드릴로 구멍을 뚫고 그 안에 폭약 등을 채우고 부순다. 내부에서부터 폭발이 일어나면 폭발의 에너지가 전부 파괴에 쓰이기 때문에 아무리 튼튼한 물건이라도 박살 나지 않을 수 없다. 하지만 저 문은 어지간한 드릴로는 구멍을 뚫을 수 없거니와 용접기로도 꽤 오랜 시간이 걸린다.

"설마 아세틸렌 용접기가 무슨 휴대용 라이터도 아니고…….

녀석들에겐 용접기가 없었으니까 괜찮을 거예요.”

한세건은 냉정하게 파악했다. 적의 수가 상당히 많기는 하지만 아르쥬나의 내부 정보에는 상당히 둔한 것 같다. 그렇다면 이런 문이 있다는 사실도 몰랐을 테고 당연히 용접기 같은 건 준비해 오지 않았으리라. 박격포를 가져올 만큼 엄청난 물량을 투입한 그들은 아마 자신들의 승리를 믿어 의심치 않았을 테고, 굳이 용접기같이 부피 크고 쓸모없는 물건을 가져올 이유가 없으니까.

그러나 그때 문에서 기이한 소리가 났다.

“아니?”

바직!

문짝으로부터 전기불꽃이 튀었다. 그리고 잠시 후 두께 10센티미터에 달하는 합금 문이 폭발로 날아가 버렸다. 한세건이 말한 대로 적들이 몇 차례에 걸친 지향성 폭발로 문짝을 부숴 버린 것이다. 그리고 선두에 들어온 이는 눈이 째진 매부리코의 영국계 남자였는데 손에는 건틀릿을 끼고 전투용 망치를 들고 있었다.

한세건은 입구를 향해 바로 비스트를 쏘았다. 그러나 그 순간 남자의 모습이 사라지고 총탄이 허공을 갈랐다. 그의 모습은 허상이었던 것이다. 하긴 이런 좁은 입구에 몸을 세우다니, 총알을 먹고 싶어서 환장하지 않고서야 그럴 수 없다.

쉬이익!

그리고 그와 동시에 수류탄들이 쏟아져 내렸다. 지하실 안이고 안에는 탄약들이 즐비하다. 이런 곳으로 수류탄들이 떨어지면 그야말로 피할 수가 없다. 하지만! 한세건은 코웃음 치며 보디 벙커를 앞세우고 앞으로 달려들었다.

타타타타탁!

한세건은 능숙하게 수류탄을 밖으로 튕겨내었다. 손과 발이 닿지 않은 수류탄들은 염동력으로 쳐서 날린다. 그 동작이 너무나 빠르고 정확해서 밖에서 수류탄을 던진 쪽은 마치 무슨 슬롯머신이 칩을 뱉어내듯 수류탄을 뱉어내는 것을 멍하니 바라볼 뿐이었다.

콰아앙!

수류탄들이 일제히 폭발하며 1층에 몰려들었던 적들이 산산조각 났다. 한세건이 밖으로 뛰어 나가 보니 아르쥬나 1층은 완전히 초토화되어 있었다.

원래 수류탄이란 안전핀을 뽑고 약 5초 후에 터지게 되어 있는지라 이런 일을 방지하기 위해서는 공중폭발을 시킬 필요가 있었다. 하지만 지하실 안쪽 계단으로 굴리는데 누가 시간을 좀 들인 다음에 던져 넣겠는가? 깊숙이 들어가서 폭발해야 효과가 뛰어나기 때문에 그들은 그냥 아무렇게나 던진 것이다. 그래서 세건은 부담 없이 뛰어들어서 수류탄을 밖으로 내던졌고 그 결과가 이거다. 세건은 피바다가 된 아르쥬나 1층으로 나와 보디 벙커를 앞세우고 천천히 현관 쪽으로 향했다.

탕탕!

역시 저격이 날아들었다. 하지만 그걸 막기 위한 보디 벙커다. 세건은 여유롭게 막아내고 저격수들을 향해 총을 겨눴다. 거리는 약 150미터, 권총으로 쏘기엔 빠듯한 거리지만 한세건이라면 맞출 수 있다.

"캬하!"

그러나 그때 방금 전 환술로 한세건의 반격을 유도했던 남자가 나타났다. 그는 전투용 망치를 들고 한세건에게 덤벼들었다.

"뭐야, 이건?"

한세건은 그에게 총구를 돌리고 쏘았지만 갑자기 섬광이 터지며 총탄이 그놈의 앞에서 증발했다. 금속의 증기가 그를 중심으로 감도는데 총탄조차 그 막을 뚫지 못했다.

깜짝 놀란 세건은 보디 벙커를 놈에게 던지고 뒤로 물러났다.

치지지지직!

전기불꽃이 일어나며 섬광이 터진다. 그러나 보디 벙커는 총탄과 달리 금속만으로 된 게 아니라서 그대로 날아들어 상대의 복부를 강타했다.

"전하 결계(電荷結界)?"

세건은 상대의 마법을 간파했다. 상당히 특이한 마법이다. 하지만 총알도 증발시킬 만큼의 전하 결계라면 사람에게도 치명적이다. 일반인은 볼 것도 없이 즉사하고 라이칸스로프나 뱀파이어라도 위험하기는 매한가지다. 특히 재생 능력이 미비한 한세건의 경우는 정말 위험하다. 저런 전기에 감전되면 순식간에 전신에 화상을 입고 신경계통에 손상을 입게 되는데 세건에겐 그만한 중상에서 재생할 능력이 없었다.

역시 이 녀석이 방금 문짝을 부순 장본인인 것 같았다. 아세틸렌 용접기를 들고 다닐 수는 없겠지만 전하 결계를 칠 수 있다면 철문의 일부를 녹일 수 있고 그다음은 세건이 말한 대로 지향성 폭발로 문짝을 뚫었으리라.

"카하하하하!"

남자는 보디 벙커에 맞아서 위액을 토하면서도 뭐가 그리 즐거운지 웃으면서 달려들었다. 전하 결계를 펼칠 수 있다면 망치를 들 필요도 없는데 휘두르다니, 이놈은 광인(狂人)임에 분명하다. 세건은 기가 막혀서 바닥에 떨어진 콘크리트 블록을 발로 차 올렸다.

"어제오늘 좀 다쳤다고 내가 그렇게 만만해 보이냐!"

한세건이 그에게 거대한 블록을 내던지자 그는 피하지도 못하고 정면으로 그 블록을 받고 말았다. 머리가 깨지고 피가 튀면서 상대방은 나가떨어졌다. 전하 결계는 상당한 고위 마법이긴 하지만 이런 것에 쉽게 당하는 것을 보니 역시 미친놈이 분명하다. 한세건은 상대가 즉사한 것을 확인하고 그 시체를 잡아 들었다.

"꺄아아아아악!"

이미 아르쥬나 근처의 주택, 상가 등에서는 사람들이 달아나느라 아비규환을 이루고 있었다. 그리고 그 근처 건물 위에는 저격수들이 대기하고 있다가 세건을 향해 총알을 날렸다. 세건은 한쪽으로 피하면서 손에 쥐고 있는 시체를 보디 벙커 삼아 막아냈다. 다행히 이놈은 방탄복을 입고 있어서 벙커로서의 가치가 충분했다.

"흠!"

세건은 골목을 통해서 건물 위로 기어오르려고 하다가 골목 위에 쳐져 있는 인계철선을 발견했다. 골목의 벽면으로 기어오르는 것은 이미 어제 서린이 한 짓이다. 그걸 알고 저놈들은 부비트랩으로 사전에 길을 봉쇄한 것이다.

"흥!"

그러나 한세건은 손에 쥐고 있던 시신을 전력을 다해 하늘로 집어 던졌다. 사람의 시체가 단숨에 4층 높이 정도로 떠오르며 인계철선에 걸려 부비트랩이 작동했다. 폭발이 일어나며 건물 외벽이 넝마가 되었다.

"저쪽이다!"

그 폭발을 들은 저격수들은 즉시 주의를 그쪽으로 돌렸다. 그러나 그때 한세건이 골목을 뛰쳐나왔다.

"아니?"

한세건은 몸을 앞으로 날려서 빙글 구르면서 옥상 위의 저격수를 향해 권총을 쏘았다. 터무니없는 짓이다! 그냥 쏴도 맞을까 말까인데 구르면서 쏘다니 자신이 무슨 홍콩 영화의 주인공이라도 되는 줄 아나 보지?

하지만 그때 한 명이 이마에서 피를 흘리며 뒤로 나가떨어졌다. 모두들 그 모습을 보고 깜짝 놀라지 않을 수 없었다.

"저런 말도 안 되는?!"

저격수들이 모두 깜짝 놀라 한세건을 겨누는 사이 그는 다시 뒤로 굴러서 골목으로 피해 버렸다.

"젠장!"

한세건은 골목으로 들어오는 것과 동시에 벽을 타고 달렸다. 아직도 위에 인계철선이 남아 있지만 방금 전에 시체를 던져서 많이 끊어놓은 덕에 못 빠져나갈 것은 아니다.

한세건은 인계철선들 속으로 몸을 던져서 멋지게 빠져나온 뒤 난간 위에 섰다.

"크윽!"

처음에 폭탄들을 폭파시킨 뒤 골목 밖으로 뛰쳐나오며 공격했기 때문일까? 적들은 이번에도 속임수일지, 아니면 정말로 옥상으로 올라올지 몰라서 방황하고 있었다. 그러다가 옥상에 올라선 세건을 보고 당황했다.

"흐음?"

세건은 건물 옥상에 설치된 박격포를 보고 혀를 찼다. 정말 미친놈들이다, 도시 한가운데에서 박격포라니. 덕분에 아르쥬나쁜 아니라 그 옆에 인접한 건물들에도 막대한 피해가 났다. 한세건 자신도 민간인들을 해칠 각오는 되어 있지만 이렇게 거리낌 없이 민간인을 공격하는 놈들을 보니 역시 화가 났다.

"젠장!"

그때 몇몇이 한세건을 향해 총알을 퍼부었다.

쉬익!

하지만 한세건은 극단적으로 몸을 낮추고 미끄러지듯 움직여 그들의 총격을 피해냈다. 그는 도중에 있는 벽돌 굴뚝에 등을 대고 멈춰 섰다. 엄폐물치고는 작지만 위치상 적들의 모든 사격을 막을 수 있었다.

"쏴라!"

그들은 건물 옥상으로 올라온 한세건을 굴뚝 뒤에 가둬두기 위해서라도 억지로 총을 쏘았다. 몇몇은 어깨에 매단 수류탄까지 뽑았다. 총알로 묶어두고 수류탄으로 잡는다! 아무리 한세건이라고 해도 지금은 손도 하나 없는 상태, 혼자서 이 많은 수를 상대할 수 있을 리 없다. 그렇게 그들은 생각했다.

하지만 이미 그들의 인원은 반으로 줄어 있었다.

한세건은 가볍게 옆으로 돌아간 뒤 무선식 플러그를 꽂은 도폭선을 하늘로 던졌다. 도폭선은 허공에서 풀어지더니 마치 살아 있는 생물처럼 날아가 세건을 가두기 위해 총격에 열중하던 저격수들을 덮쳤다.

"뭐?!"

저격수들이 의아해하는 사이 도폭선이 그들의 팔뚝과 목을 휘감았다. 그들은 이게 뭔지 잘 알고 있었기에 깜짝 놀라서 풀려고 했다. 하지만 텅스텐 코일에 C—4계 플라스틱폭탄을 세밀히 바른 물건이다. 텅스텐 와이어를 어지간한 완력으로 끊을 수 있을 리 없다.

"아악!"

한세건이 어깨에 매단 리모콘을 정해진 순서대로 누르자 무선식 전기뇌관이 폭발하며 도폭선들이 터졌다. 팔뚝이 잘리고 목이 끊어지며 선혈이 사방으로 튀었다. 옥상에 널브러진 시신들은 그야말로 참혹하다. 마치 격렬한 전투 후의 참호와 같았다.

"젠장! 저건 악마다!"

악몽 속을 몽유하고 있는 기분이다. 분명히 그들은 절대적인 화력과 물량으로 상대를 압도하고 있었다. 적들은 지하실에 갇혀서 그저 경찰들의 구원을 바라고 있는 듯했다! 그러나 그게 단 한순간에 이 모양이 되어버렸다. 병사들은 겁에 질려서 물러났지만 그때 폭연을 꿰뚫고 한세건이 뛰쳐나왔다.

스칵!

손을 가볍게 휘두르는 것만으로도 피부와 살이 찢어지고 목뼈가 부러진다. 사람의 몸이 팽이처럼 빙글빙글 돌면서 허공을 날았다가 지면에 떨어져서도 한동안 빙글빙글 돈다. 발작적으로 총을 빼 드는 이들보다 훨씬 빠르게 적의 총이 불을 뿜는다. 서부영화의 한 장면처럼 나가떨어지는 병사들, 그 모습을 바라보니 진짜 모골이 송연하다.

어느덧 대부분의 병사는 죽고 박격포를 쏘던 소년병 한 명만이 남았다. 그는 오들오들 떨면서 한세건을 바라보았다.

"네가 박격포병인가?"

한세건은 살아남은 병사를 보며 천천히 다가왔다. 박격포를 다루고 있던 병사는 캄보디아계 병사였는데 권총을 쥐고 있는 손이 크게 흔들리고 있었다. 이제 막 10대 중반을 넘어선 소년병인 걸로 보아 마법사라든가 그런 건 아니고 그저 블랙 네트워크를 따라서 여기저기 떠돌던 용병인 것 같았다. 우연찮게 사준에게 고용되어서 이 모양인가?

한세건은 피식 웃더니 손을 휘둘렀다.

콰직!

압도적인 힘에 의해서 소년병의 팔이 부러졌다. 이 소년병은 겁에 질린 상태에서도 방아쇠를 당기려 했었다. 하지만 한세건은 흡혈귀나 다름없는 상대, 미세한 근육의 움직임만으로도 그는 상대방의 기척을 읽을 수 있었다.

"일단 이 녀석은 살려둬서 심문해야겠군. 차 있는 곳으로 안내해!"

서린이 타고 온 오토바이는 벌써 부비트랩이 걸려 있을 것이다. 그렇게 생각한 세건은 소년병을 윽박질렀다. 이놈들이 타고 온 차를 이용해서 일단 이곳을 빠져나가야 한다. 경찰들은 총격을 피해서 멀찌감치 물러나 있지만 곧 기동대가 출동할 것이다. 그사이에 빠져나가지 못하면 위험하다.

말이 통하지 않아도 대충의 뜻은 알았는지 소년병은 연신 고개를 끄덕이면서 'Don't kill me!'를 연발하고 있었다. 세건은 그 소년병을 번쩍 집어 들고 계단으로 내려갔다.

"전멸했습니다."

사준은 전화기 너머로 들려오는 짤막한 보고를 듣고 할 말을 잃었다. 나름대로는 과하다 싶을 정도의 물량을 투입했는데 그들이 모조리 싹 쓸릴 줄이야? 게다가 한세건과 김성희는 유유히 그 자리를 탈출해 자취를 감췄다고 한다. 경찰의 포위망을 뚫고 사라진 것으로 보아 이건 심령 금제가 작용한 것임에 틀림없다. 아마도 김성희의 수완이리라. 그 여자가 굉장한 마법사라는 것은 알고 있었지만 일이 이렇게 될 줄은 몰랐다.

"그래서 뭐라고?"

조반니 반테로는 시가를 비벼 끄면서 맞은편 소파에 앉아 있는 사준을 바라보았다. 역시 이렇게 되는군. 이 녀석은 지금의 전화 통화를 엿들었을 텐데도 태연스럽게 물어본다. 한세건을 묶어두었다는 카드가 사라진 사준은 실눈을 뜬 채로 조반니를 바라보았다.

"한세건은 부상을 입어서 제 능력을 다 발휘하지 못하는 상태입니다. 훼방꾼인 아르곤도 국외로 탈출한 이상 이번에야말로 당신이 나설 찬스라고 보는데요?"

거구의 흡혈귀는 불만스러운 표정을 지어 보였다. 이 사준이라는 놈은 지금까지 브로커로서 그냥 정보만 파는 게 아니라 명확한 목적의식을 지니고 움직이고 있었다. 그러던 놈이 이제 와서 일이 꼬이기 시작하니까 자신에게 접근해서 감언이설을 늘어놓다니?

"이봐, 이봐. 분명히 지금이 찬스일지도 몰라. 하지만 자네가 지금까지 저지른 일을 내가 모른다고 생각하지는 않겠지? 그게 과연 진짜 찬스일까?"

"정보 상인이라는 건 원래 그런 거라는 것도 모르지는 않으실 텐데요? 이런 게 다 리스크라는 거 아니겠습니까?"

사준은 태연하게 답했다.

그는 지금 굉장히 수세에 몰린 상황이다. 막말로 조반니가 그동안의 불성실을 이유로 당장 덤벼들 수도 있는 것이고 한세건이 힘을 회복해서 보복하러 올 수도 있다. 게다가 그의 배후에 있는 마법사 조직에서는 충동적인 일 처리로 한세건을 건드려 서울이란 영지를 빼앗지도 못하고 되레 조직을 궤멸시킨 죄를 물을 것이다. 하지만 그런 긴박한 상황 속에서도 사준은 침착했다. 그것 하나만은 높이 사줄 만하다.

"아니."

조반니는 문득 벌떡 일어나서 사준에게 손을 뻗었다. 손아귀에 쥐고 잡아당기는 것만으로 사람의 살점이 찢어지는 흡혈귀의 손이다. 하지만 사준은 그 손을 피하지 않고 가만히 있었다. 조반니는 사준의 얼굴을 양손으로 잡고 그의 가느다란 눈을 노려보았다. 사준은 태연자약했다.

"시체의 눈이군."

조반니는 한마디로 그렇게 평했다. 차갑고 아무런 감정도 없는 눈동자, 그런 눈은 인생을 완전히 망가뜨린 흡혈귀들 사이에서도 그리 흔하지 않다.

"그렇습니까? 하하핫."

사준은 웃음으로 얼버무렸다. 조반니는 그제야 사준의 얼굴에서 손을 떼었다.

"이미 마음이 뒈져 있는 놈이 뭐 그리 재미 볼 게 있다고 이렇게 많은 일을 벌였는지 이해하지 못하겠는걸. 덕택에 나는 내 부하들도 잃고."

"그 건에 대해서는 제가 손쓴 게 하나도 없습니다."

"아, 그런가?"

조반니는 투덜거렸다. 뭐 어찌 되었든 아르곤도 빠지고, 한세건도 부상을 입었다면 지금만큼 절호의 기회가 없다. 게다가 사준의 부하들도 열심히 한세건에게 공격을 퍼붓고 있는 듯하니까 이전과 달리 총알받이도 많이 있는 셈이다. 사준이 이제 와서 협력해 달라는 것에 응하는 것은 마음에 들지 않지만 한국에 어려운 발걸음을 한 이상 수확을 챙겨 가고 싶다.

"해봐서 손해는 없을 듯하군."

조반니는 사준의 뜻에 응하기로 했다. 어차피 서린을 얻기 위해서는 한세건을 제거해야만 한다. 그리고 지금 이 순간이 바로 그 절호의 기회라는 것은 의심할 여지가 없다. 설사 사준이나 그 일당이 다시 함정을 판다 하더라도 그건 나중 가서 생각해도 될 일이다.

게다가 사준은 더 이상 함정을 팔 여유로운 상황이 아니다. 흡혈귀들조차 두려워하는 광기의 마수, 한세건을 적으로 돌려 버린 것이다. 조반니에게 협력을 요청하는 것도 그를 함정에 빠뜨리겠다는 생각보다는 일단 한세건을 막자는 생각이 더 클 것이다.

"감사합니다. 그럼 움직여 볼까요."

사준은 실실 웃으며 자리에서 일어났다.

3

어제와 오늘, 연이은 괴사에 경찰들은 긴장하고 있었다. 완전무장한 무장 세력이 한 건물을 습격하는 것까지는 현장의 경찰들에게서 보고받은 대로였다. 그러나 잠시 후, 지원이 도착했을 때는 어찌 된 일인지 그 무장 세력은 시체와 장비들만을 남긴 채 철수한, 혹은 전멸한 뒤였다.

상황 조사에 착수한 경찰들은 곧 습격받은 건물의 지하에서 이 가게의 오너로 추정되는 여자의 시신과 상당한 양의 총기류를 발견할 수가 있었다. 하지만 대체 왜 여기에 무기가 있는지, 그리고 그들은 왜 여기를 습격한 것인지 좀체 알지 못했다. 몇몇 신문에서는 성급하게 테러 단체가 발견되었다고 공표했지만 대개 테러라 함은 일종의 전시효과를 노린 무력시위였다. 그런 성질이다 보니 사람들의 이슈가 될 만한 타깃을 노리게 마련이다. 이를테면 국회, 정부청사, 대사관, 유력한 사회인사 등을 노려야 비로소 효과가 있다. 대부분의 테러범은 표적에 대한 테러를 시행하고 난 뒤 죽게 되기 때문에 특히 그러하다.

하지만 이번의 놈들은 달랐다. 무슨 요구 조건이 있는 것도 아니고 자신들의 소속을 밝히는 것도 아니다. 마치 싸워서 적을 죽이는 것 그 자체가 목표인 것 같았다.

"아, 젠장. 정말 이건 인간이 할 수 있는 게 아니군."

특수 강력 범죄 특별 조사반에 소속된 조 형사는 기가 막혀서 상황을 둘러보았다. 이 몰골은 이전 플렉스 메디칼 사건과 일맥상통하는 게 많았다. 주위를 완전 초토화하는, 법치국가의 위신을 떨어뜨리는 강력한 범죄다.

"이건 감식반이 와서 현장을 뒤지려고 해도 한참 걸리겠군. 여기저기 시체가 널려 있으니까 뭐……. 여기가 무슨 전쟁터 같아. 북한 놈들 내려온 거 아냐?"

"틀림없이 전쟁터지 뭡니까. 무기들 좀 봐요. 장난이 아닌데요. 그래도 무기가 다른 걸 보니까 아무래도 북한 쪽은 아닌 것 같고."

박 형사 역시 투덜거리며 디지털 녹음기를 들고 사정 청취를 위해 걸어 나갔다. 총격전에 포격까지 시가지에서 벌어졌을 정도니 근처의 사람들이 남아 있을 리는 없지만 하다못해 이 아르쥬나라는 가게에 대한 평판이라도 들어봐야 하지 않겠는가? 지하실에 무기가 잔뜩 있는 걸로 봐서는 역시 평범한 인물은 아닌 것 같은데 현재까지 서류상으로는 문제 되는 점이 없었다.

"뭔가 요즘 들어서 일어나는 일들과 깊은 관련이 있을 것 같은데."

하지만 그건 막연한 의심일 뿐, 요즘 일어나는 일들과 유기적인 관련이 있다는 증거는 없었다. 조 형사는 피 냄새가 물씬 풍기는 지하실에서 머리를 짓누르고 걸어 나왔다. 최근 들어 계속되는 경찰에 관련된 흉사 때문에 경찰직을 유지하고 있기가 힘들었다. 이제는 시가에서 박격포를 쏴대는 놈들이 나올 줄이야. 최근에는 정신과 치료도 받고 있는 중이다.

"이러다가 나도 선배님처럼 미쳐서 죽는 거 아냐?"

그는 한숨을 내쉬며 시체들이 즐비한 거리를 바라보았다.

어제와 오늘, 연달아 서울 각지에서 총기 사건이 일어나서 그런지 각지의 검문검색이 매우 강화되어 있었다. 그리고 수도권 인근의 군 병력들이 서울을 향해 몰려들었다. 아무래도 적들의 무장이 너무나 본격적이어서 민심의 혼란을 각오하고 군부대를 투입한 모양이었다.

하지만 검문검색을 수행하는 것은 결국 인간이다.

"자자, 여기요."

김성희는 대담하게 사람들에게 운전면허증을 들이밀었다. 경찰들은 처음에는 깜짝 놀랐지만 곧 그녀의 눈에 심령을 제압당해 쉽게 보내주었다.

"대단하군요."

서린은 내심 감탄했다. 그가 타고 있는 옆자리에는 팔이 부러져서 신음하고 있는 군복 차림의 소년병이 있는데도 경찰들은 김성희를 대뜸 통과시킨다. 아마도 마법으로 사람들을 조종하는 것 같은데 주문이나 그런 것도 없이 쉽게 사람들을 조종해 버린다. 같은 편이라서 망정이지 만약 적이었다면 두렵기 짝이 없는 능력이었다.

검문소의 사람들은 잠시 멍하니 서 있더니 흔쾌히 통과시켜 준다. 그 행동이 너무 자연스러워서 도저히 조종받는 사람으로는 보이지 않는다. 이런 걸 마법으로 쓰려면 심력을 많이 소모해서 힘들다고 했는데 그녀는 벌써 네 번째의 검문소를 간단히 통과하는 데도 지친 기색이 없다.

"이래서 인간들은 마법사를 못 잡아. 마법사들을 테트라 아낙스가 공격하지 않는 것도 바로 이런 이유고."

테트라 아낙스의 혈인 능력과 비슷한 능력을 마법으로 획득할 수 있는 존재이기 때문에, 테트라 아낙스는 그들을 자신들과 같은 통제자로서 보고 있다. 그리하여 흡혈귀와 마법사는 중립 관계가 된 것이다.

"그나저나……. 이래서야 이미 내 집 쪽은 완전히 막혀 있을 것 같은데 어디로 가죠?"

한세건은 살벌한 검문을 보며 혀를 찼다. 아무리 인원을 많이 풀어도 마스터가 있는 이상 뚫는 것은 문제가 안 된다. 하지만 상처를 회복하기 위해서는 안정적으로 쉴 곳이 필요하다.

"내 아지트로 가자."

김성희는 자신의 아지트로 차를 몰았다. 한세건은 상처의 재생을 위해서인지 다시 눈을 감았다. 흡혈귀로서의 부분을 일깨우면 손 하나 날아간 정도는 별로 대수롭지 않지만 그렇게 상처를 재생했다가는 어렵사리 유지하고 있는 균형이 깨질 우려가 있었다. 인간이었던 시절처럼 흡혈귀의 피를 쓰는 데 주의를 기울여야 했다. 흡혈귀의 피 자체는 악영향을 끼치지 않는다고 생각되지만 아직까지 그 임상 효과가 확실히 규명된 것도 아니다. 한세건이 이렇게 흡혈귀화한 것도 어쩌면 그 때문일지도 모르지 않는가? 인간과 귀신의 경계를 걷고 있는 그로서는 경계하고 또 경계해야 할 일이다. 급하지 않으면 스스로의 재생력을 믿는 게 나으리라.

"이 친구도 부상을 좀 치료해야겠어요. 아파서 열이 나는데요?"

"팔이 부러졌으니 당연하지. 이걸로 치료시켜."

한세건은 흡혈귀의 피와 주사기를 그에게 건네주었다. 서린은 그걸 보고 조심스럽게 피를 주사기에 채워 넣었다.

"히이익!"

소년병이 겁에 질려서 고개를 휘휘 저었다. 아마도 무슨 자백제쯤으로 생각한 모양이다. 소년은 자신이 아는 건 뭐든지 다 말하겠다고 외치고 있었지만 세건은 그를 무시했다.

"하하하. 괜찮아요, 괜찮아. 다 치료하자는 거니까."

서린은 웃으면서 소년병의 팔을 잡았다. 사람이 몸부림을 치는 힘은 굉장하다고 하지만 늑대 인간의 힘에 비할 바가 못 된다. 소년병은 깜짝 놀라서 서린을 바라보았다. 사준에게 설명을 듣고 작전에 임하긴 했지만 이 사람 좋아 보이는 소년 역시 저 괴물 같은 인간과 똑같은 힘을 가지고 있었다.

소년병의 저항이 잦아들자 서린은 그의 팔에 흡혈귀의 피를 주사했다. 그러자 곧 상처가 쉽게 아물고 부러진 팔뼈도 원래대로 돌아갔다. 그 변화가 너무나 급작스러워서 소년병은 놀란 듯했다.

"반응을 보아하니 정말 몰랐던 것 같은데요?"

사준의 일당이 된 지 오래되었다면 흡혈귀의 피에 대한 정보 정도는 알고 있어야 할 것이다. 그러나 이 소년은 아무것도 모르는 듯한 태도를 보였다. 하긴, 만약 흡혈귀와 같은 이질적인 존재에 대해 알고 있다면, 투입될 당시 사이키델릭 문을 사용하고 있었으리라. 헌터들이 뱀파이어의 능력을 빼앗기 위해 그들의 피로 만들어낸 마약 사이키델릭 문은 혈관 투여를 통해 무시무시한 전투력 상승 효과를 가져온다. 하지만 사준은 이 병사들에게 사이키델릭 문을 쓰게 하지 않았다. 그렇다는 것은 이들은 단순한 소모품인가?

"그러면 필요가 없는데? 그냥 풀어주면 보나 마나 밀입국자 신세가 될 테고. 경찰에 잡히기라도 해서 쓸데없는 이야기를 하면 곤란해."

"그럼 데려갈까요?"

"너 미쳤냐?"

한세건이 그리 반문하자 서린은 할 말이 없어서 입을 다물었다. 한세건은 서린에게 핀잔을 주었다.

"어려서 불쌍해 보인다는 소리는 하지 마. 돈을 벌기 위해서 용병으로 나섰을 정도면 이미 사람쯤은 죽여봤다는 소리다. 그건 알고 있겠지?"

"그래요?"

서린은 몰랐다는 듯 반문했다.

"내란이 극심한 나라 등에서는 초콜릿 한 조각 때문에 방아쇠를 당기는 소년병이 득시글거린다고. 그런 녀석들에게 총알을 맞아보고 나면 나이가 어리니까 용서해 주자는 말은 목구멍 안으로 기어들어 갈 거다."

한세건은 투덜거리며 소년병을 바라보았다. 이 녀석은 겁에 질려서 파들파들 떨더니 조심스럽게 서린에게 다가갔다. 말은 통하지 않지만 서린은 자신을 편들어주고, 한세건은 그렇지 않다고 느낌으로 알아챈 것 같았다. 나름대로 눈치는 있는 모양이다.

"그렇지만 죽여서 입을 막기는 좀 그렇잖아요?"

서린은 소년병을 측은히 여겼는지 세건에게 그리 말했다. 한세건의 성격으로 미루어 보아 저런 소리까지 나올 정도면 심문이 끝난 다음엔 입막음 삼아 죽여 버릴지도 모르는 일이다. 그러나 그때 한세건의 인상이 찡그려졌다.

"죽여서 입을 막을 필요는 없어. 상대가 인간인 이상 기억 조작도 충분히 가능하니까."

"아."

그사이 그들이 탄 승합차는 톨게이트를 빠져나와 국도 위로 올라왔다. 인적이 드문드문 있는 시골 풍경이 펼쳐졌다.

"아, 다 왔다. 저기야."

김성희는 평지 사이에 있는 작은 농가를 가리켰다. 두꺼운 경화성 벽돌로 지어진 집이었는데 지붕 위에는 태양열을 모으기 위한 집광판이 붙어 있고 위성 TV 안테나로 보이는 것들도 달려 있었다. 서린은 주위를 둘러보고 깜짝 놀라서 김성희에게 물어보았다.

"괜찮아요? 사방이 탁 트여 있는데. 포위당하면 위험하지 않겠어요? 상대는 박격포를 서슴없이 쓴다고요."

"공격에 대항한 방어 장치는 얼마 없지만 어쩔 수 없잖아? 지금은 당장 몸을 피할 곳이 아쉬우니까."

방어 장치나 비밀 통로 등이 갖춰진 안전가옥을 만들기 위해서는 많은 돈이 든다. 김성희나 한세건이나 돈에 부족함을 겪는 입장은 아니지만 언제 쓸지 모르는 안전가옥에 그 정도의 돈을 부을 여유는 없었다.

김성희는 안전가옥 앞에 차를 세우고 문에서 내렸다. 안전가옥을 마련한 지 몇 년이 되도록 쓴 일이 없어서 여기저기에 폐가 분위기가 물씬 풍겼다. 하지만 남이 침입한 흔적은 없었다.

김성희는 안도의 한숨을 쉬고 조심스럽게 문을 열었다. 안은 일반적인 가정집처럼 되어 있었는데 먼지가 자욱하게 쌓여 있었다. 어찌나 상태가 심한지 서린은 신발을 신어야 하나 벗어야 하나 망설여졌다.

"일단 청소를 좀 해야겠군. 서린, 차 몰 줄 알지?"

"차요? 일단 몰 줄은 알아요."

"뭐, 어차피 길이 좀 험하긴 해도 경찰도 별로 없고 하니까 저기 읍에 가서 수건하고 세제, 그리고 먹을 것 좀 사 와. 아무래도 안전가옥 안에 준비된 것은 없으니까."

다 큰 어른이 미성년자에게 무면허 운전을 강요하다니? 서린은 약간 씁쓸해져서 소년병을 바라보았다. 아마도 그를 보내놓고 심문을 할 예정인 것 같았다. 소년병도 그 낌새를 눈치챘는지 당혹스러워했다. 그는 마치 서린이 그의 구세주라도 되는 것처럼 매달려 있었다.

"아, 괜찮아. 괜찮아. 별일 없을 거야. 그러면 전 다녀올게요."

서린은 승합차에 올라서 시동을 걸었다. 그렇게 차가 달려가자 한세건은 천천히 목을 풀면서 소년병을 바라보았다.

"자, 그러면 우리는 우리 일을 시작해 볼까?"

소년병은 와들와들 떨면서 한세건을 바라보았다.

"이거 차암, 정말 뭐라고 해야 할지 모르겠어."

이제 10대 초반으로 보이는 금발의 소녀가 베레모를 머리 위에 쓴 채로 TV에 시선을 돌리고 있었다. 두꺼운 블라인드로 완전히 빛이 차단된 방에서 대형 플라스마 TV만이 빛을 뿌리고 있었다. TV 화면 아래에는 '연이은 괴사. 다시 시작된 총격'이란 자막과 함께 특집 방송이 나오고 있었다.

한세건과 사준의 충돌은 미친 달의 세계를 벗어나 이제 사회에까지 영향을 끼쳤다.

"테트라 아낙스가 한국에도 있었다면 이렇게 되지는 않았을 텐데. 다들 정말 너무했어."

벌써 공항과 항만에서는 출국 통제가 시작된 모양이다. 그나마 다행이라면 아르곤 일당은 통제가 시작되기 전에 잽싸게 비행기를 타고 출국해 이 불똥을 피했다는 것이다. 만약 이 혼란에 아르곤까지 가세했다면, 일은 걷잡을 수 없는 방향으로 흘렀을 것이다.

"걱정되시는 거죠?"

그녀의 곁에 선 흡혈귀가 테이블 위에 비워진 찻잔을 거두며 물어보았다. 그러자 소녀는 흠칫 놀라서 그를 바라보았다.

"흥. 뭐, 걱정이 안 된다고 하면 거짓말이겠지만… 내가 나서서 도와줄 수는 없는걸? 아니, 오히려 한세건이 다쳤다면 지금이 찬스라고 생각되는데?"

한세건이 아르곤과 아그니의 협공으로 중상을 입었다는 사실은 이미 흡혈귀들 사이에 잘 알려져 있었다. 아그니가 스스로 그 정보를 각지에 뿌리고 다닌 것이다. 그 모습을 보자니 자신이 한세건을 부상 입힌 게 매우 자랑스러워서 그러는 것 같았다.

하지만 아그니는 동료인 흡혈귀들조차 먹어치울 먹잇감으로 보는 탐욕의 화신이다. 그는 어떤 수단을 써서든 자신의 힘을 늘리고 싶어 하기에 그의 정보를 믿고 뭔가를 한다는 것은 대단한 도박이다. 마리아도 말은 그렇게 했지만 지금 한세건을 공격할 생각은 없었다. 아니, 앞으로도 한세건을 공격할 수 있을까?

"대체 왜 서린은 한세건과 실제로 혈연관계도 아니면서 그를 형이라고 부르는 거지?"

"한국에서 나이 차가 나는 친구는 일반적으로 형, 동생이라고 부릅니다. 그들에게 있어서 친구라는 건 결국 가족과 다름없다는 거지요."

꿈보다 해몽이 좋다고 해도 이 정도면 정말 굉장한 편견이다. 뭐, 어느 정도 맞는 말이기는 하다.

"우웅… 그러니까 브론데가 하고 싶은 말은 서린은 한세건을 가족으로 여기고 있다는 뜻이지? 역시 그 말은?"

그녀가 고개를 돌리자 검은 양복을 걸친 반백의 장년 흡혈귀가 히죽 웃었다.

"실제로 지금도 같이 살고 있잖습니까?"

"그도 그러네."

서린에게 있어서 한세건이 형과 같은 존재라면 그를 죽였을 때 서린이 마리아를 용서할 수 있을까? 마리아 역시 언니를 잃었기 때문에 그 감정은 쉽게 상상이 되었다. 이래서야 설령 한세건이 죽여줍쇼 드러눕는다 해도 손대기 힘들지 않겠는가? 서린이랑 친하게 지내고 싶어 하는 그녀로서는 한세건에게 손대서 서린에게 미움 사고 싶지 않은 것이다. 물론 그렇다고 복수를 포기하자니… 그것도 못할 짓이다.

문명이 발달하기 이전, 흡혈귀들은 흡혈귀 사냥꾼들에 의해서 종종 살해당했다. 지금처럼 태양광을 확실히 차단할 만한 차광막이 있는 것도 아닌 이상 그들이 태양광을 확실히 피하기 위해서는 동굴이나 관을 필요로 했다. 그러다 보니 흡혈귀 사냥꾼들은 쉽게 흡혈귀의 심장에 말뚝을 박을 수 있었고 그렇게 되면 흡혈귀들은 죽음을 맞았다. 아무리 재생력이 뛰어난 흡혈귀라고 하더라도 심장을 직접적으로 파괴당하면 대책이 없기 때문이다.

하지만 문명이 점차로 발전하게 되면서 흡혈귀들은 더 이상 흡혈귀 사냥꾼들에게 당하지 않았다. 사람들이 밤낮을 가리지 않고 활동하게 되면서 밤의 세계를 살 수밖에 없는 흡혈귀들은 고독을 피할 수 있게 되었으며 또한 인간들 틈에 섞여서 헌터의 눈을 피할 수 있었다. 더 이상 그들은 관에 누워 있을 필요가 없었고 그들이 밤에만 모습을 드러낸다고 하여 이상하게 여길 사람들도 없어졌다.

반면 헌터들은 문명사회의 법에 휘둘리게 되었고 애초부터 강자의 위치를 차지하고 있던 흡혈귀들은 문명의 힘을 빠르게 익혀 헌터들을 제압했다. 덕분에 흡혈귀들은 헌터들에 비해 우세를 차지하고 있었다. 그들은 포식자였고 헌터들은 운명이 정한 먹이사슬을 벗어나기 위해 몸부림치는 약자였다.

그래도 흡혈귀들은 자신들의 죽음, 헌터나 다른 존재에 의한 죽음을 각오하고 있었다. 마리아의 언니, 메시아도 죽음은 이미 각오한 뒤에 한국에 왔으니까.

그러나 그렇다고 해서 그녀의 죽음에 대해 복수를 안 할 수는 없다. 상대는 버젓하게 살아서 지금도 흡혈귀를 사냥하고 있는 한세건이고 그녀는 흡혈귀였으니까.

솔직히 마리아가 서린에게 반하지 않았다면 신경 쓸 것도 없다. 외려 반길 만한 일이다. 그녀의 원수인 한세건이 고생한다는 것은 분명히 즐거운 일이 될 테니까.

하지만 그녀는 서린이 좋아졌다. 게다가 만나면 만날수록 점점 더 좋아지고 있는 게 문제다. 이렇게까지 남을 좋아해 본 적이 없었는데……. 마리아는 속상해서 발을 동동 굴렀다.

"아아, 골치 아파. 그런데 이 상황은 어떻게 되는 것 같아? 사준이란 어설픈 마법사랑 한세건이 싸운다면?"

"아그니의 정보가 사실이고 상당한 부상이 있다고 해도, 마수 한세건은 그리 호락호락한 상대가 아닙니다. 다만 사준이란 자의 내력은 아무래도 의심스럽고, 그 능력도 파악이 안 된 터라… 만약 사준이 일반적인 마법사에 불과하다면 한세건이 이길 테고, 예상 이상으로 사준이 강력하다면 승부를 점칠 수 없겠지요."

"그런 이야기는 누구나 할 거야, 브론데. 좀 괜찮은 소리는 못 하겠어?"

"물론 변수가 있습니다. 조반니 반테로가 이 기회를 어떻게 보는가 하는 거지요. 석세서들은 자존심이 강하긴 하지만, 서린을 손에 넣고 싶어 하는 마음은 그 자존심보다 더 강할 테니까요."

일이 이런 상황이 되는 판국에도, 서린이란 존재는 여전히 매력이 있다. 그래서 마리아는 더더욱 걱정이 되었다.

"아무래도 안 되겠어. 내가 직접……."

"그런! 곤란합니다, 주인님! 직접 움직이시면……."

흡혈인자인 VT는 흡혈귀의 생명력이자 혈인 능력의 원천이다. 이것은 늘이기가 쉽지 않아서, 오랜 시간을 들여서 인간의 피를 섭취하면서 높일 수밖에 없다.

하지만 그런 VT조차 편법으로 증강시킬 방법이 있다. 바로 다른 흡혈귀의 피를 자신에게 융합시키는 방법이다. 단 이렇게 되면 다른 흡혈귀는 필연적으로 죽게 되고 그 혼자 남는다.

다른 흡혈귀들이 마리아를 노리고 있는 것도 그런 이유에서였다. 진마 마리아는 어린아이의 몸을 가지고 있기 때문에 아무리 VT가 높아도 격투전에서 취약할 수밖에 없었다. 그런 그녀가 직접 나선다면 그녀를 노리는 아그니나 다른 흡혈귀들이 가만히 있지 않을 것이다.

"나도 알아, 이게 얼마나 위험한 일인지. 하지만 그렇다고 언제까지 이러고 있을 수는 없잖아? 이러고 허송세월하고 있을 바에는 차라리……."

"아예 서린을 납치하지 그래요?"

"응?"

"일단 데려가면 그 성격에 뭐라고 하진 못할 겁니다."

"아, 아니, 그런……."

너무 매력적인 제안이라 마리아는 잠시 넋을 잃고 상상에 잠겼다. 확실히 서린의 자유의지를 존중하는 것도 좋지만, 이렇게 허송세월할 바에는 그냥 한번 강인하게 밀어붙이는 것도 괜찮을지도? 무슨 수단을 써서라도 납치해서 어디 근사한 태평양이나 지중해 같은 곳의 휴양지에서 정신을 차리게 하고 사정을 설명하면 서린 성격에 화는 내겠지만 곧 용서할 게 뻔하다.

"으음, 그, 그렇지만."

마리아는 입가를 쓱쓱 손으로 닦으며 고개를 저었다. 그렇게 하고 나서 끝나면 모르겠는데 서린이 살아 있다는 것을 알고 있는 이상 다른 놈들이 가만히 있을 리 없다.

특히 테트라 아낙스의 눈을 피하는 방법은 존재하지 않으니까 결국 평화롭게 일이 끝나지 않는다. 한세건과 달리 그녀는 서린을 노리고 몰려드는 이들을 다 물리칠 각오가 되어 있지 않았으니까.

"아쉽지만 지금으로서는 무리야."

냉정하게 생각해 본 결과가 이렇다. 하지만 그럼에도 불구하고 그녀는 자리에서 일어났다.

"해가 지는 대로 나갈 수 있게 준비해 줘."

4

심문이나 고문이라는 것은 상대가 말할 마음이 없을 때, 억지로 털어놓게 만드는 것이다. 즉, 상대가 이미 자발적으로 말할 마음이 생겼다면 고문이란 수단은 필요 없어지는 것이다.

소년병도 그건 알고 있었는지 자신이 아는 것은 죄다 말했다. 외국에 용병으로 나올 정도의 녀석이라면 짤막한 영어로 의사소통쯤은 가능하다.

하지만 역시 괜찮은 정보는 얻지 못했다. 사준에게 다른 아지트가 있다는 것은 알게 되었지만 이 소년병은 그저 오가는 차에 올라탔을 뿐이지 정확한 위치를 알지 못했다.

"이래서야 아무 쓸모도 없군."

한세건은 염동력을 이용해 소년병의 팔을 뒤로 묶었다. 소년병은 어쩔 수 없다는 걸 알았는지 순순히 응했다. 그가 도망치겠다고 달려봤자 한세건의 손을 벗어날 수는 없다. 여기서는 순순히 응하는 게 현명한 판단인 것이다. 하는 짓거리를 봐서는 영락없는 애지만 그럼에도 불구하고 역시 용병은 용병이랄까? 상황에 순응하는 적응력만은 대단했다. 괜히 자존심 내세우고 뭔가 있는 척하다가는 죽는다는 것을 이해하고 있는 것이다.

그 모습을 보던 김성희가 웃으면서 세건에게 말했다.

"너무 괴롭히지 마. 불쌍하잖아."

"용병이 불쌍해요?"

한세건은 김성희를 쏘아보았다. 아무리 그의 마스터라지만 그녀는 너무 안일하다. 아르쥬나를 무너뜨린 박격포를 쏜 장본인이 이놈이다. 살인쯤은 예사로 했을 것이고 여건이 허락된다면 강간 역시 예사로 했을 것이다. 물론 그게 다 이놈의 잘못이라는 것은 아니다. 어린 시절부터 환란 속을 누비고 다니다 보면 평화로운 사회의 인간들과는 그 가치관이나 생활양식이 많이 달라지게 마련이니까.

그러나 그렇다고 이 녀석이 저지른 짓을 모조리 환경의 탓으로 돌릴 수는 없다. 아무리 환경이 그를 이렇게 만들었다고 해도 박격포탄을 발사하고 총을 쏘는 그 육신은 그의 것이다. 책임을 회피할 수는 없다. 실제로 자신이 당해보고 나면 환경 때문에 삐뚤어졌다고 너그럽게 용서할 사람은 없다.

"그래도 겁에 질려 있는걸. 마치 비에 젖은 강아지 같아."

"비에 젖은 승냥이겠죠."

한세건은 투덜거리며 손을 살펴보았다. 부담을 피해서 천천히 재생시켰어도 이제 손목까지 재생이 되어 있었다. 이 정도

속력이 유지된다면 오늘 하루 정도가 지나면 모든 상처가 다 나을 것이다. 즉, 사준에게 기회가 있다면 그것은 오늘 밤뿐이다. 그때 총공세를 가해서 한세건을 제거하지 않는 한 승산이 없다.

문제는 과연 오늘 안에 사준이 이 안전가옥을 찾아내는가 하는 것이다. 하지만 한세건은 그가 오늘 안에 이곳을 찾아낼 수 있을 거라고 확신했다. 차량에 발신기는 없었지만 사준도 마법사, 투시력을 발휘한다면 이곳을 찾는 것은 그리 어렵지 않다.

다행인 것은 아르쥬나에서 상당수의 적병을 매장시키고 왔다는 것이다. 소년병에게 들은 바로는 같은 아지트에 있던 용병의 수는 대략 30명, 마법사의 수는 자세히 모르지만 10명 내외라고 했다. 아까 전 아르쥬나에서 한세건이 쓸어버린 인간이 약 20명. 이제 사준이 동원할 수 있는 인간의 수는 얼마 되지 않는다.

과연 어떤 수로 공격해 올까?

"그러면 어디 일이 어떻게 돌아가는지 좀 볼까?"

김성희는 TV 리모컨을 붙잡았다. 그러자 화면보다 먼저 긴박한 리포터의 목소리가 들려왔다. 한세건이 TV를 돌아보니 이게 웬일인가? 그의 집이 활활 타오르는 모습이 보이는 게 아닌가?

"이런 빌어먹을."

예상은 하고 있었다. 한세건 그 자신이라 해도 저렇게 했을 테니까. 하지만 실제로 그 모습을 보니 속이 쓰렸다. 저 집은 단순한 집이 아니라 그가 만들어놓은 거점이고 성이다. 흡혈귀로 치자면 영지라고 할 수 있는 것이다. 그런 것을 저렇게 허망하게 잃다니.

하지만 타오르는 불길을 보며 한세건은 내심 실소했다. 그는 처음부터 약자였다. 가진 것은 하나도 없이, 흡혈귀들로부터 빼앗을 것만 있던 약자. 그런 그가 이제 와서 상실을 아쉬워하는 입장이 될 줄이야.

"타락했군, 나도."

한세건은 이를 갈았다.

"뭐, 좋아. 덕분에 오래간만에 잃을 거라곤 목숨밖에 없는 몸이 되었군. 잘됐어, 차라리. 아니, 기쁘게 하는군. 그때의 마음으로 그 녀석의 동생과 싸우게 될 줄이야. 이것도 운명이라는 건가?"

한세건으로부터 살기와 악의가 풀풀 넘쳐흐르자 검은 안개가 치솟아 오른다. 착시도 환상도 아닌 어디까지나 진짜 안개였다. 소년병은 그 모습을 보며 기겁했다. 안개 속에서 얼핏 사람들의 모습이 보였기 때문이었다.

"히이이익!"

그때 리포터가 옆에 서 있는 경찰 관계자에게 마이크를 돌렸다.

'지금 불길이 거세어서 접근하지 못하고 있는 상황입니다만. 어떻습니까?'

'안에서 계속 탄약과 폭약 등이 폭발을 일으키고 있는 것으로

보아 여기도 의문의 무장 세력과 관계가 있는 것으로 보입니다.'

'이곳에 대한 제보가 들어온 것은 익명의 제보자였다고 알고 있는데요. 혹시 그자가 무슨 관계가 있는 것은 아닙니까?'

아마도 사준이 불을 질러놓은 다음에 뒷정리를 위해서 경찰에 제보를 넣었음에 틀림없다. 저 건물의 소유야 붕 떠 있으니 단순히 등기부 등본을 조사하는 것만으로는 세건과 서린에게 조사의 손길이 미치지 않으리라. 하지만 문제는 근처 상점 등에 탐문했을 때다. 이미 그 마을 주위 사람들은 젊은 남자 둘이 낡은 교회 건물을 개조해서 알지 못할 기계들을 잔뜩 집어넣어 놓고 사는 것을 이상하게 여기고 있었을 터였다.

한세건이야 어차피 버린 몸이니 그렇다 쳐도 서린이 걸리게 되면 문제다. 녀석은 인간으로서 살아가는 것을 꿈꾸고 있었는데, 인간으로서 범죄자가 된다면 다시 인간으로 돌아갈 수는 없다. 가족들에게 돌아가는 것도 무리다.

하지만 관계자는 아직 거기까지 수사하진 않은 것 같았다.

'조사 중입니다만 자세한 상황은 아직 알 수 없습니다. 관계가 있을지도 모른다는 추측은 부정할 수 없습니다만 현재로서는 확실한 게 무엇 하나 없기 때문에……'

관계자는 책임을 회피하기 위해 중언부언 말을 늘이고 있었다. 지금 경찰 관계자들의 심정이 다 저럴 판이니 저 사람 하나를 놓고 뭐라고 할 것도 못 되리라. 이미 사건을 벌인 장본인들은 그들이 부릅뜨고 지켜보고 있는 검문소를 당당히 지나쳤는데 경찰들은 그것도 모르고 계속 그 근처를 이 잡듯 뒤지고 있으니까.

"민중의 지팡이도 수고가 많군."

한세건은 투덜거리며 일어났다.

"이거 참… 이렇게 되리라곤 생각지 않았는데."

예상도 못 했었다. 이런 식으로 그와 싸우게 되리라곤. 사준은 한숨을 내쉬었다. 이래서야 정말 형의 원수를 갚기 위해 함정을 판 것으로 보이지 않겠는가? 사실 그에게 형이란 결국 어찌 되어도 상관없는, 아니, 자신의 손으로 직접 죽이고 싶을 정도로 증오하던 상대였을 뿐이다. 뭐, 그것도 이제 와서는 아무런 소용이 없는 일이 되어버리고 말았다. 누군가를 그렇게 열심히 증오할 수 있는 것은 그만큼 뭔가를 사랑하고 아끼지 않으면 할 수 없는 일이다.

하지만 사준에게는 그런 게 없었다. 그의 눈앞에서는 만물이 평등한 쓰레기에 불과했다. 물론 그 자신까지 평등한 쓰레기였다.

원래 마법사란 잊혀진 비의를 탐구하는 욕망에 충실한 무리다. 문명개화 이전의 사회에서는 나름대로 중요한 축을 담당했지만 인간들의 힘이 강해질수록 그들은 점차 사회의 어둠 속으로 밀려 들어갔다.

그리고 그의 형, 사혁은 자신의 욕망에 충실하기 위해 흡혈귀 사냥꾼이 되었다.

하지만 사준은 욕망을 느끼지 못했다. 여자도, 돈도, 명예도 필요 없었다. 그에게는 살아간다는 게 대체 무엇인지 실감할 기회가 없었으니까. 그런 기회는 모조리 열정적인 형이 빼앗아 갔다.

그래서 그는 형을 싫어했다. 죽이고 싶었던 적도 몇 번이나 있었다. 하지만 사혁은 믿을 수 없을 만큼 강했고 그 힘의 차는 그리 쉽게 뒤엎어질 게 아니었다. 그래서 사준은 자신을 단련했다. 언젠가 형을 넘어서서 그를 죽일 수 있게 되기를 빌면서……

하지만 그의 형은 엉뚱한 놈에게 고꾸라지고 말았다. 진마사냥꾼 한세건. 인간일 때의 몸으로 사혁을 죽인 그는 끝없는 증오로 움직이는 마수였다. 흡혈귀들에 대한 광범위한 증오와 자기 자신에 대한 혐오를 동시에 느끼고 있는 그는 도저히 남 같지 않았다. 하지만… 그는 사혁을 죽였다. 사준에게 있어서 몇 안 되는 목표를 그가 제거해 버린 것이다.

그로써 사준은 다시금 평소의 그로 돌아올 수 있었다. 아무런 목표도 없이 그저 하루하루 살아갈 뿐인 쓰레기로 돌아온 것이다.

그런 일로 한세건을 원망하진 않았다. 그에게는 불가능했던 일이 한세건에겐 가능했을 뿐이다. 그렇게 생각하니 마음도 편해졌다. 그저 삶을 즐기고, 흥미가 생기면 순수하게 그 충동을 실행했다. 문득 생기는 감정, 불안함, 질투, 동정, 연민, 자비……. 모든 감정을 충동으로서 실행했다. 그래서 그는 길 잃은 개들을 거두어들이고 또한 함정에 멋대로 발을 들이는 한세건을 후려쳤다. 사혁에 대한 어떤 사심 없이 그저 계책을 걸기좋아서 계책을 걸었다.

지금에 와서는 약간 후회가 되긴 하지만 다시 그런 상황이온다면 그는 아무런 거리낌 없이 똑같은 짓을 반복하리라. 충동이란 소중한 것이다. 그때의 격렬한 감정을 무시하고 지나쳐버리면 나중에 가면 갈수록 인생, 재미없어질 테니까.

"그렇지만 정말 재미없군, 이런 전개는."

사준은 방탄복을 입고 나이프를 다리에 매달았다. 오늘 밤은그도 출격한다. 더 이상 뒷짐 지고 앉아 있기에는 불이 너무나커져서 엉덩이가 뜨겁다.

"남은 인원은 우리 셋뿐입니다."

사준의 그림자처럼 숨어 다니는 3인의 마인이 그리 말했다.나머지 인간들은 어차피 쓸모가 없어서 사준은 그들을 빼버렸다. 괴물을 잡기 위해선 괴물이 필요하다. 인간 따위가 사이키델릭 문을 썼다 해서 그를 잡을 수 없다는 것은 비싼 수업료를치르고 깨달았다. 상대는 인간일 때 진마를 잡은 자! 그런 자가이제 '경계를 걷는 자'가 되었다. 어차피 인간이 사이키델릭 문을 투입해 봐야 흡혈귀 수준이 될 뿐이다. 흡혈귀 100마리를혼자 상대하는 괴물 앞에 물량을 투입한다는 것은 이 얼마나한심한 생각인가?

"셋이면 충분해."

사준은 그리 말하고 무장을 챙긴 뒤 시간을 살펴보았다. 해가 떨어지면, 한세건을 다시 습격한다. 그가 있는 곳은 이미 알고 있으니 이제 해가 떨어지기를 기다리면 된다.

그리고 마침내 해가 졌다. 김성희의 안전가옥에서 한세건은 천천히 숨을 들이쉬고 일어났다.

"밤이 되었군."

사준의 일당이 오늘 밤을 마지막으로 총공세를 퍼부을 것이다. 한세건은 자신의 손을 바라보았다. 이제는 손가락 끝까지 완전히 재생되었다.

"이 아이는 어쩌죠?"

서린은 줄에 묶여 있는 소년병을 바라보았다. 이대로 놔뒀다가는 공격으로 죽을지도 모른다. 하지만 풀어주면 또 그것도 문제다.

"네가 좋을 대로 해."

한세건은 담대히 말하며 장비 점검을 시작했다. 아르쥬나에서도 급히 빠져나오느라 챙겨 온 게 얼마 되지 않는다. 글록 18용 탄창이 네 개. 그리고 비스트 탄은 부피가 커서 고작 다섯 발이다. 도폭선도 몇 가닥 안 되고 폭탄은 하나도 가지고 나오지 못했다.

"젠장."

한세건은 이를 갈면서 소년병을 바라보았다. 그러자 소년병은 겁에 질린 표정으로 서린의 뒤에 숨었다. 나 참, 어차피 그

한 명, 전황에서 얼마나 큰 영향을 미칠지 모른다. 세건이 서린에게 턱짓을 하자 서린은 나이프를 꺼내서 소년병의 손목을 묶고 있던 끈을 끊었다.

그러자 소년병은 놀란 표정으로 서린을 바라보았다. 하지만 서린은 대답 대신 씨익 웃어주었다.

"가도 괜찮아. 피하지 않으면 이제 위험하니까."

"……."

피도 눈물도 없는 용병이지만 이런 것은 예외였을까? 소년병은 문득 연거푸 고맙다며 고개를 숙였다. 그러고는 즉시 꽁무니가 빠져라 내뺐다. 이곳에 오래 있으면 죽는다. 빨리 달아나지 않으면 목숨을 보전할 수 없으리라.

김성희는 그 모습을 보며 후훗 웃었다.

"나중에 제비처럼 박씨라도 물고 오는 거 아닐까?"

그녀는 얇은 날을 가진 중국식 직검을 들고 있었다. 칼을 가볍게 허공에 찌르니 팩 하고 바람을 찢는 소리가 난다. 거기에 리볼버가 한 자루, 여자가 쓰기에는 조금 부담스러울 것 같은 콜트 파이슨 357 매그넘이지만 그녀는 그것을 홀스터에 꽂아 넣었다.

"김성희 씨도 싸울 건가요?"

"나는 그냥 몸이나 지키는 정도로 하려고. 그러니까 잘해줘, 두 사람."

"아, 예."

서린은 어쩔 줄 몰라서 자신의 장비를 살펴보았다. 그가 무기로 선택한 것은 쇠로 만든 돈파와 나이프, 그리고 기관단총이다. 검술에 익숙하지 않은 그로서는 격투술에 가까우면서도 효과적으로 상대방의 도검류 공격을 막을 수 있는 돈파에 끌렸다. 쓰기도 단순하고 방어는 더할 나위 없이 원초적이다.

하지만 이걸로 사람을 치라고 하면 좀 갈등이 생긴다. 서린의 힘으로 이걸 휘둘러서 사람을 치게 되면 상대방은 죽는다. 날도 서 있지 않은 단순한 무기지만 휘두르는 것만으로도 인간이 죽을 흉기다.

따지고 보면 그는 이미 첫 살인을 저지른 몸. 그것도 그 상대는 자신의 절친한 친구였다. 하지만 과연 다른 인간의 모습을 취한 존재를 자기 자신의 의지로 죽일 수 있을까? 그건 의문이다.

상대가 조반니 반테로라면 모를까.

그때 멀리 국도를 따라서 일련의 차량이 움직이는 게 보였다. 창가에 기대어 밖을 바라보던 세건은 조심스럽게 연장 총열을 장착한 비스트를 창밖으로 겨누었다.

쾅!

폭음과 함께 창에 붙어 있던 커튼이 바람도 없는데 펄럭거린다. 그리고 그 순간 선두에 달려오던 차가 퍽 폭발했다. 이윽고 차 앞에서부터 연료가 불이 붙으면서 불꽃이 이동, 순식간에 연료통이 폭발하며 불덩이가 되었다. 하지만 차가 불덩이가 되기도 전에 문짝이 떨어져 나가고 차 안에 있던 그림자들이 밖으로 뛰어내렸다.

"이번에는 제대로 된 놈들인가 보군."

한세건은 투덜거리며 다시 총을 겨누었다. 후열에 있던 차 역시 바로 적들이 뛰쳐나왔다. 그들은 이내 뿔뿔이 흩어져 집을 향해 달려오기 시작했다.

쉬쉬쉬쉭!

한창 자란 벼들 사이를 지나가는 그들의 모습은 마치 바퀴벌레나 소금쟁이 같았다. 물 위를 달릴 수 있지 않을까 싶을 정도로 경쾌하고 빠른 속도. 하지만 한세건은 비스트에 탄을 장전했다.

쉬이이이익!

한 놈이 달려오면서 이쪽을 향해 대전차포를 발사했다. 팬저파우스트의 탄이 날아온다.

"맙소사!"

그러나 서린의 비명이 채 끝나기도 전에 한세건이 비스트의 방아쇠를 당겼다. 그러자 이게 웬일인가? 날아오던 탄이 공중에서 총탄에 명중! 그대로 파열되는 게 아닌가?

한세건은 놀랍게도 날아드는 로켓탄을 총탄으로 맞춰 버린 것이다. 하긴, 로켓탄의 초반 사출 속도는 그다지 빠르지 않기 때문에 충분한 거리가 있다면 인간을 초월한 존재들에겐 그리 어렵지 않은 표적이다. 게다가 세건이 이번에 장전한 탄은 비스트 특유의 고중량 탄자, 파열탄이었다. 탄자가 변형되면서 찢어지는 그 탄은 집중도가 높은 샷건과 같았다. 그러니 총으로 로켓탄을 맞히는 것도 일종의 클레이 사격이랄까?

"크아!"

그때 이번엔 어둠의 장막이 집 주위를 둘러쌌다. 적들이 마법으로 한세건의 시야를 가리려 했다. 탁 트인 곳에 있어서 공격하는 적들을 방어할 수단이 없는 대신 이쪽도 저격이 손쉽다. 그런 이점을 빼앗는 것이다.

"어머!"

하지만 김성희는 재빠른 해주(解呪)로 어둠을 거둬냈다. 한세건이 그 틈에 비스트를 발사하자 또 한 명이 나가떨어졌다.

그러나 그렇게, 비스트를 세 발 정도 발사했을 뿐인데 벌써 적들이 쇄도했다. 제일 먼저 나타난 것은 바로 조반니였다.

쉭!

그는 한세건의 뒤, 방 안으로 텔레포트해서 나타났다.

철컥!

한세건은 당황하지 않는다. 어떤 상황도 모조리 다 각오한 그는 그 상황에서 가장 현명한 선택을 한다. 그는 비스트를 내던지고 권총을 뽑아 들어서 조반니의 머리통에 겨누었다. 물론 조반니도 세건에게 그 석궁을 겨누었다.

이 석궁의 위력은 서린을 통해서 이미 알고 있다. 셀룰러가 듬뿍 들어 있는 탄은, 단 한 발만으로도 막대한 부담을 준다. 탄속이 총에 비해 하품 나게 느리기는 하지만 그렇다고 피할 수 있는 것은 아니다.

"난 오우삼 감독 싫어하는데?"

한세건은 서로 총을 겨눈 이 상황을 빗대며 그리 말했다. 그러자 조반니도 피식 웃었다.

"난 좋아하는데 그거 안됐군?"

그 순간 조반니가 방아쇠를 당겼다. 하지만 석궁은 발사되지 않았다. 한세건의 글록이 석궁에 장전된 화살머리를 막아서 활줄이 풀리기만 했을 뿐이다.

"아니?"

조반니는 대담하게 자신을 노려보는 세건의 눈동자가 푸르게 타오르는 것을 보았다. 눈 밑바닥에서부터 타오르는 증오의 불꽃을 본 순간 등골이 오싹하다. 흡혈귀인 그조차 압도하는 살의와 악의의 눈빛! 과연 마수라 불릴 만한 놈이다.

퉁!

한세건이 옆으로 몸을 빼자 화살이 튀어 나가 벽에 박혔다. 일반적인 활이나 석궁의 장력은 약 40파운드. 여성용은 그보다 적은 20파운드 정도가 원칙이다. 하지만 조반니 반테로가 들고 있는 저 석궁의 장력은 무려 130파운드, 도저히 인간의 힘으로는 당길 수 없는 무식한 장력의 석궁이라 그런지 석궁의 화살이 콘크리트 벽을 부수고 박혔다.

한세건은 몸을 옆으로 빼며 글록을 조반니에게 겨누었다. 그러나 그가 방아쇠를 당기는 순간 조반니가 팔을 들어서 총탄을 막아냈다. 역시 전신을 방탄 소재로 두르고 있는 이 거구의 흡혈귀는 9㎜ 파라블럼탄을 방탄 암 패드로 막아내고 세건에게 돌진했다.

카아!

상단 돌려차기가 작렬했다. 콘크리트 벽이 무너지며 구멍이 뻥 뚫렸다. 하지만 한세건은 옆으로 미끄러지듯 움직여 그의 공격을 피했다. 그리고 문을 열고 들어오는 이들을 바라보지도 않고 등 뒤쪽으로 팔을 돌려 총을 쏘았다.

텅텅!

보디 벙커를 앞세우고 달려든 마법사는 글록을 쉽게 막았다. 역시 이렇게 장비를 갖추고, 준비를 갖추고 나니 한세건도 별게 아니다! 잘하면 여기서 진마사냥꾼을 죽이고 이름을 알릴 수 있는 기회! 보디 벙커를 들고 있던 마법사가 한세건에게 샷건을 겨누었다.

쉭!

하지만 그때 어둠이 그의 눈앞을 달렸다. 한세건의 손에는 어느 틈엔지 검은색의 양수겁이 들려 있었다.

콰직!

보디 벙커가 톱으로 썬 듯 깨끗하게 잘려서 떨어져 나갔다.

"아니?!"

가슴에선 피가 흐른다. 다행히 깊게 베이지는 않았지만 가슴이 철렁했다. 이 녀석! 대체!

그러나 마법사는 코웃음 쳤다. 어쨌든 저놈은 여전히 등을 보이고 있는 상태! 샷건으로 등을 갈기면 아무리 그라고 해도 죽겠지! 그는 샷건으로 한세건의 등을 겨누었다.

촤악!

하지만 이게 웬일인가? 샷건을 잡은 손이 잘려 나가면서 선혈이 쏟아진다.

"으아아악!"

한세건은 뒤에서 비명을 지르는 마법사를 무시하고 조반니에게 칠흑의 검을 휘둘렀다. 하나 조반니는 텔레포트로 한세건의 검격을 피하며 석궁을 발사했다. 한세건의 손은 완전히 나았지만 그 때문에 그가 상당한 부담을 안고 있다는 것을 간파했다. 지금 잠깐 붙은 것 정도로 맥박이 불규칙해지고 숨을 몰아쉬고 있으니까……. 역시 인간과 흡혈귀의 경계를 걷는 자는 재생력을 함부로 사용해서는 안 된다.

칵!

한세건은 날아드는 석궁의 볼트를 칠흑의 검으로 막아내었다. 칼 옆면에 맞고 미끄러진 석궁이 벽에 걸린 액자를 산산조각 냈다. 스치면서 베인 세건의 뺨에서 피가 흐른다.

"으아아!"

그때 서린이 지면을 박차고 조반니에게 뛰어들었다. 조반니는 실소했다. 세건이 그를 상대하는 게 아니라 서린 같은 풋내기가 덤벼들다니? 그는 어처구니가 없어서 무성의하게 서린을 향해 발차기를 했지만 그 순간 서린이 돈파로 조반니의 발목을 후려쳤다.

뻑!

조반니와 서린이 동시에 공격을 주고받았다. 하지만 서린은 공중에서 빙글 돌아서 벽면에 착지한 것에 비해 조반니의 발목은 깨끗하게 부러졌다.

너무 한세건에게만 신경을 쓴 탓일까? 아니면 그사이에 서린의 실력이 일취월장한 탓일까? 조반니는 화를 내며 옆으로 공간 이동 후 잽싸게 석궁을 재장전하는 것과 동시에 발사했다.

푹!

서린은 돈파를 세워서 방어 자세를 취했지만 돈파에 맞아서 미끄러진 석궁 화살이 옆구리를 스치고 소파에 명중했다. 방탄방검복도 130파운드 장력의 석궁 화살을 막을 수 없었는지 찢어지면서 선혈이 튀었다. 그나마 스친 게 다행이다. 스치게 되면 볼트 안에 있는 셀룰러에 의한 흡수 겔화가 일어나지 않으니까.

"아아아아!"

서린은 조반니에게 격노하며 달려들었다. 애송이 주제에 이제 와서 복수라도 해보겠다는 건가? 조반니는 불쾌한 기분이 들어서 소콤 핸드 건을 꺼냈다.

5

"크악!"

한편 현관으로 침투한 마법사는 피투성이가 되어서 나가떨어졌다. 한세건은 마치 유령이라도 되는 것처럼 쉽게 그들의 시야를 피했다. 사실 총알을 피하기란 한세건에게도 불가능하지만 이런 가까운 거리에서 인간의 시야를 벗어나기란 쉬운 일이다. 흡혈귀도 총알은 피할 수 없다 하면서도, 총을 든 인간 상대로 쉽게 승리를 거둘 수 있는 것은 바로 이 때문이다.

물론 이들은 더 이상 일반인은 아니다. 사이키델릭 문을 투여한 이상 지각 능력은 이미 흡혈귀와 대등하다고 해도 과언이 아니다!

하지만 그러면 뭘 하겠는가? 지각 능력이 갑자기 증가했다고 해서 그에 따른 전투 감각이 생기는 것은 아니다. 한세건은 좁은 집 안의 벽을 타고 달리며 천장을 박차는 등 3차원적으로 움직이는 데 비해 마법사들은 여전히 2차원적인 움직임을 취하고 있는 것이다.

철컥!

한세건은 마법사 한 명을 뒤에서 잡아서 그의 목을 한 팔로 조르고 그의 손에 들린 총으로 마법사들을 겨눴다.

깜짝 놀란 마법사들은 한세건에게 총을 겨눴다. 아무리 앞에 인간을 방패막이로 세운다고 해도 쏠 부위는 많다. 그리고 사이키델릭 문을 투여한 그들은 감각의 향상을 이용해 쉽게 그 부위들을 맞출 수 있었다.

하지만 한세건은 그들이 당황하는 사이에 이미 섬광 같은 연속 사격으로 그들을 쓰러뜨렸다. 이게 바로 경험의 차이란 것이다. 전혀 익숙지 못한 상황을 만났을 때, 경험이 없는 사람은 할 수 있을까 없을까를 점친다. 하지만 월야의 세계에서는 그 정도 시간이면 이미 승부가 갈리고 만다. 한세건은 다섯 개 이상의 다중 타겟에 대한 한 손 속사를 연습해 왔으니, 앞에서 어물거리다가는 순식간에 쓰러지는 게 당연하다.

하지만 그때였다.

빠지지지직!

갑자기 한세건의 몸에 전기가 올랐다!

"윽!"

깜짝 놀란 세건이 몸을 옆으로 굴려서 피하니 이게 웬일인가? 이번에는 아무런 일도 없이 뺨이 그어지고 피가 흐르는 게 아닌가?

"이런!"

사준이 집의 앞마당으로 태연스럽게 걸어왔다. 이 집은 비가 와서 가라앉을 것에 대비해서인지 1층이 지상에서 상당히 높게 지어져 있고 대신 반지하는 창고로 되어 있었다. 한세건은 그 현관에서 몸을 날리며 마당에 서 있는 사준에게 총을 쏘았다.

치이이익!

탄자량이 얼마 안 되는 9㎜ 파라블럼탄은 바로 증발해 버렸다. 역시 이 녀석은 전하 결계로 자신의 몸을 지키고 있다.

"이런, 이런. 이런 식으로 다시 만나게 되다니 슬프군. 조금만 마음을 열면 서로 이해할 수 있었을 것을."

먼저 친 놈의 대사치고는 지나치게 뻔뻔하다. 지금 이들이 처한 상황은 바로 감정의 에스컬레이트 현상이다. 먼저 한 놈이 나쁜 짓을 하면 그다음은 계속해서 악감정이 고조되어서 나중에 가면 수습할 길 없이 철천지원수가 되고 만다. 그것을 모르는 놈도 아닐 텐데 웃는 낯으로 저렇게 말하다니. 하지만 이전하 결계의 위력은 정말 보통이 아니다.

"나도 슬프다. 네가 뒈지면 너희 집 개들은 누가 키워주지?"

한세건은 그리 말하며 군용 나이프를 집어 들었다. 아무리 강력한 전하 결계라 하더라도 이 정도의 질량을 증발시키진 못하리라. 그리 생각한 그는 나이프를 던졌지만 그 순간 허공에 나이프가 멈춰 섰다.

"어쭈?"

돌들이 하늘로 떠오르고 방금 투입된 마법사들의 몸에서 나이프류가 뽑혀 나온다. 사준은 여전히 손끝 하나 움직이지 않고 한숨만 내쉬고 있었다.

"참, 정말 도도한 미인이다. 적당히 앙탈 부리다가 잡혀주는 게 좋지 않겠어, 세건? 이렇게 치고받다가는 증오밖에 남는 게 없다고."

철컥!

하지만 한세건은 대답 대신 총을 들고 떠다니는 나이프들을 향해 쐈다. 전하 결계가 걸려 있는 사준에게 총탄으로 타격을 주는 것은 무리라 해도 나이프들은 무방비다. 설마 전하 결계처럼 강력한 위력을 지닌 결계를 나이프들에게 죄다 걸었을 리는 없으니까.

타타타탕!

제각각 떠 있는 나이프들이 쉽게 총탄에 맞아버린다. 몇 개는 부러지고 몇 개는 휘어버렸다. 그 모습을 본 사준이 처음으로 표정을 바꾸었다.

"굉장하군. 그런 능력, 본 적도 없어. 더더욱 반하겠는걸?"

세건은 대답하지 않았다. 그러자 사준은 상의를 손으로 찢어 버렸다.

"갑자기 벗다니… 변태냐?"

"변신이다."

그 순간 사준의 몸이 팥죽 끓듯 부글부글 끓어오르더니 붉은 털들이 돋아났다. 역시 이 녀석도 라이칸스로프였다! 그것도 제 형과 똑같은 거대한 붉은 곰이 아닌가?

"쳇!"

전하 결계 때문에 세건이 공격할 방법은 없다. 어중간한 공격은 감전당할 뿐인데 이제 녀석이 변신까지 했으니 더더욱 난감하다. 이리된 이상 비스트를 믿을 수밖에 없다. 비스트의 탄속과 탄자량이라면 전하 결계도 뚫을 수 있을 테니까!

그렇게 생각한 세건은 집 안으로 뛰어 들었다. 하지만 그때 변신을 끝마친 사준이 몸을 날려서 유리창과 벽을 아예 부수고 집 안으로 먼저 뛰어 들었다.

"크르르르르!"

사준은 바닥에 떨어져 있는 비스트의 총열을 밟았다. 전하 결계가 일순간에 스파크를 일으키며 총열을 녹여 버렸다.

"흥!"

한세건은 바닥에 쓰러진 마법사의 시체를 잡아 들더니 사준에게 던졌다. 전하 결계는 막대한 심력을 소모하는 대술법, 그것이 이렇게 오래갈 리가 없다는 생각에서였다. 하지만 곧 던져진 마법사의 시체는 재가 되어서 사라져 버렸다.

"와우. 이것 참 나의 정력을 시험하는군그래? 상관없어! 더 많이 보내보라고! 다 태워줄 테니까!"

사준은 피식 웃으며 세건에게 달려들었다. 좁은 집 안이라 피할 곳도 없다!

철컥!

하지만 한세건은 칠흑의 검을 세워서 사준의 돌격을 막았다. 보기 드문 명검, 칠흑의 검이지만 전하 결계의 힘 앞에서는 금속인 이상 무용지물! 그러나 저 질량이 단숨에 증발하지는 않을 터! 사준도 심각한 타격을 입게 되리라!

깜짝 놀란 사준이 돌격을 멈추더니 앞발을 휘둘러 칠흑의 검을 파괴하고자 하였다. 하지만 그것은 세건 역시 예상한 상황이었다. 세건은 칠흑의 검을 들어서 사준의 팔을 피하고 앞으로 한 걸음 내딛는 것과 동시에 아래로 내리그었다.

카칵!

전기불꽃과 동시에 사준의 팔이 잘려 나가며 선혈이 튀었다. 하지만 유서 깊은 마검, 녹티스도 그 순간 두 동강 나버렸다. 전하 결계의 힘을 이기지 못하고 검 자체가 파괴되어 버린 것이다.

"이런!"

예상보다 너무 쉽게 파괴되었다! 게다가 사준이 팔을 들어서 막는 도중에 부러져서 팔만 자르고 끝난 것이다. 조금만 더 버쳐줬으면 단 일격에 죽이는 것도 가능했을 텐데! 불찰이다!

그때 사준이 남은 한 손으로 지면을 강타했다.

바지지직!

한세건의 발로부터 강력한 전류가 치밀어 올랐다. 전기에 감전되어 자유를 잃은 한세건을 향해 사준은 전력을 다해 앞발을 휘둘렀다.

타앙!

그러나 그때 뒤에서 관전하고 있던 김성희가 콜트 파이슨으로 사준의 견갑골을 쏘았다. 웨어베어의 막강한 방어력과 재생력이라 해도 근 메커니즘은 그대로다. 견갑골과 어깨 근육이 끊어지면 팔이 제대로 안 움직이는 것은 당연하다.

"윽!"

한세건은 그 틈을 타서 아슬아슬하게 사준의 앞발을 피할 수 있었다. 곰의 발톱이 가슴을 스치면서 선혈이 낭자했다.

"크윽!"

사준은 잘린 팔을 잡아서 붙이는 한편 한세건에게 이빨을 드러내고 달려들었다. 한세건은 벽을 손으로 밀치면서 옆으로 방향을 전환해 사준의 돌격을 피했다.

"헉… 헉……."

몸도 원상태가 아닌 데다가 가뜩이나 심장에 부담을 안고 있는 그에게 전기는 최악의 공격이었다. 몸에 힘이 안 들어가고 심장이 덜컥거린다. 그러나 그렇다고 해도 질 생각은 없었다.

카오!

사준은 포효를 내지르며 주문을 변환시켰다. 이번에는 허공에서 불꽃이 나타났다. 한세건은 혹시나 싶어서 몸을 굴려서 칠흑의 검을 사준에게 던졌지만 여전히 전하 결계는 유지되고 있다. 보통의 마법사라면 유지하기도 힘든 전하 결계를 쓰면서 다른 마법을 쓰다니?!

바지지직!

녹티스는 전기 방전에 녹으면서도 전하 결계를 뚫고 들어가 사준의 배에 박혔다. 하지만 사준은 코웃음 치며 녹티스를 쳐내고 세건에게 화염 덩어리를 날렸다.

세건 역시 도폭선을 날려서 그에 응수했다. 도폭선이 폭발하며 발생한 폭풍이 화염을 무산시켰다.

하지만 사준은 전하 결계를 발동하고 다시 돌격했다.

"카아아아!"

세건은 뒤로 빙글 몸을 굴려 사준의 첫 번째 일격을 피했다. 덩치가 산만 한 웨어베어가 달려오면서 집의 지붕을 덮고 있던 합판이 부서지고 흉측한 골조가 모습을 드러낸다. 세건은 바닥에 떨어진 합판 조각을 사준의 눈높이로 던져서 그의 돌진을 막고 주방으로 뛰어들었다.

콰직!

한세건은 벽을 박차고 달리면서 주방의 수도꼭지를 부수고 그 물줄기를 사준에게 돌렸다. 전하 결계에 물이 충돌하면서 전기 스파크가 작렬했다.

"이런!"

사준이 놀라는 사이 세건은 이미 벽을 박차고 그의 뒤로 돌아간 뒤였다. 전하 결계는 무한정의 힘을 가지고 존재하는 게 아니기 때문에 물줄기가 계속 퍼붓고 있는 지금 전하 결계를 유지했다가는 사준이 말라 죽을 것이다. 그렇게 판단한 세건은 전하 결계가 남았는지 안 남았는지 확인도 해보지 않고 하이킥으로 뒤쪽에서 사준의 머리통을 걷어찼다.

빠각!

각도가 좀 안 좋았는지 반동으로 세건의 몸이 뜬다. 하지만 사준은 엄청난 체중 덕인지 별 타격을 받지 않았다.

사준은 몸을 틀며 한세건을 향해 발톱을 휘둘렀다.

하지만 한세건은 괴물들 간의 격투전의 프로페셔널! 지면에 엎드리듯 낮게 몸을 숙여 손으로 땅을 짚고 사준의 공격을 피하고 앞으로 돌격! 팔꿈치를 앞세워 몸 전체를 던졌다.

콰직!

사준의 몸이 부웅 떠올라 벽을 부수고 집 밖으로 나가떨어졌다.

"세건아! 이것!"

김성희는 한세건에게 검을 던져 줬다. 아무리 격투에 뛰어난 이라 하더라도 맨손으로 웨어베어를 때려죽이기란 쉽지 않은 일이다. 전하 결계가 없어진 지금 검으로 찔러 죽이는 게 좋으리라! 한세건은 김성희가 던져 준 검을 받아 들고 사준에게 뛰어들었다.

"옴!"

그러나 그때 사준이 주문을 외우며 다시 손바닥으로 지면을 찍었다. 이번에도 방전인가? 깜짝 놀란 한세건이 점프했지만 이번에는 속임수였다. 사준은 네발로 지면에서 일어나서 허공에 떠오른 세건을 향해 덤벼들었다.

　쉭!

　한세건은 공중에서 검을 던졌다. 방금 전의 주문 페인트에 세건이 속은 것은 상대방이 마법을 사용했기 때문이다. 그게 혹시 다시 전하 결계를 친 것인지 아닌지 확인할 필요가 있었다.

　빠직!

　'젠장!'

　전하 결계가 다시 발동하는 것을 본 한세건은 속으로 욕설을 내뱉었다. 사준은 고개를 돌려서 세건이 던진 검을 피했지만 전기로 인해 녹아버린 검이 그 어깨에 박혔다.

　"끄워!"

　사준이 포효하면서 앞발을 세건에게 휘둘렀다. 금속조차 순식간에 증발하는 전하 결계를 걸고 육탄전으로 덤벼드는 것이다.

　쉭!

　그러나 한세건은 마치 놀리기라도 하듯 공중을 밟고 반대쪽으로 점프해 사준의 공격을 피했다. 흑영박의 술법을 이용해 허공에 주술의 사슬을 만들고 그걸 박차고 반대로 뛰어버린 것이다.

　"아니?!"

사준은 기가 막혀서 닭 쫓던 개 지붕 쳐다보듯 세건을 바라보았다. 설마 공중에서 이단 점프라니? 한세건에 대한 정보를 많이 모아두긴 했지만 이런 재주가 있는 줄은 몰랐다.

"젠장!"

쉬이익!

그다음은 하늘에서 비가 내리듯 도폭선이 사준에게 쏘아져 내렸다. 물론 도폭선은 사준의 전하 결계에 닿는 순간 여지없이 폭발했지만 한세건은 상관없다는 듯 도폭선을 쏟아부었다.

콰콰콰콰쾅!

폭발이 계속되자 사준이 피투성이가 되어서 물러났다. 폭발의 충격파로 귀와 얼굴 등이 피투성이가 된 것이다. 하지만 놀랍게도 두세 걸음 정도 물러나는 사이에 상처가 아물어간다.

"마법사 곰탱이라니, 이런 짜증 나는 일이 있나."

한세건은 빈손으로 혀를 찼다. 도폭선도 방금 퍼부은 게 끝이다. 탄약과 폭약이 잔뜩 있다면 전하 결계고 뭐고 간에 무시하고 공격할 수 있을 텐데 아르쥬나 습격 사건으로 인해서 폭약도 얼마 가지고 나오지 못했다.

전하 결계라는 건 이렇게 오래 유지할 수 있는 게 아닌데 사준이란 놈은 그 끝을 모르겠다.

"이런… 이제 끝인가? 힘들다고, 베이비. 좀 고분고분하면 얼마나 좋아. 그러면 듬뿍 사랑받을 수 있을 텐데 말야."

사준은 상처를 재생시키며 세건을 비웃었다. 세건은 눈썹을 찡그렸다.

"글쎄? 어떻게 생각하는지는 네 마음이지만."

한세건은 갑자기 등을 보이고 달렸다. 그 모습을 본 사준은 깜짝 놀랐다. 아니, 방금 전까지 살기등등하게 싸우고 있던 상대에게 등을 보이고 도망치다니?

"어이! 어디 가는 거야!"

사준은 일갈하며 세건의 뒤를 쫓았다. 네발로 땅을 딛고 달리는 곰을 상대로 두 다리의 인간이 도망치기란 쉽지 않다. 하지만 세건은 담벼락을 발로 밟고 횡회전으로 돌아서 타 넘어버렸다. 곰은 도저히 따라할 수 없는 민첩한 동작이다.

"헉… 헉헉……."

서린은 논두렁 위에 서서 조반니를 바라보았다. 이 거구의 흡혈귀는 석궁을 가볍게 장전하고 있었다. 지금까지 저놈이 쏜 게 다섯 발. 그런데도 아직 석궁의 장전 장치에는 화살이 다섯 개 더 남아 있었다.

"뭘 하고 있나, 리림? 설마 한세건이 그 친구를 물리쳐 주고 달려오길 바라고 있는 건 아니겠지?"

"……."

아닌 게 아니라 그렇긴 하다. 하지만 아무리 한세건이라 하더라도 아르곤과의 싸움에서 중상을 입고 난 다음에 탄약과 폭약도 제대로 갖추지 않은 상태니 어려워 보인다. 사준이 저렇게 나오는 것도 다 실력에 어느 정도 자신이 있으니까 그러는 것 아니겠는가?

"이 정도에서 투항하는 게 어때? 네가 투항하면 서로 어려운 일 없이 평화적으로 해결될 텐데?"

"미쳤어도 그렇게는 안 할 것 같은데."

서린은 그렇게 대답하고 기관단총을 들었다. 다른 흡혈귀들이라면 도저히 총질을 못할 것 같지만, 조반니라면 이야기가 다르다. 하지만 그때 문득 세건이 한 말이 떠올라서 서린은 멈칫했다.

"바보로군."

조반니는 총을 들고도 멈칫하는 서린을 보며 기막혀 했다. 어차피 그가 들고 있는 기관단총은 9㎜ 파라블럼탄을 쓰는 것. 어지간히 퍼부어도 조반니가 전투 불능이 될 일은 없는 무기다. 그런데 머뭇거리고 있다니, 역시 인간 세상에서 너무 오래 산 탓일까?

"당신이 남미에서는 꽤 영웅이라고 하던데, 당신 같은 괴물도 사람의 마음이 있나?"

그때 문득 서린이 말을 걸어왔다. 조반니는 어처구니가 없어서 잠시 한숨을 내쉬었다. 말을 걸고 틈이 생기는 순간 쏘겠다는 걸까? 하지만 기왕 걸어온 말이니 대답해 주기로 했다.

"레이건 대통령 때 잘나신 미합중국이 남미에 나쁜 짓을 꽤 많이 했지. 아무리 내가 흡혈귀라도 그런 꼴을 보면 속이 뒤틀려서 말야. 그냥 사람 살 만한 곳으로 만들어봤을 뿐이야. 흡혈귀라고 쓰레기통에서 살 수는 없잖아?"

"그렇다면 왜 여기서는 심한 짓을 하지?"

"소년, 그런 의문을 품는 것도 무리는 아닌데, 이거는 뭐 견해 차이란 거지. 나는 그렇게 심한 짓이라고는 생각하지 않는데."

"심한 짓이 아니라고?"

서린의 언성이 날카로워졌다. 하지만 조반니는 태연했다.

"혁진이란 놈은 객관적으로 나쁜 놈이었다고 보는데……. 그게 그렇게 나쁜 짓인가?"

"……."

서린은 할 말이 없어졌다. 확실히 혁진이 그에게 친한 친구이긴 했지만, 조반니 시선에서 보면 몹쓸 놈 아닌가? 혁진에게 린치당한 피해자들 입장에서는 정말 상종 못 할 악당이다. 따지고 보면 이건 악당들이 자기들 간에 의리를 챙기는 것과 흡사하다. 나쁜 짓 하다 죽은 놈의 형이 '내 동생의 원수를 갚아야겠다' 면서 다시 쳐들어오는 마피아 영화랑 똑같다는 것이다. 서린이 그런 생각에 빠지자 조반니가 풋 웃었다.

"이런, 이런. 소년, 너무 그렇게 침울해하지 말라고. 사실 착하고 나쁘고 뭐 그런 건 나도 별 관심이 없으니까. 지금 나는 테트라 아낙스의 심복으로 소년의 자유를 구속하려 하고 있잖아? 싸울 명분은 그것만으로도 충분해. 투항할 거면 하는 게 좋지만 또 그렇게 텐션이 떨어져서야 재미가 없다고. 인생, 재미있어야 하는 거야. 그럼 다시 시작해도 되겠지?"

조반니는 석궁을 발사했다. 서린은 깜짝 놀라서 뒤로 몸을 젖혔지만 다리에 석궁이 명중했다.

"큭!"

서린은 빙글 몸을 굴리며 기관단총을 연사했다. 하지만 조반니는 공간 이동으로 피해서 서린의 뒤를 점했다.

빠악!

마치 통나무를 도끼로 찍듯이 미들킥으로 서린의 몸통을 강타했다. 서린의 몸이 튕겨 나가서 물이 찰랑찰랑 들어차 있는 논 위로 떨어졌다.

촤아악!

물보라가 튀었다. 서린은 콜록거리며 논에서 몸을 일으켰다.

"젠장!"

"그래도 마음에 드는군, 네놈은. 서린이라고 했나, 보이?"

"이름도 모른다고 하진 않겠지?"

서린은 투덜거리며 무릎에 박힌 화살을 빼냈다. 그때였다.

"뭐 하는 거냐? 싸우는데 말하면서 노닥거리다니."

한세건이 길 위에 쪼그려 앉아서 조반니와 서린을 번갈아 바라보고 있었다. 깜짝 놀란 조반니가 그를 돌아보았다.

"설마 벌써 사준을 해치운 건가?"

한세건은 대답 대신 뒤에서 달려오는 사준을 손가락으로 가리켰다. 그러자 서린이 발끈해서 일어났다.

"대체 뭐 하는 거예요?! 형! 평상시 그렇게 잘난 체했으면 저런 미련 곰탱이 정도는 후딱 해치웠어야지!"

"그러려고 여기 온 거다."

한세건은 그리 말하고 조반니의 손에 들린 석궁을 바라보았다. 팁을 제외하고는 플라스틱으로 만들어진 볼트를 발사하는 석궁이다. 저거라면 전하 결계를 뚫을 수도 있으리라.

"몸 상태도 안 좋지만, 상황이 상황이다 보니까 어쩔 수 없군."

한세건은 몸을 풀면서 천천히 일어났다. 조반니는 기가 막혀서 한세건을 바라보았다. 지금 저 녀석, 이 석궁을 빼앗으려고 온 거란 말인가?

"나를 너무 얕잡아 보는군!"

조반니는 기가 막혀서 한세건에게 석궁을 겨눴다. 그러나 그때 갑자기 한세건의 모습이 눈앞에서 사라졌다.

"아니?!"

깜짝 놀란 그가 지면을 바라보니 푸른 불꽃이 그에게 달려들었다. 한세건이 지면으로 다이빙하듯 달려든 것이다.

콰득!

세건은 용조와 같은 손의 형태로 간단히 조반니의 팔을 자르고 석궁을 빼앗았다. 그는 마치 조반니에게는 관심도 없다는 듯 석궁을 빼앗은 뒤 몸을 돌려 보디 체크로 조반니를 들이박았다.

콰앙!

조반니의 몸이 그대로 하늘로 떠올랐다. 믿겨지지 않는다! 방금 전까지의 신체 능력과는 격을 달리하는 속도!

'이 자식! 전의 그건가?'

이상한 주문과 함께 심장의 봉인을 풀었던 모습을 떠올리며 조반니는 혀를 찼다. 사실 한세건에게 있어서 그 봉인은 자신의 몸 상태를 유지하기 위해 억지로 치고 있는 봉인이다. 즉 유지하는 데 오히려 마력을 쓰는 봉인이라서 그것을 푸는 데는 해제용 주문이나 술법 같은 게 필요가 없었다.

그럼에도 불구하고 적 앞에서 이상한 주문을 외친 것은 자신에 대한 거짓 정보를 뿌리기 위한 것! 조반니는 설마 바로 심장의 봉인을 풀고 덤벼들지 몰라서 당한 것이다.

투학!

한세건은 몸을 돌리며 달려오는 사준에게 석궁을 발사했다. 사준이 깜짝 놀라 옆으로 피했지만 그를 기다리고 있는 건 물이 찰랑찰랑 차오른 논이다.

"크앗!"

사준은 어쩔 수 없이 전하 결계를 풀고 공중에서 자세를 바로잡았다. 자신도 발을 담가야 하는 물인데 여기서 전하 결계를 펼쳤다간 자신이 자신의 술법에 감전당할 것이다.

"후우! 역시 부담이 큰걸. 빨리빨리 끝내지 않으면."

세건은 숨을 몰아쉬면서 석궁을 재장전하고 보지도 않은 채 등 뒤로 쏘았다. 깜짝 놀란 조반니가 텔레포트를 했지만 세건이 석궁을 발사하는 동작은 기척도 살기도 없었기에 이미 명중한 뒤였다.

"큭."

사준은 그런 세건을 바라보며 치를 떨었다. 전기 충격과 타격전의 쇼크로 빌빌거리던 세건이 갑자기 강해졌다! 게다가 그 몸의 상처가 흡혈귀 못지않은 속도로 재생하는데 이건 어찌 된 노릇인가?

"아직……!"

지금이라면 승산이 있다! 그리 생각한 사준이 몸을 일으켰지만 그때 세건이 미끄러지듯 걸어와 그의 앞에 섰다.

빠악!

아래턱에 폭발하는 듯한 어퍼컷이 꽂혔다. 약 600킬로그램에 가까운 사준의 몸이 번쩍 들렸다.

"아, 아니?"

세건은 어퍼컷을 날린 뒤 몸을 숙이나 싶더니 탄력 있게 풀면서 반대쪽 몸통에 팔꿈치를 꽂아 넣었다. 우적! 옆구리의 피부가 베이면서 늑골이 함몰되었다.

깜짝 놀란 사준은 반사적으로 앞발을 휘둘러 세건의 머리통을 후려쳤다! 맞기만 하면 사람 머리쯤은 산산조각 난다!

카득!

그러나 사준의 앞발이 뒤로 접히면서 덜렁거린다. 한세건은 몸을 일으키면서 팔꿈치로 사준의 앞발목을 찍어 분질러 버렸다. 마치 도끼 같은 팔꿈치다.

콰직!

그다음은 무릎차기가 사준의 몸통을 쑤시고 들어갔다. 사준의 거구가 지면 위로 떠올라 논밭으로 나가떨어졌다.

"크억… 킥……."

"아, 이런. 못쓰겠네. 농민들의 피땀 어린 결실을 이렇게 망쳐도 되는 거야?"

한세건은 투덜거리며 사준을 내려다보았다. 자신이 쳐서 날려놓고서는 별의별 소리를 다한다. 사준은 그리 생각하며 지면에 손을 댔지만, 눈앞이 빙글 돈다. 라이칸스로프인 그를 단순히 타격으로 이 모양으로 만들다니? 지금 한세건의 공격은 그야말로 일발 일발이 샷건과 같은 위력을 발휘했다.

철컥!

한세건은 석궁을 장전하더니 일어나려는 사준에게 인정사정 없이 쏘았다. 사준의 거구가 옆으로 구르며 한창 자란 파릇파릇한 벼들을 뭉갰다. 사준이 그렇게 옆으로 구르자 낮아진 그의 머리로 이번엔 서클 사커 킥이 날아들었다.

빠악!

목뼈가 뒤틀리며 사준의 몸이 벌떡 일어났다. 그러더니만 이번에는 반대쪽으로 줄 끊어진 인형처럼 맥없이 나가떨어졌다. 체중이 600킬로그램이 넘는 거대한 곰이 사람에게 맞아서 구른 것이다!

"맙소사!"

서린은 기가 막혀서 그 모습을 바라보았다. 이 강렬한 타격이라니! 지금까지의 한세건도 대단했지만 이번에 보는 한세건은 그야말로 강력했다. 도저히 누군가에게 질 것 같지 않다.

쿠웅!

논밭을 완전히 깔아뭉개며 사준이 나가떨어졌다. 거대한 곰이 지면에 떨어지니 흡사 지진이라도 일어난 것 같다.

타격이 너무 극심해서였을까? 지면에 떨어진 사준이 급격히 인간의 모습으로 돌아왔다. 원래 라이칸스로프의 신체라는 것은 생명이 위급해지면 강제 수화해서 상처를 재생하게 되어 있다. 하지만 이렇게 수화된 상태에서 원상 복귀되는 것은 수화로 인해 소모되는 힘마저 감당하기 힘들게 되었을 때다. 그야말로 생명이 경각에 달렸을 때라는 뜻이다.

역시 사준은 한세건의 적수가 되지 못한다. 마법사들의 절대적인 방패, 전하 결계로 한세건을 골탕 먹이긴 했지만 그것도 상황을 만들어내는 한세건의 전투 감각 앞에서는 무용지물이었다. 세건은 상황을 이용해서 사준의 전하 결계를 묶어놓고 제압할 수 있었던 것이다. 괜히 그가 인간의 몸으로 월야를 무사히 걸어온 게 아니다.

"서린! 이 녀석은 네가 맡아라."

그는 석궁을 서린에게 던져 주고는 조반니에게 향했다. 숨이 거칠어지고 강한 혈압 때문에 얼굴이 혈안이 되어 있지만 세건은 거칠게 숨을 몰아쉬면서 조반니에게 다가갔다. 이리된 이상 저놈도 아예 끝장을 내지 않으면 곤란하다. 몸 상태도 안 좋은데 심장의 봉인을 풀고 머신 건 하트가 작동하게 만들었으니 언제 쓰러질지 모르는 상황이다.

"허억, 허억⋯⋯."

조반니는 아랫배에 꽂힌 화살을 뽑고는 세건을 바라보았다. 세건이 혈안이 되어서 그에게 다가온다. 저 심장박동을 가속하는 기술은 큰 부담일 터, 이대로 놔두면 분명히 한세건도 한계에 도달할 것이다.

하지만 잘못하면 정말 아차 하는 사이에 죽는다. 한세건이 몸에 부담을 지는 만큼, 그 공격력의 상승은 크다. 방금 전까지 한세건을 리드하는 것으로 보였던 사준이 눈앞에서 완전히 침몰하는 데는 4초도 채 걸리지 않았다. 머신 건 하트를 발동한 후부터 세자면 단 10초다. 이전의 경험으로 미루어 보아서 이 심장 강화는 적어도 1분 이상 지속할 수 있으리라. 그렇게 판단한 조반니는 뒤로 물러났다.

"그만두지."

낡은 진마를 대신할 월야의 새로운 영주를 자처하는 그에게 있어서는 굴욕스러운 후퇴지만, 괜히 목숨을 걸고 도박할 필요가 없다. 어차피 한세건은 경계를 걷는 자. 흡혈귀가 되겠다고 각오하지 않는 이상 그의 인생은 앞으로 50~60년을 가지 못할 것이다. 아니, 저렇게 몸을 험하게 굴려서야 10년이나 갈까?

흡혈귀들의 입장에서는 가만히 내버려 둬도 시간에 침해되어 죽는 인간을 상대로 열 올렸다가 죽기라도 하면 그거야말로 바보짓이다. 서린을 얻을 수 있다는 것은 매력적인 조건이지만 지금은 물러서는 게 현명하다.

조반니는 장거리 텔레포트로 멀찌감치 간격을 벌려 한세건으로부터 도망쳤다. 세건도 그런 그를 쫓는 건 무의미하다고 생각했는지 물러나는 조반니를 그저 바라만 보았다.

"쳇, 근성 없기는……. 물러나서 다행이다만."

한세건은 갑자기 피를 왈칵 쏟아냈다.

첨벙.

피를 얼마나 쏟아내었는지 논 위로 검붉게 피가 번진다. 그 모습을 바라보던 서린은 즉시 세건을 부축했다.

"혁… 혁……. 허억… 젠장."

"괜찮아요, 형?"

"아, 아깝다. 저런 흡혈귀를 살려 보내야 하다니. 쿨럭쿨럭."

"마, 말하지 마요!"

논에 피를 토하는 세건을 바라보며 서린은 기겁했다. 하지만 한세건은 서린을 밀쳐 내고 자신의 손목을 손톱으로 그었다.

추왁!

얼마나 혈압이 높아져 있었는지 고압의 피가 분수처럼 치솟아 올랐다. 한세건은 그렇게 몸의 피를 뽑아내고 나서야 안도의 한숨을 내쉬며 상처를 감싸 쥐었다.

"후우… 좀 낫군. 어?"

한세건은 그 말을 남기고 논 위로 쓰러졌다.

6

서린은 세건을 등에 업고, 한 손으로는 사준의 발을 잡고 질질 끌면서 아지트로 돌아왔다. 사준은 아스팔트 위에 그대로 질질질 끌려왔는 데도 깨어나지 않는 걸로 보아 정말 상태가 심각한 것 같았다.

재생력 때문에 어지간히 두들겨 패서는 끄떡도 않는 게 라이칸스로프일 텐데, 세건은 그런 라이칸스로프의 뇌를 진탕으로 만들어서 재생력으로도 회복하기 힘든 상처를 입혀놓은 것이다. 라이칸스로프를 때려 죽일 수 있는 이라니? 너무나 터무니없어서 말이 안 나온다.

반면에 한세건의 상태는 단순한 빈혈과 내출혈이었다. 문제는 역시 재생으로 부담을 잔뜩 준 뒤에 심장의 봉인을 풀었다는 것이다.

한세건에게 있어서 재생이란 행위는 정말 몸에 부담이 되는 것이기 때문에 이번은 정말 그의 목숨이 오락가락하는 사투였다. 사준이 간간히 지면을 통해서 감전시킨 것만으로도 세건의 심장은 비명을 질러댔으니, 여기서 심장의 봉인을 아예 풀어버린 세건의 무모함에는 다들 질려 버리고 말았다. 그래도 다행히 생명에는 지장이 없었다.

김성희는 그나마 온전할 수 있었던 지하실에 한세건과 사준을 눕혀놓고 땀을 닦았다. 환자들을 눕힐 수 있는 곳으로 만드느라 청소하는 데만도 진땀을 빼야 했다.

"그렇지만… 이곳에도 더 오래는 못 있겠군. 이 난동을 부렸으니 경찰들이 찾아낼 거야. 그때까지 세건이 회복되면 좋을 텐데. 세건이가 강하긴 해도 몸이 회복되는 데는 시간이 많이 걸려서."

"그래요?"

"그럼. 경계를 걷는 자라는 것은 흡혈귀와 인간의 경계를 걷는다는 소리지만 세건의 경우에는 생사를 걷는다고 해도 과언이 아니야. 인간 시절에 워낙 무리를 해서 마약 때문에 몸이 걸레가 된 터라."

"헤에, 세건 형은 걸레였군요."

"……."

대범한 김성희조차 그 발언에서 심상치 않은 기색을 느꼈는지 표정이 일그러졌다.

어쨌거나 서린은 사준의 상태를 보며 김성희에게 물어보았다.

"세건 형이 이 모양인데, 이 사람 살아나면 곤란한 거 아니에요?"

"그렇지. 사준은 라이칸스로프니까 재생력이 빨라. 이대로 두면 곤란하지. 아마 내일모레쯤이면 완치될 거야."

한세건은 그때가 되어도 어떨지 모르겠다. 서린은 그런 그녀의 말을 듣고 당황했다.

"으음, 하지만… 아, 감옥에 가두면 어떨까요?"

서린으로서는 차마 지금 죽여 버리자는 말을 할 수가 없었다. 차라리 싸우다가 그냥 홧김에 죽여 버리면 모르겠는데 무방비로 쌔근쌔근 자고 있는 인간을 어떻게 죽이겠는가?

"어디에 가두려고?"

김성희도 고개를 저었다. 라이칸스로프, 그것도 웨어베어인 그를 가둘 만한 감옥 따위는 그들이 만들 수 있는 게 아니다. 미연방 은행 금고 같은 데 가두면 되겠지만 그런 곳을 어디 일반인이 갖출 수 있겠는가?

"역시 지금 죽여 버리는 게 제일이지만……."

"죽인다고요?"

"음, 하지만 이대로 형제를 다 죽여서 대를 끊어버리면… 사씨 집안에 원한이 쌓일 텐데."

그런 식으로 쌓일 원한이라면 아마 장남을 죽였을 때 벌써 쌓였을 것이다. 하지만 김성희 역시 누워서 숨소리 내면서 자는 사람을 죽이는 건 내키지 않는지 망설이고 있었다.

"사씨남정기라는 글에도 나오는 훌륭한 가문이니까요."

"그건 아니라고 보는데? 너 공부 잘 안 했구나?"

"헤헷, 농담이에요. 어쨌거나 그는 어떤 조직의 멤버 같은데, 이야기를 좀 들어볼 수 있지 않을까요? 우리에게 유익한 정보인지 어떤지 모르겠지만 그래도 들을 가치는 있다고 보는데."

김성희는 서린의 말에 고개를 끄덕였다. 사준은 자신을 성당 기사단 출신의 마법사라고 했지만 성당 기사단에 문의한 결과 그는 파문당한 지 벌써 20년이 지난 인물이다. 그런 데다가 그가 운영하고 있는 자금과 물량, 그리고 모아둔 용병 등을 보면 분명히 뭔가 다른 일을 도모하고 있음에 틀림없다. 게다가 이런저런 움직임을 볼 때 그는 지배인 정도의 직책에 불과한 것 같았다.

"아?"

그런데 그때였다. 갑자기 사준이 벌떡 일어나 김성희의 머리카락을 거칠게 움켜쥐었다. 깜짝 놀란 서린이 석궁을 들고 일어났지만 그는 김성희를 방패막이 삼아서 서린에게 내밀었다.

"큭… 크에엑… 카아악."

사준은 김성희를 붙잡은 채 비명을 질렀다. 아무리 라이칸스로프라고 해도 도저히 오늘 안에 일어나지 못할 상태였는데 이렇게 일어난 게 신기하다.

"뭐… 뭐 하는 거야! 얼른 놓지 못해?!"

서린은 이를 악물고 석궁을 사준에게 겨누었다. 그런데 그때 사준의 몸 안에서 뭔가가 움직였다.

우드드득!

그것은 사준의 목까지 기어 올라왔는데, 마치 피부 아래에서 뭔가 끔직한 벌레 같은 것이 요동치는 것 같았다.

쿨럭!

사준의 귀와 코에서 피가 터져 나왔다. 김성희조차 놀라서 비명을 질렀다.

"윽!"

보다 못한 서린은 석궁의 방아쇠를 당겼다.

텅!

130파운드 장력의 볼트가 사준의 얼굴에 꽂히자 그의 몸이 뒤로 날아가 벽에 부딪혔다.

콰직!

그 순간 그의 목이 찢어지고 보랏빛의 벌레가 뛰쳐나왔다. 길이가 약 15센티미터쯤 되어 보이는 벌레는 지렁이처럼 물기를 머금고 기분 나쁜 광택을 발하고 있었는데 옆에 쓰러져 있는 세건을 향해 기어갔다.

"안 돼!"

깜짝 놀란 서린이 몸을 날려서 그 벌레를 손으로 잡았지만 그 벌레는 대신 서린의 피부에 머리를 박기 시작했다. 삽시간에 서린의 손아귀가 찢어지고 벌레가 살 속으로 파고들려고 한다!

"젠장!"

손을 잘라 버릴까? 서린의 머릿속에 그런 생각이 들 때 갑자기 뒤쪽의 문이 박살 나며 붉은색의 구슬이 날아와 보랏빛 벌레의 몸통을 강타했다. 그러자 보랏빛 벌레가 산산조각 나며 서린의 손에서 떨어져 나갔다.

"헉헉……. 젠장, 이건 뭐야?"

서린은 식은땀을 흘리며 손을 살펴보았다. 그때 붉은 구슬을 거둬들인 금발의 소녀가 다가와 서린의 손을 살펴보았다.

"괜찮아, 서린?"

"마, 마리아?!"

"조금이라도 남아 있으면 위험해!"

마리아는 그리 말하며 떨어진 벌레의 몸통을 살펴보고 행여 파편이라도 서린의 몸에 남아 있을까 싶어서 또 살펴보았지만 다행히 서린의 몸에는 벌레가 들어가 있지 않은 것 같았다. 마리아는 그제야 안도의 한숨을 내쉬었다.

"다행이다."

"아……!"

서린은 그제야 깜짝 놀라서 마리아를 바라보았다. 방금 전의 벌레로 너무 놀라서 몰랐는데, 마리아와 세건은 철천지원수가 아니었던가? 그런데 마리아의 눈앞에 이런 저항 불가 상태의 세건을 보여준다면? 거기에 생각이 미친 서린은 즉시 마리아의 어깨를 잡고 세건에게서 떨어뜨렸다.

"응?"

"하하하. 아, 마리아. 무, 무슨 일이야?"

"무슨 일이냐니? TV를 켜보니까 아르쥬나는 불바다지! 한세건의 아지트도 불타고 있지! 그런데 어떻게 걱정이 되지 않을 수 있겠어? 그래서 찾아왔는데… 음?"

그녀도 그제야 한세건이 죽은 듯이 누워 있다는 것을 발견했다. 그러자 서린이 그녀의 앞을 가로막았다.

"아, 저기, 마리아."

"흐흥."

마리아의 눈이 가늘어졌다. 서린은 기겁해서 그녀를 말렸다.

"아, 저, 저기."

서린은 안절부절못하고 있었다. 이렇게까지 나오는 걸 보니 정말 한세건은 서린에게 소중한 존재인 것 같았다. 마리아는 한숨을 내쉬며 물어보았다.

"전부터 궁금했는데, 왜 한세건이 서린에게 있어서 '형'인 거야?"

"으응?"

"설마 진짜 혈연관계일 리는 없잖아? 그렇다면 한세건 역시 리림일 텐데?"

서린은 깜짝 놀라서 마리아를 바라보았다. 그럴 때 눈치 빠른 김성희가 헛기침을 하며 머리를 털었다.

"아, 그야… 세건 형은 나에게 있어서는 진짜 형 같은 존재 니까."

"역시."

마리아는 서린의 대답에 역시 그렇구나 하고 고개를 끄덕였다.

"그렇다면, 내가 한세건을 죽이면, 언니를 잃은 나처럼 서린도 형을 잃겠지? 그런 건 할 수 없어. 아… 난 왜 이리 비극의 히로인인 걸까?"

"어? 진심이야?"

서린은 깜짝 놀라서 마리아에게 물어보았다. 그러자 마리아가 으음, 인상을 썼다.

"뭐가 진심이냐고 묻는 건데? 듣기에 따라서는 매우 거북한걸?"

"아, 아니. 세건 형을 공격하지 않겠다는 거."

서린은 주눅이 들어서 그렇게 말했다. 그들을 뒤에서 바라보던 김성희는 웃음이 터져 나오려는 것을 참아야 했다. 아무래도 서린과 마리아를 보아하니 서린이 평생 잡혀 살 것 같은 분위기다.

마리아는 완전히 도취되어서 말했다.

"솔직히 지금이 아니면 내가 그를 죽일 수 있는 가능성은 별로 없어 보이는데 뭐, 할 수 없지. 메시아 언니에게는 미안하지만 메시아 언니가 죽은 건 세건이 아니라 사혁 때문이라는 소문도 있고, 이런 상황에서 공격하는 건 페어하지 못하잖아? 게

다가 서린에게 나와 같은 아픔을 안겨줄 수는 없어. 아아, 눈물을 머금고 참아야지 어쩌겠어."

"고, 고마워."

서린은 눈물이 핑 돌 정도로 감동했다. 마리아가 자신을 배려해서 복수마저 포기할 정도라니! 어찌 감동하지 않겠는가? 하지만 김성희는 내심 '피는 물보다 진하다던데 역시 딸자식 키워봤자 사위 거라더니…'로 시작되는 한탄을 떠올렸다. 저렇게까지 하는 걸 보니 마리아는 서린에게 홀딱 빠진 것 같았다. 대체 무슨 수를 썼기에 이렇게 되는 걸까?

"네가 마리아구나. 안녕?"

"안녕하세요."

마리아는 고개를 꾸벅 숙이며 김성희에게 인사를 했다. 그러자 김성희도 역시 미소로 인사했다.

"그나저나 방금 전 그건 역시……."

"예. 레드웜[赤蟲]이죠."

"레드? 보랏빛이었는데?"

"정맥에 있어서 그래. 적충이라는 건 아주 오래전부터 있어 온 마법인데 혈관 안에 기생하는 주술적인 기생충이야."

"…그렇다는 건?"

"하수인이 적에게 잡혀서 쓸데없는 심문을 받을까 봐 죽여버린 거지."

마리아는 그리 말하며 불쾌한 표정을 지었다. 일반적인 적충은 피해자만 죽이게 마련인데 적이 쓴 것은 쓰러져 있는 다른 사람들의 몸으로 들어가려고 했다. 전통적인 마법에서 벗어난 더더욱 악질적인 수법이다. 그런 걸 쓰는 걸로 보아 상대는 사법사(邪法師). 그것도 악질적이고 강력한 사법사임에 틀림없었다.

"아, 그럼… 내가 죽인 건 아닌 거지?"

서린은 머리에 석궁을 맞고 쓰러져 죽어 있는 사준을 바라보며 그리 물었다. 그러자 김성희가 한숨을 내쉬었다.

"아니. 라이칸스로프가 벌레 정도로 죽을 리는 없다고 보는데."

"헉."

서린의 얼굴에서 핏기가 빠진다. 위급한 상황이라 얼른 방아쇠를 당기긴 했지만 역시……. 자신이 죽였다고 생각하니 양심이 아픈 것일까? 그걸 본 김성희는 얼른 고개를 저었다.

"농담이야, 농담. 라이칸스로프조차 완전히 죽일 만한 게 아니면 그걸 심어놨을 리가 없지. 그리고 너무 좌절하지 마. 네가 처한 상황은, 살기 위해서 남을 죽이지 않으면 살아날 수 없는 상황이니까."

김성희는 그리 말하며 한숨을 내쉬었다. 애써서 치운 지하실인데 시체가 저렇게 석궁 화살에 머리가 못 박혀 있으니 환자가 쉬기엔 절대 안 좋은 곳이 되었다. 게다가 곧 인근 주민들이 이 아수라장을 보고 기겁할 텐데, 그건 아무리 그녀의 마법이 있다고 해도 수습하기 힘들다.

"여기는 그럼 장소가 안 좋으니 이동할래요?"

마리아는 적충의 잔해를 혐오스러운 눈길로 쳐다보며 물어보았다. 마침 좋은 소리라서 서린은 그녀를 바라보았다.

"응? 어디 좋은 곳 있어?"

"콘도라는 걸 하나 사둔 게 있는데. 컨설턴트사에서 사두고 서는 하나 안 팔린 게 있다고 해서 그건 그냥 내가 받았거든? 나도 서민들의 별장(?)이라는 걸 경험하고 싶어서 말야."

"서민들의 별장……."

가난뱅이로 태어난 서린으로서는 뱃속이 아파오는 단어다. 하지만 마리아는 웃으면서 열쇠와 카드를 건네주었다.

"거긴 내 부하들도 모르는 곳이니까 쓰도록 해. 여기 열쇠. 이 건 회원증일 거야. 회원증 뒤에 약도가 있다니까 찾아가도록 해."

"으응, 고마워."

서린은 마리아가 주는 것을 받아 들고 감격해서 그녀를 바라보았다. 비록 서민의 뭐니 그런 건 마음에 들지 않지만 마리아는 그에게 너무나 친절하다. 서린은 카드와 키를 김성희에게 건네주고 일어났다.

"그러면 나는 갈게."

"아, 마리아."

"응?"

"나가는 데까지만 마중 나갈게."

서린이 그리 말하자 마리아는 반색을 하고 서린의 팔에 매달렸다.

7

"사준이 당하다니 의외인걸. 꽤 강한 친구였는데."

사법사 팬텀은 전화기 코드를 비비 꼬면서 한숨을 내쉬었다. 뉴욕 맨해튼 섬에 위치한 그의 투자회사 사무실, 그 직통 전화로 걸려온 게 하필이면 이런 안 좋은 사교 클럽(?)의 전화라니, 내심 불쾌했지만 옛날부터 몸담고 있던 곳이라 무시할 수는 없었다.

—그래서 말인데… 조직에서는 자네에게 자금 지원을 요청하려는 것 같아. 돈이라면 썩도록 벌고 있겠지?

전화기 너머의 목소리는 그렇게 말하고 있었다. 팬텀은 그 말에 한숨을 내쉬었다. 별로 친하지도 않은 놈들이 그를 무슨 무한히 돈 나오는 도깨비방망이쯤으로 여기고 있다니… 화가 났다. 하지만 그도 사법사인 이상 응하지 않을 수 없었다.

"그런 소리 하지 말라고. 이번에 가스관 사업을 따지 못해서 손실이 이만저만이 아니니까. 나라고 늘 성공하는 건 아니라고."

—그래? 시베리아에서 몽고를 관통하는 가스관 송유관 사업은 못 따냈지만 대신 투자는 듬뿍 했다며? 그 정도면 성공한 거 아냐?

러시아 정부가 에너지 사업에 대한 외국인 투자를 국부 유출로 보고 까다로운 조건을 붙인다는 것은 이미 널리 알려진 사실이다. 팬텀, 아니, 투자자이자 금융가인 로우 깁슨은 그것을 알고 현지의 재벌들을 통해서 투자, 이번 사업의 실질 지분 약 23%를 따냈다. 역시 그 정도 사실은 저들도 알고 있는 것 같았다.

하지만 팬텀은 다시 오리발을 내밀었다. 아무리 자신이 잘 번다 해도 미운 자식 떡 하나 더 주고 싶은 마음은 없었다.

"그 동네는 법인세가 이십사 퍼센트, 부가세가 이십 퍼센트인 나라라고. 기업가가 들어가서 돈을 만질 수 있는 곳이 아니야. 은행도 엉망이고."

—오오, 그러신가? 어이, 너무 그러지 말라고. 우리가 뭐 부자 친구 돈 뜯어내서 호강하자는 게 아니라 이번에 한국 진출하려고 사준에게 부은 돈이 너무 커서 그래.

'아무리 커봤자 블랙 네트워크의 일개 브로커 진출 비용이랑 정식 사업 자본이랑 비교가 되겠냐?'

팬텀은 그리 생각하고는 자신의 부하 빌헬름에게 눈짓했다. 그러자 빌헬름은 즉시 문을 쾅 여닫으며 방금 들어온 것처럼 말했다.

"마스터! 큰일 났어요! 얼른 내선 사 번으로 연결해 주세요!"

"앗, 이런!"

"무슨 전화 하시는 거예요?"

"아니, 몰라도 돼. 그럼 끊지."

팬텀은 태연하게 그리 말하며 전화를 끊었다. 그러자 빌헬름이 삐딱한 시선으로 마스터를 바라보았다. 마치 그 나쁜 친구들 아직도 만나냐는 듯한 부모의 시선이다. 물론 빌헬름의 용모는 워낙 어려서 그런 어른스런 표정은 잘 나오지 않는다.

"또 그놈들이에요? 네크로폴리스?"

"그렇지, 뭐."

"나 참, 차라리 테트라 아낙스에게 그놈들 팔아넘기지 그래요?"

"테트라 아낙스가 바보냐? 내가 그놈들이랑 아직 손을 끊지 않고 있다는 것쯤은 이미 알고 있을 거다."

로우 깁슨은 그리 말하고 한숨을 내쉬었다. 그는 사법사라고 하기에는 너무나 성격이 좋지만, 좋은 만큼 우유부단한 구석도 있어서 쉽게 옛날 관계를 끊지 못했다.

"그나저나 이제 한국 쪽에서는 슬슬 다 정리된 모양이군요. 드디어 그들이 러시아로 떠나려는 것 같은데요? 어쩔까요? 우리도 가서 만날까요? 그들을?"

"음, 좋은 생각이다. 어차피 가야 할 것 같고. 비행기를 예약하도록 하지."

"예. 오래간만에 일 좀 하시겠네요."

빌헬름은 웃으면서 들고 왔던 서류철을 주인 앞에 내려놓았다. 그러자 로우 깁슨이 식은땀을 흘리며 그걸 바라보았다. 얼추 보아도 복사지로 1,000매가 넘는 서류들이다.

"이건 뭐냐?"

"뭐긴 뭐예요. 이번 투자에 관련된 서류지. 거 한두 번 해보신 것도 아닌 분이……. 설마 투자라는 게 돈만 퍼부어 박으면 만사 오케이라고 생각하지는 않으시겠죠? 이번에는 편법 투자를 하셨으니 관련 서류는 더더욱 많다고요."

"안 보면 안 될까?"

너무나 많은 서류에 질린 팬텀이 그렇게 물어보았다. 놀기 좋아하는 그로서는 이게 일부에 불과하다는 데 질리지 않을 수 없었다. 게다가 서류의 절반은 러시아어로 되어 있었다. 러시아는 국제적인 거래를 하면서도 반드시 그들의 모국어로 된 완전한 서류를 만들지 않으면 통과되지 않기로 유명한 엿 같은 관료 체제를 가진 나라다.

"안 보면 뭐, 한 백억 달러쯤 손해 볼지도 모르죠. 아아, 아무리 마스터의 재산이 많다고 해도 고객들 손해를 메워주려면 우리도 두 번은 파산하겠는데요? 보장 기금은 아니니까 물어줄 필요는 없다고 해도 평판은 추락, 어쩌면 금융 관리법 위반으로 잡혀 들어갈지도 몰라요. 아니, 틀림없이 위반이군요. 편법 투자를 하셨으니."

"……."

빌헬름의 능청에 팬텀은 말을 잃었다. 최강의 사법사이자 진마 중 한 명인 이 막강한 흡혈귀가 자신의 부하, 에스콰이어의 몇 마디 말에 식은땀을 흘렸다.

이것이야말로 촌철살인!

그는 머리를 싸매며 다시 책상에 앉았다.

한세건은 김성희에게 건네받은 새로운 칼을 보며 씁쓸한 표정을 지어 보였다. 이번에 그가 받은 칼은 다마스커스 강으로 만든 클레이모어였다.

"굉장히 컬트한 무기인데요, 이건?"

"실베스테르의 취미지. 그나마 아르쥬나가 공격당해서 남은 게 얼마 없어. 비스트 탄도 많이 없어졌고. 알겠어? 이제 옛날처럼 무기를 펑펑 써대서는 안 돼."

"그야 그렇긴 하겠지만."

세건은 손을 놓았다. 모습이야 엑토플라즘 마스크로 바꿀 수 있으니 복제 여권으로 나라를 빠져나가는 것도 무리는 아니다. 그러나 역시 무기를 반출하는 것은 힘들다. 옛날처럼 뒷거래가 활발하면 배를 통해서 밀반출하는 방법이 있지만 최근에는 그런 방법도 통하지 않는다. 밀반출의 주요 대상국인 중국과 러시아가 다 같이 엄청난 경제성장을 보이면서 그 과정에서 뒷거래가 축소되었기 때문이었다.

중국의 방이나 반과 같은 불법 조직은 거센 공안의 탄압에 분쇄되었고 러시아 마피아는 재벌화되어서 밀반출 같은 사소한(?) 일에 관여하지 않는다. 결국 한세건과 서린은 합법적인 루트로 가야 하는 것이다.

"그나저나 서린은 어디 갔어요?"

한세건은 콘도 방에 앉아서 주위를 둘러보았다. 그러자 김성희는 히죽 웃었다.

"오래간만에 바닷가에 왔다고 해수욕장으로 달려갔어."

"그 녀석이……."

"뭐, 잘됐잖아? 덕분에 이렇게 오붓한 시간도 갖고?"

"어디가 오붓해요?"

한세건은 바닥에 놓인 다마스커스 강 클레이모어를 집어 들었다. 어지간하면 부서지는 일 없던 마검, 칠흑의 검을 사준 상대로 허망하게 분질러 먹고 대타로 이런 거라니……. 아쉽긴 하지만 이것도 상당한 명검이라는 느낌이 왔다.

"마법 처리가 되긴 했지만, 연륜이 없는 검이라는 게 아쉽군요. 녹티스처럼 사연도 있고 강력한 마법검이라면 좋았을 텐데."

그동안 칠흑의 검의 힘에 눌려서 잠잠하던 망령들이 조금씩 언성을 높이는 게 들려왔다. 흡혈귀라는 것은 오랜 피의 저주라 그 저주에 묶인 망령들이 항상 따라다니게 마련이다. 사이키델릭 문을 과다 사용해 저주에 걸린 한세건에게는 항상 망령들이 붙어 다녔는데 세건은 칠흑의 검, 녹티스의 힘으로 그 망령들을 제압하고 있었다. 그러나 녹티스가 사준에 의해 부러진 지금, 망령들이 다시 준동했다.

"괜찮겠어?"

김성희는 걱정스럽다는 듯 세건을 바라보았다. 한세건은 그런 그녀를 보고 고개를 가로저었다.

"괜찮아요. 별것 아니니까. 저도 이전의 꼬맹이가 아니에요."

"아, 그리고 이건 위성 핸드폰이야. 무슨 일 생기면 이거로 전화하도록 해. 요금은 걱정하지 말고."

"알았어요."

"자주 해."

"거참."

무슨 소풍가는 어린애도 아니고. 한세건은 투덜거리며 김성희를 바라보았지만 그녀가 걱정스런 표정으로 자신을 바라보자 할 말을 잃었다. 그는 머리를 벅벅 긁적이며 딴청을 피웠다.

"알았어요."

"그래야지."

김성희는 웃으면서 자리에서 일어났다. 세건의 몸 안 약물 처리는 끝났고, 만약의 경우를 대비해서 서린에게 그 의식을 하는 방법을 알려주었다. 한세건은 서린에게 자신의 몸을 맡겨야 한다는 게 불안한 듯했지만 한 달 안에 일이 처리되면 그럴 일도 없으리라.

"그러면… 잠시 동안 작별이군요."

한세건은 김성희를 바라보며 왠지 감개무량한 표정으로 말했다. 처음 월야의 세계에 발을 디밀었을 때 그는 단지 복수심, 아니, 자기 학대를 위해 몸을 망가뜨리는 애송이였다. 그런 그에게 있어서 그녀는 더없이 훌륭한 조언자이자 보호자였다. 진마사냥꾼이 되어 이 바닥에서 누구에게도 뒤처지지 않는다고 자부하게 된 지금에 와서도 그는 그녀에게 보호받고 있었다.

김성희는 웃으면서 세건을 끌어안았다.

"꼭 돌아와야 해."

"예."

세건은 가만히 그녀가 자신을 끌어안도록 내버려 두었다.

· ☾ · See you next moon ·